著

边陲线上的绿色梦

——献给八一农大

天津出版传媒集团
百花文艺出版社

图书在版编目（CIP）数据

边陲线上的绿色梦：献给八一农大 / 李占国著. --
天津：百花文艺出版社，2023.6
ISBN 978-7-5306-8515-0

Ⅰ.①边… Ⅱ.①李… Ⅲ.①长篇小说—中国—当代
Ⅳ.①I247.5

中国国家版本馆 CIP 数据核字 (2023) 第 076164 号

边陲线上的绿色梦：献给八一农大
BIANCHUIXIAN SHANGDE LVSEMENG : XIANGEI BAYI NONGDA
李占国　著

出 版 人：薛印胜
责任编辑：郑　爽
装帧设计：百悦兰棠 [BAIYUE LANTANG]
出版发行：百花文艺出版社
地址：天津市和平区西康路 35 号　　**邮编**：300051
电话传真：+86-22-23332651（发行部）
+86-22-23332656（总编室）
+86-22-23332478（邮购部）
网址：http://www.baihuawenyi.com
印刷：廊坊市海涛印刷有限公司
开本：787 毫米 ×1092 毫米　1/16
字数：360 千字
印张：22.5
版次：2023 年 6 月第 1 版
印次：2023 年 6 月第 1 次印刷
定价：88.00 元

如有印装质量问题，请与廊坊市海涛印刷有限公司联系调换
地址：河北省廊坊市安次区码头镇金官屯村海涛印刷有限公司
电话：（0316）2516002　邮编：065000

目 录

一

小鸟叽叽喳喳的欢唱声，把睡得迷迷糊糊的秦丰给吵醒了，他睁开沉重的眼皮一看，不知是什么时候，刚刚升起的太阳隐在远方的树林中，照得满屋一片金黄。他的眼睛发涩、眼皮发沉，抬手轻轻地揉了揉，随后便坐了起来。他仿佛还坐在火车里，留在梦境里的一切都是摇摇晃晃的，耳畔还回荡着火车轮子和铁轨摩擦发出的咣当咣当单调的响声。

睡了半宿觉，还有些隐隐作痛，他习惯性地按摩了一会儿太阳穴，觉得头脑清醒了一些，疼痛也减轻了一些。他很惬意地伸了个懒腰，怕搅醒其他同学的美梦，便轻轻地下地，趿拉着鞋，向窗户走去。屋里，不知什么时候来的另外几名同学还在沉睡，看样子他们都很累。秦丰轻轻地推开窗子，初秋的早晨，清新的微风带着凉意，扑打在刚刚钻出被窝的热乎乎的身子上，他不由得打了个寒战。经冷风这么一吹，他突然清醒了许多，头痛也好像减轻了不少，他深深地吸了几口新鲜空气。那空气中，隐约有草木芬芳的气味儿。

秦丰极目远眺，只见遥远的前方，巍峨的群山连绵起伏，在朝阳中显出一派郁郁葱葱的景象。整个山的轮廓，都沐浴在晨雾之中，那座山脉就显得缥缥缈缈了；蓝蓝的天空下，飘浮着浅浅的白云，在山顶缠绕着，与浓雾混合在一起，给太阳拉起一个硕大的白色的半透明的围帐，太阳也显得朦朦胧胧。

近处耸立着几栋楼房，周围是一片片黄绿相间的庄稼。在这栋二层楼的前面，距离五十多米远的地方，是一条由黄色砂石铺成的甬路，两边是高高的白杨树，树叶繁茂，碧绿成荫；小道的北端是一栋四层的教学楼，显得雄伟气派、端庄巍峨。小路的南端，也是一条宽阔的砂石路，路南是一大片大豆地。甬路的东边，是一个大操场。在操场的一个角落里，有一小望着窗外。那人见秦丰的心情有点儿不对头，尴尬地咧嘴笑了笑，问道："你叫什么？"

"秦丰！"秦丰回过头，问道，"你呢？"

那人边穿衣服边回答："李学庆！"

李学庆穿好衣服后，又忙着叠被子。想到自己刚才不经意的话语伤害了秦丰，觉得心里有些过意不去，他没话找话地问道："你是昨晚半夜到的？"

秦丰点点头。想起昨晚夜半时分在那个小小的裴德火车站下车时，周围黑乎乎的一片寂静，只有天上的繁星闪着微光，悄悄地注视着黑夜中的大地。静静的月台上，一只白炽灯，孤零零地照着一切，偶尔有几只飞虫，掠过橘红色的灯光，消失在茫茫黑夜中。坐在开往农大方向的接站车上，他感到有些冷。迷迷糊糊地过了十几分钟，车停在一幢楼前，他通报完姓名后，被人领到这个寝室里，倒头便睡到现在，还没辨别出东南西北来。他向李学庆问道："你说这房子朝南还是朝东？"

李学庆回过头瞅瞅秦丰，那种眼神儿似乎在说：这还用问吗？连方向都弄不明白，你是不是太蠢了？他漫不经心地回答："朝东呗！"

"可我总觉得它朝南！"

"你转向啦！"李学庆穿好了球鞋，边系鞋带边说："太阳升起的方向正对着我们的楼，明明是厢房嘛。你是第一次出门？"

还没等秦丰回话，李学庆便咣当一声关上了门，走了出去。屋里的其他同学都被震醒了，纷纷坐起身穿衣服，屋里顿时有了生气。

二

秦丰到校的第二天是报到的日子，明天才正式开学。秦丰把自己的东西收拾利索后就没什么事可干了。同学们刚接触，彼此都很陌生，又没有什么好谈的，呆坐在屋里，望着一张张不熟悉的面孔，实在是没有什么意思。秦丰想出去走走，看看校园，更想到学校后面的山上去玩玩。在他十九岁的历史中，第一次离山这么近，又看得那么真切，大山的那种神秘的诱惑力吸引着他走出一号楼，穿过大操场，走向去北山的公路。

秦丰边走边想起了吃早饭时听到的同学们的议论，对这所大学算有了粗略的了解。这所大学有她独特的地方，那就是离大城市，离国境线近。

秋天的太阳依旧高照，但少了夏日的燥热，多了一些秋的凉爽。偌大的校园里，那些刚刚入学的新生们，三五成群，东游西逛，睁着一双双好奇的眼睛，想把他们要知道的一切都摄入眼底。秦丰已走出校园，回头一望，才看清了校园内仅有的几座楼的分布情况。原来，秦丰走出的那栋呈倒凹型的二层楼是一号宿舍楼，一楼住着牧医系学生，二楼住着农学系学生。秦丰住的二四一房间在这栋楼的南端，紧挨楼梯，过了楼梯，房间一律朝南，那就是女生们的领地。二四一房间是男女生宿舍的分水岭。主楼座落在一条不宽的柏油路的道北，昂首翘望着南方，显出一付尊贵的派头儿。与它相隔一条小路的另一座三层楼是图书馆，图书馆的正南方是一片朝东的平房，那是学生食堂；食堂的南面，是二三号宿舍楼，二号楼里住着农经系和农机系的全体学生。一条宽阔的南北公路，把学校分成两个部分。道东那一大片平房居多的建筑群为生活区：有商店、招待所、浴池、书店、俱乐部等；道西是教学区，仅由五栋楼和一栋平房组成，再往西便是教师们的家属房，一律都是平房。

秦丰沿着宽宽的马路信步向北山走去。一座高耸的山峰，突兀地立于地平线上，那座山峰学生们叫它裴德峰。裴德峰的后面，是连绵不断的完达山脉，苍苍茫茫怎么也望不到头，远山的轮廓显出一片黛色。初秋时节的裴德峰，葱绿之间，漂染着点点金黄，偶尔还能看见露出的发白的岩石，令人神往。秦丰走了好一阵，已经累得汗流满面了，才模模糊糊地看见一些树木和岩石的形状。再往前走一会儿，才到山根下，一条羊肠小路，在高高的草丛中，蜿蜒向山顶爬去。一片沿着山坡呈倒三角形的小松树林，一棵棵松树像一群忠于职守的士兵，静静地伫立在山脚下，守卫着威武的完达山脉。树林里，小鸟的叫声十分响亮，根本不顾忌走来的秦丰。秦丰的目光落在树林下的坟墓上，他突然想起了自己的妈妈，刚才那种因为初见大山的兴奋劲儿便一扫而光。面对着那几个孤零零的坟墓，秦丰呆呆地站立着。他的妈妈也是在这样初秋的艳阳天里，静静地安卧在天堂河边，也是这样的一堆矮矮的黑土，埋没了她五十余年的光阴。她坟头的那几棵悠悠青草，枯了变黄，黄了又变绿，似乎在向人们讲述着一个艰难而又苦涩的故事；她静躺在那里，没有带走一丝云彩，风儿照样吹，太阳照旧东升西落，谁也不会去打扰她。是呀，妈妈的一生过得艰辛备至，今天是应该有一块小小的静土让她好好休息休息了，只是她的灵魂得不到安息。如果她能活到今天，亲眼看见她的儿子走进大学的校门，为她争了一口气，不知她该咋样高兴呢！妈妈这一辈子从没有什么高兴事儿，也许只有自己上大学这件事最令她高兴，可惜的是她又不能亲眼目睹，亲耳聆听！秦丰心里暗暗地想着：人生啊，该有多少令人遗憾的事情发生呢？但愿她老人家的在天之灵能够得知我的消息，接收到我永远的祝福……

一条大姆指粗细的小花蛇钻出草丛，扭动着潮湿的身子，从秦丰的身边飞快地向树林里爬去，落地的枯叶发出轻微的沙沙声响，那条小花蛇钻进一个大坟墓里，不见了踪影。秦丰第一次看见蛇，觉得挺新鲜，但看见它那浑身丑陋的花纹，心里不由得泛起一股阴森森的凉气，脊背有些微微地发凉。秦丰忙移动脚步，离开这个沉闷而又令人伤心的地方。

平缓的山坡上长满了野草，有的都超过了秦丰的肩头。各种野草的果实都快成熟了，沉甸甸地压弯了腰；有许多野草，已经开始变成淡黄色。秦丰开始爬山，他感到有些吃力，额头上挂满了细碎的汗珠。他解开衣扣，提起衣襟，轻轻地擦了擦额头上的汗，又使劲地扇了几下风。他停住脚步直起腰，转身向山下望了一眼，骤然间，自己好像变得高大起来，山下的一切，连同校园的楼房，仿佛都缩小了几十倍，变得跟小火柴盒似的，再回头望望山，仍在前面耸立着，似乎高不可攀。他脱去蓝布学生服，搭在肩头上，只穿一件背心。微风吹在热乎乎的身子上，凉丝丝的，心里爽快极了，方才的一切烦恼又都忘在了脑后。秦丰向四周望了一阵后，又弯下腰，兴奋地向山顶爬去。

山越来越陡，路越来越窄。秦丰已经累得上气不接下气了，心怦怦狂跳不停，实在迈不动步子了，只好停下来喘口气。快到山顶时，他几乎是手脚并用，才爬到最高处。往更远处放眼望去，只见辽阔的苍穹下，莽莽群山无边无际，像一片绿色的海洋，静静地安卧在远天之下，那一座座高高凸起的山峰，就是那蓝色海洋中的浪峰。更远处的山峰，比他脚下的裴德峰还要高出许多，只是都被云雾遮盖着。裴德峰上生长着一些稀疏的树木，还有一些杂草立于岩石之间。有几棵青松，挺着青青的叶子，傲立山头，翘首望着远方。徐徐的秋风吹打在它的身上，好像在为它梳理着思绪；针形的叶子微微摆动着，好像在向秦丰这个初次爬山的人诉说着什么。秦丰看了看后，轻轻地点点头，又把目光投向远方。只见偌大的校园又变小了许多，那幢高高的主楼，几乎都贴在地皮上了。秦丰的目光越过校园的上空，再向远方眺望。可以看见一些城镇村屯，星罗棋布般地点缀在茫茫原野上。

柞树叶子在风中颤抖着，哗哗作响，好像在为高山歌唱，为成熟歌唱，为远道而来的秦丰歌唱。一阵急风吹来，让汗流浃背的秦丰打了个寒战，浑身上下起了一层鸡皮疙瘩。他连忙穿上外衣，边系扣子边想起远在家乡的修洁，他心里暗想：修洁长到十八岁了，既没出过远门，也没有机会看见大山。现在，如果她在我身旁，那该多好哇！想到这里，秦丰情不自禁地对着远处苍茫的群山，双手握成喇叭状，放在嘴边，放开喉咙喊道："喂——喂——喂——！"过了片刻，远处的群山返回空旷而放大的"喂——喂——喂——"的回音，既深邃又遥远，好像从另一个世界走来，响应着秦丰的呼唤。此时此刻，秦丰已被大自然的奇妙景象所陶醉。他暗想：如果喊一嗓子修洁能听到，那该多好哇。于是，他又放开嗓门高声喊道："修洁——修——洁——你——听——见——我——喊——你——了吗？"

群山里，又回响起秦丰的喊声，一声比一声远，一声比一声低，最后的尾音，淹没在阵阵林涛之中。秦丰觉得惬意极了，心情豁然开朗，高高兴兴地又对群山高声喊道："修——洁——你——好——吗？"

还没等秦丰听到山谷的回音，就听见他身后不远处传来一阵咯咯的笑声。那一阵银铃般的笑声与山谷回音混杂在一起，叫秦丰着实吃惊不小。他赶忙回头一看，发现一高一矮两位女同学，正站在他身后不远处的一块岩石上，正好有几棵老柞树，挡住了她俩那风姿绰约的身影。因为刚才太高兴了，也因为太粗心了，秦丰竟没有注意周围，更没有想到的是自己心中的小秘密，竟然让两位素不相识的人，而且还是两位女生，给偷听去了。秦丰的心，一下子狂跳起来，他的脸，唰地红得跟火烧云似的。望着那两位发笑的女生，他真恨不得马上找个地缝钻进去。他连忙转回身，慌慌张张地迈步就往山下跑，一不小心，被一棵倒在地上的枯树干给绊了个跟头。他顺着山坡，叽里咕噜地往下滚，吓得那两位女生再也不敢窃笑了，只是一个劲儿地"妈呀妈呀"地叫唤着。那个矮个儿女生急忙向秦丰奔过来，但她也不敢跑得太快，生怕跌倒。秦丰好不容易才拽住一棵小树，停止了下滑。一块小石头，被他碰着了，顺着山坡，咕噜噜地滚下山去。秦丰站起身，发现衣服被刮破了好几处，腿有点儿疼。卷起裤腿儿一看，膝盖青了一大块，手也被划破出了血。那个矮个儿女生追到他跟前，气喘吁吁地问："摔坏了没有？"

"没……没啥事！"秦丰红着脸，磕磕巴巴地回答了一句，吓得连头都没敢抬，低声道："我走了！"

"哎呀，还说没事呢，看，手都出血了！"矮个儿女生吃惊地说着，顺手从口袋里掏出手绢，递给秦丰道："快擦擦血，我给你包好！"

"不用不用！"秦丰连连摆手，忙迈开脚步一瘸一拐地向山下走去。

高个子女生也追了上来，看着秦丰的背影，喊道："哎，你出事了，我们起码要负一半的责任，你怎么能说走就走了呢？再出了事，谁负责呀？"她高声喝道，"你赶快给我站住！"

听了这一嗓子，秦丰真的站住了脚步，无可奈何地望着眼前这两位女生。矮个子女生走近他跟前，温和地说道："在山上咋能瞎跑呢？摔坏了可就麻烦了，这可不是闹着玩儿的，毛手毛脚的可不行。"说完，扯过秦丰的手，给他的伤口擦血，又用她那块白色的手绢给秦丰包扎伤口。秦丰什么都没说，心里暗想：你俩偷听了人家的秘密，不向我赔礼道歉，反过来还敢教训我！不过，听了矮个子女生的几句话，心里还是感到暖乎乎的。在他成长到十九岁的岁月里，只有妈妈和亲爱的大姐淑贤，还有那个让他念念不忘的修洁，才能说出这样温暖的话语。秦丰突然觉得，眼前这个矮个子女生，很像他远在故乡的大姐。他的心不由得涌起一股暖流，遥远的距离感一下子拉近了许多。他不由得低下头，仔细地瞅了瞅正在专心致志给自己包扎伤口的她。首先，映入眼帘的是她的头发，既不浓密，又有些淡淡的发黄，还夹杂着几根银灰色的发丝，但梳理得极认真，一丝不乱。窄窄的脸庞挺消瘦的，高鼻梁，鼻子稍有些鹰钩状。目光清纯，只是眉毛略显得淡了些；穿着一件洗得发白的蓝底白花上衣，个头儿只到秦丰鼻子那么高。

“好啦！”她抬眼瞅瞅秦丰，发现后者正在端详着自己，俩人的目光一碰，又赶忙移向别处，心都怦然一动，略觉有些紧张和害羞。

“谢谢你！”秦丰低声道。

那个高个子女生还没等矮个子女生回答，插嘴道：“再发生什么危险，我们可不负责任啦！”

秦丰抬头看了她一眼，刚想要报复她一句什么解恨的话，但看见她那微笑的目光中带有高傲的神情，他的心一颤，似乎有一种还没经过交锋就败下阵来的感觉，立即打消了想报复的念头，逃也似的离开了她们。

到山底后，他回过头去望望她俩，只见她们仍在半山腰处徘徊。秦丰深深地吸了一口新鲜空气，觉得轻松了许多。他心里暗暗想：今天可真倒霉，但愿以后别再见到她们。否则，那该多么难堪呐！

三

一高一矮两个女生从裴德峰回到宿舍时，发现屋里的气氛有些不对头。高个子女生往自己的床上一看，床上的行李不是自己的，四处找了找，才看见自己的行李放在门后那张床的上铺，那是全寝室八个床位中位置最差的地方。按道理，最后来报到的人，才应该睡在那个位置。高个子女生不看则已，一看便怒气冲天，由于气愤，脸色都变成了紫红色，她高声问道："谁把我的行李搬走的？"

屋里几个女生你瞅瞅我，我瞅瞅你，都不敢吭声。她又高声地问了一遍，还是没有人回答。矮个子女生忙劝道："袁园你先别发火，冷静点儿！"

"冷静？"袁园冷冷一笑，气呼呼地说道，"这不是明摆着欺负人吗？我怎么能冷静得下来？"她接着又问道，"任杰，你说这个人可不可气？就算你看好了我这个地方，起码也应该跟我打声招呼才对呀，总不能这么不尊重别人吧？这也太不像话啦！"说完，她就气呼呼地往回搬自己的行李。

任杰拦住她，劝道："袁园，她可能有她的难处，你先别搬，等她回来再说！"说完，她问一个中等身材胖胖的女生："金月，后来的这个同学叫什么名字？干什么去了？"

"她叫宗翠，去商店啦！"金月说完，往窗外看了一眼，冲操场的方向一指说道，"你看，她回来啦！"

任杰和袁园挤到窗前，顺着金月手指的方向望去，只见操场中心正款款走过一个女孩儿，怀里抱着一大堆五颜六色的东西，正东张西望地向一号楼走来。袁园看见后，鼻子里冷冷地喷出几道怒气，脸色更加难看。任杰看后，忙把袁园拉到一边，低声劝道："袁园，有问题要好好商量解决，不许吵吵闹闹，咱们已经是大学生了，应该有修养才对。如果矛盾激化了，万一传出去，会被人笑话的！"

“我才不管那些呢！”袁园肚子里憋满了火气，她气呼呼地说道，“她态度要是不好的话，我绝不惯着她！”

隔了一会儿，走廊里响起了一阵轻快的脚步声，并伴随着愉快的歌声：“……年轻的朋友们今天来相会，荡起小船儿，暖风尽情地吹，花儿香鸟儿鸣，春光惹人醉……”

歌声停在门外，接着门被推了一下，没有打开，又咣咣咣地响了三下。袁园一动没动地坐在原属于她的那张床上。任杰忙开门，随着开门声，哗啦一响，宗翠怀里的东西撒了一地。她瞅瞅任杰，想说什么又没说出口，只好笑了笑，算是打过招呼了，也算是表示感谢。

任杰看她的东西撒了一地，忙说：“对不起，真对不起！”边说边弯下腰帮宗翠拣东西。那一大堆东西除了吃的就是吃的，还有几样女生常用的小玩意儿。

“你这么客气，我都不好意思啦！”宗翠直起腰，说道，“大姐，你真好！”

无端的被一个素昧平生的女孩子夸奖了一句，任杰的脸红了。她不经意地看了宗翠一眼，只见她胖胖的圆脸上，长着一双不算漂亮的眼睛，目光流盼，白白净净的皮肤倒很细腻，两条粗粗的大辫子垂到腰间，个子中等，体态微胖，嘴唇厚厚的，脸上写满了天真和浪漫。一看就知道是个涉世不深刚刚迈出中学校门的女学生。宗翠抱着东西，向靠窗户的床走去，只见袁园娇目含怒，威风凛凛地坐在床上，腰板儿挺得溜直，胸脯微微波动，冷冷的目光，吓得她低下头，并停住了脚步，嘴里嘟囔着，谁也没听清她在说些什么。怀里的东西又开始往下掉，她弯下腰去拣，拣起一件又落下一件，忙乎了好一阵子才直起腰。

“是你把我的行李搬走的？”袁园厉声问道。

“嗯哪！”宗翠低声道：“我岁数小，守门口晚上害怕，睡不着觉！”

“你害怕，别人就不害怕呀？”袁园挑了挑两道剑眉，说道，“你这样做，是不是太自私啦？”

宗翠低下了头，不再吭声了，只是眼里噙着泪水。她想给袁园送点儿东西，可又有点儿不敢。

任杰忙走到宗翠的身边，接过她怀里的东西，放在窗户边的桌子上，打圆场道：“袁园哪，你别再说了。看样子宗翠在咱们寝室是小老妹，咱们得照顾她呀！”

“可不是咋地，人家还不到十八呢！”宗翠低声说道。

“我照顾你，谁照顾我呀！”袁园仍冷冰冰地说道，“你赶快把行李搬走，要不……哼！”

瞅着比自己高出半头，怒气冲冲的袁园，宗翠一时没了主意，忙把目光投向任杰，求救似的望着她，眼泪汪汪，怪叫人可怜的。

任杰心里一软，刚要说话，就听见有人敲门。任杰忙去开门。

人们的目光齐刷刷地射向门口，只见走廊里站着一位四十多岁，身材高大，梳着短发，瘦瘦的女老师，她的身后站着一位不到三十岁，个子不高，长得很漂亮的青年女教师。任杰认出了那个岁数小的就是班里的辅导员陈新枝，她忙把两位老师请到屋里。

陈老师先向大家介绍道：“同学们，这位是咱们系的系主任张教授，今天特意来看望大家！”

女生们纷纷站起身让座。张主任和大家寒暄了几句坐下后，看看有些拘紧的女生们，慈祥地笑了笑，说道：“同学们，别拘束，大家随便些！”

大家还是随便不起来，屋里顿时安静下来。张主任见大家都无话可说，就逐一问起同学们的家庭以及年龄等情况。最后她问道：“我们进屋时，看你们的气氛有些不对头，为什么呀？”

同学们你瞅瞅我，我看看你，最后把目光都集中到任杰的脸上。见大家都不吭声，陈老师插话道：“同学们，有什么事儿尽管和张主任说，咱们主任最平易近人了，一点儿架子都没有。她的女儿和你们年龄相仿，你们把她当妈妈看就行了！”

“对对！”张主任笑呵呵地说道，“我女儿今年也十七岁！她叫潇潇！”

女生们的情绪好像缓和了一些。在陈新枝说话的时候，任杰的大脑飞速地旋转起来，她在想如何才能把刚才发生的事向老师们汇报得更恰当些。还没等她张嘴说话，陈新枝问道：“任杰，在这个寝室里，你年龄最大，又是党员，可要起个好的带头作用啊！”

整个寝室其他七名女生都很惊奇，她们谁都没有想到，眼前这个小个子，其貌不扬的任杰竟然是共产党员。看到大家那种惊奇的目光，她犹豫了片刻，站起身，刚要说话。张主任抢先说道：“任杰，坐下讲话，随便些嘛！”

语调是那么的温和、亲切、感人。

任杰听了慈母似的话语，紧张的情绪立即舒缓下来。她轻声道：“也没什么大事，就是为了换床，已经解决了！”

张主任的目光从每个人的脸上扫过。她说道：“我相信同学们的觉悟，同时也相信任杰同志有能力处理好这个问题！”

她看了看任杰，信任地点点头后又语重心长地说道：“同学们呐，咱们走到一起来学习，我们来自五湖四海，为了一个共同的目标，走到一起来了。因此，我们必须搞好团结。大道理我就不多讲了，小道理还是要给大家说说的。就拿我自身的经历来跟大家说吧，我一九五九年考入咱们八一农大，二十年过去了，从我们班毕业的那些同学，能见着面的有几个？有的甚至到死都见不上一面。对于大学的同学来讲，某些人的分别就等于是诀别。所以我们要珍惜这四年的好时光。可以说，中国十亿人口，你们几个能走到一个寝室住上四年，那是缘分呐，你们一定要珍惜。千万不能到分别以后再想挽留逝去的时光，那时留下的只能是遗憾啦！”

姑娘们都不吭声了，尤其是袁园，她深深地埋下了头，双手绞着辫梢。

陈新枝看见张主任的话深深地打动了姑娘们的心，心里也敞亮了一些，她问任杰：“任杰，你说说问题是怎么解决的？”

任杰看了看女生们，略微思考了一下，说道：“袁园你还是住自己原来的床不动，宗翠和我换一下就行了。我岁数大，又下过乡，守门口不害怕！”

袁园连忙站起身说道：“算了吧，算了吧，我还是到宗翠的床上去住吧，别再瞎折腾了！”宗翠没有吭声。

任杰又说道：“行了，咱们也别再争了，就这样吧！”

她抬眼看了看宗翠和袁园，又接着说道：“咱们是来学习的，只要有个地方存身就行了，何必挑挑拣拣呢？”

一句话说得两位姑娘都低下了头。

张主任望着任杰，满意地笑了。

陈新枝看到姑娘们的情绪好转了，又看到张主任也比较满意，她又说道：“同学们，你们还不知道吧，咱们张主任在土壤学方面不仅在全省，在全国都很有名气，你们学的教材，她就是主要编写人员！”说到这里，她停顿了一下，看见姑娘们的目光满含敬意，又看见张主任含笑注视着她们，便又接着说道："这还不算，张主任还是咱们农大的骄傲呢！想当年，她有许多传奇故事，上过广播登过报纸，是个英雄人物呢……"

还没等陈新枝说完，张主任打断了她的话，说道："都是历史了，还提它干什么？成绩只能说明过去，不能说明现在，更不能说明将来！"

任杰不愧是一位下乡多年有丰富经验的党员，她敏感地意识到陈新枝提这些历史的目的是什么，她忙接过话头，甜甜地一笑，说道："张主任，把您的光荣历史讲给我们下一代人听听，对我们将来的学习、工作都会大有好处。您还是讲讲吧，忘记过去，就等于背叛嘛！"

宗翠也孩子似的央求道："张主任，您就给我们当故事讲讲吧，我最爱听传奇故事啦！"

张主任从陈新枝的目光中读懂了她的良苦用心，心里暗暗称赞：看来这个陈新枝还真是不错，能见缝插针，抓住一切可以利用的机会教育学生！她微微一笑，谦虚地说道："好吧，同学们，我就给你们讲讲过去吧，让你们对咱们八一农大也有个了解！"

四

历史的镜头定格于二十年前。那是一九五九年夏天的一个傍晚，落日的余晖映红了天边的残云，照耀着东北大地上一个极为普通的小村子。虽然天已经黑了，但在地里干活儿的人们还没有回家的意思，有很多家庭主妇已经把饭做好，站在门口焦急地张望着，盼望着男人和孩子们早些从地里收工，好喂饱他们那饥肠辘辘的肚子。在村子里极少见到人影的情况下，街道上走着一位细高个儿，身材窈窕，漂亮标致的姑娘，她叫张冬青，就是今天的这位张主任，她正在去同学（也是恋人）周文强的家。还没等到周家门口，就看见周文强在自家的小菜园子里正找黄瓜吃，张冬青站在柳条障子边儿，双手扶着已经枯死的柳条，轻声喊道："文强，你来！"

周文强在绿叶繁茂的黄瓜架边直起腰，手里拿着两根碧绿的大黄瓜，看见是张冬青，笑了笑，便急急忙忙地走了过来。他把一根顶花带刺的黄瓜递到张冬青的手里。周文强刚想要吃自己手里的那根，被张冬青一把夺下，嗔怪地瞪了他一眼，柔声道："都快成大学生了，吃东西还这样不讲卫生！"

周文强不好意思地一笑，嘟囔道："不干不净，吃了没病！"

她拉了周文强一把，说道："走，到井沿儿洗洗再吃！"

俩人的身影被暮霭吞没。在去井沿儿的途中，他们和遇见的人打招呼。在这个小屯子里，有史以来能够把书念到高中又能考上大学的，仅有周文强和张冬青两个人。屯里的人们都认为他俩有出息，是天造的一对、地塑的一双，将来肯定会成为一家人的。不但屯里的人这样认为，就连双方的父母甚至他们自己也这样认为，所以他们在人们面前并不显得害羞或局促不安。走在乡村的小街道上，他俩如同走在无人的田野里，可以无拘无束地畅谈或说悄悄话，只要行为不放浪，符合农村人的习惯，谁都不会指责他们的。

周文强摇着辘轳，打上一柳罐子水。张冬青把两根黄瓜放在里面。本来就很新鲜的黄瓜经水一浸泡，显得更加脆生诱人了。张冬青边洗黄瓜边盯着周文强问："你到底想没想好？"

沉了好一会儿，周文强才低声说道："说真的，我不喜欢农业。你看看咱们的父辈祖辈，哪个不是顺垅沟找豆包吃的？我还是愿意学工，将来毕业了，到工厂里当一名工程师，风吹不着雨淋不着，还能住在大城市里，生活条件也会好一些……"

张冬青已经洗完了黄瓜，把柳罐子里的水倒在井外。她站起身，把黄瓜递到周文强的手里，急切地问道："那你就不打算报八一农大了？"

"唉！"周文强深深地叹了口气，勉强地说道，"为了你，我还是去吧！"

张冬青的脸上露出笑容。她兴奋地说道："你应该把目光放得远些才对，咱们中国人口众多，农业又落后，如果没有粮食吃，人还不都得饿死呀？像咱们农村这样种地，一个人累死累活种那么几亩地，产量低，又不讲科学，是没有发展的。听说八一农大学的都是机械化，种地用拖拉机，收割用康拜因，那才是农业的发展方向呀……"

周文强打断了张冬青那兴致勃勃的话，低声道："但愿你的美梦成真，可我觉得还是工业才能强国！"

一个月以后，俩人几经碾转，在小小的裴德火车站下了车。他们第一眼看见的是和家乡一样的成片的土坯房，只有远处高高耸立的裴德峰在提醒着他们：这里不是松嫩平原上的那个小村子，而是三江平原上的一个小镇。这个小镇有一所大学，叫八一农垦大学，他们将在那里学习四年。在没来农大之前，他们不止一次地在脑海里想象过他们将要去的大学的样子，也不止一次地议论过，想象中的大学，应该是高楼林立、教授如云，环境优美、学生勤奋。他们一路打听来到八一农垦大学校园时，这哪里有什么高楼大厦呀，映入眼帘的是一大片稀稀拉拉的平房。在一个建筑工地上，有一群穿着旧军装的人带领着一些民工，正在搞建筑施工。大沙堆上插着一面红旗，红旗正迎风招展，猎猎作响，上面"农管系一连"几个金色大字格外醒目。

"这是八一农垦大学吗？这像大学的样子吗？"

"既来之，则安之，咱们还是先报到再说吧！"

自从入学以来，张冬青已经完全适应了学校这种快节奏的军事化的生活：早晨起床后马上出操，上午上课，下午劳动（有时上工地搞建筑施工，有时去菜地种菜，有时去农场搞夏锄）。晚上的时间，不是开会，就是政治学习，再不就是讨论，有时三更半夜的还搞紧急集合。半个多月的时间，每天都过得既紧张又充实，觉得时间过得像匆匆流水一样的快。好不容易盼到一个星期天，老师宣布休息一下午，她想到的第一件事就是要找周文强。说句心里话，她最担心的就是周文强对这种生活不能适应，思想是否能转过弯儿来。自己应该先去看看他才对。想到这里，她放下手里准备要洗的衣服，往农机系男宿舍走去，刚走到一半路程时，他看见周文强低垂着头，慢腾腾地朝自己走来。她便加快了脚步。

“文强，你能吃得消吗？”望着又黑又瘦的周文强，张冬青心疼地问道。

周文强站在张冬青面前，那双漂亮的大眼睛布满了血丝，散射着迷茫的光，一副无精打采的样子。他轻轻地摇摇头，什么也没说。过了片刻，他轻声说道：“我们往裴德峰走走吧，我有话跟你说！”

俩人肩并肩往裴德峰走去，张冬青兴奋得像只小鸟，叽叽喳喳地说个不停，从老师到同学，从课程到劳动，从今天到未来，不让周文强插嘴。在这个过程中，周文强只是默默地走着，一句话都没说。等张冬青讲完后，还沉浸在幸福的憧憬之中时，周文强突然说道：“冬青，我想退学！”

张冬青吃了一惊，忙停住脚步，盯着周文强问道：“为什么？咱们学校条件暂时是艰苦些，但经过我们艰苦努力，以后会逐渐变好的！”

“我不想栽树，我只想乘凉！”周文强的脸色涨成紫红色，他又高声说道，“当初我说不考这所学校你不干，偏偏异想天开，要当什么农业科学家，非让我当什么未来的农机工程师。”

“文强，你要冷静点儿，毛主席都说过，一张白纸，可以画最新最美的图画，我们有双手，会创造美好的未来的！”

“冬青，你还是和我一起退学吧，这地方没什么发展。我想象中的大学不应该是这样的，还得总干活儿，要学干活儿的话，我用不着跑出几千里来当农民，在家干多好！要是想出操，搞紧急集合，我不如去军队当军人。我后悔死啦！”

说完，他双手抱头，蹲在地上，落下痛苦的泪水。

“文强！”张冬青抚摸着周文强的头发，柔声劝道：“你要相信，我们正做着一件前无古人后无来者的伟大的工作。你想想看，中国的农业那么落后，我们国家想十五年赶上英国，三十年赶上美国，我们国家还有那么多的荒原在沉睡需要我们去开垦建设，难道这不是一个伟大的目标吗？我们为之而奋斗终生不值得吗？”

周文强站起身，盯着张冬青问道：“这些问题我不想跟你讨论，我只问你一句话：跟不跟我回家？想不想明年再考别的大学？”

张冬青摇摇头，坚定地说：“打死我，我也不离开八一农大！”

“那我们俩的关系怎么办？”

张冬青低下了头，犹豫了起来。

这次见面，俩人没有更多的讨论，当然也就没有结果。张冬青隐隐约约觉得，似乎有什么事情要发生，心里总是不踏实。想想周文强那天的表现，她感觉周文强早晚要离开她，离开八一农大。可令她意想不到的是，周文强竟然来了个不辞而别，仅给她留下一封短信。

冬青你好：

当你看到这封信的时候，我已经踏上回家的路。你也知道我的理想和抱负，八一农大不是我理想中的大学，和我的理想相去甚远，我无法在这里待下去，如果再待几天，我会疯的。希望你能理解我！

我不想贬低你的美好理想和愿望，但我是真的不喜欢农业和这所学校，但愿能如你所愿，你的大学和你的未来能像你想象的那么美好。我就不能陪你一路看风景了，也没有福气等待着美好的未来变成现实，但愿你能成功！

今后，我知道你走的是一条光明大道，我也肯定要走一条不是独木桥的路，但愿我们都能如愿以偿，各自有一个美好的前途！

还是请你多保重，在这里照顾好自己！

我怕和你一见面会动摇我的决心，所以不敢见你，就悄悄地离去，希望你能理解。

爱你的文强

1959 年 9 月 10 日

看完那封信后，她偷偷地哭了一夜，并不是舍不得周文强这个人，而是为自己的初恋就这样草草收场而惋惜。

时间的脚步带领着人们走进一九六〇年，那一年，农垦部决定以八一农大的学生为主，去内蒙古的满洲里一带进行开荒，同时也可以兼搞农机实习。为了保证任务顺利完成，农垦部给八一农大调来了大批农机具。消息在学校一传开，同学们纷纷报名参加。张冬青自然也不例外，她和同班的四名女同学组成一个包车小组，称为党的女儿包车组，随同实习大队于八月到达满洲里。

满洲里是一个边境小城，座落在美丽的呼伦贝尔大草原的西北端，往北走不远就是苏联，往西几十公里就是中蒙边界。这里地势平坦，水草丰美，土质肥沃，是全国有名的大草场，有很多的土地可以开垦。当张冬青他们实习大队的专列到达满洲里时，正是骄阳似火的盛夏。学生们无心欣赏大草原那美丽的风光，卸完了车，有关部门招待他们吃了一顿热情洋溢的欢迎饭后，就往开荒点进发。张冬青包车组和另外几台拖拉机组成第二中队，奔赴中蒙边界的八一点进行开荒。

八一点距边境线不超过三公里，这里是一片茫茫草原，远离村屯城镇，人迹罕至，只有附近的一个解放军的木制边防哨所，算是最高的建筑。机务二中队拖拉机的轰鸣声，惊走了草原上的许多旧主人——各种禽兽，也震醒了沉睡千年的亘古荒原，从此以后，大草原揭开了新的篇章，为人类做出它的贡献。在草原开荒，工作还是比较顺利的，白天和夜晚，一个班次下来，每个包车组都能开垦一百多亩地，十几天的时间，就开垦出四万亩黑油油的土地。“党的女儿”包车组在张冬青的带领下，苦干加巧干，每天都比其他包车组多干一二十亩地。这令那些男生们很不服气，在作业点上，张冬青她们被称为铁姑娘队。因此，前来采访的记者写了长篇通讯，登在报纸上，并在广播里连续报道，这更激发了同学们的干劲，各车组之间展开竞赛，玩儿着命地干。有一天晚上，张冬青和小卢守夜班，没想到拖拉机出了故障，全车组人员打着手电进行修理，第二天又修了一天，傍晚时才将拖拉机修好。张冬青又领着小卢继续干到深夜，天亮的时候，人最困乏，由于连续两天两夜没睡觉，张冬青实在是太困了，那个突突作响的拖拉机，就像旁边有人哼着催眠曲的摇篮，在平坦无垠的大草原上爬行。张冬青的眼皮越来越沉重了，不知不觉睡了过去。拖拉机非常忠于职守，突突突地缓缓向前爬行，已经过了中蒙边境线了，她还没醒。拖拉机继续前行，张冬青睡得很香甜。不知道过了多长时间，拖拉机剧烈地颠簸起来，把睡得很沉的张冬青惊醒了。她睁眼一看，“妈呀”地叫了一声，原来拖拉机已经开过国境线好几里地，进入蒙古国的地界了，她一下子被吓醒了，赶忙升起大犁调转车头，开足马力向中国境内驶来。蒙古边防军发现情况后，马上骑马追击。拖拉机跑得再快，终究跑不过马，急得张冬青额头直冒汗，心怦怦跳个不停，小卢向后瞭望，害怕地喊：“快快快，要追上了！”

蒙古边防军边追赶边鸣枪，这使张冬青更加手忙脚乱。在万分紧急的时候，好在到国境线了。红色拖拉机刚刚驶过界碑，蒙古边防军就追了过来，他们急忙勒住马，大声吵嚷起来。张冬青回头看了看，没想到拖拉机把一根电线杆子刮断了，电线杆子哗啦一声倒在草地上。她还是没敢停车，继续往前猛开。没想到，前面有一大堆草，拖拉机像一头发怒的雄狮，一下子冲进去，轰隆一声翻了个底朝天。张冬青和小卢被远远地抛在草地上，她俩都没有爬起来，又继续睡着了。当领队的干部找到她们时，她们睡得正香，拖拉机还在草垛里轰隆着，履带还在转动。为此，张冬青受到严厉的批评教育。但同学们都开她的玩笑，认为这样的“出国旅游”太富有刺激性，也太冒险了。

到了九月底，满洲里寒风凛冽，开荒的车辆只好回市区进行保养，这时已开荒十三万亩土地。十月，又转移几千里，到湖北开荒，到一九六一年三月，他们在湖北又开荒十四万亩土地。五月返回满洲里整地种地。一直到一九六一年十月，全部人马才撤回八一农大。在这一年多的时间里，实习大队开荒整地播种共作业六十九万九千多亩，受到上级领导的好评，张冬青为此立了功，加入了中国共产党。

张主任的故事讲完了，姑娘们都陷入深深的遐想中。张主任又接着说道：“我们开荒时，作业条件非常恶劣。在满洲里时，蚊子多，浑身被咬得都是包，晚上几乎睡不着觉，睡在草地上，又很潮湿，我们很多人都得了皮肤病，有时一两天都没水喝。在湖北，由于是湖区，地势低洼，车经常打滑，我们就人工挖，有时用手抠，把手指都磨破了，但我们没有一个人叫一声苦。这些事实都说明了我们农大艰苦奋斗、不怕困难的好作风还在起作用。”

宗翠简直听入了迷，她眨着眼睛问道：“张主任，那个周文强后来咋样了？”

张主任的眼里掠过一丝哀伤，她深深地低下了头，缓缓地低声道：“他很不幸，离开八一农大后，第二年又考上了一所工业大学。前些年去世了！”

姑娘们的心都涌起了一阵悲伤。宗翠有些不知所措，忙低声道：“对不起，张主任……”

张主任面含悲伤，苦苦一笑说：“没什么！”

“我们要是赶上你们那时候就好喽！”袁园感叹着。

“每个时代都有每个时代的英雄，今天的你们，要学好本领，为国家的四个现代化出力，和张主任那时一样，也风流！”陈新枝插话道。

张主任点点头，轻声道：“只要我们为祖国付出了，就不会有什么遗憾啦！”

疼痛难忍。他想控制自己不去胡思乱想，可他的思绪根本就不受他控制，像脱缰的野马，在自由的天地里任意驰骋，不受约束。不知什么时候，过于疲惫的他，终于悄悄地睡着了。他做了一个梦，梦见一位蒙面大盗，闯进他们寝室，不拿任何财物，抱起修洁就跑。他奋不顾身地与强盗展开搏斗，撕打中，他的手被强盗的刀划破了，鲜血顺着手指往下淌，地面上的鲜血像天堂河的水一样流起来，那位大盗抱着修洁，乘坐着一片橘黄色的秋叶，漂漂荡荡地顺流而下。修洁并没有哭泣，而是向他微笑，微笑过后，竟然从口袋里掏出一支笛子，呜呜咽咽地吹了起来。他们像秋风一样，从秦丰的眼前飘然而过，不知去向。秦丰对着茫茫黑夜使劲地喊啊喊啊，直到喊得声嘶力竭、身心疲惫，摔倒在岸边才停止。等醒过来时，他发现手上包扎的手绢已经掉了，并且揭掉了一块血痂，伤口又渗出了血，弄得满手黏糊糊的。他坐起身，向窗外望了一眼，窗户上已经泛白，新的一天又开始了。

六

当系主任张冬青和新生班的辅导员陈新枝走进农学系书记郑义的办公室时，他正在接电话，见二人进屋，朝椅子指了指，示意二人坐下。听他说话那口气，是在和学校领导交谈。几分钟后，他放下电话，顺手取出一支香烟叼在嘴上，转身说道："校长来电话，打算在新生入学教育周内重点抓咱们农学系，并让我讲当年建校的创业史，还指名让轩辕昊宇教授作报告。"

张主任笑着说："讲建校史，非你莫属。咱们学校，老转业官兵几乎都没有了，就剩下你这么一个元老，你是最有资格讲了！"

郑书记笑了笑，说道："明天上午，全校召开新生入学典礼大会，我要准备一下。张主任，轩辕老师那边，由你去布置吧！"

张主任点点头。

郑书记又对陈新枝说："陈老师，你在新生中挑一两名会唱歌的，选一两首好歌，明晚要开欢迎新生晚会，咱们系要有新生代表参加！"

陈新枝点点头。郑书记又嘱咐道："这些天你就多辛苦一些，和同学们多待在一起，多观察了解他们，掌握好他们的思想动态，注意他们的思想动向，千万别闹出新生退学或偷逃事件来！"说完，他瞟了一眼张主任。

陈新枝连忙答道："放心吧郑书记，我会处理好的！"

他们又谈了一些别的问题后，两位女士便告辞了。

郑书记把烟点着，坐在办公桌前，慢慢地吸着烟。另一只手轻轻地摩擦着自己斑白的头发。他想把自己近五十年的人生经历从头理一遍，特别是到农大以后的历史，足可以说明农大的发展壮大是走了一条多么艰辛多么曲折的道路，自己就是这段历史的见证人，是最有资格评说的。那些逝去的往事，像逐渐飘来的浓云一样，从远到近慢慢地展现在他的面前……

三十多年前的他并不叫郑义，那时，他还是一个十四岁的穷小子，在宾县一个偏僻的小农村给一个凶恶的大地主杨大棒子当小猪倌。当时，他的名字叫郑老跟儿。在他的记忆中，根本就不知道母亲是啥样儿，在他十岁那年，积劳成疾的父亲就病死在这个叫杨大棒子的地主家。从此以后，他便沦为杨大棒子家的小猪倌。杨大棒子为人歹毒，称霸一方，在这方园百十里地，一提起他，是人人害怕人人恨的角色。有时小孩儿夜晚不睡觉，年轻的妈妈便吓唬道："你再哭，杨大棒子就来了！"吓得孩子立刻止住哭声。杨大棒子从不把自己家的长工当人看，非打即骂，有时还不给饭吃，尤其是当他弄丢了猪之后，每次都要遭到毒打，他恨透了那个老地主。当他长到十三岁那年，听年长一点儿的长工讲了他妈妈死的真相后，他对杨大棒子更是恨之入骨，总想法儿要替他妈妈报仇，而不能像爸爸活得那么窝囊。没办法的是，杨大棒子的护院队有十几条枪，还有十多个狗腿子看家护院，总是没办法下手。第二年秋天，来了民主联军，他像看到救星一样，没出几天就和部队的人混熟了。那时的杨大棒子，吓得把枪都埋在马圈里，他领着部队的人挖出了枪，揭露了杨大棒子剥削老百姓的罪恶。杨大棒子被民主政府给抓起来了，没过几天就被枪毙了。他总算解了心头之恨，随后便参了军。在那硝烟弥漫的血腥岁月里，他随着部队打了四保四平、三下临江保卫战，然后又随着第四野战军参加了辽沈战役，平津战役、渡江战役，一直打到海南岛，随后又参加了湘西的十万大山剿匪。仗还没打完，便接到出兵朝鲜抗美援朝的命令。他清楚地记得那是初冬的一个早晨，部队边行进边发志愿军的服装。在朝鲜战场上，三年的时间里，他几次负伤，九死一生，最后总算拣了条命回来。在那些战争的岁月里，他身边的战友倒下一批又一批，牺牲了无数人，他也在战斗中逐渐成长起来，后来，他被授予上尉军衔。当他在部队干得正起劲时，没想到一纸命令，他所在的部队集体复员，开赴北大荒开荒种地建农场。

北大荒的四月初，乍暖还寒，杨柳枝刚泛起鹅黄，田野里的积雪刚刚融化，背阴处还有残雪，在阳光下闪着粼粼不耀眼的光。这一天，是小小的密山县城——铁道兵农垦局所在地最热闹的一天。窄窄的街道上，泥泞不堪，冷嗖嗖的空气里夹杂着刺鼻的煤烟味，各种叫卖声包围着这座城市。到处都是头戴大盖帽、肩扛军衔的军人。他们是刚从祖国各地来到北大荒的转业官兵。郑义也是其中的一个，他和战友们兴致勃勃地逛街。下午两点多，在车站广场召开万人大会。各部队的代表排列成军人固有的整齐的队伍，雄纠纠气昂昂地列队于大会主席台前，那一面面红旗迎风招展，猎猎作响。各部队之间的拉歌声不断，此起彼伏，小小的密山县城，顿时成了歌声的海洋、欢乐的海洋、军人的海洋。我军著名将领，人民军队开荒元勋，铁道兵司令员王震上将发表了热情洋溢的讲话。他鼓励官兵们发扬战争年代的革命精神，不畏艰苦，敢于奋斗，把北大荒建成自己的第二家园，努力建设，为人民、为新中国多打粮食。他还提出“一颗红心交给党，英雄解甲重新上战场”的口号，并当场挥毫写了一副对联，赠给转业官兵：

密虎宝饶千里沃野变良田，

完达山下英雄建国立家园。

横批是“艰苦创业”。

那时的郑义，被首长们描绘的美好前景所鼓舞，陶醉在创业大干一场的遐想之中，兴奋得连手掌都拍红了。他真想马上就甩开膀子大干一场，把北大荒变成北大仓，多打粮食，为国家多做贡献。

郑义成为生产队的队长，在一个清冷的早晨，他带领二十多名转业官兵从总场——一个不足五十户的小屯子出发，去建立崭新的生产连队。一面红旗引导着这些英雄走在亘古荒原上，越往前走人烟越稀少，一望无垠的大荒草甸子上小叶樟匍伏着，厚厚地盖在刚刚融化的雪上，人一踩上去，就陷到膝盖处，行走起来十分吃力。荒原的远处，不时传来狼嚎虎啸，更给这个从远古沉睡至今的大地增添了恐怖的气氛。他们艰难地走了一天，傍晚时分，终于看见了那个小高地的树林中高高飘扬的红旗——那是去年冬天场长们探点考察时立起的。人们一阵欢呼，忘记了疲劳，急急忙忙向小高地奔去。等到了小高地一看，人们顿时心凉了半截，刚才那种兴奋劲儿一去不复返了，原来这里也是房无一间，连个遮风的地方都没有，看见大家有些失望和畏难的情绪，郑义放下背包，大声喊道：“同志们，这就是我们的新家啊！”

他吩咐炊事员赶快搭灶生火做饭，其余的人立即割小叶樟割条子建窝棚。北大荒的夜晚，天上的星星像刚刚从水里捞出的白色珍珠一样，在夜幕中撒下清辉。寒冷的西北风，像剪刀一样，裁开了雪封的世界，刚刚化了的雪冻成了冰。他们二十几个人挤在几个被窝里，地上铺着厚厚的小叶樟，上面盖着几床军被，窝棚外点燃着几堆篝火。即使这样，他们还是冻得牙齿直哆嗦，浑身打冷战，眉毛和头发都上了霜。不知是嗅到了人的气味还是看见了火光，很多狼围了过来，在离他们不远处坐着，嗷嗷地嚎叫着，吓得哨兵紧紧地握着钢枪，警惕地盯着那些在黑暗中闪着幽幽蓝光的贪婪双眼。北大荒的第一个夜晚，郑义和他的战友们就是在寒冷和狼嚎中度过的。从第二天开始，他们便伐木割草，开始盖马架子，半个月后，他们住进了新屋。同时，开荒的拖拉机开来了，种子、柴油、农具也陆续到位。

五月的北大荒，万物复苏，天气也渐渐地暖和起来，一望无际的荒草甸子上，浓烟四起，烧荒的滚滚浓烟像一层厚厚的铅云笼罩着北大荒的天空。随风飘落的灰烬，把大地又覆盖上一层薄薄的黑色面纱。一到夜晚，火光烧红了半边天，像火焰山一样，煞是壮观。被大火刚刚烧过的草地，青草长得格外的快，没出几天，塔头墩子上便有了蒙蒙绿色，没地方搭窝的鸟儿们叽叽喳喳地吵闹着，而在空中盘旋飞舞的大雁或白鹭们，找不到了自己的家园，孤独地在空中鸣叫着，然后扑刺刺地飞向远方去寻找新的落脚点。

这几天气温上升得特别快，中午时分，穿棉袄已经热得不行了。郑义他们检修完农机具后，便等待着草垡子开垦够深后好开荒。站在马架子前，向远方望去，只见白花花的阳光下，大地的水蒸气腾腾升起，把荒原笼罩在氤氲之中，缥缥缈缈像是一道轻漫的大水，把一切景物淹没其中，随着春风轻轻地飘摇着。

刚过中午，场部两名通信员骑马送信来了。他们给郑义带来一个连他自己都不敢相信的消息，他的媳妇——一个城里工人的女儿来到了场部，让他去接。他听后又惊又喜，埋怨通信员为什么不把她捎过来。其中一个通信员说嫂子不敢骑马。郑义有些着急了：离场部二十五公里路，怎么去接呢？还是那个小通信员脑瓜子转得快，手指拖拉机说道："你还是开拖拉机去接吧！"

一句话提醒了郑义，他心想：我正好还有事要跟场长汇报呢，就开拖拉机去吧。于是他嘱咐了几句便跳上拖拉机，突突突地向场部方向开去。在一望无际的大草甸子上，根本没有路，满眼都是刚刚泛绿的草芽，在阳光下舒展着腰身，尽情地生长。郑义凭着感觉，朝着场部方向突突地开着，不时地惊起小鸟。小鸟叽叽喳喳惊叫着，一跃而起，飞向天空。费了很长时间，郑义才到达场部。在场长那间窄小的办公室里，他看见了漂亮的妻子舒云。她矮矮的个头，胖乎乎的，一双会说话的大眼睛深情地望着他，只是由于疲劳，眼圈儿发黑，面带倦色。但一看见郑义，她的兴奋就代替了一切。他还没来得及和妻子说话，场长就进了屋。他仍然是军人打扮，只不过已经摘去了领章帽徽，但行走坐卧、言谈举止，处处都有军人的威严。他先和郑义两口子唠了唠家常，然后就谈起了工作。和郑义交换了一些意见后，他想留郑义两口子吃顿晚饭以示欢迎。郑义说天快黑了以后再说吧，便领着妻子拿着简单的行李，跳上拖拉机，突突突地往回开去。

太阳渐渐地西坠了，天开始冷下来了。郑义驾驶着拖拉机，迎着太阳撒着欢地向前跑。舒云有点儿冷，裹了裹衣服，又向郑义跟前靠了靠，眼里透着幸福。望着无边无际的大草甸子，她的目光就不够用了。郑义埋怨她说不好好在家待着，跑这儿来干啥。舒云嗔怪地瞪了他一眼说："人家想你嘛，咋的，不欢迎我来呀？"

夜色浮起，满天的晚霞，霞光映衬在舒云美丽的脸颊上。

郑义瞅瞅迷人的老婆，温柔地笑了笑，说道："我哪敢不欢迎啊，只是没想到。"

妻子说："我就是想给你个惊喜。"

舒云而后靠近郑义，在他的腮上吧叽亲了一口。

郑义笑嘻嘻地说："别分散我的注意力，万一开进大酱缸里，咱俩的小命玩儿完！"

舒云听后吓了一跳，胆怯地问道："真那么危险吗？"

"骗你干啥？"郑义爱怜地看了她一眼。

舒云吓得不敢说话了，瞪大眼睛，死死地盯住前方。

拖拉机越开越慢，排气管子突突地冒着黑烟，负荷逐渐加大，郑义知道，已经进入草甸子腹地了。突然，他感觉到拖拉机走得非常吃力，便又加大油门，可还是觉得拖拉机还是走得很慢。妻子回头往后边看了一眼，吓得"妈呀"一声，紧紧靠在郑义的肩上，连忙抓住郑义的胳膊，喊道："郑义，你快看，后面跟着的是什么东西？"舒云被吓得不敢吭声，连大气都不敢喘。

郑义回头一看，只见一只黑色的大狗熊，足有七八百斤，前掌正抱着牵引板使劲往后拖。郑义也吓了一大跳，他也是头一次见到大狗熊，不免有一些害怕。但久经战场的他，立刻就镇静下来，轻声对妻子说："你别害怕，看我怎么对付它。"

说完，郑义加大油门，已经到底了，拖拉机还是跑不起来。郑义心想：总让这只大狗熊这么纠缠下去也不是办法，万一它发脾气就麻烦了。

于是他一脚踏在离合器上，车子突然停下了，大狗熊的脑袋撞在车后方的玻璃上，哗啦一声玻璃碎了。大狗熊的嘴差一点儿啃着妻子的后脑勺。郑义挂上倒档，加大油门，趁着黑熊迷糊的时候，拖拉机猛地向后倒去，大狗熊的两只后掌被压在拖拉机下，松开了前掌。郑义赶紧挂上前进档，逃离那只受伤的大狗熊。他知道，受伤的熊兽性大发，比不受伤的熊要凶残十倍。此时最明智的选择还是远离它最好！等他们到了安全地带再回头望时，只见在夕阳残红的影子中，那只受了伤的熊一瘸一拐地走在原野上，不时地还向天吼叫几声以示抗议或表达痛苦。郑义再瞅瞅妻子，只见她脸色惨白，话都不会说了……

马架子里的一间小屋成了他们的家，唯一的一个柜子是他们的全部家当。妻子在炊事班做饭，郑义他们在荒原深处开荒，草甸子与天相接之处，远远地望去，一台台拖拉机像一个小小的逗号，写在荒原之上。那被翻起的一条条黑土，油汪汪地闪着寒光，对着太阳温暖地欢笑着，仿佛是在绿色的稿纸上写下一行行黑色的诗句，那么富有诗意，那么让人感到振奋，那么让人觉得希望就在眼前。依稀之中，仿佛黑土地上已经长满了小麦和大豆，在人们希望的目光中跳舞。他们边开荒边种地，当年就种了几千亩大豆。

刚刚进入八月份，大豆还在摇铃季节，又一个消息让郑义没想到：场里让他去一所新建的农业大学上学。场长拉着他的手，语重心长地说："郑义呀，咱们开发建设北大荒，目的是为祖国为人民多提供粮食，但种地不讲科学不行，今后我们的事业要发展壮大，没有懂技术的人不行。场里决定让你去上大学，多学些过硬的本事，好回来建设我们的农场！"

就这样，郑义把妻子又扔在荒原上，打起背包来到刚刚创建的密山农业学校，也就是八一农垦大学的前身。到学校后一看，只有几栋简陋的平房，哪儿有什么高楼大厦呀？好在他和同学们都是军人出身，根本就不怕困难。

他们到校没过一周，就参加了紧张的建校活动。他建过房子，打过饲料，搞过秋收……

正当郑义陷入对往事的沉思中时，门被轻轻地打开了，走进一个高高个子、瘦瘦的女人，她轻轻地走到郑义的背后，轻声道：“老郑，下班了，咱们回家吧！”

轻轻的一声呼唤，把郑义的思绪从遥远的地方拉回，回过头一看是石宏伟，心里多少有些茫然，又看了看她那双饱含着忧伤的眼睛，心往下一沉，接着又轻声地叹了口气。那声音非常的弱，似乎连他自己都没听见。

七

当张冬青主任走进轩辕昊宇老师的办公室时，他正坐在桌前奋笔疾书，连张冬青进屋的脚步声都没有听见。

张冬青主任在他斜对面的桌前坐下，面带微笑地注视着轩辕昊宇老师：他的小平头理得一丝不乱，齐刷刷得像用刀切出来一样整齐。自从张冬青认识他那天起，轩辕老师就剃这样的发型，一直到今天，已经二十多年了，即使在他最艰难的岁月里，也从没有改变过，小平头仍是整整齐齐的。他曾私下对张冬青讲过："你什么时候看见我的发型发生了变化，就说明我生命中的西伯利亚寒流来了，那时，我的世界就会降温，就会结冰，就会下暴风雪。也许就在那暴风雪肆虐的傍晚，我会倒毙在白雪皑皑的荒野……"所以，张冬青每次看见他时，总是特别留意他的发型，看见他的发型整整齐齐时，她的心就会掠过一丝无名的安慰和激动；看见他的头发有些乱时，心就会往下沉，情绪也会有些茫然。

正当张冬青注视着轩辕老师的头发时，他一抬头，看见了张冬青，不禁愣了一下神儿，忙问："你什么时候进来的？看我都忙晕了！"

张冬青忙笑着说："你快忙吧，我知道人家出版社催稿催得紧，写出多少字了？"

轩辕老师微微一笑，说："快了快了，再开几次夜车就完事了，月底给出版社寄去就行了。这本书可比上本书要多费不少的心血呀，资料比较难查，没办法，只好向老同学写信索要，咱们农大真是太偏僻啦，很不方便！"

"费些心血是值得的，你是气象学界的名教授，又到苏联留过学，这些年荒废了那么多的好时光。趁如今重视科学的好形势，应该多拿出些成果来，为你自己为学校也为垦区多争些光，这是你人生价值的具体体现嘛！"

轩辕老师笑了笑，说道："真是当领导了，讲话所站的角度都不同了！"

张冬青的脸红了，不好意思地笑了笑，说：“老师你是批评我吗？我当再大的领导也是你的学生呀！”

俩人一时无语，张冬青又瞅了瞅轩辕老师，只见他窄窄的脸上，有稀疏的雀斑，高高的鼻梁、深深的眼睛流露出微微的倦意。她低声道：“你要注意身体呀！”

轩辕昊宇轻轻地点点头说：“我这驾老马车还能在伏尔加河的冰面上跑进二十一世纪，未必比年轻人慢多少！

张冬青又笑了，柔声道：“老师的心态真是永远年轻，我都自叹不如啊！”

“叫花子过年，穷欢乐而已！”轩辕老师苦笑一声，低声道，“内心的苦楚，他人岂能知晓？”

张冬青赶紧低下头，避开他那灼人的目光。

屋里静了下来，轩辕老师摆弄着手里的钢笔，张冬青也有些局促不安。过了一会儿，轩辕老师打破了沉寂，问道：“有事吗？”

慌乱中，张冬青抬起头，尽量不去看轩辕老师的眼睛，而是把目光盯在他高高隆起的额头上。稍微镇定了一下自己的情绪后，她说道：“明天要开新生入学典礼大会，校长指名让你作报告！”

轩辕老师没吭声，低下头看了看那堆乱七八糟的稿子，又抬起头望了望张冬青，面露难色。张冬青看出了他的心事，轻声道：“这样吧，发言稿我给你写，到时候你照念就行了。不会影响你写书的，如果推辞的话，恐怕学校和郑书记对你都会有看法的，又该有人背后说你翘尾巴啦！再说了，你出过国留过学，是中央气象台的高材生，如今又搞出那么多的科研成果，是很有典型性、代表性的，你的发言，是对新生们的最好教育和鼓动！”

轩辕老师沉思了一下，点了点头，算是答应了。

张冬青站起身，说道：“你也别太累了，早点儿回家吧，关心一下你家属的病，这些年，她也不容易呀！”

轩辕老师盯着张冬青，没有吭声。

张冬青又低声劝道：“在你人生最灰暗的时候，是她给了你亮色，才有你的今天。如今，你已经很耀眼了，应该多给她一些温暖才对！”

轩辕老师皱了皱眉，张冬青赶紧停止说话，站起身向门外走去。

八

第二天早晨八点钟，当农学系的新生们在主楼门前集合时，秦丰一下子傻了眼，他最害怕的三个女生全都和他在一个班里。他暗想：真是哪壶不开提哪壶啊！在女生堆里，秦丰第一眼就认出了那个矮个子女生，他的脸不由得红了，身不由己地把手插进口袋里。那里面正装着那个矮个女同学的手帕。当时，由于着急和窘迫，秦丰并没有问她的姓名，只是从内心深处觉得这个女同学和别人不一样。偶尔抬头瞅瞅那人，只见她正聚精会神地听讲，不时地在笔记本上记录着什么。而那个挨着她站着的高个儿女同学，漂亮的脸庞一直是高高地昂着，眼望着远方。秦丰顺着她的目光望去，原来她正凝视着一片浮云，全神贯注，丝毫不分心。那片浮云在天空中恣意飘浮着，云头和蓝天一擦而过，留下丝丝带状的水雾的虚线，很像几何图形中的辅助线；那个胖胖的和秦丰撞了个满怀的女生，左顾右盼，一会儿瞅瞅天空，一会儿瞅瞅老师，一会儿瞅瞅同学们。当她的目光与秦丰的目光相遇时，她咧嘴甜甜地一笑，弄得秦丰的脸红到了脖子根儿，不好意思地赶忙低下了头。秦丰再也不敢瞅她们了，心里乱糟糟的，连老师讲了什么都没听清。他握着口袋里的手绢，那手绢似乎有些发烫。他暗想：今后该怎样面对这三个女同学呢？

开学典礼大会是在一栋破旧的平房礼堂里举行的，满头华发的老校长向新入学的三百六十名新生介绍道："同学们，你们来到八一农垦大学学习，我们非常高兴，我代表全校教职员工热烈欢迎你们。希望你们在今后的生活、学习、工作中能事事顺利，一切如意。同学们，你们别看我们学校远离闹市，又处在边境地区，生活条件又很艰苦，教学条件又差，可她是咱们的王震将军亲手创办的，他还是咱们的第一任校长呢！这所学校的一砖一石、一草一木，都凝结着当年转业官兵们的心血和汗水。应该说，你们如今能有这样的学习环境，是有福的，但咱们千万不能忘记艰苦奋斗、勤俭办学的光荣传统啊！咱们学校是黑龙江垦区的唯一的一所大学，黑龙江垦区占全省土地面积的百分之二十二，却向国家提供百分之四十的商品粮。黑龙江垦区的机械化程度高，劳动生产率也高。目前，三江平原是世界上仅剩下的为数不多的还没有开垦的平原，以后还会有许多的工作需要你们去干。现在，我国的农业状况还很落后，今后的农业发展就靠你们啦。同学们，你们可要珍惜这来之不易的大好时光，认真学习，为我国的农业现代化做出你们的贡献……”

开学典礼大会结束以后，辅导员陈新枝把全班六十个同学划分为六个小组，秦丰当了小组长。不幸的是，小组中除了二四一房间的八个男生外，还有两名女生，当小组十个人坐在二四一房间里开第一次小组会议时，秦丰一点儿都没想到，端坐在自己床上的那个矮个子女生，就是自己在裴德峰上遇到的那位，而胖乎乎的，瞅着自己笑的那位少女，正是在主楼教室里和自己撞了个满怀的人。他最不想见到的人，不仅分到了一个系一个班，而且还同在一个小组，在以后的四年里，他们在一起打交道的日子会很多很多，一想到自己心里的秘密及口袋里的手帕，秦丰就有些窘迫。不好意思瞅对面的两个女生，始终勾着头，脸红红的，好像做了什么见不得人的事似的。由他主持的小组会，在这种窘迫的沉默中竟然度过了十分钟，始终没有人说什么。正在大家都十分拘紧的时候，陈新枝来了，她未开口先笑了笑，那美丽的笑容犹如朝霞一样灿烂，顿时照亮了每个人的心空。她挨着两位女生坐下后，先是问大家吃的、住的、睡的是不是很好等等。那亲切的话语使学生们的拘紧渐渐地消除，情绪也高涨起来，说话的声音也逐渐放开了，陈新枝马上抓住这个机会，让同学们先做个自我介绍，相互认识一下。同学们又沉默了，有的你瞅瞅我、我看看你，有的低下头摆弄着手指头。陈新枝又笑了笑，说道：“秦丰，你是小组长，只好由你先开头喽！”

秦丰站起身，红着脸，做了一番简单的自我介绍。

第二个站起来的是李学庆，他说道：“我叫李学庆，家住在一个农场，父母是农工。我高中毕业后在生产连队干了两年的农工，复习了两年才考上大学。本人的业余爱好是文艺，希望大家能够喜欢我！”说完，他满意地笑了笑，眼睛又溜了一圈儿，还特意在两个女生的身上多逗留了一会儿。

任杰忙低下头，避开李学庆的目光。是的，她不敢瞅李学庆的目光，那种目光，叫她害怕，叫她茫然，叫她感到脊背上有毛毛虫在缓缓蠕动。她回想起在火车上遇见李学庆的情景。那是一个下午，初秋的阳光照进车厢里，拥挤不堪的人们觉得暖洋洋的。车厢里空气污浊，声音嘈杂，伴随着咣当咣当单调的车轮声，使已经坐了一天一夜火车的任杰的大脑有些麻木，眼皮仿佛有千斤重，总想睡觉。正当她靠在椅背上打瞌睡时，蒙眬之中，好像有一双眼睛，从对面紧紧地盯着自己。任杰暗暗吃了一惊，睡意全无，顿时睁大了双眼，发现她对面，不知什么时候由一个老头儿换成一个年轻英俊的小伙子，正死死地盯着自己。发现她醒了时，小伙子慌乱地移走目光。任杰活动了下身子，不经意地扫了对方一眼，那位正向车外张望，眼角的余光还在瞄着自己。任杰理了理刘海儿，心里多少有些害怕。她立刻正襟危坐，好像要拒人千里之外的样子。就这样，时间在车轮咣当咣当的单调声中缓慢地流逝，对面那位几次想张嘴和任杰说话，都被那冰冷冷的态度给镇住了，只好作罢。但他还是不甘心，站起身，从旅行袋里掏出两个苹果，削好皮，双手递到任杰的面前，温和地说："请你吃个苹果吧！"

"谢谢，我不想吃！"任杰欠了欠身，轻轻地摆摆手，有礼貌地拒绝着，但脸色依然如故。

"看样子你是上学的学生？"豁口一旦打开，就不能半途而废，一定要扩大战果。

"是的！"任杰冷冷地回答着，并没有看对方一眼，她心里暗想：这人真是多事。还是提防些为好！

"哪所大学？"

"八一农垦大学！"

"我也是！"对方白白的脸上，浮起一丝笑容，又追问道："你是哪个系的？"

"农学！"

对方一拍巴掌，高兴地叫道："真巧了，我也是农学系的，咱们是同学！"

距离感缩小了，任杰的心，由紧张开始变得松弛下来，那个男生自我介绍道：

"我叫李学庆，你叫什么名字？"

“任杰！”任杰的脸上有了一丝笑意，说话也温柔了许多。

李学庆把削好的苹果又递过来，任杰说啥也不肯接，李学庆热情得不得了，比三伏天还热，弄得周围的人都看他俩。任杰实在没办法了，只好接了过来。李学庆嚼着苹果，打开了话匣子，从他考学谈起，说他高考分数很高，上八一农垦大学这所大学有些亏了，按他的分数理应上一所比八一农垦大学更好的学校。任杰听后，微微地皱起眉头，轻声说道：“不管学什么专业、上什么学校，只要将来能为国家建设出力就行！”

李学庆忙打住了话头，不屑一顾地瞟了任杰一眼，任杰从对方的眼神中，似乎读明白了一切，她的嘴，不由自主地停止了咀嚼，心头掠过一丝阴影，对李学庆的印象也就暗淡下来。李学庆一看任杰有些不高兴了，马上转移话题。此时此刻，任杰觉得此人对于女性来说，好像特别饶舌，心里多少有点儿不舒服，再瞅瞅他的目光，更有一种叫她害怕的成分，从此她不敢正视李学庆的目光。

张建华站起身。他中等个儿，微瘦，身体略显得单薄，方方的脸膛，稍稍有些下凹，上面有些星微的雀斑；眼睛不太大，单眼皮，目光炯炯，并不散乱，只是有一个眼睛稍微有点儿斜，但如不注意，谁都不会看得出。他张嘴说话时，露出一口洁白的牙齿。穿着一件蓝色学生服，稍稍有些大，显得不太合身。他说道：“我叫张建华，家住在一个县城，在磷肥厂上了两年班，今年考到八一农大来了。以后我们就生活、学习在一起了，请各位多多关照！”

王新良也做了自我介绍，他有点儿口吃，越紧张说话就越磕巴，憋得脸通红，额头上直淌汗，话还是没有说完整。宗翠手捂着脸，低下头偷偷笑着，李学庆也笑眯眯地盯着王新良，像在欣赏一个新奇的动物似的。看见王新良说话费劲的样子，秦丰暗暗地替他使劲。这时，张建华站起身，对陈新枝说道：“陈老师，王新良说话费劲，我替他说行吗？”

陈新枝点点头，张建华替王新良做了全面介绍。王新良坐下后，长长地嘘了一口气，用感激的目光瞅着张建华。他擦完汗之后，就低下了头，不敢再瞅大家一眼。

任杰站起身来，向同学们自我介绍道：“我叫任杰，家住县城，十六岁下乡，几年后返城，考了三年才考上大学！”

秦丰听见任杰是自己的老乡，回想起在山上的那次遭遇，他不好意思地瞅了瞅她，又害怕她看出自己的心思，忙低下了头，摆弄起衣襟来。陈新枝插话道：“任杰同学是咱们班唯一的党员，有四年的党龄啦！”

所有人的目光就像聚光灯一样都聚到任杰的脸上她那不算太漂亮的脸上，泛起阵阵红晕，显得更加娇羞。她忙低下头，想说句什么话又没说出来。秦丰心里暗想：看样子我这个老乡挺厉害呀！张建华的目光，带有更多的疑虑；李学庆的目光，带有更多的好奇；王新良的目光，带有更多的钦佩；宗翠的目光，带有更多的真诚……

长得丰满的宗翠站起身，柔声细语道：“我叫宗翠，家住县城，父母都是工人，今年第一次考大学，没想到，竟走进八一农大的校门……”

小组会还在继续进行。

九

写给修洁的信寄出后，秦丰就天天盼望着回信。他明明知道不可能马上就有回信，但他还是愿意在盼望中度过每一天。他私下里管这叫甜蜜的折磨。在这样焦急的心情下，时光过得仿佛慢了许多。好容易熬过了一周，他还没有接到修洁的回信，他真有些坐不住板凳了，上课的时候，注意力总分散，不知不觉地就想到修洁。想象此时此刻的天堂河，人们在干些什么，修洁是下地干活儿去了还是在田地里收土豆？

终于收到修洁的信，秦丰捧在手里，激动得有点颤抖。他急忙把信揣进口袋里，好像怕别人会发现他的秘密似的。偷偷地瞅瞅周围的同学，没有一个人注意他，只有张建华问了他一句“来信了”，他点点头算是回答了。他的心总是静不下来，无心听课。几次想把信掏出来看，又怕看信时自己不能自持，出了什么洋相让同学们笑话，只好盼望着快点儿下课好躲开人群去看信。那一堂课，在秦丰的人生时刻表上，恐怕是最长的一堂了，老师的声音在耳边嗡嗡地响着，老师的那张上下翻动的嘴唇，好像把秦丰焦急的心情都咀嚼了一遍又吐了出来一样。熬到了下课，秦丰第一个冲出门去，跑到操场边，坐在浓浓的树阴下，瞅瞅四周无人，才从口袋里掏出信，急忙撕开，急切地读了起来。

秦丰哥，你好：

首先，让我祝福你，祝福你顺利地考上了大学，成为我们这代年轻人的骄子，成为天堂河村的第一个大学生。这不仅仅是你自己的光荣，也是天堂河村的光荣，而且，也给天堂河村的孩子们树立了一个榜样。我想，天堂河村以后会出现更多的大学生的，因为有你在前面趟路，他们都会步你的后尘的，但能如我所愿吧！

过去的岁月是美好的，它将永远珍藏在我的记忆中。有了这些美好的记忆，我就会觉得弥足珍贵，也会觉得幸福无比，不再需要其他什么了，你说呢秦丰哥？

至于你在信中所提到的我给你的帮助，我想这没有什么了不起的。你说如果没有我，你就不会考上大学，我看也不尽然。无论怎么说，能考上大学，这是我们这代年轻人最高的追求与向往。你之所以能考上大学，主要是你自身努力的结果，至于我所起的作用，是微不足道的，你最好不要总放在心上，这样不好，对你，对我，都是一个包袱，都有压力。你说呢？看在我们过去情谊的分上，请你忘记这些吧！

秦丰哥，说真的，我知道你是真心爱我的。你的心里只有我。从打我们上小学时起，我就知道你处处关心我，爱护我。秦丰哥，你知道我的心吗？在我的心里，装的只有你，无论你走到天涯海角，你都会永远占据我的心房，这样，我就会愿意为你奉献出一切。你还记得吗？秦丰哥，在你入团那时，在放学回家的路上，我表现得多么兴奋啊！你要知道，我修洁可不是一个轻飘的女孩儿。当时，有几个女生追问我："张修洁你是咋回事？莫非有啥喜事？"她们哪里知道，秦丰哥入团就是我天大的喜事，你的光荣就是我的光荣，你的欢乐就是我的欢乐！当时，我真想和你好好唠唠，可我竟那么害羞，只好把喜悦埋藏在心底！现在回想起来，心还在怦怦地跳，仿佛逝去的那一幕，就在昨天，伸手就可触摸到……可这一切，都已成为记忆，离我远去。假如时光能倒流的话，今天，我多么希望再来一回呀，让我重温旧梦，让那样的热情永远冲击我，天天荡漾着我的灵魂，时时有一双叫我既怕又盼的手，有力地拨动着我心灵的琴弦，鸣奏出能叫我发昏发烧的乐曲，去走完人生的风风雨雨，战胜前进道路上的坎坎坷坷。

秦丰哥，你在信中提出想和我订婚一事，我认为不妥，虽然从我内心深处来讲，我是极其情愿的，愿意永远和你在一起，白头到老，但这是不可能的。想想看，如今，你是一个大学生，以后你或许成为工程师，或许成为学者，或许成为干部……而我，一个地地道道的农民，将永远过着脸朝黑土背朝天的生活。可以说，我们之间的鸿沟真是太宽太深了，我纵然使出浑身的力气，也跃不过去。虽然你现在对我情深似海，但人生在世，万事如云，瞬息万变，一切的一切，绝非都随人意。你是一座高山，我总不能奔着你跑啊跑啊！中国有句古语“望山跑死马”而我，既非骏马，又非千里马，是永远也不会跑到你那座高山前的，纵然累死，也是枉然。我觉得爱不是自私的，它的伟大绝不在于索取，而是奉献；我奉献我的心，你奉献你的情，就会化作一道彩虹，横卧于蓝天之上，又何必再苦苦地去追求非要得到它呢？还是让我们永远记住那些我们之间没有公开的，回忆属于我们的最为甜蜜的记忆吧！

你是一只在高空盘旋的雄鹰，你展翅奋飞，我不愿作你翅膀下的一块坠石，牵坠着你，使你永远飞不高，飞不远，甚至飞不动，连麻雀都不如，那样的话，我将成为罪人！我愿你这只雄鹰，冲破迷雾，战胜风雨，勇往直前，这才是我的愿望。就像你当初入团时我为你高兴一样！如果我总是牵坠着你，你会觉得太累，我也会觉得太累，秦丰哥，你能理解吗？

就因为这些，我才不能在天堂河村的人们面前显示我和你的亲密关系，不然的话，人家该说你是陈世美了。我可不愿意当秦香莲。秦丰哥，可以这么说，你的理想实现了，我的愿望破灭了，我是通过我自己的手，毁灭了自己的愿望，实现了你的理想……

如果你是雄鹰，就要勇往直前；如果你是高山，就要显示出雄伟和挺拔！

最后，遥祝你一切顺利，万事如意，学习进步，身体安康，你尤其要注意身体！

等你放假回家后，自然会知道我的情况的，会让你大吃一惊的！

随信寄回你写的诗，亲爱的秦丰哥，你的诗，就是我的泪！你的那首诗，我永远记住了。

你是美丽的花朵
我是绕你翩飞的彩蝶
彩蝶最恋什么？
——花朵
彩蝶追求什么？
——花朵
花朵呀花朵
你是否可以告诉彩蝶

它能否采你的花香
为生活酿造最甜最美的玉液
花朵呀花朵
你是否让彩蝶落在你眼前
永远向你诉说永远……

就写这么多了，秦丰哥，你就别再回信了，我的一切都好，勿念。

此致

吻你

永远忘不了你的修洁

1979.10

读完了修洁的信，秦丰的眼睛湿润了。他的心像突然失去一件心爱的东西一样，空落落的刮起了一阵阵寒风。他站起身，背靠着大树，仰起头，任凭泪水恣意地流淌。他在内心深处大声喊道："修洁，为什么？为什么？你不能这样啊！"

温暖的阳光从树缝间洒下，斑驳地照在他的脸上，泪水模糊了他的视线，蒙蒙眬眬地看见一对儿紫燕，在浓密的树阴下，呢喃地飞着，忽高忽低地追逐着。秦丰心想：金秋到了，燕子又该南飞了，难道修洁也会飞出我的心窝吗？这些到底是为什么？难道仅仅因为我是大学生她是农民吗？修洁呀修洁，你不能辜负我的一片心哪！

一阵急促的上课铃声骤响，喧闹的主楼前安静下来。秦丰忙擦干泪水，快步向教室走去。坐在张建华的身边，他的思绪早已飞回天堂河村，飞到了修洁的身旁。整个上午，秦丰的情绪低落，张建华看在眼里，急在心上，他知道秦丰肯定遇到什么大事了，但他还不好直接问。晚饭后，张建华看见秦丰躺在床上，蒙着被，没有像以往那样早早地去图书馆排队、找座位。屋里的人们出去后，他走到秦丰的床前，轻轻说道："秦丰，走，陪我散步去吧。"

秦丰没有动，仿佛没有听到张建华的声音似的。张建华弯下腰，轻轻地掀起秦丰的被子，发现秦丰已经是泪流满面，眼珠子通红。张建华吃了一惊，忙关切地问道："你怎么了，秦丰？"

秦丰想拉被子盖上头，被张建华又揭开了。秦丰只好坐起身，双手擦了擦眼睛，下地穿上鞋，拿着脸盆，到洗漱室洗完脸后回到屋里，对张建华说："走，陪我出去散散心！"

俩人在夕阳西下时，迎着落日的霞光，漫步在通往裴德峰的路上。秦丰低垂着头，愁眉苦脸地唉声叹气。霞光映在他的脸上，反射出一丝模糊的光亮，他一句话也不说。在宽宽的马路上，不时地遇见散步的男生和女生。

张建华见秦丰情绪消沉得很，关切地问道："怎么了，秦丰？"

听见张建华的问话，秦丰从沉思中醒来，他没有听清张建华的问话，只是眼盯着他。张建华浅浅一笑，露出一口洁白的牙齿。又问道："秦丰，你遇到什么事了？这么伤心！"

"没……没有什么！"秦丰双手一摊，极力想装得轻松一些，却轻松不起，反而弄巧成拙，倒更显出愁眉苦脸的样子来，眼泪又不争气地流了出来。

"我看你哭得那么伤心，肯定有什么事情，你别瞒我好吗？"

秦丰望着张建华那张饱含着真诚的脸，心头一热，轻声道："建华……"

"你有事瞒着我，那就不对了！"张建华柔声道："我比你岁数大点儿，社会经验比你多一些，也可能帮你些忙！一个人的痛苦如果两个人承担，那分量会减少一半的！"

秦丰低下了头，脚踢着路边的石子，还是不吭声。张建华不好再深究下去。一对男同学从对面走过来，张建华朝他们点点头算是打过招呼了。秦丰突然问道："建华，你信命吗？"

"这个东西，可信可不信！"

"有许多东西，本身就是天意呀！"

"说得这么高深莫测干啥，我们既不是哲学家，也不是预言家，还是在现实生活中好好生活为好！"

"有好多问题是哲学家们也搞不清楚的！"

"你今天怎么这样怪呢？说话着头不着尾的，到底发生了什么事？"张建华停住脚步，盯着秦丰问道，"你别折磨我了，快告诉我吧！"

"谢谢你，建华，真的没发生什么事！"秦丰低下头，他准备让修洁的事烂在肚子里，任何人无从知晓。

俩人慢慢地向裴德峰走去，夕阳的余晖把他们的影子拉得细长细长。

十

正式上课以来，秦丰的生活是很有规律的，还保持着中学时期的勤奋劲儿。早晨五点钟准时起床，他独自一人手捧着英语书，或漫步于操场，或在主楼的走廊里，背英语单词。中午午睡一个半小时，吃过晚饭后，散步半个小时，七点钟准时到图书馆学习；九点钟闭馆后，再到教室学习一个小时，十点钟准时回到寝室就寝。此时，有些同学已经发出鼾声。星期六的下午和晚上及星期天，是秦丰最快乐的时光，他可以利用这个机会努力去读课外书，越读越觉得自己的知识面窄，懂得的东西太少，这也越能刺激他的读书热情。他十分珍惜这一周中不可多得的几十个小时的读书时间，努力学习，扩大自己的知识面。勤奋正是他的美德，追求知识，如同追求阳光一样，融入他的生命中。实实在在地说，秦丰在大学一年级第一学期的生活可以说是无忧无虑的，唯有一点让他感到是生活中的缺憾，那就是修洁——自从他再次回信后，从此便泥牛入海无消息了，这是他日夜牵挂的心病！

秦丰的口袋里，装着洗得干干净净，叠得方方整整的手帕，那是任杰在山上给他包扎手时留下的，那上面还有几片血迹，隐约可见。秦丰很想找个恰当的机会，物归原主，再说上几句适当的感谢话，也算把逝去的往事彻底埋藏在心底，好让它随着那远逝的秋风，渐渐地成为记忆。但他又害怕单独与任杰见面或者谈话。

吃过午饭后，秦丰在去邮局投信的路上，遇见了任杰和宗翠。秦丰的手，紧紧地捏着手帕，有些紧张，甚至有些发抖。任杰先对他点点头，秦丰站住了脚，对任杰低声说道："任杰，把手绢还给你吧！"说完，从口袋里掏出手帕来，递给任杰，不好意思地说，"给弄脏了，真对不起，那天……我……太感谢你啦！"任杰微微一笑，轻声道："那天都怪我们不好，差点儿出事。你的伤好了吗？"

“早就好啦，谢谢你的关心！”秦丰始终低着头，不敢瞅对方一眼，唯恐瞅一眼对方就会把心底那点儿小秘密完全暴露出来。他的脚在砂石地上随意地划着。

任杰接过手帕，放入衣袋里。

宗翠插嘴问道：“你们俩谈得是啥事呀，我咋不知道呢？”

“那时你还没来呢！”任杰转过脸对秦丰说道，“你的衣服还没补好吧，如果需要的话，我可以替你补补！”

“不好意思再麻烦你了，谢谢你！”

秦丰红着脸，转身离开了她们。

任杰在他的背后说道：“不用客气，咱俩还是老乡呢！”

秦丰回头对任杰笑了笑，没有回答。那笑容，像清爽的秋风中掠过一行南归的雁阵，洒落成一道淡淡的阴影，便消失在遥远的晴空中，逐渐积淀成一层厚厚的记忆，仿佛秋天的落叶。

宗翠和任杰并肩往前走着，宗翠停止了小燕子似的叽叽喳喳的说笑，而是奇奇怪怪地盯着任杰看着。被任杰瞅得心里直发毛，低头瞅瞅自己身体各个部位，没有什么不合适的地方。她盯着宗翠，问道：“你怎么这样看我，怎么了？”

宗翠故意装做很老成的样子点点头，然后又拖长腔说道：“任杰，你快给我如实地招出你的全部秘密！”

任杰站住了脚步，问道：“我有什么秘密？”

宗翠调皮地笑着说：“你和秦丰的事，是逃不过我的眼睛的，刚入学才几天，你就捷足先登，就抢占小荷刚刚露出的尖尖角了？”

任杰一着急，脸便羞得通红。她严肃地说：“宗翠，别胡说！”

“我胡说？”宗翠咯咯咯地笑了起来，撇撇嘴道，“你看秦丰那脸红的样儿，我就知道，只有陷入恋情中的人，才会有那种表现！”

任杰听后笑了起来。这一笑，倒把宗翠笑愣住了。她忙问：“你笑啥，难道我说的不对？”

任杰收住笑容，嗔怪地说道：“你这个小傻丫头，胡猜些什么呀！”她往宗翠跟前凑了凑，悄声道，“秦丰心中有一个小秘密，被我和袁园在裴德峰给发现了！”

于是，任杰便讲了开学第二天在裴德峰的所见所闻。最后嘱咐宗翠道：“你千万别再跟其他人说，万一传出去不好，传到秦丰的耳朵里，他会记恨我的！”

任杰的意思是想把那天的事情经过讲清楚，让宗翠别怀疑她和秦丰有什么瓜葛。

宗翠听后，自言自语道：“这个秦丰倒是挺有意思的人，那个修洁，能是谁呢？是他的妹妹还是姐姐，都不太像，依我推断，很可能是他的恋人，这么说，秦丰应该是一个感情十分丰富而且又是一个十分专一的人。他能真是这样的人吗？”

任杰听到宗翠的自言自语禁不住笑了起来，低声道：“宗翠呀宗翠，你小小的年纪，倒对男女之事挺关心的，是不是太早了些？还是用功学习才对，那种事离你还很遥远呢！”

宗翠反驳道：“那不一定！”

午睡过后，秦丰还躺在床上读书，这时响起了轻轻的敲门声。秦丰忙起身去开门，门外站着任杰。她对秦丰说道：“把你的衣服给我吧，我给你缝好！”

“不用啦，对付穿吧！”秦丰推辞着。

“不费什么事的！”任杰诚恳地说道，“那天的事，我也有责任！”

就在秦丰拿不定主意的时候，李学庆走了过来，对秦丰说道：“你这个人可真封建，任杰给你缝缝衣服，又不是谈恋爱，有什么不好意思的？”

一句话，说得俩人都红了脸，心里觉得特别不舒服，都深深地埋下了头。任杰用白眼狠狠地撇了李学庆一眼。李学庆并不在乎，转身走进屋，拿起秦丰的衣服，大大咧咧地交给任杰，说道：“任杰，好好给秦丰缝缝吧，可惜哟，我的衣服没破，就无缘享受啦！”

任杰瞪了他一眼。接过衣服转身走了。

李学庆神秘地笑了笑，悄声在秦丰的耳边说道：“你小子的桃花运快来喽！”

“肤浅！”秦丰红头涨脸地说道，“她是我的老乡！”

李学庆哈哈一笑，说道：“老乡见老乡，两眼泪汪汪，说明了什么问题？”

“你可别胡扯了，你总是没正经！”

秦丰捧起书本，向图书馆走去。李学庆在背后喊道："书呆子，别成天就知道傻读书，有啥用？"

校园的夜晚静悄悄的，偶尔有几个房间还亮着灯。二四一房间的"新闻小报"正在制作，主编是李学庆，参加人员是除了秦丰外的七个人。黑暗中，大家你一句他一句地热烈地议论着。今晚的头版头条新闻当然是任杰给秦丰缝衣服之事。

"我看这件事大有问题！"黑暗中，李学庆故弄玄虚道，"真没看出来，秦丰这小子还真有两下子，刚入学不到一个月，就把任杰俘虏啦，还给他缝衣服！"

"你……你别……胡说……好……不好？人家任杰……可是党员……又和秦丰……是……老乡……"王新良结结巴巴地说道。

"我……看……任杰……是……好人！"王新良坚决地说道。

李学庆轻声地笑了起来，说道："王新良，你是不是也爱上任杰了？小心，你要当第三者了，到时候，你真要插足的话，秦丰可不饶你！"

"别……别……瞎说……"王新良一着急，口吃得更加厉害。他结结巴巴地说道，"我……我……家……有……！"

"有什么，你快说！"黑暗中，一个男生追问道。

"别急，让王新良慢慢说！"另一个插嘴道。

"有……有……表……表妹！"

"表妹？"李学庆哈哈一笑，说道："是你的女朋友吧？"

"算……算……是吧！"王新良低声道，"我……我……父母……同意。"

"假如秦丰和任杰处朋友，我看也未尝不可！"李学庆说道。

"不行不行！"张建华说道，"她比秦丰大三岁，不合适！"

"女大三，抱金砖！"又有人插嘴。李学庆接过张建华的话，说道："我看你们俩的年龄倒挺般配的！"

张建华笑着说："老李你发什么神经？今天晚上你快成了乔太尉了，乱点起鸳鸯谱来啦，你看看你和谁合适呀？"

正当他们议论的正起劲儿的时候，秦丰走进屋里，大家都沉默了。张建华对弯腰铺床的秦丰说道："秦丰，任杰把你的衣服给送回来了，你要好好地谢谢人家才对呀！”

还没等秦丰答话，李学庆阴阳怪气地说道：“秦丰，你小子可要注意一些呀！”

“我没干什么见不得人的事，需要注意什么？”

李学庆没有回答，只是轻声笑了笑。

接着，他们又议论起班里的女生谁最漂亮，争论了一阵后，大家一致公认，只有袁园才能称得上班里的一枝花。张建华暗想：她是不是一朵带刺的玫瑰花呢？

十一

最近这一段时间，袁园总觉得有些不对劲儿，尤其是在课堂上，她总觉得有一双明亮而又贪婪的眼睛死死地盯着自己。袁园出生于遥远的大草原，那里有一条美丽的河，那是黑龙江的上游。人烟稀少，空气清新，水源甜美，所有的这一切，给了她一个美妙多姿的身段、漂亮迷人的脸庞。在家里，她是最小的一个女儿，父母又都是干部，家里的生活条件比较优渥。对她，大家都像掌上明珠一般宠爱有加。她看到班里的几个女生无论是身段还是个头，抑或是容颜，都远远不如她时，她更有鹤立鸡群的感觉，更有优越感。平时走路，她足蹬高跟皮鞋，腋下夹着书本，梳着长长的披肩发，迈着款款的步伐，挺胸抬头，目不斜视，像高傲的公主，从人们面前走过，招来不少男生惊诧的目光。越是有人注意她，她越是少说话，学习也越用功，暗暗发誓无论哪个方面，都要盖过班里其他同学，科科成绩都要在班里争第一。当她发现李学庆看她的目光有些异样时，心里暗暗有些得意而且也有些戒备。要知道，被人追求和被人爱着，毕竟是人类的一种满足，也是引以为傲的基础。尤其是女孩子，在这方面是有着强烈的虚荣心和敏感性的，如果人生在世，没有了爱和被人爱，那才是一种真正的悲哀。

在穿着打扮方面，袁园也和别的女生不尽相同。一般的女生尤其是像任杰那样比较正统的学生，多半都是梳着当时在女学生中流行的发型，简单方便，很像电影《女蓝五号》中女主人公的发型，而袁园则不同，她的个儿高，总爱穿显眼的衣服，发型的样式也总是变换的，今天可能是梳着黑色瀑布一样长长的披肩发，明天可能是用一条小花手帕蓬蓬松松地一扎，后天可能是梳成一个小辫子，不管哪种发型，都别有一番风韵，也都是男同学们经常闲谈的话题。

教室里，日光灯雪亮雪亮的，时间已经接近九点钟了，同学们都陆续地离开教室回寝室休息了，屋里的人越来越少，也更加寂静。到了九点半的时候，教室里只剩下李学庆和袁园了。袁园坐在自己的位置上一动不动，聚精会神地看着书。李学庆自从心里有了某种渴望以后，经常注意观察并研究袁园。白天，没有课的时候，他回寝室睡大觉或闲扯。一到了夜晚，他就像注满油的马达一样，特别地有精神。这让二四一房间的同学们很是纳闷，谁都弄不懂这李学庆的葫芦里到底卖的是什么药。

徘徊的月亮爬出东方的群山，校园内一片苍白；静谧的夜空，偶尔有鸟惊慌的叫声传来。不知什么时候，刮起了阵阵冷风，吹打在窗户上，唰唰啦啦地直响，走廊里，不时传来关门声、谈话声及杂乱的脚步声。李学庆坐在最后排，右手托腮，左手胡乱地翻着书，他连一个单词都没记住。困意像一伙儿顽强的敌人，一遍又一遍地进攻着他，仿佛马上就要打败他。他伸了一个懒腰，打了一个悠长的哈欠，抬头瞅瞅坐在前面的袁园，只见她毫无倦意，还在专心致志地书写着什么。李学庆心里暗想：她可真有精神头儿，看样子我有些熬不过她了。他抬眼盯着袁园那瀑布一般的披肩发，久久不错眼珠，竟然有些心辕意马。他很想抽支烟，以缓解一下疲惫和困意，几次把手伸进衣袋里，都没有掏出来，他怕袁园反感。有好几次，他都想走到袁园身边，和她好好聊一聊，但又找不出合适的理由。所以他坐在那里很是难受。无意中，他的手在书桌里碰到一封信，顺手拿了出来。这是他今天刚刚收到的信，是他的未婚妻写来的，信里充满了柔情和思念之苦。他不禁又把信打开，从头到尾看了一遍，突然，他觉得那些软绵绵的话语，有些乏味。他手拿着信，呆呆地望着袁园的背影出神。突然，袁园的身影朦朦胧胧地在变，变成了他的那个未婚妻——长得矮矮胖胖，一脸的蝴碟斑，单眼皮的农场副场长的千金小姐王春燕。想起了王春燕，便勾起了那些已经逝去的往事，就像蚕里抽丝一样，一件件扯到自己的眼前，而那一切几乎就在梦中，仿佛都是昨天刚刚发生的事。

那是一年前高考的前夕，李学庆和初中时同座女同学王春燕都因准备高考而坐到同间教室里。在王春燕眼里，李学庆是很吸引人的，一米七五的个头，白白净净的面庞，一双能摄人魂魄的大眼睛，在小伙子当中，属于很帅气的那种。因此，王春燕对李学庆非常有好感，有时没事时总爱和他探讨一些问题。李学庆开始还不太搭理她，让王春燕吃过几次闭门羹。后来，王春燕的爸爸当上了副场长，这在李学庆的脑海中产生了不小的振动，他开始对王春燕的态度有所改变。在一个漆黑的夜晚，天特别的冷，很多同学都在教室里用功，而李学庆却在王春燕必经之路徘徊着。远远地，他看见一个手电筒的光线在晃动，他知道，那一定是王春燕来了。他快步迎了上去亲热地叫道："春燕，你怎么才来？我等你好一会儿啦！"

手电光柱一下子停住了，沉了好一阵，才响起一个女中音："你等我干啥？"声音中充满了警惕。

"黑灯瞎火的，我怕你害怕，早早地来接你！"李学庆多少有点儿尴尬。

王春燕显然是受了感动，沉了好一会儿，走近李学庆身旁，轻声道："天这么冷，小心感冒！"

"没事的，我心里热着呢！"李学庆深情地说，"即使冻坏了，我也不在乎！"

黑暗中，王春燕轻声笑道："今天的太阳好像从西边升起的！"

"你不要用这种口气和我说话，我的心，只有天上的星星可鉴！"

李学庆仿佛无意识地碰了一下王春燕的肩膀，后者并没有躲闪，而是很大方地把手电筒递到李学庆的手里，说道："你今天的嘴好像抹了蜜，说话咋这么甜呢？"她略微停顿一下，接着又说道，"好让我感动哟！"话语中有嘻笑的成分。

"春燕！"李学庆一把抓住她的手，动情地说道："春燕，我知道你的心，别折磨我了，我爱你！"

听了这句话，王春燕突然停住了脚步，她盼望已久的幸福，就这样突然降临了，使她有点儿不敢相信这是真的，仿佛这一切都十分的朦胧，她的心怦怦地乱跳起来。这几年来，她心中暗恋的白马王子，突然在一个漆黑的夜晚向自己吐露心声，让她一点儿精神准备都没有，同时，她也感觉不够浪漫。按她自己的设想：李学庆向她表白爱情，应该在春暖花开季节，蒙蒙月光之下，而不应该在这寒冷的冬季、漆黑的夜晚，这太没有诗情画意了，与自己的设想相差甚远。但不管怎么说，自己毕竟等来了盼来了仰慕已久的心中的偶像。突然，她心底油然升起一股幸福感，使她有些昏昏然，无力地靠在李学庆的肩膀上。李学庆低声问道："你冷吗？"

“心里在出汗！”王春燕反问道，“你真的爱我吗？”

李学庆在黑暗中默默地点头，轻声道：“深深地！”

“你不会变心吧？”

“我很担心你！”李学庆说道，“我永远忠于你。”

“为什么担心我？”王春燕问。

“你应该清楚，你父亲是副场长，我父亲是个小小的农业工人，咱们俩家门不当户不对呀！”看看王春燕没有吭声，停顿了一会儿后，李学庆又说道，“另一方面，我的学习成绩没你好，未必能考上大学，到时候你远走高飞上大学去了，不把我给甩了才怪呢！”

王春燕轻声地咯咯笑着走过来，说道：“我对你心仪已久，绝对一往情深，绝不会朝秦暮楚！”

这一年，因为谈恋爱分去了他们许多的心，高考结果一公布，自然是榜上无名。但他们谁也没有因此而懊丧，相反，心里倒还是挺踢实的。轻轻松松谈了一个月的恋爱后，就投入了为一九七九年高考而战的紧张复习生活中去了。这一年，俩人学乖了，把恋爱的时间压缩，学习的时间增加。但李学庆的学习成绩还是不理想，这使他一直很苦恼，王春燕有时还要安慰他，帮助他。李学庆家住在一个很偏远的小生产连队，来回上学很不方便，吃住在学校，环境嘈杂，伙食又差，很不利于学习。他几次都想和王春燕说要搬到她家去住，但又顾于男子汉的尊严，话到嘴边又都咽了回去。但在言谈中，他多次向王春燕流露出那种意思。聪明的王春燕听出了他的弦外之音。有一个星期六，王春燕悄悄告诉李学庆：“明天中午，我爸妈让你去我家，你要好好准备准备，如果让我爸妈看漏了，那可就要砸锅啦！”

李学庆的嘴，平时很能说会道的，在同学们中间处事也比较圆滑，但一想到要面见未来的岳父岳母，他的心里多少还是有些紧张。王春燕看出来后，轻松地笑着，安慰他道：“你也用不着太紧张，该咋样就咋样，弄巧成拙倒不好啦。我爸是五八年的老转业干部，喜欢朴素、好学上进又诚恳的人，最看不惯那些花里胡哨的人，这些你知道就行了。对于我妈，你嘴巴要甜些，多叫几声阿姨，进屋后多帮她干点儿活儿，她的嘴就会乐得闭不上。这件事就有希望啦！这些你都记住了吗？”

李学庆笑着点头道：“有你这个‘内奸’，保准儿没问题！”

王春燕嗔怪地剜了李学庆一眼，轻轻地打了他一拳，娇声道：“你真坏，人家好心告诉你，你还骂人？”说完假装生气走了。

李学庆急忙赶出去哄王春燕。

和未来的岳父相对而坐，李学庆的心里忐忑不安，自己都能清清楚楚地听到自己心跳在加快，紧张得他手心直冒汗，一个劲儿地捏手指头。王春燕不时进屋，给他们倒点儿茶水，送点儿水果。每次进屋，她都给李学庆使眼色，微笑着鼓励他。此时此刻的李学庆，比坐在考场上还难熬，比老师提问还紧张。副场长问东问西，声音不冷不热，淡淡得没有一点儿味道，仿佛在会场上讲话时的腔调。李学庆只是机械地回答着，脸绯红。他看见副场长从桌上拿起烟，就急忙站起身，划着火柴，给副场长点着火。老人家的心掠过一丝快意，只是脸上没有表露而已。唠了一会儿嗑儿，副场长被电话叫走了，说办完事马上就回来，临出门时对厨房的老伴儿嘱咐道：“多弄几个菜，我叫刘书记来坐陪！”

站在门口，看见老人那敦厚的身影，李学庆长长地出了一口气。王春燕在他耳边悄声说道：“看我爸的意思，我看差不多！”

说完，她在李学庆的脸上“叭”的亲了一口，那甜甜的感觉，对李学庆那紧张的心绪起到了很大的镇静作用。他重重地叹了口气说：“看你爸那样，我都快吓尿裤子啦！”王春燕咯咯地笑了起来，又低声道：“他又不是老虎，干吗怕他？别忘了，还有我妈这关呢！要记住我嘱咐你的话！”

李学庆随着王春燕走进厨房。王春燕的妈妈正在摘菜，李学庆甜甜地叫了声阿姨，伸手接过王春燕妈手里的活计干了起来，乐得她嘴都合不拢。王春燕在旁边看到这种情景，也特别高兴。

吃晚饭的时候，副场长特意叫来了自己的老战友——农场的刘书记来坐陪。他对李学庆说：“我这个姑娘挺娇气的，都是让她妈给惯的，往后你要多照顾她。你们今年要好好学习，一定要考上大学，年轻人不学习就没有出息呀！”

刘书记也说道：“老伙计，我从来没看见你这么高兴过。今天喝的酒叫女儿红，按照咱们老家的习惯，女儿一生下来，买来一坛好酒，埋在地下，等女儿出嫁时再喝。你老伙计怎么着急了，没等女儿出嫁，就把酒给喝了！”

副场长仰头哈哈大笑起来，说道：“都一样都一样的，只要两个孩子愿意，我们老两口子高兴，早喝晚喝还不一个样？”

李学庆那颗悬在半空中的心落了地，脸上的笑容活泛了许多，心情也不那么紧张了。

王春燕更像一只快乐的小燕子，叽叽喳喳地劝酒劝菜，满屋里都是她珍珠落玉盘似的笑声。

坐在前排的袁园抬起手腕看看表，已经十点整了，她收拾好书本站起身，把书本夹在腋下，准备回寝室。李学庆也从记忆中醒来，急急忙忙地收拾着东西。袁园望望窗外，月光惨白，校园里，一阵阵寒风刮过。从远处，不时地传来猫头鹰凄厉的叫声，她的心里多少有些害怕，不由自主地回头瞅瞅李学庆。李学庆忙说：“你稍等一会儿，咱俩一起走！”

袁园迟疑了一下，还是在讲桌前停住了脚步。说真的，从主楼到一号楼有三百多米远，如果从一号楼的走廊里走，必须经过长长的男生寝室，万一遇见上厕所的男同学，实在是不好意思；如果从楼外走，那黑黑的长甬道又有些令人害怕，她很希望有一个人能陪她走完那段黑暗的路。

“咱们走吧！”李学庆“叭”地一声闭了灯，教室里顿时一片黑暗，只有那皎洁的月光，透过窗子，斜斜地照进来，无声地落在临窗的桌子上，斑驳地洒满一地。“咣当”一声关好门后，他们走向楼外。袁园心里想说一两句感谢的话语，一时却找不出来也不太情愿说，只好高昂着头，默默地向前走着。还是李学庆乖巧，首先打破了沉默。

“咱们班，我看数你用功！”

一句话，说得袁园的心里甜丝丝挺舒服的，她在心里暗暗地发笑，嘴上却说道：“我这个人太笨，不用功能行吗？笨鸟先飞常在后吗！”

李学庆轻轻地一笑，亲热地说道：“如果说你笨的话，天底下还会有聪明人吗？”

说完这句话后，在黑暗中，李学庆仿佛感觉到袁园的目光明亮了许多。还没等袁园接话，他又奉承道：“说真的，我很钦佩你的毅力，在你影响之下，我也学会用功啦！”

袁园浅浅一笑，问道：“我真的有那么大的影响力吗？”不等李学庆回答，她又说道，“我想人生走这一回，应该拼搏，应该努力去争取，才可谓完美人生！”

“精辟，高！实在是高！”黑暗中，李学庆还伸出了大拇指，很像电影里的那个坏蛋。

袁园看后，银铃般地笑了起来。她没有回答，只是心里像被熨斗熨过一样的熨帖。此时，他们已走过了一号楼的北门了，沿着甬路继续往前走着。袁园突然停住脚步，对李学庆说：“你应该从北门进楼才对呀！”

“我怕你害怕，护送你一段！”

“那就谢谢啦！”袁园只是轻声地说了一句。

“这没什么，这么好的月色，这么凉爽的夜晚，真应该在外面好好散散步才对呀！”

“明天还有六节课呢，今天也很累，再见啦！”袁园婉言谢绝，跨进了楼门。

十二

躺在床上，李学庆没有丝毫睡意。烟瘾又上来了，他忙从口袋里摸出香烟，点着后狠狠地吸了几口，全身上下一阵舒服。他那烟头的亮光，在幽暗中，一闪一闪的，能隐约看清他那张白白的面庞。回想起刚才与袁园并肩走时，他稍靠近袁园一点儿，袁园便向远挪一点儿。袁园身上飘散的淡淡的优雅的芳香，是他曾经从王春燕身上多次闻到的，只不过是王春燕身上的味道，比袁园更浓重一些而已。于是他又想起了王春燕。随着离开家乡的时间越来越长，王春燕的身影在他的记忆中也越来越模糊。他把王春燕和袁园作了一番比较，他突然觉得王春燕远远不如袁园，甚至连宗翠都赶不上。但是，自己今天所拥有的一切，不都是王春燕给的吗？临上学之前，自己又犯下了一个终生难忘的大错。他在心里暗暗地叨咕着：王春燕呀王春燕，你让我怎么办哪？

李学庆的地位得到王家人公认后，他就名正言顺地搬进王家吃住。春燕妈是一个心地善良的农村妇女，为了让女儿和未来的夫婿都能考上大学，自己和老伴儿舍不得吃舍不得喝，也要给两个年轻人弄些可口的饭菜。学习虽然很累，但李学庆还是增重了不少，只是学习成绩还是远远赶不上王春燕，有时他很悲观，对王春燕说：“我看我是没啥希望了，还是你自己考吧！”他重重地叹口气，很悲伤的样子，说，“看来，我这辈子只有当农工的命啦，成不了大气候！”

看到自己心爱的人那种沮丧的样子，王春燕的心里比刀剜的还疼，只好鼓励他道：“庆，你不要太悲观，考试无常，或许你考得比我还好呢！”

李学庆苦苦一笑，摊摊手说道：“你别安慰我啦，我自己几斤几两，别人不知道，我自己还不清楚吗？”

王春燕不再吭声了，沉默了好一阵，才低声劝道：“你不必着急上火，只要咱们尽力了，也就问心无愧了，再说了，车到山前必有路呢！”

时间慢慢地来到黑色的七月，李学庆更是寝食不安了，整天忧心忡忡、愁眉苦脸的，那张能说会道的嘴巴，像贴了封条一样沉默了。他整个人瘦了一圈儿，再也没有先前的潇洒劲儿了。王春燕看在眼里，急在心上，也没有心思学习了。经过几天的苦思冥想和激烈的思想斗争，她终于想出了一个好办法。

中午，副场长下连队检查工作未归，春燕妈在菜地里侍弄小菜。闷热的天气，好久都没下一场透雨了，一丝风都没有，让人有些透不过气来。远方的拖拉机那隆隆的马达声，打破了中午的宁静，更给烦闷的天气增添了热意。王春燕家的门大敞着，屋里还像蒸笼一样。李学庆穿着背心，躺在床上，眼望房门，眨巴着眼睛，沮丧的神情写满面庞。王春燕穿着一件蓝花白地的连衣裙，悄悄地走进屋。李学庆竟没有看见。王春燕走到他的床边，挨着他坐下，李学庆坐起身，双眼迷茫地盯着王春燕，眼圈儿通红，眼角饱含着热泪。王春燕一看，心头一酸，也差点儿落下泪来。李学庆一把抓住王春燕的手，深情地说：“燕，我害怕失去你！”

“你不要总这样，我都跟你说过，不管我走到天涯海角，就是海枯石烂，我也不会变心的，难道连这些你都没看出来？”

李学庆重重地叹口气，嘟囔道：“人会变的，此一时彼一时呀！”

王春燕仿佛真有些生气了，她掼了李学庆一把，说道：“你把我王春燕看成什么人啦？”停了一会儿，她缓和了口气，又说道，“我有一个办法，你看行不行？”

“快说说看！”李学庆紧紧地抓住王春燕的手，满眼饱含着焦急与企盼。

“我觉得我的学习成绩比你强些，考大学的把握比你大些。今年我不参加考试了，全心全意为你辅导功课，助你考上大学。”

“第二年你万一考不上呢？”

“那只好认命了！”

李学庆低下头，陷入了沉思。过了一会儿，叹喟了一声，道：“这可苦了你啦！”

“只要你高兴，只要你能考上大学，我的一切都无所谓！可以说，我来到人世间，就是为你而降生的！”

一席话说得李学庆热泪盈眶。他一把搂住王春燕的双肩，伏在她的肩头痛哭起来，他嘤嘤地对王春燕说道：“我这样是不是太自私了？”

“不，只有你幸福，我才能幸福！”

高考的时候，李学庆认真做答，把平常王春燕教他的知识点全部运用到考试做题中，超水平发挥。一个月过去了，在中学大门口张榜公布高考分数时，李学庆名列榜首，李学庆总算如愿以偿地考上了大学。

接到入学通知书的那个夜晚，团团的月亮挂在中天，月色朦胧，增添了小河的神秘色彩，那潺潺的流水，在月光下闪着细碎的洁白的银光，翻滚着向东流去；蛙声连成一片，仿佛在呼唤着某种渴望。小河沿的青草上，一对恋人的身影紧紧地贴在一起，轻声地诉说着。那声音轻轻划过夜空，微弱如一丝夏风，融入茫茫的蛙声之中，使夏夜变得更加妩媚和温馨。

“你对我恩重如山，我这一辈子都做你的仆人，好好地报答你的恩情！”

王春燕咯咯地笑了，说道：“你今年考上了，也了却了我的心事，咱俩还谈什么恩情不恩情的！”

“只是苦了你，还要奋斗一年！”

“那有啥可怕的？”月光下，王春燕瞪大了眼睛，盯着李学庆说道：“我就怕你，到了大学之后，女生多了，又该花眼了，别把我忘了再去找别人！”

李学庆一听这话，真有些急了。他手指天上的月亮说道：“月亮在上，我发誓！”

还没等他说完，王春燕捂住他的嘴，说道：“不要起誓，我知道你一片冰心在玉壶！”

“我快走了，真舍不得你呀！”

“没什么，你今年考入八一农大，明年的这个时候，我也会去的，到那个时候，我们不是又可以在一起了吗？”

“燕，我深深地爱你！”

“我也是！”

烟头烧到了李学庆的手指，他哆嗦了一下，忙把烟扔到地上。向窗外望去，还是那时照过他俩的明月，挂在中天上，只是明月的周围有一些淡淡的浮云，时常从月亮的眼前飘过。李学庆叹了一口气，暗自说道：“睡吧睡吧！此时的王春燕，可能还在用功吧！”

十三

自从开学以来，王新良很少和人们谈笑。他像黄花鱼一样，总爱溜边儿。有时，他独自坐在寝室里，卷起小姆指粗细的旱烟卷，一根接一根地抽着，两眼盯着窗外，茫然不知所措。特别是接到家信后，更有一种沮丧、悲伤的表情写满脸庞，饭吃得也少了，夜晚还失眠，躺在床上，唉声叹气，长吁短叹，压得床板嘎吱嘎吱直响。

十月中旬的一场大雨后，天有些凉爽了，正好赶上一个星期天，秦丰看见有许多老百姓都上裴德峰去采蘑菇。他知道，修洁是最爱吃小鸡炖蘑菇的，只是在天堂河村，由于树林子少，很少能采到。他约王新良上山去采蘑菇，王新良欣然同意。他俩不知从何处弄来两个装苹果的筐，吃过早饭后便向裴德峰走去。

灰白色的浮云，随着风，一块接着一块，向着远方流浪，仿佛去追寻它们的理想，也好像在寻找它们的归宿。刚下过雨的山路更加泥泞难走，秦丰兴致勃勃，王新良却低头不语，慢吞吞地迈着双脚，似乎没有多大热情，就像这十月天一样，逐渐在降温。秦丰瞅瞅他的脸，心里很是疑惑。他停住了脚步，等了一会儿王新良，等王新良走到他身旁时，他问道："新良，你怎么了？"

"没……没什……么！"

"不对劲儿！"秦丰盯着他说，"从开学到现在，一个多月了，我很少看见过你笑，你好像有什么心事，总闷闷不乐！"

王新良摇摇头，没有吭声。

秦丰又说道："咱们是同学，又是好朋友，有什么难事，尽管说出来，兴许我能帮你一些忙。即使帮不了啥忙，你说出来后，心里也敞亮些呀！"

王新良望望秦丰，发现他一脸的真诚，没有丝毫想取笑他的意思。他把目光移向远处的山峰，黛色的山峦在云雾缭绕中时隐时现、变化莫测。他又把目光移向天空，浮云一会儿遮住太阳，一会儿露出阳光。他把肩上的竹筐放在地上，擦了一把汗，低下头说道："秦丰……我……我……心……苦……"

冷不丁听王新良说出此话，秦丰吃了一惊，瞪大了眼睛，忍不住多看了王新良几眼。只见王新良那削瘦的面庞、高高的鼻梁、谦卑的目光、薄薄的嘴唇、淡淡的眉毛，都写满了受欺凌受压迫的感觉。秦丰移开目光，向远山眺望，低声说："对不起新良，我不应该打听你的私事！"

王新良咧嘴苦苦一笑，算是作了回答。他弯腰背起筐，说道："咱们……还是……走吧！"说完，迈开大步向前走去。

秦丰紧走几步追上王新良，又说道："有啥犯愁的事，要尽量往开想。其实，人生不仅仅有苦，也有乐，苦中寻乐，也是一种幸福嘛！"

王新良凄苦地一笑，淡淡的忧伤浮现在他的嘴角。他没有吭声，只是往前走着。秦丰在后面跟着，也不再问话了。爬山的时候，羊肠小路越来越窄，刚刚下过雨，路很滑。当他俩爬上裴德峰时，早已累得气喘吁吁，浑身是汗了。王新良一屁股坐在一块岩石上，秦丰也挨他坐下。俩人遥望校园，都沉浸在各自不同的心境之中。秦丰回想起刚开学那天在山上遇见任杰和袁园的情景；王新良却想起了远在家乡的父母及表妹。虽然他俩都眼望校园，但对校园的一切，都像没有看见一样。让凉风一吹，他俩身上的热汗立即变成了冷汗。秦丰说："还是快走吧，小心着凉。"

两个人走进群山的怀抱。只有徜徉在森林之中，才知道人类的缈小。密密的丛林，遮住了阳光，阴森森地散发着发霉的冷气，叫人不寒而栗。秦丰害怕山里有野兽，有些胆怯。他要求王新良别再往里边走了，采够了赶紧回去。脚踩在松软的落叶及落叶下的腐殖层上，有一种像踩在海绵上的感觉。秦丰害怕踩着蛇，把眼睛瞪得老大。好不容易找到一个蘑菇圈儿，拣起一个个肥大光滑还沾有枯叶的蘑菇，就把一切恐惧都抛到了脑后。工夫不长，他俩便采了满满两大筐，背在肩上感到沉甸甸的。越过了一个山头，又来到裴德峰上，他俩还是坐在那块岩石上休息。沉了好一阵儿，王新良问道："秦……丰……你……知道……我……表……表妹……的……事……事吗？"

秦丰摇摇头，说不知道。

王新良又说道："她……她不……不仅仅……是是……我……的表……表妹……还是……是我的未婚……婚……妻……！"

"娶表妹做妻子的人，古今中外不乏其例，算不了什么新鲜事！"

"我……我……不……不同……意……父……父……母……母包……包……办……"

"什么时候？"

"三……三……年……年前……"

"哦！"秦丰轻声道："原来如此呀！"

王新良出生于一个很偏远的小村庄，上中学时，他在班里学习成绩最好，还爱读课外书，但由于自己说话口吃，再加上家庭成分不好，他们班里有几个淘气包，闲着没事时，总拿王新良寻开心。从那时起，王新良总觉得自己比别人矮三分，他的天空永远是灰色的。到了十六岁那年，在学校里越发学不到东西，他索性不念书了，回生产队干活儿。但他那颗纯真的求知的心还在剧烈地跳动着，于是，他便想方设法搜罗书，回家自学。一晃三年时间过去了，和他同龄的大姑娘小伙子们有的已经结婚，有的正准备结婚，而王新良家，连个媒人影儿都见不着，这更急坏了王新良的父亲。他和王新良的三姨商量后，就决定把他三姨家的二女儿许配给王新良，只不过那个姑娘有些缺心眼儿。王新良不同意，他爸骂道："你也不搬块豆饼照照自个儿是啥人样的，有人给你媳妇，就算你烧高香了，还挑肥拣瘦！"

王新良不敢违抗父命，只好默认了这门亲事。但在他的梦境里，总好像有一道更远更高的影子在渺茫地飞翔着，他几次伸手都无法抓着，他只好常常借烟消愁，一个人无事时，便一根接一根地抽烟。到了一九七七年，一个喜讯传来，高考恢复了，他已经冰冻的心又在春风中复苏了，泯灭的读书愿望又熊熊燃烧起来。他暗暗发誓：我一定要考上大学，摆脱目前这种困境。于是，他把尘封已久的书又找出来，抚去灰尘，细细研读起来。三个月下来，他觉得自己有些把握了，也打听准了考试的日期，当他来到县城的考场时，监考人员却不让他进屋，一问才知道，他没有准考证。他根本就不知道准考证为何物，考大学还需要它！想起自己几个月的辛苦就仅仅因为那么一小张薄薄的纸片而付之东流，他蹲在地上抱头痛哭起来。监考人员劝他说，哭也没用，回去好好用功，明年再考。

他抬起满是泪光的双眼问道：“明……明年……还……还让……考？”

监考人员笑着告诉他：“往后年年要高考的！”

王新良回到家后，白天上生产队干活儿挣工分，晚上回到家里一头扎进书本里，一学就到后半夜。母亲心疼儿子，怕他累坏了身体，有心想让他去学校补习功课，可家里又拿不出这笔钱，只好含泪劝儿子还是死了考大学这份心吧！但王新良就是不死心，一年熬下来，人瘦成了麻秆儿，恐怕来一阵急风都能把他吹倒。这一年高考，他仅以五分之差又榜上无名。这时，又有很多人劝他别再做大学梦了，还是好好在家干农活儿，娶妻生子过日子吧。但他仍然雄心勃勃，以考不上大学死不瞑目为誓言，经过一年的拼搏，终于考上了八一农垦大学。听到这里，秦丰竖起了大拇指，对王新良说：“你真了不起，我很佩服你这种毅力。我家虽然也很困难，但比你强多了，在我危难的时候，遇到了好心人！”

于是，秦丰把修洁怎样为了自己念好书而辍学，又如何支持他考大学的事情都详细地讲给王新良听。

王新良听后说：“看……样……子……修洁……既……善良……又……又漂……亮……呀！”他停了一会儿，又磕磕巴巴地说道：“你……是……幸……幸福的！”他叹了口气，又自言自语道：“我……表妹……能像……修洁……那……那样该……多好啊！”

说完之后，王新良陷入深深的痛苦之中，泪水悄悄地爬出眼角，滴在褪色的蓝衣服上。秦丰看见他哭了，顿时慌了手脚，一时不知该如何去劝解他。悲戚的气氛像一张无形的网笼罩着二人。天空的浮云越来越厚，毛毛细雨像白色的烟尘，轻轻地飘落下来。几只小鸟惊慌地掠过树梢，飞向密林深处。王新良擦把泪，从衣袋里掏出一封信，递给秦丰，说：“你……看……看！”

秦丰迟疑地接过信，看见是王新良的一封家书，他又看了看王新良的脸，王新良点点头后，他才抽出信纸，急切地看了起来。这是王新良的父亲写来的信，主要意思就是春节放假回家，和他表妹把婚结了，省得夜长梦多。秦丰看后，心里也乱糟糟的。停了好一会儿，他才问王新良：“你爱她吗？”

王新良摇摇头。

秦丰低下了头，“这可怎么办呢？”他在心里问自己。

王新良站起身，说道：“咱……们……走吧！”

秦丰从沉思中醒来，他站起身，帮王新良扛起筐，王新良也帮他一把。俩人默默地走了好远，秦丰问道：“这件事你想怎么处理呀？”

王新良又摇摇头，低声道：“我……也……不……知道！”

“回去和张建华商量一下吧，我看他干什么事都挺有办法的！”

“先……别……声张，传……传出……出去影……响不……不好！”

他们吃力地走了一段路，来到了半山腰。王新良又问道：“下……下星……期……你还来……吗？”

秦丰摇摇头说：“我不想来了，还有几本书没读完呢！”突然，他好像想起了什么，问道：“你还来呀？”

王新良点点头，说道：“来采……点……蘑……菇拿……回家……我妈……卖钱……好供弟……弟上学！”

秦丰的心往下一沉，他家虽然困难，但绝不会像王新良那样牺牲学习时间而去挣钱。他愿意把更多的时间都用在学习上，争取在有限的四年学习生活中，多学一些知识。至于挣钱，还不是他目前所要考虑的事。

“我……我……的经……历可……以写……一本书……我的理……想是……当一名……作家……。”

“那你为什么不考文科？”

王新良重重地叹了口气，说道：“当……初太……幼稚……”

秦丰笑了笑，说道：“我也喜爱文学，但我从不敢奢望登上文学殿堂，我觉得它是非常神圣的，是高不可攀的！”

“世……上……无……难……事！”

西边天出现一丝淡蓝色，一缕阳光照在远山上，透过薄薄的云彩，东边天上出现了一道绚丽的彩虹。

十四

宗翠是一个十分聪明的女孩子，在课堂上，老师讲过的知识她一听就会，而且都能记住。这样，下课后，她是很少到图书馆或教室去的，总爱躺在床上，捧着小说，津津有味地读着，每每读到感人之处，她就会泪流满面，只要一有机会，她就会向同寝室的女生讲述她读过的小说的故事。她的第二个嗜好就是吃零食，每到星期天，她都会拉上一个女伴儿到密山县城逛一圈儿，不是买衣买书，就是买零食，回到寝室后，很大方地分给大家一些，每次她都多给任杰一些，而袁园总是冰冷冷地拒绝。在女生宿舍，最用功的人莫过于袁园和任杰，特别是袁园，几乎把星期天都要牺牲进去，争分夺秒，从不舍得浪费时间。有时她看不惯宗翠那大大咧咧的样儿，背后对宗翠总有些微词。即使平时在寝室里，她俩也很少说话，总有些捌捌扭扭的感觉，仿佛她们中间永远隔着一层捅不破的窗户纸。

十一月的北大荒，天气已经很寒冷了。太阳落山后，黑暗就像洪水一样漫过来。农大的校园里一片灯火通明。此时此刻，食堂是最热闹的地方，吵闹的说话声，伴随着盆碗相碰的声音，像开了锅的粥一样沸腾起来，给漆黑的北方之夜增添了些许活力，多数同学都在食堂就餐，只有极少数同学把饭菜打回寝室吃。吃过晚饭后，许多学生不是到教室就是到图书馆学习。此时，寝室静下来了，校园也静下来了，除了偶尔有几声洪亮的歌声在校园黑暗的角落响起外，其他人仿佛早早地入睡了。八一农大的每一个学生，每一天都重复着一种生活模式，即寝室—饭堂—教室或图书馆，三点一线，日复一日地单调生活着，直到把四年大学读完，才算结束了这有规律的生活。但每一颗年轻的心，都饱含着火热的激情、崇高的向往和真诚的希望。因此，学生们也不觉得生活枯燥无味，相反，过得倒是满有情趣，有声有色。

这天晚上，宗翠因为要剪头发而留住了任杰。任杰呢，在同寝室中总以老大姐的姿态对待几名女伴，不论是谁，有求必应。

明亮的日光灯下，宗翠坐在一把椅子上，肩头披着一条毛巾，把脖子围得严严实实。任杰剪了几剪子后，往后退几步，认真地端详起来。看着任杰那一丝不苟的样儿，宗翠忍不住扑哧地笑了。任杰不解地瞅瞅她，问道："你笑啥？"同时，任杰停住了动作。

宗翠嘻嘻笑说道："我看你干什么事都那么认真，挺招人笑的！"

"你说这话多像个长不大的孩子，干什么事都马马虎虎，那怎么行呢？"任杰接下去又说道，"你有时候就犯这个毛病！"

"像你那么认真地活着，不觉得累吗？"

"马马虎虎地活着就能轻松吗？"

宗翠没有回答任杰。在沉寂中，任杰手中的剪子又咔嚓咔嚓地剪了起来。过了一会儿，宗翠又瞅瞅任杰，柔声说道："任杰，你今年都二十二了，再过四年大学毕业后，就快成老太婆了，我听我妈说男人三十一枝花，女人三十就是豆腐渣。二十六七岁的人了，是很难找到好对象的！"

她瞅了任杰一眼，没等对方插话，她又继续说道："我妈说男的到二十六七还能找到好对象，而女的就不行了，年龄超过二十五，好男人不愿意要你，次男人你又看不上眼，这就难办喽。到那时候，你就惨喽，大姐，赶快行动起来吧，四年时间，还是有选择机会和余地的！"

听完宗翠的一席话，任杰拿剪子的手，停在半空中，胳膊还保持着弧型。她一点儿都没想到，眼前这个十八岁的小姑娘竟能说出如此让她意外的话。这个看似单纯的宗翠竟然成熟得这么早，所说的话与她的实际年龄多么不相符呀！自己在十八岁时，想过这些问题吗？回想起来是一片空白。那时的任杰，从没有注意过生活中的琐事。现在，说句真心话，宗翠所提的那些事，任杰在脑海中也不是没想过，那不过是一闪念而已，从未撞击出任何火花，更没有燃起热情。她没有太高的奢望，就是想在大学四年的学习中，如何学好本领，将来走向社会，怎样为社会做更多的工作，奉献出自己的力量。她深深地感到，自己的文化底子薄，考上大学已经属于幸运之神垂怜于她了，再不多学些知识，将来无法立足于社会。再说，自己条件比较差，班里的那些男同学，目光都围绕那几名漂亮的女生转，谁还会多看她几眼？再加上自己是党员，怎么能刚刚上大学就忙于谈恋爱而荒废学业呢？那样的话，在同学们的心目中，她党员的形象又会是什么样呢？她不想也不愿意给自己的党员形象抹黑。

看到任杰陷入沉思当中，宗翠以为自己的话打动了她的心，又对痴痴的任杰说道："我看咱们班有几个男生和你都挺般配的！"

没等她说完，任杰有些生气地说道："宗翠，我从没想过这些问题！"

"我是为你好才提醒你的！"宗翠的声音低了。

"谢谢你的关心！"

任杰的心，好像是挂在半空中，空落落的有些酸楚，她慢慢地对宗翠说：

"给你镜子，照照头型好不好看？"

说完，从桌子上拿过一面镜子。递到宗翠的手里，面含微笑地说道："再照照自己的脸，别总是嘴不离男人男人的，羞不羞哇！"说完，抿嘴无声地笑了。

宗翠端起小镜子仔细地端详了一阵后，又指了几个地方让任杰再齐齐边儿修理修理。圆圆的镜子里照出她圆圆的脸庞，两腮上挂着绯红，双眼朦胧，饱含着某种期待。

两个人不再说话了，屋里，只有日光灯的嗞嗞声和剪刀的响声，只是任杰动作比刚才要慢了许多，手里的剪刀仿佛有千斤重似的。宗翠看不见身后任杰的表情，她是一个不甘寂寞的人，又叽叽喳喳地说道："任杰，你注意过一个人吗？"

"谁呀？"任杰心不在焉地问道。"农学七六的一个男生！"

"叫什么名字？"

"我不知道！"宗翠轻轻地吁了一口气，好像为不知那人的名字而惋惜似的，她接着说道，"就是那个个头儿高高的，梳着平背头，戴着眼镜，嘴唇上面留有浓浓的小胡子，下巴天天刮得干干净净，走路时不紧不慢，说话时面含微笑，慢条斯理，总是文质彬彬的样子，非常有风度，我看那才是真正的男子汉！"

"你怎么了解得那样详细？"

"从入学那天起，我就注意他啦！"

"注意他又有什么用？"

"只可惜，他年岁太大，又不是一届的学生，说句心里话，要找男朋友，就找那样的才带劲！”

“宗翠，你年岁不大，怎么总是男朋友男朋友的没完没了呢？”任杰停下手，严肃地扳起面孔，说道，“你这样发展下去，是很危险的！”

宗翠并不在乎任杰的态度，仍是淡淡一笑：“这有什么啊，男大当婚，女大当嫁，人之常情嘛！”

“我们是学生，首要任务是学习，总思考这些乱七八糟的问题，能不影响学习吗？你看人家袁园，胸有大志，学习用功，多好！”

提起袁园，宗翠撇撇嘴，不屑一顾地说道：“谁像她，虚荣心那么强，啥事儿都争强好胜，有啥用？人的一生，最大的幸福莫过于有一个温暖幸福的家。如果人的一生连自己的情感都满足不了，就是事业再成功，也等于白来世上走一遭！”

任杰没有吭声，宗翠又说道：“别看袁园在学习上死抠，考试成绩未必比我强。学习有张有弛，弦总绷得太紧，迟早会断的。我上中学时就养成这样的学习习惯，该学时认真学，该玩时使劲玩！”

“那也不该总提男生啊，让别人听见多难为情，好像咱们胸无大志似的！”

“屋里不就咱俩吗？再说了，人家把你当成亲姐姐看，才跟你说这些心里话呢，你还责怪我！”宗翠满脸的委屈相，噘起小嘴，假装生气的样子：“你总是拒人于千里之外，往后人家还咋跟你亲近哪！”

任杰一听，轻轻地笑了，使劲儿地拍了拍宗翠的头，嗔怪道：“你这死丫头，总是无理绞三分，我算服了你啦！”

宗翠轻声地笑了。

十五

这些天来，秦丰由于学英语比较吃力，用功过度，头有些痛。

这是一个星期天，天空格外的晴朗，阳光明媚，是入冬以来最暖和也是天气最好的一天。秦丰约张建华去爬山，张建华迟疑了一会儿，听见秦丰说头疼需要休息，便放下手中的书本，和秦丰一起走上去裴德峰的路。今年冬天天气很怪，入冬以来一场雪都没有下，而且一直都比较暖和。所以到了十一月还没有冬天的感觉。秦丰和张建华边说着话边向山顶爬去。他们刚刚在山顶的一块岩石上坐下，就听见离他们不远处有“哐哐哐”的声音，两个人都不约而同地瞅了瞅对方，同时站起身来，向有响声的地方张望。密密的树丛遮住了他们的视线，工夫不长，那种响声没有了。张建华瞅瞅秦丰，低声道：“走，看看去！”

他俩怀着紧张的心情向发出响声的地方蹑手蹑脚地走去。转过了一个小小的山头，在一片矮灌木丛中，他俩同时发现了一个人正在砍柴。那人已经把一大捆树枝捆好，足有一大抱那么粗。他坐在地上，先把左胳膊插进绳套里，然后把右胳膊也插进绳套中，双手交叉地把绳子扶正。喘了一口气，他双手同时拽住前面的一棵不高的柞树，几乎是使出全身的力气，挣扎了好一阵，才勉强从地上站起来，有几次他摇晃了几下，差点儿摔倒。站稳后，他又向远方望了望，稍稍调整一下柴捆，吃力地向秦丰他们走来。

看见是个砍柴人，他俩舒了一口气，紧张的心情也释然了。渐渐地，砍柴人离他们越来越近了。他们看见那个弯得快成九十度角的身影有点儿熟悉。当砍柴人吃力地走到他们面前时，俩人定睛一看，不但吓了一跳，而且简直都不敢相信自己的眼睛。原来，那砍柴人不是别人，正是在开学典礼大会上发言的轩辕昊宇老师。

他俩你看看我，我看看你，不知是躲避到一边不让轩辕老师看见为好还是迎上前去帮助他为好。还是张建华反应比较快，疾步向轩辕老师迎了过去，秦丰也紧紧跟上。听见有脚步声响起，轩辕老师停住了，直起腰，抬头看见是两个学生，脸色有些不太自然，一时不知该说什么好。张建华走到老师身边，帮他把柴捆卸到地上，嗫嚅地问道：“轩辕老师……你……你怎么干……这活儿？”

轩辕老师揉了揉压得红肿的肩头，擦了擦汗，苦苦地咧嘴一笑，凄惨地自我解嘲似地问道：“你们不相信这是生活的真实吧？”

秦丰低声道：“你……你可是名教授哇！”

轩辕老师的目光飘向远方，轻轻地叹了口气，道：“名教授也是人呀，也得生活呀！”

“与我们想象中的教授反差太大啦！”张建华低声道，“真是不可思意！”

轩辕老师没有回答他们，那目光似乎在说明着一切。他又长舒了一口气说道：“从我来到八一农大当老师那天起，一直到今天，每年都靠打柴取暖做饭，已经快二十年啦！”

张建华往前跨了一步，对轩辕老师说：“老师，我给你背回去吧！”

“还是我自己来吧！”

“我们年轻，有力气！”

望着两个学生真诚的目光，轩辕昊宇没有再推让，而是和秦丰一起，帮张建华把柴捆背在肩上。张建华费了吃奶的劲儿才站起身，那沉甸甸的柴捆差一点儿没把他压趴下，轩辕老师忙问：“你能行吗？”

张建华喘着粗气说道：“没事！能坚持住！”

张建华刚刚开始走的几步，并不觉得沉，只是越走感觉越重，仿佛像背负着一座大山，柴火压得肩头火辣辣的疼，每走一步都要付出艰辛的努力。有几次，山路上的石头差点儿把张建华绊倒。一路上，张建华再也无话可说了，他的心情，比那捆柴火更沉重。到了山脚下，秦丰把柴捆背在肩上，慢慢地和轩辕老师走到他家。

轩辕老师的家在图书馆西边平房区的最后一栋房子的最东边，两间小屋，外屋是厨房，穿边厨房，里面是一个小房间，大约有十几平方米，既是卧室，又是客厅，也是书房。一铺小炕占去了屋里的大半个空间，靠墙边码着一堆堆书，在窗台下是两只破旧的小凳。小炕的另一端有一小块空地，被一个写字台塞得满满的，写字台上面堆满了书本等。在那炕铺上，端坐着一位老太太，她那灰白的头发梳得一丝不乱，她的年纪虽然还不太大，只是由于缺乏充足的阳光照射而显得格外的苍白。最显眼的是她的腿上盖着一床厚厚的棉被。看见轩辕老师领着两个学生走进了屋，她的脸上泛起了灿烂的笑容，忙向客人打招呼。轩辕老师向秦丰和张建华介绍道："这是我的老伴儿！"他又向老伴儿说道，"这两个学生是咱们系的，刚才在山上遇见我砍柴，就帮我背回来了。如果不遇见他俩，我还真不知又该累成什么样儿啦！"

轩辕老师的老伴儿听后，忙热情地让座，并对轩辕老师说道："快给两个孩子倒杯水吧，看把他们累得，满头是汗！"

看见瘫坐在炕上、生活不能自理的师母，又看看满头华发，身体削瘦的轩辕老师，再看看这拥挤狭小、破破烂烂的屋子，张建华的心里很不是滋味，他低下头没有吭声。

轩辕老师的老伴儿好像看透了张建华的心思，重重地叹了口气，眼角流出苦涩的泪水，语气沉重地说道："这些年来，我没少拖累你们轩辕老师呀！"她抹抹眼角的泪水，望着轩辕老师说道："你看他，又要备课讲课，还要搞科研出专著，回家后还要洗衣做饭收拾屋子，还得伺候我这个瘫痪的人，你们说说，他该有多难哪！"说着说着，老人已泪流满面，她又接着说道，"我也不知道自个儿前辈子做了什么，成了轩辕的绊脚石，有时我想，这样活着真还不如死了好，没有了我这个累赘，轩辕也能省点儿心，也能多腾出些精力，把事业干得更好些，活得也能更轻松些……"

看着老伴儿那悲痛欲绝的样子，轩辕老师忙打断她的话，说道："你看你，你看你，又来了不是？你这个病不也是为了咱们这个家才落下的吗？再说了，伺候你，也是一种休息，你就别说那些不好听的话啦……"

听了夫妻二人的对话后，张建华的脑海里突然冒出一个想法，他真诚地对轩辕老师说道："老师，往后你就不用再去砍柴了，这件事就由我和秦丰包下了！"

"你们的好意我心领了，但不行，你们的学习时间很紧张啊！"

"我们可以多来几个人帮你干，这样你可以多挤出些时间搞科研，也好多出一些成果！”

“再说你是著名教授哇，总去砍柴，我们看了也于心不忍哪！”秦丰也插嘴道。

轩辕老师咧嘴一笑，低声说道：“人首先得生存，然后才能谈事业呀！”

“就这么定啦，老师！”张建华说道，“你也别推辞了，我们组的男生都会来帮助你的！”

当秦丰和张建华走出轩辕老师家门口时，俩人的心情都十分沉重，谁都没有说话，走到寝室门口，秦丰非常感慨地说：“像轩辕老师这样的知识分子，才是鲁迅先生所说的孺子牛啊，连草都吃不饱，挤出的不仅仅是奶，我看是血呀！”

张建华只是点点头，没有说话。看得出，他的心情很沉重。

“建华，我有一个想法，你看行不行？”

张建华转身站住，望着秦丰，问道：“你是不是想帮助轩辕老师？”

“是的。”秦丰心情沉重地说道，“老师的生活太难啦！”

张建华想了想，说道：“咱们小组能不能做点儿好事，成立一个帮困小组，帮助轩辕老师做一些家务，让他腾出更多时间做学问！”

“行啊！”秦丰高兴地说，“咱们俩想到一起去了。”

张建华说：“男生利用星期天的时间帮轩辕老师做家务，最好是动员女生帮轩辕老师打扫卫生！”

秦丰照着张建华的胸脯轻轻地捶了一拳，赞许道：“还是你想得全面！”

“你召集一下开个小组会，和大家商量商量咋办！”

“好，我这就找任杰去！”秦丰说完，急匆匆地跨出寝室。

小组会在二四一寝室召开，大家都落座后，秦丰把今天登裴德峰的所见所闻和大家汇报了一下，他刚刚说完，有的同学就质疑：大学教授，还上山砍柴，千古奇谈，表示不可能有这样的事。于是大家议论起来，有的说这也正常，有的说不可思议。多数人感觉难以想象，不太相信竟然有这样的事情。当大家议论得差不多的时候，张建华说道：“我们这十来个人，有的人家是农场的，有的人家是农村的，也有县城的。”他转脸问李学庆：“老李，你家是农场的，你家都烧什么？”

“豆秸秆呀！”

张建华又转脸问秦丰：“你家呢，秦丰？”

“玉米秸秆、小麦秸秆、豆秸秆都烧！”

张建华说道：“我家是县城的，有时候煤不够烧，也要去农村弄一些柴火烧。”他用目光扫了大家一遍，说道：“我们的城乡，都是这样。农大这个地方，城市不是城市，农村不是农村，农场不是农场，你们说说，老师们用什么取暖、做饭？”

“应该有供应煤啊！”宗翠说道，“我家就有！”

“轩辕老师的老伴儿常年在家，生活不能自理，到了冬天，屋里肯定不能断火。”张建华接着说道，“别的老师家白天都上班，孩子上学，家里没有人，炉子可以不用烧，但轩辕老师家不行，有病人在家，而且不能活动，就更怕冷。没有办法，只能是多烧火来取暖。这样一来，轩辕老师家的供应煤肯定不够用，所以他才去裴德峰砍柴！”

大家听完张建华的分析，都认为有道理，都沉默不语了。

“张建华，你说咱们该咋办？”任杰问道。

“老张，你说说咱们怎样才能帮轩辕老师？”李学庆也着急地问道。

张建华的目光又扫视了大家一遍，说道：“把大家召集一起，就是想研究个办法帮助轩辕老师，看看大家有什么高见？”

秦丰接着说道：“轩辕老师的老伴儿常年卧床不起，家里乱七八糟的，也需要收拾收拾，这样能让轩辕老师有一个稍微好一点儿的环境工作。”

“这个活儿包给我们女生吧！”任杰说完，看了看宗翠，低声问道：“你说呢，宗翠？”

看着任杰期待的目光，宗翠笑了笑，说道：“我和你去！”

“我看这样，我们组九个人，分成三组，两组男生干体力活儿，一组女生打扫卫生，但女生只有你们俩人，有一点儿单薄！”秦丰说完，转头看看张建华，又转头看了一下任杰，接着说道，“最好有一个男生加入到女生小组，到时候帮助出力气！”

几个男生你看看我，我看看你，最后大家把目光都集中在李学庆身上。张建华问道：“老李，你就当仁不让一回吧？”

李学庆显得有些不太情愿地说：“怎么安排我都行！”

秦丰宣布：“任杰、宗翠和李学庆一组，主要是打扫卫生。其余六个男同学组成两个小组，帮助轩辕老师砍柴、挑水、打扫院子。”

“咱们这么大张旗鼓地去轩辕老师家，他会不会不高兴？”任杰问道。

“为什么会不高兴呢？”秦丰问道。

张建华沉思了一下，点点头说道：“还是任杰考虑全面。”张建华接着说道，“老师的面子要照顾到，好事我们还要做！”

“我去找陈老师，从组织上关心老师，农学系出面以为了轩辕老师把更多的精力投入到科研和教学中去的名义去做就好办了！”

“这个办法好！”李学庆赞许道，“还是我们党员有办法！”

一句话，说得任杰面红耳赤，低垂下头，避开大家的目光。

十六

当陈新枝和任杰走进张冬青主任办公室的时候，张冬青正在写教案，见到两个年轻人进屋，张主任放下手里的工作，热情地让坐，倒水，并把水端到她俩面前。两个年轻人有点儿不知所措，张主任问了问任杰新生的情况，还问了任杰是否适应这里的环境和学习生活，接着说道："咱们八一农大，就是一点不好，远离城市，边疆办学，给我们的生活带来很多的不便！"

任杰瞅了一眼陈新枝，暗想：今天的运气不错，还没等我们开始，张主任就先开了个头。

陈新枝看见任杰的眼神儿，也明白了她的意思。陈新枝马上接着张主任的话说道："张主任，现在看来，边疆办学，给我们教职员工确实带来很多的不便，比如轩辕老师家，困难就很多！"

张主任连连点头称是，低声道："轩辕老师确实不易！"

于是，陈新枝把轩辕老师如何上山砍柴被张建华和秦丰发现，任杰他们商量帮助轩辕老师的办法的事对张主任说了一遍，张主任听后，心里酸酸的，想到轩辕老师的状况，又想到自己的女儿潇潇也比轩辕老师的老伴儿强不了多少，她难过地低下了头，一丝愁绪爬上心头，脸色也变得冷峻起来。她说道："目前，学校和系里各项工作繁杂，再加上学校这些年局面确实挺难。"她抬起头接着对陈新枝说道，"咱们学校的历史你是知道的，可能任杰还不太清楚。生活方面确实是大事，如果这方面的问题解决不好，老师们有后顾之忧，教学工作怎么能完成得好？"

停顿了一下后，张主任的目光又转向任杰，问道："如果你们帮轩辕老师做家务，会不会耽误同学们的学习啊？"

任杰连忙说道："不会的，不会的，张主任，我们只是利用星期天的时间，九个人分成三组，一个星期去一组，一两个小时的活儿，不算什么大事！"

张主任微笑着夸奖道："你们能有这样的境界，很了不起！值得学习！"张主任赞许地对任杰说道，"看来你党员模范带头作用起得不错！"

任杰的脸一红，急忙说道："张主任，这不是我的主意，是秦丰和张建华的主意。"

张主任点点头说道："都是好样的，应该表扬！"她转脸对陈新枝说道，"我和郑书记研究一下怎么办才好，还得让轩辕老师能够接受！"

"是呀，轩辕老师的自尊心很强，方法不得当，怕他难以接受！"

张主任轻轻地点点头，仿佛是自言自语，又好像说给陈新枝和任杰听："就是因为这自尊心太强，多吃多少亏啊！"

当轩辕老师走进郑书记的办公室的时候，看见张冬青也在，他心里紧张了一下，暗想：发生什么事了？

看见轩辕老师进屋，张主任连忙站起身，给他搬过来一把椅子，笑着给他让座。郑书记忙给轩辕老师倒水，说道："轩辕老师，耽误你一点儿时间。"

轩辕老师客气地说道："没事没事！"他看着郑书记和张主任，接着问道："不知二位领导找我有什么事？"

郑书记微笑着问道："嫂子的身体咋样了？"

"老毛病了，就那样了！"轩辕老师的话听着语气很低沉，声音也很小。

"这几年事情特别多，忙乎得没有时间照顾教职员工，特别是你，我感到有愧于你！"郑书记检讨似的说道，"还求你多原谅我和张主任。"

听到这些话，轩辕老师有点儿丈二和尚摸不着头脑，眼里闪着迷茫的光，盯着张冬青看。张主任知道轩辕老师还不知道郑书记说话的目的，接着说道："是这样的，轩辕老师，咱们系里有一个计划，就是帮助年龄大、身体弱、家里有困难的老师，帮助他们解决一些问题，想请你来参谋参谋！"

郑书记接着张冬青的话说道："是呀是呀，一到关键的时候就要把您请出来给我们当参谋。就像兵团时期，咱们八一农大被解散的时候，大家心理都憋着怨气，关键时刻，是您带头，领着我们这些人，写信直接上书中央，要求继续办好八一农大！"

轩辕老师客气地说道："关键时刻，还是有你们给我撑腰，我才敢领你们斗胆上书！"

郑书记和张冬青相视一笑，又看看轩辕老师，只见轩辕老师满面春光，也陷入到回忆当中。

那一年，因为国际关系的变化，黑龙江省的农垦系统全部变成部队管辖的生产建设兵团，各管理局变成部队的师级单位，各个农场都变成了团级单位，各分场变成了营级单位，生产队变成了生产连队，主管领导全部换成现役军人。八一农垦大学虽然没有变成现役，但变化最大的是学校的名字，全名叫“中国人民解放军沈阳军区黑龙江生产建设兵团八一农垦大学”，整整二十六个字，连刻章师傅都为难了：一个图章根本就放不下这么多的字。

兵团成立后的第三个年头儿，在八一农大就有小道消息传出来，说八一农大要解散，学校不办了。一时间，小道消息传得沸沸扬扬，闹得人心惶惶，学校从上到下乱成一锅粥，领导无心工作，教师无心教学，学生更无心学习。这样无政府主义一直持续了将近半年，大家最担心的事情真的发生了。兵团总部一声令下，八一农大就解散了，所有的教职员工，除了一部分留校看守外，其余的都下放到各农场或科研院所工作；学校的仪器设备，也都被拆得破破烂烂，损坏丢失严重；图书的损失更是惨不忍睹，丢失损坏的十有八九。好端端的一所学校，在那么艰苦的条件下创办起来，刚刚走过二十多个年头，就被活生生地肢解了，不复存在了。看到农大人辛辛苦苦建立的学校，几天就被残忍地肢解，农大的老师们欲哭无泪，伤心至极。

郑义晚上睡不着觉，翻来覆去的就是想不通：学校为什么要停办，他曾经用无数个理由来说服自己，要服从上级的安排和指示，但他内心深处就是转不过弯儿来。半夜三更，他在炕上翻来覆去，没有睡意，感觉胸膛发闷，像有一块石头压着一样，让他喘不过来气。他轻轻地坐起来，看着窗外暗淡的月光，披上衣服走出门外，沿着家属院的甬道，低着头，慢慢踱着步，满脑子一片混乱，乱哄哄。走着走着，一个黑影来到他跟前，他没有发现。那个黑影轻轻地咳嗽了一声，把他吓了一跳，抬头一看，借着灰白的月光，看见是轩辕老师，正站在自己的面前。他停住杂乱的脚步，问道：“老师，你怎么还没睡啊？”

“你不也没睡吗？”轩辕老师反问道。

“唉！”郑义重重地打了一个咳声，愁苦地说道，“哪儿有心思睡觉啊！”

两个人站在黑暗中，看不清对方的表情，但从语气当中都知道对方有沉重的心事。郑义问道："老师，你说，学校应该解散吗？"

他的话音还没落，轩辕老师生气地提高了声音，激动得大声嚷嚷道："当然不应该解散啦，一个好端端的学校，为什么要解散？让我们无法想通！"他的手臂向黑暗的空中伸了伸，仿佛要捅破黑暗的夜幕。他喘了一口粗气，有气无力地说道："我们要做点儿什么，不能就这样坐以待毙啊！"

"也许上级领导并不知道此事，不行的话，咱们向上级领导反映反映，看看能不能有救？"

"怎么反映情况？"郑义问道。

"写信，写申述材料，递上去！"

"是一个办法，但不能只是你我两个人，这样影响力小！"郑义看了看黑暗中的轩辕老师，接着说道："还是要多发动一些人签名，我们联名上书，肯定能引起上级领导的重视！"

两个人走到办公室，轩辕老师打开灯，从抽屉里找出笔和纸，思考了一会儿，就伏案奋笔疾书起来，一气呵成，洋洋洒洒几千字，写完后长长地吁了一口气，把稿子递给郑义。郑义接过来看见题目是《关于对撤销东北农垦大学的意见》，内容有三个方面，一是八一农大不应该撤销的理由，列举了几条，郑义又增加了几条，大概十几条；第二部分就是恳请上级领导和组织恢复八一农大，一定要把八一农大办好，这有利于农垦事业的发展，也有利于中国农业的发展。郑义看完后，问道："老师，都投递给谁啊？"

"不鸣则已，一鸣惊人。"轩辕老师摩擦着头发，说道，"要捅就捅破天！"他看着郑义，目光中流露出坚毅的神色，坚定地说道，"投给国务院、教育部、农垦部和省革委。"

此时，东方已经露出鱼肚白、丝丝浅浅的粉红色朝霞，飘浮在东方的山峦之上，新的一天又开始了。

经过几天的联系，有几个中层干部和教师在申述信上签了字，也有的人有顾虑，不敢签字。几天后，郑义把这封信投进密山邮局的邮筒里，他们便开始了漫长的等待。

申述信发出快半年了，还是泥牛入海无消息，郑义和轩辕老师也已经被安排到兵团四师工作。远离了八一农大，但他们的心还是留在了遥远的裴德峰下。有一天下午，轩辕老师不知道从哪里得到消息，说六月北京要召开全国教育工作会议，他感觉是一个申述的好机会，应该带着材料到会场散发，把基层的声音传递出去，以引起高层的重视。但谁去合适？轩辕老师一时拿不定主意，他找到郑义，说明去北京会上散发申述材料可能改变局面会更快。郑义自告奋勇，说他自己只身去北京，不辱使命，完成任务。郑义到北京后，打听到出席会议的黑龙江省代表住在前门饭店，就想办法找到黑龙江省代表组，汇报了八一农大解散的情况和教职员工的心愿，说到激动处，郑义痛哭流涕。在场听汇报的人大受感动，同意将郑义所带来的《关于对撤销东北农垦大学的意见》和《呼吁书》在会议上散发。同时，郑义并没有到此为止，他又到国务院接待室口头反映了八一农大被撤销的情况。这次行动，让高层领导对八一农大的事情有了了解，为后期的复校奠定了基础。

郑义回到工作单位后，兵团政治部派人找郑义调查此事，兵团的首长们也逐渐感觉撤销八一农大本身就是错误的。

后来，在一九七三年四月，八一农大复校以后不久，当时的主管单位还是沈阳军区黑龙江省生产建设兵团，在一次教职员工大会上，当时主管首长以军人的坦率和军人的方式，就八一农大撤销一事，做出了自我批评，表示当时撤销农大是错误的，农大确实应该继续办下去。

更有意思的是，当时兵团副政委李子文说的话很有哲理，也有诡辩的味道："原来撤销农大是正确的，现在恢复农大也是正确的。"

"十几年过去了，我经常琢磨李政委的话，感觉他真是很有水平！"郑义笑着说道，又看看张冬青主任和轩辕老师。

轩辕老师也笑了笑说道："哲学能让人明智，也能让人摆脱尴尬，但科学是严谨的，不能辩证！"

张冬青主任看两个人跑题了，微笑着说道："我们是不是下笔千言，离题万里了？"

郑义书记一下子从回忆中回到现实里来，连忙转脸去看轩辕老师。低声说道："老师，这些年对你照顾不周到，我的工作没有做好！"

一句话把轩辕老师说愣了，有一点儿丈二和尚摸不着头脑。他愣怔怔地看着郑义，又看看张冬青，不知道他俩是什么意思。

郑义接着说道："咱们八一农大是在边疆办学，条件艰苦，困难很多，比如城镇户口问题、子女就业问题、商品粮供应问题、副食品问题、煤炭供应问题，都是大难题，在密山这个小地方，我们有很多难题都解决不了。”

“这些困难都可以慢慢克服，我们不是也慢慢地过来了吗？”

“轩辕老师，尤其是你家，这些年系里没有照顾好，我们深感不安！”张冬青说道，“师母身体不好，困难更多一些！”

“我是难一些，但比起前些年的状况，现在好多了，应该满足啦！”

“学校也在积极向上级反映我们学校的难处，但很多问题不是一下子就能解决的。比如煤炭问题，密山县供应我们学校的根本就不够用，弄得我们不少老师缺煤烧。”

“我家和其他人家不一样，我老伴儿常年卧床，冬天屋里不能太冷，整天烧炉子，就费煤。”

张冬青连忙接话说道：“轩辕老师，今年新生要组织起来，帮助有困难的老师做好人好事，也包括你家。他们每个星期天抽出一点儿时间，帮你砍柴和打扫卫生，这样一来，你就能有更多的时间来搞教学和科研。”

轩辕老师忙摆摆手说：“不用不用，别耽误学生们的时间，他们的时间也很宝贵！”

郑义说道：“老师，听我们的意见吧，不然，学生们会伤心的。”

劝了好一阵，轩辕老师才勉强同意，但他也提出一个条件，那就是有感兴趣的同学可以参加他的科研小组。

从此以后，每到星期天，张建华便领着秦丰和王新良去轩辕老师家帮他砍柴做家务，一直到学生们毕业。

十七

李学庆对袁园的追求，并没有随着这寒冷的冬天的来临而降温，反而热情却像初夏的太阳一样时时刻刻在高涨。有时在课堂上，望着袁园的背影，不知不觉中，他的神思飘向遥远的未来，想象着他和袁园在一起生活的情景……他时刻想接近袁园，却又找不出恰当的理由。

又是一个夜晚，在教室里，日光灯还是雪亮雪亮的，只是窗外没了月亮，呼呼号叫的西北风，卷着雪花，扑打在玻璃窗上。袁园还是坐在前排自己的座位上，专心致志地学习，李学庆坐在后排。屋里不算太热，李学庆觉得膝盖发凉，抬头瞅瞅袁园，她好像一点儿都不觉得冷。李学庆的心又开始不安起来。他从课本中找出一个英语单词，轻轻地走到袁园身边，面带微笑，柔声道："袁园，你英语水平比我高多了，这个单词我发不准音，麻烦你教教我！"

袁园抬起头，轻轻地瞟了李学庆一眼，拿过书，念了一遍，李学庆跟着学了一遍，还故意念错了。袁园耐着性子教了他三遍，他才学会，然后笑着说道："谢谢你啦袁园，你真是我的一词师呀！"

袁园淡淡一笑，说："这没啥了不起的。"

"你学习这么用功，可要注意身体哟！"李学庆没有走的意思，关心起袁园来，接着说道，"不会休息的人就不会工作！"

"没事！我的身体挺好！"袁园轻描淡写地说道，"我累不坏，谢谢你的关心！"说完又低下头看起书来。对于袁园这种不冷不热的态度，李学庆也感觉出来了，但他还是说道："我看咱们班许多男生都没有你有志向……"

李学庆的话还没说完，秦丰夹着书本走进教室，坐在自己的位置上，打开书本，埋头读书。李学庆讨了个没趣，只好走回座位，心不在焉地看着书。

袁园轻轻地舒了一口气，感激地瞅了瞅秦丰。她知道，如果秦丰不及时进屋的话，李学庆说不定要纠缠她多长时间，那么，这一夜的好时光就会白白浪费掉，她会感到十分心疼的。

李学庆从口袋里掏出王春燕刚刚寄来的信，皱着眉头读起来。

亲爱的庆：

你离开家已经四个月零十一天，我却觉得比四年的时间还要长。真的，我真想你，几乎是天天盼，夜夜盼，时时盼，刻刻盼，以至于我对学习都无心了，我多么希望你能尽快回到我的身边来，我们好重温昨日的梦。有时，我整夜整夜地睡不着觉，回味起你给我的幸福和欢乐，整个梦境都是你的身影，醒来发现我的身边空空如野，根本就没有你时，我就会泪流满面。今天，我多么希望你能再给予我更多的欢愉啊……这些天来，我精神恍惚，处处都感觉到有你的身影在我眼前晃动，弄得我心神不定，学习成绩也骤然下降，今年考大学，看来是无望了。所有这一切，都怪你。是你，既给我制造欢乐和幸福，又给我制造相思和痛苦，还给我制造绵绵的苦盼。如果我考不上大学，我将无颜见我的父母和你，唯一值得我高兴的是，我的生命里拥有了你……

快回到我身边来吧，我的爱……

看完了王春燕的信，李学庆早已不像先前那样激动了。望着袁园的背影愣怔了好一阵，他才收回思绪，掏出笔，给王春燕写回信。

燕，你好：

接到你的来信，倍感亲切，也倍感担忧。照你目前的情况发展下去，我们所设计的前途将如肥皂泡一样破灭。我必须承认，我欠你的太多太多，恐怕今生今世都难以还清。我天天祈祷你能顺顺当当地考上大学，这样，我的心情还能好受些。夜晚难以入眠时，我也常常回想我们在一起时的情景，是你，给了我一切；是你，叫我拥有这美好的一切。你要安下心来，认真学习才对，我期盼着我们在大学校园里相聚的那一天！

另外，我准备考研究生，我想，男子汉大丈夫，活在世上一回，就要拼搏一次，即使失败了，也会无怨无悔的。这样，今后我的学习时间就会抓得更紧，就会少给你写信了，你也要少给我写信。咱俩来一个竞赛，争取都如愿以偿……

写完信后，李学庆的心情，不知是轻松还是沉重，竟泛起了一股难言的似乎是酸楚的味道。他抬头看看袁园，心里暗暗地说：为了你，我就要背上这忘恩负义的骂名啦！他站起身，不知是对秦丰还是对袁园说了一声：“该回去休息啦！”

袁园好像没听见，连头都没有抬。秦丰开始以为李学庆是在和袁园说话，也没吭声；等了一会儿没听见回音，才抬起头说：“你先走吧，我还要学一会儿呢！”

李学庆不高兴地白了低头不语的袁园一眼，有些不舍地走出门外，消失在黑暗与寒冷之中，冻得他缩着脖，抱着肩膀，手缩进衣袖，疾步向一号楼跑去。

很快就要过元旦了。第一个元旦应该怎样过？陈新枝和团支部、班委会讨论了几次，最后大家决定搞一台小型文艺晚会，让全班同学在欢声笑语中送走七十年代，迎接八十年代的到来。陈新枝把这个任务落实到宣传委员李学庆身上。李学庆怀着极大的热忱去组织这项活动。由王新良创作的相声已经找好了人选，正在紧张地排练着。男生小合唱《大实话》，肯定能引起哄动，保准让每个男女同学笑逐颜开；三句半和快板书，更是不可缺少的节目。男生独唱由李学庆自告奋勇地承担了，每天清晨，他早早爬起来，站在主楼后的风雪中，嗷嗷地练嗓子，显得特别的卖气力。女声独唱由宗翠来完成，按李学庆的主意，让任杰再来一段舞蹈，任杰却笑着推辞了。秦丰来一个诗朗诵，还差一个男女声二重唱的节目，人员还没有落实，就差一个女演员没选好。李学庆忽然灵机一动，暗想：男声由我来唱，何不让袁园来唱女声呢？这样不就有了许多接近的机会了吗？处得时间长了，感情就自然而然地产生了，也许她会代替王春燕成为我的新恋人呢。王春燕和她相比，简直是一个天上一个地下。想到这里，他心里暗暗得意，脸上堆起了笑容。有了这个主意后，他马上到教室里去找袁园，没有看到她的身影，又到图书馆去找；图书馆里也没有发现，他只好回到一号楼女生宿舍来。只见袁园正躺在床上，其他女生都去学习了。袁园看李学庆进了屋，勉强坐起身，乌黑的头发有些散乱，两颊赤红，满脸的倦怠。李学庆一看见她这副模样，心突然狂跳起来，血直往头上涌，觉得有些飘飘然了。他意识到这是一次表露心声的最佳时机。他强令自己镇定，走到袁园的身边，轻声问道："你怎么了袁园，病了？"

"感冒发烧！"

"严重吗？"李学庆边说边伸手去触摸袁园的额头。

袁园急忙躲闪开，说道："没大事，吃点儿药就会好的！"

"要不要去医院？"李学庆还是那么关心地问道。

袁园无力地摇摇头。

李学庆忙说："你快躺下吧！"

"那就对不起了！"袁园说完，有气无力地躺下身子。

李学庆走近她的身边，替她盖好被子。袁园有些吃惊和害怕，但马上镇静下来。只是脸颊更加红润了。李学庆瞅了她一眼，病中的她，更增添了几分妩媚和娇艳，心头又是怦然一动。他盖好被后，坐到对面的床上，低声问道："她们不知道你生病吗？"

"知道，可大家学习都忙，没时间照顾我！"

"一个人离家在外，有生病的时候会更是思念亲人，尤其是女孩子。如果在家生病了，母亲一定会在你身旁，守护着你，安慰着你！"

几句话都说到袁园的心坎上了，她有些受感动了。刚才，她一个人在屋里，病痛使她倍感孤独，又想起了遥远的额尔古纳河畔的妈妈，若此时妈妈能在自己身旁，一定会使自己感到有所依靠和温暖。李学庆的几句贴心话深深地打动了她，她的心海泛起了一层波澜，眼角闪着泪光。但孤傲的她，绝不愿意在一个男生面前表现出自己的软弱，更不能让男生看见自己落泪，她忙把头转向墙，顺手摸出一本书，翻看起来。其实，她连一个字都没看进去。

"你太用功了，袁园，病中还学习，太苦自己啦！"

就在袁园感到很尴尬的时候，任杰推门走了进来。李学庆忙站起身，朝任杰点点头。任杰说："你快坐吧，李学庆。"

说完，走到袁园床前，夺下她的书，又摸摸她的额头，埋怨道："有病还看啥书，好好休息几天再学也不迟。烧有些退了，你感到好些了吗？”

袁园含泪点点头。

看见这种情景，李学庆不好再提关于演节目的事，只好告辞。他跑到商店，买回一堆水果和罐头，送到袁园的寝室。袁园说啥也不要，李学庆还是一再坚持。最后任杰说道：“李学庆也是一片好心，袁园，你就收下吧！”

袁园觉得再推辞下去，会伤同学的面子，只好点点头说：“谢谢你了李学庆，其实大没必要，休息几天就会好的，让你破费啦！”

李学庆笑笑说：“同学之间，有什么好客气的？”

从袁园的寝室出来，李学庆的心里亮堂了许多。

病还没有好彻底，袁园就带病去上课了。坐在课堂上，她的脑袋还是嗡嗡直叫，浑身软绵绵地无力，仿佛随时都有倒下的危险。任杰像老大姐一样处处关心她，甚至连饭都给她端到床头，感动得袁园不知说什么才好。

元旦一天天接近，所有的节目都排练得差不多了，只剩下这男女生二重唱还没有着落，陈新枝一个劲儿地催促李学庆。李学庆也心急火燎，看袁园的身体已好多了，心想唱唱歌大概没什么问题了。晚饭后，他走到女生宿舍门前，轻轻地敲了一下门。随着悦耳的“请进”声，李学庆推开了门。屋里，几个女生差不多都在，看见李学庆进屋，有的夹起书本走出门外。袁园收拾好书本，刚要走，被李学庆叫住了。

“你找我有事吗？”袁园的脸，高高地抬起，目光只盯在李学庆的额头，不冷不热地问道。

“元旦晚会，还差一个男女声二重唱没落实，我想请你……”

还没等李学庆把话说完，袁园傲然地说道：“对不起，我可没有那个闲情逸致，再说，我也没有那音乐细胞！你还是另选高明吧！你如果没有什么别的事的话，我就走啦！”说完，也没看李学庆一眼，转身走出门外。

被扔在屋里的李学庆尴尬地涨红了脸。宗翠愤愤不平地说道：“你别管她，她就那样，自以为是，高傲得很！”

李学庆感激地望了望宗翠，任杰看见李学庆有些下不来台，忙说道：

“袁园真不会唱歌，我从没听她唱过！”她转脸对宗翠说：“你歌唱得那么好，我看就一事别烦二主了，你和李学庆合作得了！”

李学庆求救似的望着宗翠，宗翠盯着李学庆的眼睛，笑嘻嘻地问道：“你看我行吗？”

“只要你愿意，我看可以！”

“那好，我就跟你合作一把！”

其实，宗翠唱歌的天赋绝不比李学庆差，没练上一天，俩人配合得可以说是天衣无缝了。李学庆连连夸宗翠人聪明。宗翠却不以为然地说：“不就是唱唱歌吗？小菜一碟！”

李学庆也笑了，说道：“说你胖，你还喘起来了呢！”

“本来嘛！”宗翠嗔怪地瞪了李学庆一眼，李学庆的心突然怦然而动。这种娇媚的眼神，王春燕经常对他使用，而且还很有杀伤力。立刻，李学庆把王春燕和眼前的宗翠比较起来。

元旦的夜晚，班里热热闹闹的。由于图书馆放假，袁园只好在宿舍里学习。一号楼里静悄悄的，仿佛跨入新的一年的欢乐与这栋楼无缘似的。孤零零的袁园，不是不想加入到欢乐之中去，只不过她不愿意浪费时间而已！

十八

元旦过后不久，课程基本结束，进入了紧张的复习阶段。此时，所有的同学都不敢掉以轻心，就连平时最不用功的同学，此时此刻，也作最后的冲刺准备。教室里灯火通明，人满为患，灯光一直亮到半夜十二点，人人都想在第一学期结束时考个好成绩。所以，不公开的竞争像一条看不见的线在同学们中间拉开了。秦丰也不敢再看课外书了，他把全部精力都投入到复习当中。二四一房间息灯前的“晚报”也停止印刷了，累了一天的同学们，回到寝室后洗漱完毕便倒头呼呼大睡，谁也没有兴致再去议论杂事。睡到大约三四点钟时，秦丰突然作起恶梦来。梦境中，天堂河下起了纷纷扬扬的鹅毛大雪，铺天盖地，白皑皑的一望无际。街上没有了行人，只有几条饿狗，汪汪地怪叫着，夹着尾巴东钻西窜。秦丰家的房子，突然倒塌下半间，轰隆一声响，震动了天堂河，把他家的那条大黄狗砸在里面，那条狗嗷嗷惨叫着，一直到天亮才咽气。剩下的那一间半破房在风雪中摇晃，冷风灌进屋里，冻得大姐直哆嗦。没有一个人去救援，人们都站在远处静静地观看着、议论着，气得秦丰大哭起来。当他醒来时，发现做了一场恶梦，但梦中的情景，他记得清清楚楚。他有些担心，不知家里会发生什么不测。立刻，他睡意全无，睁开双眼，向窗外望去，只见窗外仍是黑乎乎的一片，只有几颗亮晶晶的寒星点缀在玻璃窗上，窥视着室内。人们都在熟睡之中，不知是谁轻轻地说起了梦话，鼻音浓重，嘟嘟囔囔的听不清楚。秦丰暗想：是家里出事了？还是修洁出事了？这个修洁，真是怪怪的。自打开学时给我来过一封信后，再没给我写过只言片语。我真不知道，她现在如何，又作何感想。既然爱我，就不应该找出那么多的条条框框来限制自己。修洁呀修洁，别人不懂我的心，难道你还不懂吗？你应该知道我每天想些什么，你不是说咱们心心相印吗？难道你连这些都不理解？想起修洁，他的大脑就更兴奋了，回想起高考之前的往事，像放电影一样又历历在目，仿佛是昨天的事。他暗暗说道：不管怎样，再有十几天我就可以回到天堂河了，就能看见修洁了。也能知道她的真正想法了，他甚至想到大学毕业后，可以马上和修洁结婚，过上和和美美、甜甜蜜蜜的生活。同学们来到他们那个温馨的小家做客时，他陪着同学们坐在桌边欢饮畅谈，修洁扎着围裙，在热气腾腾的厨房里忙乎，满屋都飘着香气。修洁面露纯情的微笑，双手端着菜盘，款款走进屋，博得同学、好友们的赞许，而修洁则谦逊地说道："做得不好，请多包涵！"那似珍珠落盘的声音，萦萦绕耳，像莺歌、像燕语，似春风、似细雨，温暖着每个人的心房……

复习阶段是紧张的，真正考试的时候，反而轻松下来，紧张的气氛已经消失。每考完一个科目之后，同学们回到寝室都会争论得面红耳赤。六科都考完之后，只等着分数下来，而后就是放寒假。同学们都做好了回家的准备，尤其是新生们，兴奋得几乎连觉都睡不着，见面先问的第一句话就是哪天离校。此时，回家是学生们生活的主旋律。与这种越来越亢奋的情景相比，王新良的情绪恰恰相反，离回家的日子越近，他的脸就越阴沉，心情就越沉重。这几天，由于忙着考试和即将回家的喜悦，秦丰好像忘了王新良的存在。当他回头看见王新良痴呆呆地傻坐在床边发愣时，突然想起了采蘑菇时王新良和他说过的事。他的心一沉，忙停住手里的事，走到王新良的跟前。王新良抬头看看他，眼角似有泪光在转动。秦丰拍了拍王新良的肩头，没有说什么。王新良把目光又移到窗外。远山已经银装素裹了。他的心，也像那山一样，被厚厚的寒冷所冻结。

"新良，别急。我们慢慢想办法！"

冷风像无情的钢鞭，凶狠地抽打在秦丰、张建华和王新良三个人的身上，干枯的树枝在寒风中摇摆着，整个天空都是灰蒙蒙的。他们三个人加快脚步，走过一号楼前的甬路，穿过主楼前的广场，快速钻进了主楼，来到了他们的教室。仨人刚刚坐定，秦丰便把王新良的情况和张建华说了。最后说道："建华，我们俩请你来，想让你给出个主意，看看这件事应该怎么办才好！"

张建华听后，沉思了片刻。抬眼看看王新良。问道："你真的不爱你表妹？"

王新良点点头。张建华又问道："为什么呢？"

没等王新良说话，秦丰替他说道："一是由于王新良的父母包办的婚姻，二是王新良的表妹素质有些问题！"

王新良把信递给张建华，结结巴巴地说道："就……就是死……我也不同……同她……结婚……决……心……心已……定！"

"是不是因为她是农家女，你是大学生，就想把人家抛弃？"

王新良急了，脸直发红，他用手指指天，说道："绝……绝……绝……无此……意……苍……天……可……可鉴！"

"我看这件事还要依靠系领导，咱们三个是想不出什么好办法的！"

王新良没有马上吭声，他感到为自己的私事去麻烦系领导有些难为情。再说了，这毕竟不是什么光彩的事，有往外张扬的必要吗？看见王新良不吭声，秦丰也不好表态，就在三个人沉默的时候，辅导员陈新枝面带微笑推门走进屋。看见三个人垂头丧气的样子，笑着问他们是不是考试没考好。得到三个人否定的答复后，她又问道："既然考试考得不错，马上又要放假回家了，还有什么不高兴的事呢？"

三个人你望望我，我看看你。还是秦丰性子急，说道："是王新良的事给搅的！"于是，秦丰把王新良婚姻的事一五一十都向陈新枝讲了。陈新枝听后沉吟了良久，最后才抬起头对王新良说道："王新良，婚姻是一个人一辈子的大事，一定要处理好。弄不好会痛苦终生的！"说完，陈新枝脸上的笑容不见了，目光也暗淡下来。停了一会儿后，她详细地询问了王新良的情况，然后说道："王新良，你别着急，我把这件事向书记和系主任汇报一下，争取一下他们的意见，看看怎么办才好！"

王新良点点头。

当陈新枝来到农学系办公室时，系书记郑义和系主任张冬青正在研究着什么。看见陈新枝进屋，他们停止了谈话。张冬青招呼陈新枝坐下后，陈新枝就把王新良的情况详细地向他们汇报了一遍，最后问道："你们说这件事该怎么办才好？"

张冬青瞅瞅郑义，只见他陷入了沉思，她也没有开口说话。屋里的空气沉闷起来，每个人的脑子都在迅速旋转，思考着这件事应该怎样处理才合适。沉静了好一会儿，郑义才抬起头，两眼盯着陈新枝问道："你说这件事应该怎么办？"

陈新枝笑了笑说："我不知道该怎么办才来找你们哪！"

张冬青还在沉思，郑义说道："陈老师，咱们这届新生，成分比较复杂，年龄参差不齐，家庭背景也大不相同，而且农村孩子较多，一定要防止他们中的某些小资产阶级思想萌发，比如在找对象这件事上，王新良是不是因为自己是大学生了，地位提高了，就看不起农家女了？如果是这种情况，我们一定要制止，不能让这种思想在学生中间抬头！"

"据我们掌握的情况看，不属于这种情况！"陈新枝又说道，"是属于没有感情基础，又是近亲，对王新良来说是很痛苦的那种情况！"

"假如王新良把人家姑娘抛弃了，王新良是能够重新找到幸福，人家姑娘不就痛苦了吗？这种把自己的幸福建立在别人痛苦之上的行为，是否道德呢？"

"我们起码要尊重王新良的人格啊！"陈新枝有些底气不足，低声道，"没有爱情的婚姻，就如同走进坟墓一样！"

"爱情是可以培养的！"郑义把烟掐灭，放在烟灰缸里，说道，"比如你和小张，不就是经组织决定而结合的革命夫妻吗？现在不也很幸福吗？孩子也很大了，小张又在实验农场当上了副场长，很有前途嘛！"

陈新枝低下头，眼角似乎有泪光在闪动，她想说什么，但张了张嘴，把话咽了回去。

张冬青接着郑义的话说道："陈老师，我们也不能光听王新良的一面之辞，应该调查清楚才好处理，你说是吧？"

"反正我觉得总该尊重当事人的人格，注意个人情感才对！"陈新枝还是嘟囔了一句。

郑义从陈新枝的话里多少嗅出点儿味道来，他冷峻地瞅了陈新枝一眼，想说什么，又没开口。

陈新枝无望地走出农学系办公室，走进寒风冽冽的过道。想起伤心的往事，她的心里像塞了一团乱麻，憋屈得只想痛哭一场。远远地听见有人在喊她，她忙把眼角的泪水擦干，看见张建华、王新良、秦丰向她走来。望着缀满期盼的三双眼睛，陈新枝有些难过地低下了头，沉默了一会儿，她低声道："王新良，我努力过了，可惜……"她转脸对张建华说道，"王新良最好先躲一躲，别回家。张建华，你放假后有时间到王新良家去一趟，好好调查一下，也帮王新良做些工作才好！”

张建华点点头，王新良难过地垂下了头。秦丰说道：“谢谢陈老师啦！”

望着王新良的背影，陈新枝的心像被钢针扎了一下疼痛起来，她在心里默默地说道：“我绝不能再让一个无辜的灵魂在没有爱的深渊中挣扎啦，像我一样忍受着那份无边的煎熬！”

王新良垂着头慢慢地走着。默默无语，任凭寒风吹打在他的脸上。秦丰轻轻地抬起头，望着遥远的天空，那里有阴云在徘徊，他的心情突然阴暗下来，不知道远在天堂河那个小村的修洁，此时会是什么样的心情！

明天就可以回家了，离开家乡半年多的新生们，仿佛被注入了一针兴奋剂，忙乎了一整天，把回家时该带的书全都收拾得利利索索，只等明天天一亮就往家开路。回首这半年的时光，不知有多少次梦见自己的父母和亲人，不知有多少次梦见家乡的山和水，不知有多少次梦见自己中学时的老师和同学。

二四一房间的学生，除了王新良外，又是唱又是跳，连平时最不爱唱歌的秦丰，也亮开嗓门唱起了电影《五朵金花》里的插曲：“……蝴蝶泉边好梳妆……阿妹叫金花……”

五音不全，唱得直跑调，宗翠听后，抿嘴直笑。任杰笑着说道：“看把这帮男生乐的，都快疯啦！”

十九

返校后，当张建华和王新良再次回到二四一寝室时，一点儿都没想到，躺在床上的竟然是秦丰，他好像睡着了，一动不动。两个人对望了一眼，张建华急忙走了过去，推了推秦丰，后者竟没有动。张建华使劲儿扶起他，细细一瞧，顿时惊呆了：只见秦丰双眼通红，眼泡都肿了，满眼的泪花，目光散乱，茫然无神，人也瘦了一圈儿。张建华瞅瞅王新良，王新良又瞅瞅张建华，二人不知发生了什么事情，都茫然不知所措。

“你怎么了，秦丰？”张建华忙问。

“……”秦丰低头不语。

张建华急了，摇着秦丰的肩膀，问道：“到底出了什么事，你快说呀！”

过了好一会儿，秦丰才缓缓地抬起头，用绝望而悲伤的目光，盯着张建华的脸，轻轻地摇着头，低声说道：“建华……我受不了这个沉重的打击呀！”说完，他一头扎进张建华的怀里，“哇”地一声痛哭起来。

张建华没有再追问什么，只是轻轻地抚摸着秦丰那浓密的黑发，让他尽情地去哭！过了好一会儿，秦丰才抬起头，擦干了泪，无神地望望张建华，又望了望王新良。

“你什么时候回来的？到底出了什么事？”

秦丰没吭声，穿好鞋走到窗前。玻璃窗外的雪刚刚融化，雪水悄悄地往下流着。透过不甚明亮的玻璃窗，模模糊糊地看见大操场上有几个人在走动，那是刚刚返校的学生们。秦丰又向远山望去，那些巍然挺立的山峰，披着洁白的银装，在阳光下十分耀眼。隐约可见的一些树木，点缀在白雪之中。大自然并没有因为他的悲伤而改变一切。秦丰一下子明白了：既然一切都已成为事实，而且又无法挽回，还苦苦折磨自己干什么？难道修洁她就不痛苦吗？最怪的还是自己的二哥秦俭，明明知道修洁爱的是我秦丰，可他……唉，修洁呀修洁，如今的你，再也不是从前的修洁了，我的相思，我的初恋，我的未来，都像梦一样醒来，又像水一样流过……秦丰回转过身，看着身后用惊诧的目光望着自己的两位同学，凄然一笑，幽幽地说道：“对不起，刚才……”

还没等他说完，张建华忙问道：“到底发生了什么事儿？”

秦丰轻轻地叹口气，低声道：“过去的事情永远也不会再回来啦，只有刻骨铭心的爱才是永不能忘怀的。现在，我的心情很沉重，不想再提往事，以后我会告诉你们的！”说完，他走出门外，随后听见洗漱室里的水声哗哗地响了起来。

屋里的两个人，你瞅瞅我，我瞅瞅你，都是丈二和尚摸不着头脑，也不知道秦丰到底出了什么事。秦丰洗完脸，走进屋，他的脸色好多了。他边擦脸边问道：“建华，你去王新良家了？”

张建华轻轻地点点头。“事情解决得怎么样？”

张建华只是轻轻地摇摇头，没有说什么。

秦丰转脸看王新良，他的脸上，也布满阴云，好像随时都能下雪。屋里的空气，有些沉闷。走廊里有杂乱的脚步声经过，同时伴有高高的说话声。为了打破这沉默，张建华打开旅行袋，拿出几个被压碎了的煮鸡蛋，送到秦丰眼前，说道：“你吃几个吧！”

秦丰轻轻地推了回去，慢慢地摇摇头。张建华又送到王新良的面前，他也摆摆手。王新良从口袋里掏出叶子烟，撕开一张小纸条，慢条斯理地卷着，脸还是阴沉沉的。王新良卷了好一阵才把烟卷好，放在嘴上，又划着火柴点着烟，深深地叹了口气。

秦丰躺在床上，眼望着上铺，眨巴着眼睛，陷入到沉思中去。仿佛那床板里，镶嵌着一张因朝气蓬勃而美丽的脸、因幸福而专注的目光，那道目光与秦丰的目光相遇时，充满了自豪与自信，那道目光在哪儿见过呢？噢，对啦，那是三年前初夏的一个上午，在天堂河小学升到公社中学的学生当中，秦丰是第一个入团的人。那时入团，仪式非常的隆重，在全校几百人面前，搞入团宣誓，当秦丰面对人群抬起右臂握拳庄严宣誓时，他的目光与人群中修洁那双纯洁清澈的目光相遇了，那道目光中，饱含着幸福、自豪和兴奋。修洁注视着秦丰，欢快地微笑着。从修洁那道如电如诗的目光中，秦丰体会到了幸福和激动。就是在那天放学归家的小道上，一向稳重的修洁和几个女生走在秦丰的前面，仅有十几步远，她和女生们又打又闹，给人一种疯疯颠颠的感觉。秦丰知道，那是因为自己入团了，修洁替自己高兴……

“人……人活……活得……可……真……真难……重压……压……之下……有……有一种……粉……粉……碎之……之感……好像……那样……就可以……随风……飘逝……而……无痛苦……无悲伤……无希……望……”

王新良的几句话打断了秦丰的回忆。秦丰看了看叼着烟沉思的王新良，那缕缕轻轻飘散的烟雾，就像痛苦的情感浸泡着他的身心。

“王新良，你可不能这样想！”张建华忙说道：“人不能有了挫折就把一切都看得暗淡了。人生在世，不可能事事如意。生活既不像诗那样美好，也不像黑夜那样可怕，咱们只能面对现实才行。普希金不是有一首诗吗，秦丰，你背诵给我们听听吧！”

秦丰望着张建华那充满友爱和鼓励的目光，他的心头一热，再看看比自己还消沉的王新良，于是他轻轻地摇摇头，轻声吟诵起普希金那首著名的诗来：

假如生活欺骗了你
不要悲伤
不要心急
忧郁的日子里需要镇静
相信吧
快乐的日子将会来临
心儿永远向往着未来
现在却常是忧郁
一切都是瞬息
一切都将会过去
而那过去了的
就会成为亲切的怀恋

秦丰刚刚吟完，张建华微微一笑说道：“二位伤心的人好好听听吧，连普希金都说一切都是暂时的，转瞬即逝，而那逝去的将变为可爱！你们还有什么可伤心悲痛的呢？都振作起来吧，我的朋友，世界不能因为你们的痛苦而改变模样，太阳不会因为你们的伤心而流泪，星星也不会因为你们的悲伤而陨落，还是忘记过去，憧憬未来吧！”

天渐渐地黑了下来，夜幕像黑蝴蝶一样，扇动着寒风般的翅膀，飞过山山水水，留下黑暗与神秘。坐火车疲劳了一天的同学们都发出了重重的鼾声，秦丰是无论如何也睡不着，往事像记在脑海中的日记一样，一页一页地轻轻翻起，尽管那些字迹已经陈旧、发暗，但还是历历在目。

二十

那是秦丰十七岁的那年秋天，因为缺少五元钱的学杂费，他不得不辍学。

暮霭像幽灵一样飘进屋里，秦丰躺在炕上，眼巴巴地望着房顶，想起明天就要离开他所喜爱的学校，投入到另一种更加艰苦的生活中，他的心就像掉进苦海里一样。望着窗外渐渐明亮的数不清的星星，他的眼泪慢慢地流淌出来，浸湿了枕头。皎洁的月光洒在他的脸上，照着清凉的大地。

同样没睡着觉的还有秦丰的大姐淑贤，她在黎明前的夜色中说道：“秦丰啊，你实在舍不得离开学校，明天还是去念吧，兴许还有办法呢！”

秦丰没有吭声。

淑贤又说道：“妈临咽气时，还嘱咐你要好好念书，可你才念到一半，高不成低不就的，我咋向妈交代呢？”

秦丰擦干眼泪，幽咽地说道：“大姐，这年头儿书念不念也没啥大意思，还是回家干活儿吧！”

“我知道你的心，老弟！”淑贤也快流泪了，低声道，“我可屯子借钱，才借到一块五毛钱，真没招哇！”

一夜没睡好觉的秦丰，第二天一大早就穿好了小黑棉袄，腰扎麻绳，夹着镰刀，跟在淑贤的身后去生产队干活儿了。从那天开始，十七岁的秦丰就是天堂河生产队的一名社员了。

十月的一天早晨，大地上铺了一层轻霜，太阳已经升起一竿子多高了，生产队的院子里还不见几个人影。又等了好一阵子，仍然没多几个人，队长着急了，喊了几嗓子就带头走了。人们无精打采地跟在他的身后，慢悠悠地往地里磨蹭着。秦丰抱着膀，操着袖，缩着脖，低着头，跟在有说有笑的人群后面，一言不发，哭丧着脸，一副无精打采的样子。

修洁的父亲张万财走过来问他为啥不上学了，秦丰还没说话，眼泪就哗哗地流了下来。张万财重重地叹了口气，说道：“修洁的学杂费，还是东借西借才凑够的！”

由于心里难受，秦丰在干活儿时使出了全身的力气，很快就把其他人甩到了后面，他像一阵风似的割到地头，回头一看，满地是人。他把镰刀往地上一扔，把自己重重地摔在地上，仰面朝天，做了一个深呼吸。蓝天上有一只苍鹰，在孤独地低低地盘旋着，好像在寻找落脚点。盘旋了一阵后，它又向远方飞去了。秦丰想：昨天这个时候，我还坐在教室里安安静静地听老师讲课，可今天……他不愿再往下想了，翻过身来，看见一群小蚂蚁正忙忙碌碌地往洞穴里搬运食物。他在心里轻声叹道：人跟蚂蚁又有什么区别呢？我的一生也许就跟这些小蚂蚁差不多了！碌碌无为地活着！

干了两天活儿的秦丰，累得腰酸背痛，浑身没劲儿，连胳膊都不想抬了。回到家后，他连晚饭都没吃，一头栽倒在炕上，呼呼大睡起来。这时，修洁风风火火地闯进屋，和淑贤打了一声招呼，直接走进屋，推醒了正在沉睡的秦丰，秦丰揉着通红的双眼看着修洁，沉默不语。

“干活儿累吗？”修洁关心地问。

秦丰长长地出了口气，低声道：“那还用说！”

修洁从口袋里掏出五元钱，在秦丰面前晃了晃，说道：“你明天可以上学了！”

看到自己盼望已久的钱，秦丰的双眼发亮，但他并没有急于伸手去接，低声问道：“哪儿来的？”

“这你就别管了！”修洁笑着说，“反正不是偷的，也不是抢的，你就放心地花吧！”

“你不说清，我宁可不上学！”

“你这个人哪，真拿你没办法！”修洁幽幽地一笑，慢慢地低下头，沉沉地说，“秦丰哥，这是我缴的学杂费，让我又要回来了！”

“为什么？”秦丰吃惊地睁大了眼睛。

几滴泪花在修洁的眼睛里转悠着。沉了一会儿，修洁又说道：“秦丰哥，你别再问了，你看我家，老的老小的小，全靠我爸一个人在生产队干活儿挣工分儿，用不上几年，还不把他累垮了？再说，奶奶一天不如一天了，这个家，怎么才能操持过来呀？看来只有靠我出力了！”

她抬起头，眼睛盯着秦丰，无限深情地说:“再说，我的学习成绩又不好，不会有太大的出息，还不如早点儿回家挣钱，也能腾出份精力好帮助家里。与其俩人争吃一碗饭，还不如让一个人吃饱，这就是我决定不念书的原因。”修洁把手里的钱递到秦丰的手里，说道：“这回该拿我的钱了吧？”

“修洁，这样不行！”秦丰几乎是喊着说出这句话的，同时把修洁的钱使劲推了回去。

修洁笑了笑，低声道：“你接了这五元钱，将来就可能是个了不起的人物；你没有这五元钱，就会像许多人一样面朝黑土背朝天一辈子，什么人生理想，就像寒风中的尘沙一样，都会被一阵狂风卷走，什么都不剩！你知道吗秦丰哥，你的希望会从我手中诞生。咱们别争了，秦丰哥，只要你能好好念书，将来能有出息，我做什么牺牲都可以！”

秦丰的心，像漂浮在大海里的一叶孤舟，被汹涌澎湃的海潮冲荡着，他的眼里饱含着热泪，嗓子里像卡了块鸡骨头一样。沉了好一会儿，他才低声喊了一声：“修洁！”接着便泪流满面了……

一九七八年冬天一个普通的夜晚，冰冷冷的月光照在秦丰和修洁的身上，寒风停止了怒吼，天地不那么冷了，似乎温柔了许多。秦丰刚刚从学校回家来，他的高考复习非常紧张，每天要学习十几个小时，既要把过去稀里糊涂学过的知识补习完，还要把没学过的知识学完，这对于离高考只有十个月的秦丰来讲，是非常困难的，时间也是非常宝贵的。今天晚上，秦丰是回家来取粮食的，顺路到修洁家来看看。小黄狗跟在他们的身后，家家户户都灭了灯，大街上显得空荡荡的。秦丰突然停住脚步，问道：“成天在家喂鸡喂猪，你甘心吗？”

修洁没有正面回答秦丰，低声道:“人生不只一条路，各人有各人的想法。人活着不能光顾自己，也该为别人想想！”

秦丰感到茫然，思考了一阵后，问道：“你这是从何谈起呢？”

“你真是个书呆子！”修洁哧哧地笑了，轻轻敲了秦丰的脑袋，说道，“你聪明时比谁都聪明，笨时比谁都笨。你想想，你大姐都二十一了，不该找对象成家吗？二哥秦俭也十九了，用不了多久也该订婚了，可你那个家……假如你明年考不上大学，后年是不是还得接着考？没钱你能念成书吗？你不是说过吗，考不上大学死不瞑目，我不给你挣钱谁给你挣钱？”

这些事情，秦丰从没想过，他深深地低下了头，暗想：我只想考大学了，从来就没为家里人想过。修洁虽然比我小一岁，想得却比我周全，她的心可真细！他抬起头，用敬佩的目光打量着眼前这位逐渐成熟的姑娘。皎洁的月光轻柔地照在修洁那张美丽的脸上，她的眼睛闪动着耀眼的光芒，她的两个酒窝里隐藏着淡淡的笑意。

修洁的说话声使秦丰收回了目光。

“你不是说一分钱憋倒英雄汉吗？我在家里多养几头猪，多喂几只鸡，一年下来，也能多挣个一百二百的。听说刺绣这活儿挺挣钱的，我也想学学。我挣的钱越多，你念书就越宽绰些，越没有牵挂，你的学习才能越好，考大学才能越有把握！”修洁盯着秦丰说道，“只要你能考上大学，能有出息，我什么都不在乎，干什么都心甘情愿！”

秦丰的嘴唇蠕动着，说不出话来。他眼中热泪滚滚，心里像烧开锅的水一样翻腾着，一股股热浪涌过他的全身。他一把抓住修洁的手，使劲地握着。修洁使劲地伸出手，在溶溶的月光下，为他擦去泪水，温柔地抿嘴一笑，说：“一个男子汉，还像小孩似的哭鼻子，多难为情！”

修洁抬起脸，借着朦胧的月光，盯着秦丰的眼睛，一字一顿地说道：“秦丰哥，你就一心一意地好好念书吧，我为你所做出的一切，都是心甘情愿的，不带任何附加条件！”

“不不！”秦丰忙说，“不管我能否考上大学，都要娶你为妻！”

“这不是报答我的条件！”修洁抿嘴轻轻地一笑，说道，“先别谈这些，到时候说不定谁走阳关道，谁走独木桥呢！”

“这是啥意思？”秦丰迷惑不解地问。

修洁轻声地背诵起秦丰送她的那首诗：

你是美丽的花朵，
我是绕你翩飞的彩蝶，
彩蝶最恋什么……

秦丰也跟着修洁背诵起来。仿佛这茫茫月光、呼啸的寒风、苍凉的旷野、眨眼的群星都和秦丰的诗一样，在静静的夜空中幻化成一只展翅高飞的大鸟，在这宁静的夜晚，载着两个人的理想，自由自在地飞向远方，永远不回头。

背完诗后，修洁问道：“你不会忘记这首诗里，谁是花朵谁是蝴蝶吧？”

“当然不会！”

“这就对啦！”修洁带着苍凉的语气说道，“你是彩蝶，甚至是雄鹰，可以自由地遨翔于广阔的蓝天之中，我这朵小花只能是永远守着黑土地，眼巴巴地望着你飞来飞去。留给你的是广阔的天空，而留给我的只能是永久的等待！”

秦丰听后，哈哈大笑起来，说道：“你呀你，简直像个诗人，又像高深莫测的哲学家！”

修洁没有笑，一丝忧伤像一片薄薄的云，淡淡地飘荡过她美丽的脸颊。过了一会儿，她低声道：“咱们快回去吧，你还要学习呢，我可不能耽误你宝贵的时间！”

临分手时，秦丰抓住修洁的手，充满柔情地说道：“修洁，你长得像花，心灵也像花一样美丽……”

修洁咧嘴咯咯一笑，说道：“得了得了，从哪里学来的这一套，酸了吧叽的叫人肉麻！”

秦丰一把拉过修洁，把她紧紧地拥进怀里，借着银白的月光，注视着她那张像盛开的玫瑰花似的脸，和那双闪着万里晴空般爽朗微笑的大眼睛。秦丰的心海突然刮起一阵风暴，席卷着他的灵魂，甚至连天空上的月亮都改变了颜色。他心海中卷起的浪花，高高飞溅起来，直扑进他的记忆中。

“看，有人！”

秦丰回头去看，修洁趁机挣脱了他的手，转身跑开了。那小鸟般的笑声在静谧的夜空中轻柔地飘荡着。

“快回家学习吧！”

她消失在融融的月光中。

秦丰就要踏上南去的列车，离开生他养他十九年的天堂河村，去那个完全陌生的但又崭新的黑龙江八一农垦大学去学习和生活了。想起就要离开修洁了，一种依依惜别的滋味悄然爬上心头。他踏着银色的月光，悄悄地来到修洁家。张奶奶躺在炕上，见秦丰来了，眉开眼笑地嘱咐了他一阵。修洁瞪着双眼，幽幽地盯着秦丰，现在，她才真正地意识到分离。过去的一切，都恍如昨日，仿佛还在梦里，悄悄地诉说着那些美好。她的心酸酸的，低声问道：“秦丰哥，明天就要走了，还缺啥少啥不？”

那幽幽的声音里面，饱念着无限的凄凉和忧伤。

秦丰深情地望着修洁。修洁连忙避开他那灼人的目光。秦丰心里暗想：修洁肯定是舍不得我走，心里难受。他的情绪也有些低落，低声答道：“你都给我准备好了，还有啥缺的！”秦丰由衷地说，“谢谢你，修洁！”

修洁什么也没说，只是咧嘴凄然一笑。

秦丰请求道：“修洁，我有话跟你说，咱们出去走走吧！”

“去吧去吧！”张奶奶躺在炕上说，“话不说不透，灯不点不亮！”

修洁迟疑了一下，还是轻轻地点了点头，跟在秦丰的后面，向天堂河边走去。秦丰放慢了脚步，等修洁和他肩并肩时，才慢慢地说道：“修洁，没有你，就没有我的今天！”

修洁又是凄然一笑，截住秦丰的话说道：“那可不一定！”

秦丰的心情被兴奋所笼罩，一点儿都没有查觉出修洁那微妙的变化，他还接着往下说道：“我一定要娶你，绝不食言，你就在家等着我吧！”

修洁没有回答，只是翘首仰望幽静的天空，忽闪着一对水汪汪的大眼睛，歪着头想了想后，自言自语道：“月亮升起来了，星星就不亮了，也用不着谁来陪它了，它会自己走的……”

她好像说给自己听，又好像说给秦丰听。

“你在说什么，修洁，快回答我的问题！”

修洁还是没有回答秦丰。

四周的蛙声融进洁白的月光中，几朵云彩在天空中悠闲地飘荡。下露水了，打湿了他们的衣裳，几只荧火虫从他们的面前飞过，洒下点点幽兰幽兰的亮光，很快就消失在蒙蒙月色中。秦丰见修洁不回答他的问话，又问道：“修洁，你不高兴吗？”

“没！”修洁只是轻轻地摇摇头。

借着月光，秦丰看见修洁的眼角闪着泪花。

“修洁，你哭了？”

“没没！”修洁赶忙去擦泪，低声道：“我这是高兴的！”

“明天你送我吗？”

修洁叹了一口气，淡淡地回答道："我会的！"她停住了脚步，伸手拦住秦丰，说道："咱们就走到这里吧，往前的路我就不送你了，你自己往前走吧！我相信，前面的路会越走越亮堂的！我祝你今后学习进步，生活美满，万事如意，我的大学生……"

她说话的声音带着明显的哭音，秦丰感觉出来了，他一把抓住修洁的手，紧紧地握住，声音颤抖地说道："我明天就走了，心里真有些舍不得！"

"习惯就好啦！"修洁强忍泪水，淡淡地说。

修洁深情似海地盯着秦丰，过了好一会儿，才抽出手转身往家走。秦丰追过去，问道："你就不能送我一程吗？"

修洁停住了脚步，低声道："还有这个必要吗？以后会有人陪你的！"

秦丰心里挺纳闷：这个修洁，今晚上是怎么了？说话着头不着尾的。联想起这几天她的反常表现，秦丰多少嗅出一些不对劲儿来，他忙跑过去追上修洁，问道："你怎么了，修洁，咋这么怪呢？"

修洁苦苦一笑，低声道："没什么，一切正常！"

"我看你不正常，你心里在想什么？"

"你别疑神疑鬼的，我该回去了，你要多保重！

说完，转身走去。

秦丰站在原地，呆呆地望着修洁的背影想了好一阵，也没想出个所以然来，只好摇摇脑袋苦苦一笑，迈着茫然的步子向家走去。还没走出几步，就听见背后响起了脚步声，忙转回身，只见修洁小跑着追过来。秦丰停住脚步，等待着修洁。修洁流着热泪，低低地叫了一声"秦丰哥"，便一头扑进他的怀里，轻声地哭泣起来。秦丰紧紧地搂住她，轻柔地抚摸着她的头发。修洁泪雨纷纷，肩头搐动着。秦丰一时不知该怎样安慰她才好，只是笨拙地机械地说道："你快别哭了，有事就说嘛，你一哭我的心就乱。我们也不是见不到面啦，你干吗这么伤心哪？"

修洁从秦丰的怀里慢慢地探出头，小鸟依人的样子盯住秦丰的脸。泪水打湿了她白净的脸蛋，让她显得更加娇柔，更加妩媚，更加楚楚动人。她轻声问道："秦丰哥，你会忘记我吗？"

"怎么能忘呢？"秦丰坚定地说，"一辈子都忘不了，我还要娶你呢！"

修洁含泪笑了，月光下，她的脸竟是那样的惨白，她又问道："你懂我的心吗？”

“懂！懂！”秦丰紧紧地搂住修洁的肩膀，动情地说道，“除了我，还有谁能懂你的心？”

“你不懂，你永远不会懂！”修洁轻轻地摇摇头，隔了一会儿，又低声缓缓地说道，“你能记住我就好！”

“谁都可以忘记，我怎么能忘记你呢？你可是我心中的太阳啊！”

修洁甜甜地笑了，只是泪珠还挂在腮边，她深情地吻着秦丰。月光还是那样的明亮……

第二天送行的人群中，竟没有修洁的身影，秦丰焦急地等啊盼啊，直到他登上列车，才看见在那小小的月台的另一头，修洁那缓缓移动的身影……

二十一

新的学习生活又紧张地开始了，大学生们很像一群饥饿过度的饿汉，扑在一堆丰盛的“佳肴”上，贪婪地咀嚼起来，吸收着新鲜的知识。随着时间的推移，秦丰那颗受伤的心渐渐地平复了一些。一个星期天的下午，秦丰、张建华和王新良来到轩辕昊宇老师家。只见窄窄的小屋里，轩辕老师正伏在那张窄小的书桌上奋笔疾书。他的老伴儿精神好像好多了，坐在炕梢，手拿一把木梳，一遍又遍地梳着她那一头灰白散乱的头发。看见有人进屋，咧嘴笑了笑，她轻声喊道：“轩辕，来人啦！”轩辕老师的精力太集中了，没有听见老伴儿的喊声。三个学生看见连头都没抬的轩辕昊宇老师，都没有去打扰他。轩辕老伴儿又提高嗓门儿喊道：“轩辕昊宇，有——人——来——啦！”

轩辕老师吓了一大跳，忙收住笔。回过头来，看见三个学生站在那里，屋里显得更加拥挤。他不好意思地咧嘴一笑，回过身来，站起身让座。

“轩辕老师，您在写什么呢？这么专心致志？”秦丰问道。

“最近特别忙，有两件大事需要办：一是全国农业院校从一九八〇年开始就要使用统一教材了，我是《农业气象学》的副主编，还有几个章节需要编写；另外，农业出版社还要出版我的一本书，在最后统稿定稿阶段！”

三个同学的目光不由得兴奋起来，张建华又问道：“咱们以前用的教材，不是全国统编的吗？”

轩辕老师摇摇头，说道：“以前是各自为战，使用的是各校自编的教材，从今年起，全国都统一了，这是全国农业院校教改的第一步！特别是开完全国科技大会以后，知识分子们更是拼命地搞科研，全国形势一派大好哇！”

“咱们系教师都参加了那些学科的教材编写工作了吗？”秦丰问。

“咱们系有许多学科教师在全国农业院校里都是学科带头人，比如《病理学》《耕作学》《土壤学》《栽培学》《气象学》等等，在全国农业院校中，水平还遥遥领先呢！”轩辕老师端起桌子上的旧搪瓷缸子喝了一口水后又说道，“别看咱们学校远离闹市，但这个地方可是一个搞学问的好地方啊！咱们学校的老师，都特别能吃苦，特别有干劲，因为这是咱们学校的校风。希望将来你们也能把这些好传统传递下去！”

三个学生郑重地点了点头。

“老师这种勤奋好学的精神，很值得我们学习呀！”张建华又瞅瞅秦丰和王新良，缓缓地说道，“老师有这种崇高的干事业的精神，个人的那些恩恩怨怨乃至喜怒悲乐又算得了什么？”

俩人听了这番话，都惭愧地垂下了头。轩辕老师愣怔怔地瞅了瞅三个学生，淡淡地笑了笑。

正当他们说话的时候，系主任张冬青推门进了屋，三个同学都站起身。他们寒暄了几句后，张主任对轩辕老师说道：“接到通知，星期一上班后，让你把书稿寄到出版社去。轩辕老师，系里应该为你祝贺呀！刚刚迈进八十年代的门坎，你就有两本著作问世了，这是咱们八一农大建校以来的最好纪录啊！”

轩辕老师幸福地笑了笑，瞅着张主任说道：“这离不开系领导和各位老师同学的帮助。这不算啥，咱们系不还有一些老师参编的教材很快就付梓了吗？”

“性质不一样！”

轩辕老师没有说话，几个人从他那双深深凹陷的双眼中，读到了一份柔情似水的东西。

“轩……辕老……师，希……希望……早日……读到……您的……著作！”

“轩辕老师，我们还去给您砍柴吧！”张建华建议。

“还够烧几天，等我忙完了，自己去砍吧！”

“从今往后，你家的柴火我们就给包了。不用你再浪费时光了，有时间还是用在教学和科研上吧，争取多出成果，好给咱们八一农大争光！”张建华慷慨地说道。

轩辕老师的老伴儿说道：“任杰和宗翠这几个女孩子，每周都来帮轩辕老师打扫一次卫生，让轩辕老师完全没有后顾之忧，可以有更多的时间搞学问！”她转脸对张冬青说道，“这帮孩子真不错！”

张冬青主任的目光由学生们脸上转移到轩辕老师的脸上，只见他的眼眶中有泪光在闪动。她的心头不由得一热，心潮起伏。她怕轩辕老师看出她的内心情感，忙把脸移向窗外。还没等张主任回话，轩辕老师忙说：“我要好好地感谢同学们，你们真是八十年代的好青年、活雷锋！”

听了轩辕老师的表扬，三个男生的脸都羞得通红。

张冬青把目光又从窗外移回来，瞧着轩辕老师说道：“轩辕老师，我代表系领导支持这件事，而且，我要带头支持你搞科研。任杰他们几个女生把你的家务活儿包下来，减轻了你的后顾之忧，也能让师母更安心一些。”

“张主任，我真要好好感谢你。”轩辕老师的老伴儿感激地说道，“多亏了这些孩子，不然的话，我真不知道怎么办才好！”她收回目光，伤心地说道，“看我这个不争气的身子，给轩辕老师添了多少麻烦，真不如死了好，免得拖轩辕老师的后腿！”

轩辕老师连忙摆手，不让老伴儿再说那些伤感的话语，低声说道：“我们在谈正事呢！”

轩辕老师的老伴儿不再说话了，但眼角滚出了几滴泪水，她用手悄悄地擦干，翻了一个身，面向墙壁，不再说话了。

张建华和王新良找出柴刀和绳子，去裴德峰砍柴，秦丰留在家里帮轩辕老师收拾屋里屋外。张冬青把堆在衣柜里的、炕角的脏衣服统统找出来泡在洗衣盆里，风风火火地洗了起来。秦丰和轩辕老师又是往外倒垃圾又是打扫灰尘又是拖地又是归拢书籍。等到把这一切都收拾完以后，太阳已经偏西了，张主任干完活儿回家了。秦丰看看后园子的积雪已经化净了，还有许多干枯的秸秆横七竖八地倒在地上，就走过去收拾起来。

轩辕老师也满头是汗地走了过来，和秦丰一起干活儿。秦丰抬头望了望北面的裴德峰，忽然说道：“种菜小园内，悠然见北山，轩辕老师，这也挺有诗意的！”

轩辕老师笑了笑，低声道：“有没有诗意，完全是心情使然！”

“轩辕老师，你在农大待多少年了？”

“二十二年啦，我是建校时的第一批老师！”

“这些年没少吃苦吧？”

“那还用说！”轩辕老师直起腰，把秸秆放成一堆后，说道，“没有我们那时的吃苦耐劳，农大就不会有今天！”他缓了一口气，又弯下腰捡起秸秆，接着说道，“当时，咱们学校流传着一句顺口溜，叫做‘八一农大三件宝，镰刀锄头黄棉袄’。从一九五八年建校以来，我们农大边生产边建设边教学边搞科研，一直就是这样发展壮大起来的。黄棉袄就更有特点了，说明开始建校时是以转业官兵为主体的，我们学校的这种作风，是其他农业院校所不具备的，所以，咱们学校培养出来的学生格外受用人单位的欢迎，学生能够理论联系实际！”

“那时候上课哪儿像我们今天这样啊？”

“那时的学生老师可没有现在享福哟！”轩辕老师陷入了对往事的沉思当中。

还没等他讲那些逝去的往事，只见张建华和王新良每人背着一大捆柴火走进当院。

轩辕老师说道：“他们回来啦！我们收工吧！”

秦丰跟在轩辕老师的后面，请求道：“老师，我听说你有不少的传奇故事，都很坎坷，我挺喜爱文学的，将来有机会你给我好好讲讲，我想写写你，你看行吗？”

轩辕老师停住脚步，用审视的目光注视着秦丰，沉了好一会儿，才说道：“好吧，只要有时间有心情，我会满足你这份要求的！”

“那我就先谢谢老师喽！”

“我应该先谢你们才对！”

二十二

秦丰的心情，并没有随着春天气温的升高而改变，每天都是沉甸甸的。从没有过轻松的时候，只是学习比以前更用功了，似乎只有靠超负荷的学习，才能填充他那颗痛苦的心，使他忘却不幸，忘却悲哀，忘却过去。只有知识，才是他最好的爱人。但一回想起那个遥远的天堂河、那个远在故乡仍然为他的求学而苦苦劳做的修洁以及那个他永远也不想再回去的家，秦丰的心，就像被刀割成一片片碎块，并像剁饺子馅儿一样，鲜血滴滴答答地流着，几乎快要淹没了他。但从他的内心世界来说，他对修洁绝没有一丝一毫的恨意，而更多的，则是刻骨铭心的敬意。有时他暗暗地对自己说：从今往后，你对修洁不应该再有一丝一毫的爱了，如果那样的话，那是对她人格的污辱，也是对自己过去的爱的严重亵渎！秦丰在努力扼杀自己的情感。世界上的许多事都是物极必反，秦丰越是想扼杀这种情感，它反扑得越是强烈。就像黄河绝堤时涌出的滚滚洪水，把他卷入激流当中，沉入水底，化为泥土。他也情愿沉入修洁的心底，化作她心田中的一片芬芳的泥土，永远培植她青春的禾苗，长生不老，爱意浓浓，爱路慢慢，风雨无阻。干旱时为她保持湿润；潮湿时为她吸收水分……可这一切，都是遥远的梦。秦丰啊秦丰，你最好还是从迷梦中醒来，要面对现实，不要再做那些无为而又无聊的黄粱美梦了。为了你心灵的安宁，为了能让修洁摆脱沉重的负担，让她生活得更美好，让她走上自己设计的那条道路，你应该从沉迷痛苦中解放出来，直起腰抬起头，敢于与过去说再见，重新迈开大步，再走向新的起点，这样，修洁也会感到幸福和自豪。

周末的夜晚，繁星点点，乍暖还寒的春风，刮得窗前的树枝轻轻摇摆。秦丰的心情糟透了，连一个字都看不下去，总想找个没人的地方痛痛快快地哭上一场，这样心才能敞亮些。他合上书本，慢步走出教室，在甬路上漫步。沉重的脚步声，惊不醒沉睡的春意。秦丰望着天上的星星，突然想到：那遥远的最明亮的那颗，不正是修洁吗？如果她此时此刻能来到我的身边，安慰我这颗孤寂痛苦的心灵，那该多么幸福啊！他在心底轻声呼唤：你来吧，星星！你快来吧，我的星星！哪怕你落于我的额头，化作一阵清风，刮走我的汗颜，我也会倍感轻松；哪怕你落于我的心田，化成一泓清水，洗涤我的痛苦，我也会感到欢欣。可天上那颗小星星，眨着眼睛，并不关心秦丰的心事。秦丰突然想起一首诗，漫步轻吟着。等他想好后，疾步走回寝室，从门坎上摸出钥匙，打开门，找出纸，急匆匆地写下：

故乡的明星

黑漫漫的静夜，
一个忧伤的身影，
在窄窄的甬路上，
寂寞地徘徊徘徊。

黑纱似的夜幕，
一颗牵人心肠的小星，
静静地眨着热情的眼睛，
对着那个人影微微叹息。

人影对星星悄悄地说，
你就不能从漠漠的天空来到人间，
永远和我在一起，
给我一点点美好的慰藉！

小星星摇摇头回答道，
不，我只能装在你心里，
不能和你手挽手从春走到秋，

因为我们不在同一个天地。

写完之后，秦丰将笔掷于桌上，低声吟诵起来，一遍又一遍。念着念着，泪水悄悄地爬出眼角滚落在腮边，连开门声都没听见。

王新良看见秦丰站在窗前轻轻地哭泣，就慢慢地走到他的背后，轻声道："秦……秦丰……你……你不要……太……太……伤心……啦！"

王新良的说话声，尽管是那么的轻柔，秦丰还是吓了一大跳，下意识地把诗稿放在胸前，擦去泪水，转过身，咧开嘴朝王新良惨然一笑，轻声问道："你回来了？"

王新良把秦丰拉到床前扶他坐下，又倒了一杯水递给秦丰，轻轻地叹了口气，说道："这样……会……会……毁……了你！……"

秦丰只是轻轻地摇摇头，没有吱声。

王新良看见秦丰手中的诗稿，问道："我……看……看……可以……以吗？"

秦丰把诗稿默默地递给王新良。过了一会儿，王新良读完了诗，眼里闪动着激动的光芒，连声称赞道："诗……诗……不错……见……真情！"

秦丰苦苦一笑，摇摇头说道："有什么好的，只不过是心情记录而已！"

"古人……云……诗……者……志……之所……向也……在心……为志，发……发……言……为……诗。诗……诗……动于……中……而……而形……于……于言！"

秦丰低声道："不要讲这些了，我没心情！"

王新良眼中的光芒消失了。

不知什么时候，操场上的风刮得更大了。窗前的树枝呜呜地响起来，玻璃上的霜越结越厚，窗外的夜色更浓，早已看不清任何东西了，仿佛黑夜就在这栋楼里散步一样。一号楼里，传出几声大大的喊声，打破了这校园的寂静，在夜空中传出很远很远。

二十三

春天的脚步踩响了一片喧闹。裴德峰的阳面，已经悄悄褪去了白色衣装，裸露的岩石又呈现在人们的视野里，只是山脚下的那片长青松树的那种绿色，显得多少有些病态，但在四月的春天里，还是给人们带来了绿色的希望。

李学庆在回寝室的路上遇见了袁园。袁园的披肩发，在夕阳的余晖中反射着鳞鳞的光泽，苗条的身段显得更加楚楚动人，高昂的头颅从不左顾右盼，那夹在腋下的书本被风吹得微微散乱。李学庆喊住了她，袁园不太情愿地停住脚步，用机警的目光盯着李学庆。开学以来，李学庆的衣着打扮焕然一新，锃亮的黑皮鞋格外耀眼，一身新衣服平平整整，正合身，显得格外的庄重与洒脱；没戴帽子，寒风把他的耳朵冻得通红。乌黑的头发，潇洒地盖住半边耳朵；嘴唇上浓密的小黑胡子，修得整整齐齐，衬托得他那张方方正正的脸显得更加白净。

“你有事吗！李学庆？”袁园迟疑地问道。

李学庆甜甜地一笑，说道：“无事怎敢打扰繁忙的你呀！”

“有什么事你就说吧！”袁园的目光中含着警惕。

李学庆向袁园走近一点儿，站住，轻声道：“这件事不是三言两语就能说清楚的，这需要时间！”

“什么重要的事呀这么神秘？”袁园故作轻松地问道。

“相当重要，关系到你的前途和命运！”李学庆故弄玄虚地说道，“吃完晚饭后，我去找你，就这么定了！”说完，他笑眯眯地瞅了瞅袁园，从她眼前走了过去。

袁园站在原地没动，脸上表情没有任何变化。从她内心深处来讲，她有些烦李学庆这个人：见到女生黏黏糊糊迈不动步的样子，总是没话找话地和女生唠几句闲嗑；学习不用功，还总装腔作势，市侩得狠。她有心想拒绝他的约会，可一想到自己在病中他曾经买过东西去看自己，心里多少有点儿过意不去；可答应他吧，自己又有些不情愿。他会对自己说什么呢?袁园怎么想也想不出，最后只好安慰自己：不管他，到时候再说，不过想跟我谈恋爱可是没门！她迈步走进教室，又埋头苦学起来。

离开饭还有一段时间，李学庆躺在床上抽着烟，吹着口哨。屋里就他一人，其他同学不是在教室里就是在图书馆。因为袁园同意了约会，李学庆心里特别的轻松、特别的高兴。他心想：良好的开端是成功的一半，今天看来是一个好兆头。他使劲儿地吸了一口烟，轻轻地吐着烟圈儿，烟圈儿慢慢地扩大着，缭绕上升，逐渐朦胧成一片烟雾。那片烟雾中，隐约出现了王春燕那张圆圆的脸蛋儿，仿佛在向他微笑。顷刻，那片烟雾中又闪现出袁园那张俊俏的脸，两张脸庞不断交替地在他眼前闪现，弄得他心烦意乱。一想到袁园那双像蒸馏水一样清澈的醉人的大眼睛，李学庆心中的天平又倾向于袁园这边。他暗想：假如袁园答应了我，王春燕，那我可就对不住了，只能跟你说拜拜了。虽然我永远感激你，但你的长相太一般了，和袁园相比，真是一个天上一个地下，我不能就这样将就一辈子，我一定要找到属于我自己的幸福！再说，你离我太远，我感情上的空虚，也需要有人来填补。

李学庆回想起假期的往事。他回到农场后，没有先到王春燕家，而是先回了自己家的那个小连队，待了四五天后才去农场。王春燕一看见他，激动得浑身发抖，热泪盈眶，一下子扑进他的怀里，连她母亲在眼前都不顾及了。她妈妈连忙走进屋，声称去做饭。王春燕紧紧地搂住他，狠狠地亲吻着他，呢喃道：“庆，想死我啦；庆，可想死我啦！”

可李学庆的嘴唇有一些冰冷。在亢奋之中的春王燕，似乎一点儿都没察觉出来，仍然沉浸在幸福之中。

等到李学庆返校时，王春燕流着泪，送出他很远很远，并不断地叮嘱他要多写信。李学庆的脸上，说不出是冷还是热，说道：“我尽量抽出时间多给你写信吧！”

“我看我考大学是没啥希望了，我想你想得太苦啦！”一直到这时，沉醉爱河中的王春燕丝毫没有发现李学庆那种潜在的变化和冷淡。

一想起这些，李学庆的心里多少有些烦乱，觉得王春燕对自己用情太专一，自己这样做又有些于心不忍，而且会永远背上沉重的十字架。

“春燕呀春燕，你干吗这么傻呢？难道你就不能替我想想吗？”

“哐当”一声门响，打断了李学庆的遐想。抬头一看是张建华走进屋里。陆陆续续的，寝室的人都回来了。放下书本后，人们又开始议论一些问题，但李学庆没有参加，他仍然躺在床上默默地吸着烟。秦丰看了看他，问道：“你怎么了，老李？”

李学庆瞅瞅秦丰，呲牙了笑，没说什么，仍然笑眯眯地抽烟。张建华看了看后，说道：“看样子老李肯定有好事，连眼梢都带着笑！”

“有欢乐应该让大家分享！”一个男生说道，“一个人的欢乐，讲给十个人听，就会让十个人分享到，老李，你千万别独吞哪！”

“哪儿来那么多的好事，我正犯愁呢！”

“你……你有……啥愁的？我……看……咱们班……就……你……最快乐！……”

“你知道啥？”李学庆白了王新良一眼，说道：“欢乐的下面，往往掩盖着痛苦！”

呼呼的西北风，咀嚼着乍暖还寒的天气，倾吐着星星的心事。穿得很单薄的袁园，冻得有些发抖。黑夜像无边的黑纱，紧紧地裹住了她和李学庆。默默地走出几步之后，李学庆在思考着该怎样说好第一句话。袁园离李学庆有一两步远的距离，她悄声问道：“你找我出来，就这么走哇，有什么事？”

“外面太冷，咱们上主楼顶楼去说吧！”

袁园犹豫起来。

李学庆忙说道：“不会有人看见的！”

“好吧，随你的便！”

主楼的四楼是办公的地方，到下班后，一般是很少有人的。有些男女同学在冬天谈恋爱时，都乐意往这里跑，或者去一楼的实验室附近，因为那个地方很僻静，人少，也最安全，还很方便。袁园和李学庆爬上五楼，累得有些气喘。她站定后，喘着粗气问道：“你到底有什么事呀？”

李学庆沉吟了一会儿，没有回答袁园的问题，反问道：“你看我这个人怎么样？”

“挺好的！”袁园淡淡地说道，“和别人没什么两样！”

“这样说有些太笼统了，能不能详细谈谈？”

“谈这些干什么？”袁园有些警觉了，不由自主地向后退了一步。

李学庆笑了笑，温柔地说道：“你别害怕，我又不是老虎，不会吃人的！”他停了一下，又说道，“我只想了解一下你对我的看法！”

袁园隐隐约约感到了李学庆问这个问题的用意，她浑身上下起满了鸡皮疙瘩，心情十分的紧张。透过楼梯口照射进来的橘黄色的暗光，袁园朦朦胧胧地看见李学庆的眼中隐藏着热辣辣的成分。这是她活到二十岁从来都没看见过也没体验过的目光。她赶忙低下了头，避开那两道叫人窘迫而又令人害怕的目光。她略沉思了一下，轻声问道：“你非让我说不可吗？”

李学庆坚决地点点头，那神情，是不容袁园避而不答的。

袁园只好轻声答道：“你人很热情，也关心同学，会处理人际关系……反正挺好的，我也说不清楚！”袁园抬起手腕，在昏暗的灯光下看了看表，又说道，“都快八点啦！”

听了袁园这番话，李学庆的脸上浮起淡淡的、优雅的笑容，但他还是不满意，紧接着又追问道：“还有呢？”

袁园一摊手说：“我看不出来了！”

“你不想更深入细致地了解我吗？我想把自己解剖给你看看！”

“别说得那么吓人，解剖，你还能活吗？”袁园赶紧躲开李学庆踢过的球，向一边绕去。

那一句装在心窝里许久的话想说出口，还真不容易。但李学庆毕竟是李学庆，他不同于其他男同学。他很会采用迂回战术来打动袁园的心，但袁园总是把话岔开，不往深处说。李学庆接着又赞美道：“袁园，在咱们班的女生中，属你最高贵、最漂亮，也最有上进心，简直是……唉，我都没法形容了！”

听了李学庆的赞美，袁园的心里微微泛起一些涟漪，但她的脸还是冷冷地绷着。沉了一会儿，她才轻声说道：“每个人都有自己的长处，我也是个普通人，不像你说得那么好！”

“不，你在我心中，比维纳斯还美，好比天上的太阳，照得我心里亮堂堂、暖洋洋的！”

袁园的脸，微微泛起红潮，但她还是不动声色地问道：“你恭维我到底是什么目的？”

“难道你真的不懂我的心？”

袁园装作迷茫的样子，摇摇头。她在心里暗暗说道：我非让你表现个淋漓尽致不可，然后让你死了这份贼心！

“你非逼着我说出那句话？”

“我没逼你呀！”袁园嘴角挂着浅浅的嘲讽似的笑意，又说道，“你快别绕弯子啦，有啥话快说吧，我还要去学习呢！”

李学庆有些乱了方寸，干脆豁出去了，他直截了当地问道：“难道你心里一点儿都没有我？”

“我心里有你干啥？我心里只有学习和理想呀，别的什么都不装！”

“袁园，你真的不知道我爱你吗？你真的不知我爱得那么深，爱得那么苦吗？”李学庆的脸因为激动而有些变形，甚至有些狰狞可怕。他的声音，也都有些变了调。仿佛是一把重锤，狠狠地敲打在袁园的心上。二十岁的少女，情窦初开，含苞待放，突然听到一个男人宣布爱上了自己，其惊讶程度，不亚于听说发生了大地震那样愕然。她连连向后退去，语无论次地说道：“不……不……不行……我……我……不能接受！”

“你能的！你会的！你应该的！”李学庆像醉汉一样，一步步向袁园靠近。

“你快站住，再往前走，我要喊人啦！”袁园急得把声音提高了许多。

李学庆停住了脚步，像一座冰雕一样，冷冷地立在袁园面前，呆呆地望着她。他又低声问道：“你真的不想救我于水火之中吗？”

“不，我绝不能！”袁园说道，“我才二十岁，谈恋爱还为时过早，我要把全部精力都投放在学习上，我有更远大的目标！”

“咱们谈恋爱，或许对你的学习能有帮助！”

袁园沉静了一下，努力使自己慌乱的心情稳定下来，她轻声而又严肃地对李学庆说：“李学庆，我谢谢你对我的这份感情，我会永远记住并十分珍惜你说过的话。但我对你并没有一丝一毫的爱恋。爱情，是双向选择，是心灵撞击出的结果。我年龄还小，不想过早地考虑这个问题。人生在世，事业为重。我相信，你在今后的生活中，一定能遇上深爱你的姑娘。我们最好还保持同学关系吧！”

听了袁园这一大段阐述，李学庆的热情终于降了温。但他还是不死心，又问道：“你不爱我，你说，我哪点儿不好？”

“这个我说不清，李学庆，咱们还是别谈这个问题了。对不起，我要回去学习啦！”说完，她转身往楼下跑去。李学庆连喊几声，她都没有回答。

像经过一场狂风暴雨，一切都平静下来，楼里静得仿佛能听到空气的流动声。李不庆情感上的希望也随之破灭了，剩下的只是一些残枝败叶，像死去的黑蝴蝶，静静地躺在心海中。李学庆呆呆地站在那里，瞪大了失神的眼睛，望着黑洞洞的走廊，静静地出神。他的大脑像停止了思考一样，突然一片空白。一股孤独的，被打败的感觉油然升起，他觉得自己很可怜，心里很苦。他一下子瘫坐在冰冷的水泥地上，待了好长一段时间，才想起来抽烟。他从口袋里取出烟，想划着火柴，但手哆嗦得厉害，怎么也划不着。费了好大劲儿才点着烟。暗淡的烟火，照在他惨白的脸上，他的眼角，有泪珠在滚动……

抽完了几支烟以后，李学庆知道，就寝的时间已经到了。

二十四

公布上学期期末考试成绩，宗翠名次排得不前不后，属于中游。袁园的学习成绩，在班里一直是名列榜首，秦丰也在前十名左右。但宗翠不着急不上火，看到任杰因高等数学和物理考得不理想而发愁时，她还劝道：“任杰，你用不着发那么大的愁啊，不就是考得不理想嘛，有啥了不起！这学期咱们努力赶上袁园不就完了吗？”

任杰苦苦一笑，说道：“谈何容易呀？我基础不好，底子差，上学期那么用功，可成绩还是不理想，唉！这学期学的内容更深了，我真担心自己能否应付得下来！”她长叹一口气后，缓缓低下了头，沉了一会儿，又低声道，“我是党员，如果总拖班里的后腿，同学们会笑话我的！”

“不要怕，有我呢！”宗翠满不在乎地十分仗义地说道，“我可以帮助你！”

看到宗翠好为人师的样子，任杰又苦苦笑了笑，道：“你自己都是泥菩萨过河——自身难保，还说什么帮助我？”

“只要我用功，准能赶上袁园！”

看见宗翠那态度坚决的样子，任杰笑了，说道：“但愿如此吧，我看得出来，你非常聪明，只是功夫不到！”

任杰本来想说你的聪明劲儿全没往正地方用，但话到嘴边又咽了回去。接着她又说道：“我只要不补考就心满意足了，我毕竟比你们的岁数大些！”

“从现在开始，我要用功，我的目标是赶上袁园，让一个人注意我，并且……”宗翠甜蜜地笑了笑，故意神秘地不再说下去。

看见宗翠那副得意洋洋的样子，任杰露出迷惑不解的神情，问道：“你这个死丫头，又要耍什么鬼花招儿？”

“你等着看吧，会有一场好戏，在不远的将来上演。我就是主要演员，当然还有其他一些人。到时候，你就是第一个观众！”说完，她又神秘兮兮地笑了起来。

“别浪费时间了，咱们快去学习吧！”

俩人肩并肩地来到教室。宗翠满屋巡视一圈儿，对任杰耳语道：“教室里没意思，我要去图书馆学习，你呢？”

任杰摇摇头，坐在自己的座位上，打开书本。宗翠迈着轻盈的步子走出教室。灯光把校园照得朦朦胧胧，柔和的风轻飘飘地吹在她的脸上，有种早春的感觉。恬静的夜空，有一尾流星划过，激起了一群小星星，都在眨着明亮的眼睛，激发着热烈的目光。宗翠轻轻地哼着歌，走进图书馆的楼里。她先到二楼的阅览室瞄了眼，没看见秦丰，又到三楼的阅览室，看见秦丰正在窗户下的一张桌子旁埋头写着什么。她巡视了一圈儿，座无虚席，只好遗憾地摇摇头，无奈地返身，想回教室，可觉得刚刚走出来又回去不太好意思；想回寝室，又觉得一个人太孤独无聊。她犹豫了一下，又转回二楼的社科阅览室，找了几本杂志，临窗选了一把椅子坐下，埋头读了起来。正当她读得津津有味时，一个高大的身影挡住了灯光，她的眼前仿佛黑暗了许多。她抬头一看，只见李学庆正站在她面前翻阅着一张报纸，见她抬起头，便对她笑了笑，接着又点点头，算是打过招呼了。宗翠也如法炮制，并很快又低下头来读书。过了一阵子，她觉得眼睛有些发酸，就揉了揉眼睛又抬起头。她发现李学庆坐在对面的桌子旁，正瞪着眼睛瞅着自己。她的心怦然一动，脸一下子红到脖子根儿，连忙低下了头。看了几眼书后，她心里觉得仿佛有事，用眼睛的余光快速瞟了李学庆一眼，只见他正在漫不经心地翻着报纸，目光不时地向自己这边瞟来。宗翠的心，有些错乱了，看书的心思也没有了。她把杂志放在书架上，起身走回寝室。回到寝室顺身栽倒在床上，她眼望床顶，呆呆地想着心事，细细地分析着李学庆目光的含义：他用那种眼神瞅我，是为了什么呢？瞅他那眼神，饱含着游移不定的成分，是心灵的写照吗？是苦恼的反射吗？还是希冀的追求？他的目光，瞅我是这样，瞅别的女生是不是也如此？不过，不管怎么说，李学庆长得还是很帅气、很迷人的。唯一的毛病就是说话声音有点儿贱，尤其是见到女生，越是好看的女生越是饶舌，好像对女人特别感兴趣！前一段时间，他总往女生寝室里跑，看那样子是在追求袁园。最近他为什么不来了？百分之九十九点九是碰了袁园的钉子了。一想到袁园，宗翠的心里就愤愤不平：袁园，你有啥了不起？除了脸蛋儿比别人漂亮以外，还有啥比人出色的？我看她都不如任杰。你看人家任杰，处处像老大姐一样关心别人，爱护别人，帮助别人，心地多么善良！袁园的心眼儿小得狠，连鸡毛蒜皮的小事也往心里去，还摆出一副不可一世的样子，不论是学习还是其他方面，谁要是超过她，她就不舒服，就会嫉妒，凡事必须得她拿第一才行。我记得有一位哲学家讲过这样一句话：好嫉妒的人，别人的幸福就是他的痛苦。她的眼前，又浮现出李学庆这个人的面孔。在元旦排节目期间，李学庆表现蛮不错的，处处体贴人。只是这一个多月来，不知为什么，学习不怎么用功了。喔，对了，大约跟追求袁园有关。他看人家袁园用功，自己也装出用功的样子，以博得袁园的欢心。是不是他追求袁园不成，把注意力又转移到我身上来了？哼，李学庆，我才不当你的备用品呢！你乐意找谁就找谁去吧，让我当第二梯队，你等着吧！由李学庆又想到秦丰，她又暗想：秦丰的个头儿虽然没有李学庆高，长得也不如李学庆，但他为人直爽，勤奋好学，读书多、有才气，知识面又宽，显得还很单纯，将来肯定错不了。看他那样子，八成连女人都没有接近过，那才是一个纯粹的人。看李学庆那副德行，不知道接触过多少女人呢，我还是小心一点儿为好……宗翠坐起身，走到门前，对着那块不大的小圆镜子，仔细地端详起自己的面容来。她感到自己唯一缺憾的是父母没有给她一副像袁园那样娇美的面容，否则，她宗翠哪一点都不会比袁园差，甚至都应该超过她才对。看着这张连自己都不太满意的容颜，她轻轻地叹了口气，又转身坐回到床上，捧起从秦丰那里借来的小说《安娜·卡列妮娜》，正好看到安娜与渥伦斯基在圣彼得堡车站相识时，一个老头被火车轧死的情节。由于看到了死亡，她又浮想起人生在世譬如朝露，好时光不多。人的一生中最重要的并不是什么功名利禄，尤其是女人，追求那些摸不着、看不见的东西，似乎更加虚无缥缈。女人就应该更现实一些，找个理想的深深爱自己的丈夫，组成一个温暖的小家，比什么都重要。人生一世，假如在爱情生活上是一片空白的话，不管事业如何成功，其一生都只能算是白白地度过。因为家，不仅仅是歇息和生活的地方，更应该是感情寄托的场所，还应该是遮风挡雨的安全岛。

过了九点后，屋里的人都陆续回来了，也打断了宗翠的思绪。寂静被欢快的谈笑声打破，宗翠的情绪又融进那些欢声笑语中，忘却了刚才所思考的一切。九点三十分，任杰准时迈进寝室，放好书本又铺好床，便去洗漱室洗漱，每天她都早晚刷两次牙，这是她的习惯。熄灯之后，她们也议论一阵子，但从不像男生们那样肆无忌惮地谈论女性。由于腼腆和羞涩，女生们都会把秘密深深地埋在心底。往往越是神圣的东西，越会被她们封锁得严严实实。女生的天空会经常有云飘过；晴朗的时候，也肯定是在有风有雨之后。她们议论来议论去，最后把话题扯到任杰的身上。那位名叫金月的女生说道："任杰，咱们班的女生，数你的岁数大，都二十三了，还不赶紧抓个俘虏，不然的话，等到毕业可就成了困难户了。到那时候，急得就是火上房也无计可施呀！"

"是呀是呀，大家应该帮忙！"宗翠也插嘴道，"老大姐是该把这个问题提到议事日程上来啦！"

"你们别瞎扯好不好？"在黑暗中，任杰突然觉得自己的脸在发烧，她躺在床上嗔怪地说道，"你们闲着没事啦，拿老大姐穷开心，真是狗嘴里吐不出象牙来！"

"哎哎哎，任杰，我们可是关心你呀！"

"你别狗咬吕洞宾，不识好人心！"宗翠笑着说道，"我们不关心你谁关心你呀？谁让咱们关系处得比亲姐妹还亲呢？"

"我看哪，应该把秦丰介绍给任杰！"金月提议道，"他们还是老乡呢！"

"不行不行不行！秦丰比任杰小三岁，相差太悬殊了，我看不合适！"不知为什么，提到秦丰，宗翠的心里竟然泛起一股酸溜溜的感觉，好像刚从醋坛子里捞出来一样。

"谁如果再瞎说，看我撕烂她的嘴！"

听到任杰的威胁，姑娘们都发出轻松而又充满善意的笑声。一阵脚步声由远而近，停在了门前。她们知道，这是袁园回来了。已经是夜里十点钟了，该睡了，她们便都沉默不语了。随着"吱"的一声轻响，走廊里那昏暗的灯光斜斜地照进屋里。袁园蹑手蹑脚地洗漱完毕后便悄悄地上了床，工夫不长，姑娘们便纷纷地进入梦乡，在梦中去遨游她们各自的未来世界。

只有任杰难以入眠。姑娘们的戏言，就像晚春的暖风，把她本来早已凝固的情感又融化成一种温柔的软水，在她的心海中奔腾，冲击着她封闭已久的感情的闸门，使她回想起在寒假回家时，在大街上遇见几个同时下乡的女同学，有的已经成为孩子的妈妈了；有的正在准备着结婚。她们都有了自己的归宿，感情也都有了寄托，安安静静地过着平凡而又琐碎的日子，天天为柴米油盐而奔波，但人人又都过得很充实，这从她们那一张张红润的脸上就能读出来。那些下乡在青年点时显得娇嫩柔弱的女孩子，现在有了丈夫那宽阔温暖的胸膛可以依靠，有了丈夫那坚强有力的双手支持，显得更加自信，日子过得也有声有色。她去了一个最要好的女同学家，那个女同学比自己还小一岁，孩子都一周岁多了，在家照顾孩子。她人也胖了，脸庞也红润了。一周岁的孩子，刚刚会呀呀学语，白白嫩嫩的面孔，像刚刚摘下的嫩桃，稍微掐一下就会出水儿，那双胖乎乎的小手，在空中舞来舞去，非常招人喜爱。任杰情不自禁地把孩子抱在怀里，逗着他玩儿。看见人家夫妻恩爱的亲密劲儿和有了孩子以后心满意足的幸福感和自豪感，任杰突然感到一阵阵空虚像三伏天的暴风雨一样猛地向她袭来，仿佛自己这二十三年是白白地度过了，浪费了许多青春的美好时光。她再也坐不住了，急忙起身告辞回家。在回家的路上，她默默地想了许多许多，想到自己这样争强好胜，到底是为了什么？人生的未来是真实的还是虚无缥缈的？难道女人都必须去找男人吗？难道感情没有了寄托，心灵就会成为无源之水无本之木吗？如果是这样的话，那么，又是什么样的寄托，才能符合自己的愿望呢？

她回想起自己在十六岁那年下乡时，在青年点和男女同学们一起干着生疏、繁重的体力活儿，不少男同学都累得受不了了，找了许多借口跑回县城躲了起来。只有她，虽然背地里没少抹眼泪，但她还是咬着牙愣坚持了下来。当她第一次月经来潮时，竟不知为何物，看着从大腿根流出来的血水，她还以为自己有病了，忙跑回家，要她妈妈领她去看病，当她妈妈告诉她是怎么回事以后，她的心里还是一片茫然，暗想：流了这么多的血，得多少营养才能补回来呀？第二年冬天，正赶上学大寨修梯田大会战，她像假小子一样参战了。十七岁的她，用柔弱的肩膀，挑着装满土的篮筐，咬紧牙关，一步一步艰难地和男人们比着干。当时她被誉为铁姑娘，被公社树为典型，接着，又被县里树为典型。高处不胜寒，既然是劳模又是知青典型，各方面就要对自己严格要求了。一连两个春节，离家仅仅二十里地的她，都没有回家跟亲人们团聚，而是在青年点值班，领着生产队的青年男女们热热闹闹地扭秧歌，唱样板戏，组成文艺宣传队，活跃于各个村屯之间。入了党以后，她的干劲儿就像火山爆发一样，不分昼夜地苦干。虽然她干得比任何人都强，但留在青年点的人却越来越少。有的被推荐上了大学；有的去当了兵。每走一个人，她的心就冷却一分，也空虚一分，热情也会降低一分。但还有一个玫瑰色的梦在支撑着她，为了那个十分遥远而又美丽的梦，她牺牲了许多，支撑了几年。最后，当青年点只剩下她一个人时，望着空空荡荡的诺大的曾经十分热闹的屋子，她痛哭了起来。不是伤心，也不是孤独，更不是绝望，连她自己也不知道究竟是为了什么。此时，二十岁的她，已经当上了那个大队的党支部书记。她在那里又苦苦地支撑了半年，父亲实在舍不得自己的大女儿在那艰苦的地方拼命，便千方百计地把她调回县政府的招待所当了服务员。在那里干了不到半年时间，一声惊雷炸醒了她心中潜伏已久的愿望。高考恢复了，每个年轻人都有权力通过考试堂而皇之地去上大学读书求知识了。于是，她那颗还没有冷却下来的心又活泛起来，她要读书，她要获得更多的知识为祖国贡献自己的微薄之力。她再也不甘心当一名区区的服务员了，她要把耽误的许多好时光抢回来。于是，她毅然报名参加了高考，没想到，考试给了她当头一棒。上中学时基本没学到什么知识的她，最后结果是可想而知的。如果是一般的女生，两年高考失败，是经受不了那份打击的。但经历了那么多磨难而闯过来的任杰，顶着巨大的压力，毅然参加了第三年的高考，终于在一九七九年的高考中，考上了八一农垦大学，踌躇满志地走进了大学校门。初中文化还不到的她，能考上大学实属不易，其中的酸甜苦辣，也只有她自己才能完全体会。只有任杰，也只能有任杰这样经过许多磨难的人才能做到这一点。换其他任何一个人，都会一败涂地，彻底向命运投降，而不会使自己的命运得到升华，迈入更高的人生境界！

随着年龄的增长，任杰的心底，潜意识地涌动着一股热潮，那就是越来越渴望得到异性的爱抚。在相当长的一段时间内，感情的浪潮就像大海的波涛，层层涌起，但一碰到她坚实的理智的堤岸，都会被击得粉碎，闪着洁白的浪花，纷纷扬扬地向后退去，只是把理智打湿了那么一点点，但经过阳光的暴晒，又很快地恢复了常态。在意志与情感的激烈交锋中，有时，连她自己都不知道该站在哪一方，帮助谁去战胜对手，但她从没有向任何敌人投降的想法。只是她的心灵越来越焦渴了，很像久旱的大地，急需甘露的浇灌。但表面看来，她仍然泰然自若，脸色凝重而庄严。对待男生，她更加彬彬有礼不冷不热，但她的心，总是渴望着。有时，她为自己的这种心态而害羞，认为自己可耻，应该彻底摆脱，但经过无数次的斗争，这种渴望像一条无尾巴的影子一样，总是跟着她，有时都弄得她筋疲力尽。

夜，像一挂远逝的孤帆，渐渐地飘向远方。同伴们无声的睡眠，更增添了她无数的苦恼。她披衣坐起，为了不惊醒疲劳了一天的同学们，她轻手轻脚地走出门外上厕所。走廊里死一样寂静，昏暗的灯光仿佛也在昏昏欲睡。她多少有些害怕，赶忙溜进厕所，随后迅速跑回屋。同伴们还在沉睡，宗翠说起了梦话，睡梦中还咯咯地笑了几声。任杰长长地叹了一口气，心里暗想：看她们，多么年轻！仿佛自己已经走进了暮年，再也没有那股活泼与轻松劲儿了。由于失眠，她的太阳穴有些隐隐作痛，她就用手按摩起来，想以此来减轻疼痛，尽快入睡。心烦意乱的她，用心静静地数着阿拉伯数字，还没等数到三十，又被别的想法打乱。她的大脑兴奋不已，一个接着一个想法悠然而至又悄然飘去，在脑海里什么都没有留下来，就像一阵轻柔的春风刮过，只是让小草摇摆几下身子而已。她在心里悄悄地说道：我是不是也该谈谈恋爱了？也该尝尝爱情的滋味儿了。但全班的男生中，我和谁般配呢？她在心里把班里的男生一个一个过筛子，又都一个个否定，觉得几乎没有合适的，突然，她感到脸上一阵阵发烧，她摸摸发烫的削瘦的脸颊，暗暗地骂自己道：你可真不要脸，竟然想起男生来。任杰呀任杰，你可千万不要忘记，你是共产党员，你的今天实在是来之不易，你应该以学习为重！你这样胡思乱想，对你自己有害而无益！任杰呀任杰，你必须警惕，前面就是一个万丈悬崖，如果你再这样下去的话，会是非常危险的！

二十五

宗翠腋下夹着厚厚的书，慢腾腾地往二四一房间走去。站在门前犹豫了一下后，还是抬起手轻轻地敲了敲门。答话的是李学庆。她推门进屋见李学庆一个人坐在床沿上，嘴里叼着烟。见她进屋，忙站起身，把烟掐灭，扔到地上，还用脚踩了一下。宗翠问道："秦丰呢？"

"去图书馆了！"

"他学习可真用功！"宗翠由衷地赞叹着。

"我们寝室，就数他用功，啥书都看，都快成书呆子了！"

"那有啥不好，多看书多扩大知识面。年轻人嘛，就应该爱学习，这是美德嘛！"

"看样子你挺佩服他的！"李学庆边说边往宗翠跟前走了几步，说道：你坐呀！"

宗翠没有坐，脸微微地泛红，但她马上说道："我佩服所有爱学习的人。知识就是力量，你知道这是谁说的吗？"

"你在考我？"李学庆微微一笑说道："你夹的是什么书？"

"《安娜·卡列尼娜》"

"又是从秦丰手里借的？"

"对，我来还书！"

李学庆看了看宗翠的脸，又看了看宗翠腋下的书，略沉思了一下，慢慢地说道："其实，图书馆里有的是书，你又有借书证，自己去借多好，何必要费这二遍事呢？"

"凡是秦丰看过的书，我都想看！"宗翠不假思索地说道。

李学庆久久地盯着宗翠的脸，沉默了。宗翠毫不示弱地盯着李学庆的眼睛看着，逼视得李学庆忙把目光移向别处。宗翠说道："秦丰不在，我该走了！”

“秦丰是不在，但还有我呢！”李学庆柔声说道，“难道咱们就不能好好地聊聊天吗？”

“咱们俩有啥好聊的？”

“有哇！”李学庆有些着急了，忙说：“比如说唱歌吧，我看你的嗓音清脆，唱出的歌声悠扬婉转，很有音乐细胞嘛，如果你考音乐学院的话，说不定比学农还要强百倍呢！”

宗翠的脸上浮动着笑容。她说道：“也不见得，山外有山，人外有人。在咱班里我唱得好，那是矬子里拔将军。真要到音乐学院去，说不定我就是侏儒了呢！我宁可在矬子里边当大个儿，也不在大个儿里边当矬子！”

“说得好，说得妙！”李学庆笑嘻嘻地拍起了巴掌，称赞道，“简直是哲学家的妙谈，佩服！”

宗翠的圆脸上浮动着迷人的艳红，她咯咯地笑了起来，又低垂下头。连她自己也没想到，自己会说出这么几句具有哲理的话，再加上李学庆的赞扬，她真有些飘飘然的感觉了。

李学庆看见宗翠的笑容，心里暗想：我的几句简单的奉承，在她那里就起了作用。看样子这个女孩儿的虚荣心还挺强，多给她灌点儿迷魂汤，她就会束手就擒。她的长相虽说不如袁园，但比王春燕要顺眼许多。不管怎么说，她是大学生，各方面的条件都比王春燕优越。而且，在将来三年的漫长日子里，有她陪伴在身旁，自己也不会感到孤独。想到这里，他又说道：“站着的客人难打发哇，你不觉得累吗？”

宗翠在秦丰的床上坐下，抬眼向窗外望去。楼前高大的杨树，枝条已经开始泛起了鹅黄，远处的山坡上，隐隐约约能看出一点点新绿色。大操场上的积雪都已化净，有几处水洼，在阳光下亮晶晶的。急于过春天的人们，已经脱去棉袄，换上了毛衣。操场上，太阳照射的斜光下，有几个男生在吵吵闹闹地踢足球。趁守门员不注意的时候，对方一个前锋一脚低射，踢进了一个球，乐得进球一方欢呼起来。

“你在看什么呀？”李学庆问道。

宗翠并没有回答李学庆的提问，反问道：“别人都去学习了，你怎么没去呢？”

死水哟死水
无论风吹
还是石击
你都永远沉睡。

“秦……丰……这是……你……的心……态……吗？……你……你……”

“唯有学习，我才能忘记一切！”

“你到底……底有……有什……么……苦衷？”

秦丰的目光移向远方，没有回答王新良的问话。王新良轻轻地摇了摇头，又轻声地叹了口气。回想起自己的往事，他有满腹的辛酸，又能对谁细说呢？他把诗稿还给秦丰，轻声道：“调……调子……太……低……沉，读……读……起来……很……难受！”

二十六

开学以来，李学庆的心情沮丧到了极点。去年冬天，他心中刚刚升起的希望，随着袁园那几句冷冰冰的话语而彻底破灭，就像从远方飘来的一片白云，刚刚飘到自己的头顶，满怀着殷切的希望，盼望她能降下一场温馨的春雨，好浇灌他那越来越干涸的心灵。令他意想不到的是，那片祥云急速地飘过他的头顶，只打了几个沉重的闷雷。是这些雷声，把沉浸在幻想中的李学庆给惊醒了。等他再抬头去追寻那片白云时，它已经远远地飘走，给他留下的只是寒冷和失望。他自己不得不承认，这是他人生的第一次失败，而且失败得竟然是那样的窝囊，还没等和对方真正交手，还没有体会出其中的滋味，战斗就已经结束了。李学庆是个聪明人，也能够充分认识事物的本质，他在痛苦之中，很快就调整好了自己的心态，把袁园的身影从自己的脑海里剔除，从此以后，尽管袁园总是躲闪着他，李学庆也从没拿正眼再好好地看过袁园。他那双猎人式的明亮的双眼，又在女生中搜寻起来了。当他把目光定格在宗翠身上时，他突然发现，宗翠好像根本就没有太注意他，而是把全部的注意力都投放在秦丰的身上。他始终弄不明白，秦丰到底有什么特殊的魅力，那样紧紧地吸引着宗翠？他暗暗地想：假如没有秦丰，宗翠也许早就投入自己的怀抱了。如今，那个远在家乡苦苦等他盼他的王春燕，早已被他抛到九霄云外了。对王春燕，他已经没有一点儿激情了，就像他们生产队旁的那条三九天的小河，流动的河水早已结成厚厚的冰，冰底下是干涸的河床，再也没有什么心动可言了。仿佛一切都被寒冷冻僵了一样。尽管王春燕总是给他寄来那些炽热如火的信，但他已经有一个多月都没有给她回信了。现在，他就像沙漠中的一棵胡杨树，久受着干旱的威胁，他是多么的需要雨水呀！袁园那片云已经飘出他的视野，并没有给他洒下一滴雨，只是在心头上永远地笼罩着一层阴影。而今，宗翠又是一片不算太遥远又不算太高的云。他希望这片云能给他降下一阵大雨，好浇灌他那快要枯竭的空虚的心灵。但他万万没有想到，半路里杀出一个程咬金来，连一板斧都没砍，宗翠这片云还没有飘到自己的头上，就远远地飘向他方了，他的心里十分不是滋味儿。

目标既然已经确定，就要赶紧付诸行动，这是李学庆的一贯作风。用什么样的方法和手段接近宗翠并获取她的欢心，这是李学庆这几天一直苦苦思索的课题。

早晨起来，秦丰无意中说了句被子脏了，应该抽空拆洗拆洗的话，触发了李学庆的灵感。他在下午没有课的时候，趁全屋同学都出去学习的机会，把自己的被子和秦丰的被子拆洗了一遍，放到有阳光的地方晾晒。晚饭时分，当秦丰看见自己的活儿被李学庆给干了，十分感激地对李学庆说道："老李，太感谢你啦，你真不应该为我牺牲那么多的时间！"

李学庆淡淡一笑，说道："同学之间，情义无价，我看你很忙，只是顺手帮你一下，没啥了不起的，不足挂齿！"

"无功受禄，寝食难安哪！"

"这从何谈起呀，别客气了，咱们去吃饭吧！"

第二天傍晚，当秦丰和李学庆把被里被面取回来之后就傻了眼，两个大小伙子谁都不会做针线活儿。李学庆对秦丰说道："找个女生帮忙吧！"

秦丰轻轻地摇摇头说道："人家学习都很忙，咱们就别浪费人家的宝贵时光了。鲁迅先生不是说过吗，浪费别人时间就等于是图财害命。"

李学庆有些不高兴了，问道："那你能缝啊？"

"粗针大线地对付呗，可能不甚美观，但我坚信世上无难事，只怕有心人！"他对李学庆笑了笑，又说道，"这玩意儿不比制造原子弹难吧？咱们中国人在一穷二白的情况下都能把卫星放上了天，缝被子又何足惧哉？"

可李学庆轻轻地撇了撇嘴，微微地皱起了眉头。秦丰并没有发现李学庆表情的变化，又对李学庆说道："老李，你给我洗被，我给你缝被也算是换工了，你去学习吧，别耽误时间啦！"

"你这个人就是死心眼儿，总是强调时间时间的，干吗那么迂腐啊？同学之间谁还用不着谁呀？"他看了眼秦丰，又说道，"再说，就你那老破手艺，我是相不中的！”

没有吭声的秦丰，无意中看见张建华床头的那副近视镜。这些天来，他觉得看黑板有些模模糊糊的，因此，就怀疑自己看书太累，是不是也累近视了。他边拿起眼镜边对李学庆说道：“你说该咋办吧？”说完，他把眼镜戴上，并抬头向黑蒙蒙的窗外望去。

“还是应该找女生帮忙！”

李学庆的话音刚落，就听见有人敲门。秦丰喊了一声“请进”，开门进屋的竟是宗翠。站在窗下的李学庆马上喜笑颜开，笑道：“真是说曹操，曹操就到哇！”

看见秦丰戴上了眼镜，宗翠一愣。她没有回答李学庆的话，而是很着急的样子问秦丰：“怎么，你眼睛也近视了？”

“我是戴着玩儿的！”

宗翠长长地吁了一口气，脸色也和缓下来，又低声说道：“不过秦丰，你戴眼镜还真挺有风度的，比不戴眼镜好看多了！”

“为什么？”

“你的眼眶下陷，戴上眼镜会弥补不足，显得又帅气又有文才！”

被女生无缘无故地夸奖，秦丰的脸突然红了起来。这时，李学庆走过来，对宗翠说道：“我们正盼着你来呢！”

“干什么？”

“缝被呀！”

“谁的？”

“秦丰和我的！”

宗翠看看秦丰和李学庆床上的被子，又抬眼看看已经摘下眼镜的秦丰，说道：“这两床被子让我一个人缝，恐怕要干到天亮也干不完。我帮你们再找任杰来帮忙吧！”

“任杰学习那么用功，能舍得浪费一晚上的时间吗？”秦丰把眼镜放好后，边往自己的床边走边问道。

“你们不知道，任杰可有老大姐的风度了。别人遇到困难，她就是再忙，也不会袖手旁观的，人家才像个党员的样子呢！”

“我看这样行！”李学庆笑眯眯地盯着宗翠。

“秦丰，咱俩换工！”宗翠走到秦丰跟前，递给他一沓厚厚的稿纸，说道：“我写了几篇散文，你帮我修改修改，我给你缝被，让任杰给李学庆缝。”她又转头去问李学庆：“你看这样行吗？”

听了这句话，李学庆的笑容瞬间不见了，脸色有些苍白，但他还是点点头说：“咋不行呢？”

进入四月上旬，东北大地的积雪已经全部融化，大地脱去厚厚的白色的棉被，裸露出坦诚的黑胸膛，等待着人们去耕耘、播种、劳作。这个季节，是春播的高产期。农学系的张冬青主任带领着全系的教职员工和学生们在育种基地展开大会战，他们要把农学系这些年来育成的还处于实验阶段的麦种均匀地摆好，五公分一粒，绝对不能有差错。系里把任务分到各班或各教研室，各单位把任务又分到各小组，各小组又把任务分到个人。秦丰是小组长，自然要接受任务并要给本组人员分工。由于计算得不精确，当陈新枝分任务时，多出了四条垅，秦丰不假思考地对陈老师说：“别乱串垅了，就留给我们组吧！”

李学庆听了秦丰的话后，撇了撇嘴，自言自语道：“这小子又假积极上了！”

站在他身旁的任杰听后，瞅了李学庆一眼，那眼神中满含着责怪。宗翠也在旁边插了一句话：“我看秦丰说得对！”

这句话不说不要紧，李学庆听后，火儿就不打一处来，他狠狠地瞪了宗翠一眼，说道：“兵熊熊一个，将熊熊一窝。跟秦丰这号人干活儿，就得多受累！”

秦丰在陈新枝老师身旁，并没有听到李学庆的怪话，别人听见后，也没有搭腔。当给每个人分任务时，秦丰想照顾一下女生，给宗翠和任杰少分两条垅，等到给李学庆分配任务时，李学庆坚持只领自己分内的工作，多余的一粒种子都不摆，并当着秦丰的面说了许多难听的话。秦丰是个认真的人，就和李学庆争论起来。开始俩人的声音都很低，谁知越争论越激动，越激动嗓门就越高，就越缺乏理智，最后发展到在全系领导老师同学面前争吵起来。幸亏陈新枝及时赶到，才把事件平息下来。就这样，俩人之间的疙瘩就这样结下子，并在众人面前公开化了。

三天后，春风从山的那边徐徐吹来，吹得秦丰的脸暖洋洋的，好像有一群无形的小虫爬在他的脸上。吃过晚饭后，秦丰和张建华漫步于裴德峰脚下的那片松树林前。

“我真不明白，李学庆一个男子汉大丈夫，竟然那样小心眼儿，让他多干一点儿工作比登山还难，我真为他脸红！”秦丰愤愤不平地说道，“为针眼儿那么大的事儿跟我吵了一架，这是为什么呢？”

张建华没有看秦丰的目光，沉吟了好一阵，边抬头向远山望去，边问秦丰：“你不觉得这事有些奇怪吗？”

“有啥奇怪的！”秦丰的火气还没消，说道，“只能说明李学庆这人太不求上进，太市侩啦！”

“远没有那么简单吧！”

秦丰想了想，还是没有想通，他问道：“复杂在什么地方呢？”

张建华看着秦丰，只见对方的脸上写满了真诚和疑惑，便说道，“问题全在宗翠身上！”

秦丰听后，吃惊不小，他问道：“李学庆和我闹别扭，跟宗翠有什么关系？”

张建华轻轻地叹喟了一声，迟疑了一会儿说道：“秦丰啊，你怎么聪明一世糊涂一时呢？难道你就一点儿都没看出来？宗翠在狂热地追求你，只是没有直叙其言而已！”张建华看着吃惊的秦丰，又接着说道：“她跟你学文学，其实是一个借口，以她的聪明劲儿，读几本小说，还是能看得懂的，干吗非要跟你讨论呢？她只不过是以此为借口来接近你！”他停了停后又说道，“班里都有谣言了，说你在和宗翠谈恋爱！”

“喔！”秦丰一拍脑门，一脸恍然大悟的样子，说道，“有时我也感到奇怪，宗翠和我在一起的时候显得特别的激动，总像小鸟似的叽叽喳喳地说个不停，还总喜欢往人生恋爱方面扯。我怎么就一点儿都没注意呢！”

“你当然不会注意啦，因为你心中没有她！”

秦丰站住了，他的思想很乱，一时理不出个头绪来。张建华又说道：“这种现象被你忽略了，还有一种现象，也被你忽略了！”

“什么现象？”秦丰紧着追问。

“就是李学庆！”

秦丰一时没有反应过来，既没有发问也没有回答。张建华又缓缓地说道：“真是当事者迷，旁观者清啊！我早就想提醒你了，但一直没有合适的机会。你发现没有，宗翠每次来找你，李学庆的目光都很复杂，满脸的嫉妒。我看得出，他在追求宗翠，而宗翠只对你有兴趣，根本不爱理他，你说，他对你能没有意见吗？这就是你和李学庆闹矛盾的真正原因！”

听完后，秦丰恨恨地说道：“我真是头脑太简单了，怎么就没看出其中的微妙之处来？谢谢你的指点！”他转脸问张建华，“你说我应该怎么办？”

“这要看你自己是怎么想的。”

“我心静如水，即使刮十二级台风，也泛不起波澜！”

“包括宗翠吗？”

秦丰点点头，说道：“除非再有一位像修洁……”秦丰不再说下去了。

“既然如此，你就应该早些对她进行暗示，让她早早断了这个念想，以防她越陷越深，最后难以自拔！”

秦丰沉思后点了点头。

天渐渐地黑了下来，天上的繁星开始露脸，校园的灯光，顿时明亮起来。

“你和修洁之间到底发生了什么？”

秦丰垂下了沉重的头，缓了一会儿，才慢慢地抬起头，低声道：“我真想让那些恶梦般的过去永远埋藏在心底！”

随着一声长叹，秦丰泪如雨下，讲起了寒假回家时发生的那段令人意想不到而又令人心碎的事。

二十七

放寒假了，秦丰怀着激动的心情在家乡的小站下了火车。望着东北方向的天堂河村那袅袅的炊烟，想到马上就能见到他朝思暮想的修洁了，他的心竟然怦怦地狂跳起来。扛着装满了书籍和修洁爱吃的面包的大旅行袋，秦丰几乎是一路小跑地往家里奔，他顾不得刺骨的寒风和满脸的热汗，他的脑海里满是修洁的影子。他暗想：我没有告诉她今天回来，就是为了给她一个惊喜，让她高兴得流出眼泪，连声高喊“秦丰哥”。这次回家，一定要和修洁说好，把婚事定下来。这样，我的心也安稳了，修洁的愿望也实现了。走在那条窄窄的他熟悉得不能再熟悉的小道上，放眼望去，只见四周都是皑皑白雪。越过一道沟，上了一个缓坡后，天堂河村就在眼前了，连屯子里的人影都看得清清楚楚。他心里的那乐呵劲儿就甭提了，他真想放开喉咙高歌一曲，但他没有。他掩不住狂跳的心，暗暗喊道：“修洁，我回来啦，我回来啦！”

修洁家的院子里，空无一人，窗门紧闭，非常的安静，连那些平日里闹闹吵吵的鸡鸭猪狗也不知道跑到哪里去了。秦丰的心里一个劲儿地往外冒疑问：修洁干什么去了？房子怎么会没有人住呢？他转身往自己家跑去。当他疾步跨进生他养他十九年的小小院落时，最醒目的是窗户上贴着略有些发白的大红喜字和门上的一副对联。秦丰心里很纳闷：我二哥结婚了？怎么也不告诉我一声呢？我二嫂又是谁呢？他来不及细想，急忙推开房门，几步跨进了屋，看见坐在炕头面对窗户刺绣的那个女人的背影是那样的熟悉。听到脚步声，那女人转过身。俩人同时瞪大了吃惊的眼睛。秦丰简直不敢相信坐在他家炕头刺绣的女人竟然是他魂牵梦萦的修洁。他愣怔怔地盯着修洁，傻子似的看了好一阵才结结巴巴地问道：“这……这……这是……咋回事？”

见到秦丰的一刹那，修洁慌乱了起来，绣花针扎在她的手上，痛得她“哎哟”一声，忙扔下手里的活计，用另一只手紧紧地捏住受伤的手，脸唰地红到脖子根儿。看见秦丰紧紧盯着自己露出迷茫的目光，修洁很快低垂下头，泪花在眼角转悠开了。俩人静静地沉默了几分钟，修洁马上镇静下来，当她再次抬起头时，清澈的双眼流露出庄严肃穆的光芒，她热情地对秦丰说道：“你回来了，咋不先告诉家里一声呢？好让你二哥去接站！”

秦丰还是愣在原地，迷惑不解地问道：“你……我二哥……咋……回事？”

“半个月前，我和你二哥结婚啦！”修洁平静地低声说着，只是那声音有些发颤。她不敢看秦丰的眼睛，只是盯着他乌黑的浓发。她喘气有些不均，胸脯微微起伏，眼角有泪光在闪动。

“什么？”

如同听见冬天里的霹雳一样，秦丰肩头上的旅行袋，吧嗒一声，重重地滑落在地，傻子似的盯着修洁，嘴唇颤抖着，好久没有说出一句话来，只是用不解的、含恨的目光默默地盯着修洁。他觉得胸口像压了一盘大磨一样的沉重，使他无法喘过气来。他觉得此时此刻，这个屋里的一切都变得陌生起来，天在旋转，地在开裂，他仿佛掉进了黑暗的深渊里，上够不着天，下够不着地，悬在半空中。他呆呆地盯着修洁，仿佛她变成了一个怪物，正慢慢地向远方滚去，离他好远好远。而眼前坐在他家炕头的竟是一个非常陌生的女子，似乎她的过去和现在都与他毫不相干，甚至素不相识。秦丰的大脑一片混沌，分不清东南西北了，只是呆呆地傻站在地上，盯着修洁。修洁无声地流着眼泪，低着头，不敢多瞅秦丰一眼。屋里静得连两个人喘气声都听得清清楚楚！

一抹金黄色的阳光，透过方方的玻璃窗，斜斜地照在炕梢的新被垛上。两个大红喜字的影子，被拉得长长的，投影在红红绿绿的麻花被上，显得极不协调，并且特别的刺眼。院子里传来了脚步声，修洁忙擦干了眼泪，平静了一下，抬头瞅着秦丰轻声说道：“你还傻站着干啥？快坐下吧，以后我会告诉你一切的！”她边说边下了地。

秦丰机械地挪着双脚，缓缓地走到炕边，一屁股坐了下去，仿佛再也站不起来了。修洁忙捡起旅行袋，放在炕头。这时，秦丰的二哥秦俭走进了屋，看见秦丰后，尴尬地笑了笑，问声“你回来了”就没话了。

秦丰轻轻地点点头没说什么，也没朝哥哥望一望，只是眼望着房顶。修洁说道：“秦丰，你坐火车累了，先躺下休息吧！我和你二哥给你做饭去！”说完，她上炕从被垛上拽下一个新枕头，又转脸对秦俭说道，“你去抱柴火！”

秦俭答应一声走出门外。修洁低声道：“这是我的枕头，你枕着吧，有机会我会告诉你的，你千万别怪你二哥，这与他无关，都是我主张的。你也不要太伤心难过了，人各有命。我所做的一切，都是为了你好！”她把枕头放好，又铺上一床新褥子。见秦丰还傻坐着，便伸手扳倒他。秦丰的眼角慢慢地溢出了泪花，修洁替他轻轻地擦掉。轻声说道：“往后，你叫我嫂子也行，叫我修洁也可以！”

秦丰没有吱声，只是茫然地闭上了眼睛，任凭泪水悄悄地滑落。他觉得这个世界的末日好像马上就要来临了，他这个孤独无援的苦命孩子，被人们扔在荒郊野外，耳听狼嗥虎啸，冷风从他的脸上嗖嗖地刮过，冻得他手脚冰凉，大脑麻木，神经发麻……

秦俭蹲在灶前烧火，修洁在锅台上忙乎着。不知怎么搞的，饼烙糊了，做的酸菜炖粉条，盐又放多了。简单的一顿饭，竟然做了一个多小时还没做出来。修洁拿东忘西，干啥都不顺手，一副魂不守舍的样子。秦俭在一旁提醒道：“饼快糊了！”修洁好像刚从梦中醒来，忙拿起小铲翻饼。做好饭后，秦俭喊了秦丰几声，他都没有吭声。修洁只好走到他的跟前，轻轻地推了他几下，低声道：“快起来吃饭吧！”

秦丰睁开了沉重的眼皮，看见了修洁被烟火烤得透红的脸及眼里含着的浅浅的泪花，还有那一道道忧伤的目光。他的心软了，慢慢地坐起身，凑到桌子前，拿起筷子去夹饼。

“筷子拿反了，秦丰！”

秦丰这才注意到，他手中的筷子一反一正。他忙调整好，把那一张热气腾腾的白面油饼送进嘴里，味同嚼蜡，毫无滋味。还没吃下半张饼，他的胃就早已满满的，没有了一点儿食欲，他放下了碗筷。

“再吃点儿吧，秦丰！”秦俭劝道。

秦丰轻轻地摇摇头。修洁又幽幽地问道：“是味道不好？”

“变味儿啦！”秦丰低声道。

一句话，说得修洁再也不吭声了，只是默默地收拾桌子，在外屋慢慢腾腾地刷着碗。秦丰推说头痛，躺在炕上，侧身对着墙。他的心，像让苦水浸泡着一样，仿佛置身于黑夜之中，看不见星星，也看不见月亮，更找不到前进的方向，在一片茫茫的原始森林中迷了路。我该怎么办？我该怎么办？我应该恨谁？这些又都能怪谁？他在自己的内心深处这样悲愤地呼喊着。

从来没得过病的秦丰，突然病倒了，头昏脑涨，四肢无力。发高烧说胡话，天天昏睡。急得修洁满嘴直起大泡，端水熬药地侍候着他。几天过后的一个夜晚，月光悄悄地爬进窗户，照得屋里一片苍白。秦丰觉得自己好多了，便倚墙坐了起来。修洁看见他坐起来了，忧伤的脸上总算浮起了苦涩的笑容。秦丰喘着粗气对修洁说道："你把旅行袋递给我！"

修洁把旅行袋放在秦丰的面前，秦丰伸出无力的双手，哆嗦地打开拉链，取出已经发干的面包递到修洁的手中，喘着粗气，幽幽地轻声说道："我知道你爱吃面包，就从我们食堂买了一些，你快尝尝！"

说完，他紧紧地闭上双眼，泪水悄悄地爬出他的眼角。他轻声地叹口气，又从旅行袋里取出一串蘑菇，低声道："这是我利用星期天去裴德峰采的。我知道，你最爱吃小鸡炖蘑菇，可如今……"

那串蘑菇无声地滑落在炕上。

修洁的脸上，浮着僵硬的笑容。她把面包塞进嘴里，幽声说道："秦丰哥，你看我在吃你买的面包呢！"

她张嘴咬下一大口，在嘴里咀嚼着。可那块儿面包在嘴里干打转儿，就是不往下咽，她眼角的泪再也无法控制了，流出了眼眶。她哇地一声哭出声来，伏在秦丰的肩膀上，轻声哭道："秦丰哥，你能明白我的心吗？"

"你这是为什么啊，修洁？"秦丰哭着抚摸着修洁的浓发，紧紧地追问她，"这到底是咋回事？你为什么要抛弃我而和二哥结婚？"

沉了好一会儿，修洁从秦丰的怀中坐起，伸手为秦丰擦去泪水，停止了哭泣。她低声缓缓地说道："秦丰哥，你知道吗，你考上大学走了，可这个家有多难哪？欠那么些外债不说，你大姐已经二十三岁了，再不赶紧找婆家，就有嫁不出去的危险，那不坑了她一辈子吗？当时，我劝大姐找婆家，她却说：'我要是一走，扔下秦俭和小妹可咋整？'我把早已想好的方案对大姐说：'我早已想好了，你尽可以找婆家走人，我看秦俭哥人老实能干，也是靠得住的庄稼人，我嫁给他，过去操持那个家，你就放心地嫁人吧！'大姐听后，问我：'你不是和秦丰好吗？'我当时红着脸回答她：'大姐你真糊涂，秦丰哥已经是大学生了，前途无忧了，他能找到一个比我更强的姑娘。我是一个农家女，文化程度低，不能扯他的后腿，应该让他找一个志同道合的人，好去干一番大事业。我嫁到你家后，一来你可安心出嫁，二来我也可以多挣钱还外债，供秦丰哥上学。上学没钱，念书不安哪。虽说他有那十几块钱的助学金，可怎么够花呢？既然是大学生了，他的穿戴就要体面一些，不能穿得破破烂烂，让人家瞧不起。再说，他的学习紧，还刻苦，吃得不好也不行，时间长了身体垮了，以后还能干啥大事？我早就看出来了，秦丰哥会成为了不起的人物的！'"修洁停顿了一下，又接着说道，"大姐和我爸都支持我的想法。大姐在你走后一个月就结婚了，我是半个月前才来到你家的。今后，你就安心做学问吧，别辜负了我的一片期望！秦丰哥，你能明白我的心吗？"

听完这些后，秦丰的泪水又一次纷纷扬扬地流了下来，他一把抓住修洁的手，哭泣道："修洁……修洁……我明白……我全明白……你不值得为我牺牲这么多呀！"

修洁盯着秦丰的眼睛问道："秦丰哥，你能原谅我吗？"

"不能原谅的是我自己！"秦丰激动地说道，"从此以后，我会背上沉重的十字架，在我人生旅途上会压得我弯腰驼背，永远也喘不过气，我会永远是你的罪人哪！"

"秦丰哥，你不要这么说！"

"修洁，在我跨进家门之前的一秒钟，我还在渴望着和你订婚。可我万万没想到，你竟然成了我的嫂子，命运真会捉弄人哪！"秦丰凄惨地苦笑着。

"这一切都是为了你和这个家！"

"我知道，这我知道。我今生今世怎样报答你呢？"

"只要你能有出息，我什么都能豁出去，这我早就跟你说过！"

"可也不能苦了你呀，修洁！"秦丰眼中的泪水又一次流了下来。

修洁扑进秦丰的怀里，俩人痛哭起来，忘情地拥抱在一起……

二十八

宗翠读过一篇文章，题目已经忘记了。但她记住了里面最难忘的一句话，那就是“爱一个人要常在他面前出现”，她也确实相信这句话的真实性，于是她便隔三差五找借口出现在秦丰面前。而且，在寝室同学们面前，她也总是秦丰长秦丰短地唠起个没完，任杰听后很是反感。在没人的时候就批评宗翠：“你能不能少谈些男生，多谈些学习和理想？”

宗翠听了任杰的责怪并没有生气，反而笑嘻嘻地说道：“我没谈别的男人呀，只谈秦丰啊！”

“谈秦丰也不行！”

“我说，老乡，你应该高兴才对呀，干吗总批评我呀？是不是你心里有鬼呀？”宗翠笑嘻嘻地问道。

任杰的脸一红，严肃地说道：“你别胡说八道好不好？你心里才有鬼呢，不然的话，干吗整天秦丰长秦丰短的，听得人家耳朵都发痒！”

“是心痒吧？”宗翠打趣道。

任杰使劲地捶了宗翠一下，骂道：“你自己心里发痒，还往别人身上推，你这个死丫头片子！”

宗翠并没有回话，而是咯咯地笑了起来，一头滚倒在任杰的怀里。

任杰像老大姐一样抚摸着宗翠乌黑的头发，又说道：“我可提醒你呀宗翠，你还是用功学习才对，少想些乱七八糟的事情。少壮不努力，老大徒伤悲呀！”

宗翠不屑一顾地说道：“人生啥事都不能太认真了，如果像你那样，一辈子活得就太累了。我愿意一辈子闲闲散散，舒舒服服，安安静静，平平安安地度过。我要怀着闲云野鹤般的心境，投入到如诗如画的爱情和学习生活中，让岁月在记忆里闪光，就像天上的彩虹一样！”

任杰笑了起来，说道：“你呀你，天天嚷着跟秦丰学文学，还真没白学。说起话来也是诗情画意的！”她停住了笑，又严肃地说道，“但我要告诉你，小老妹，生活本身是现实的，也是严酷的。既不像你想象的那么天真烂漫，又不像某些人说的那么糟糕透顶。它就像一个人，有阳光照到的一面，就有阳光照不到的一面，投在地上就成为一条暗影，并且时刻追随着你！”

任杰抬起手腕看了看手表，说道：“哎呀，咱俩只顾闲谈了，还有五分钟就要上课了，快走！”

俩人一溜儿小跑来到教室时，里边已经是座无虚席，同学们静等老师的到来。她俩只好挑最后的座位坐下。宗翠坐好后，在人群中寻找着秦丰。她发现秦丰正和张建华坐在一起轻声地交谈着什么。宗翠的目光停在秦丰的背影上，连老师进屋都没发现。老师的讲课声吓了她一跳，她急忙打开笔记本，却很难集中精力，根本就没听清楚老师在讲什么。她的心里激烈地活动着的却是另一种强烈的情感，好像要冲垮她，淹没她。她在心里暗暗地叮嘱自己道：宗翠呀宗翠，你一定要抓住有利时机，向秦丰冲刺，把幸福牢牢地抓在手里才有把握，否则煮熟的鸭子也会飞走的，甭说还没煮熟哇！怎么向他表达我的心声呢？一个女孩子，向一个男孩子主动坦露心声，似乎是不太妥当，也不好意思开口。一般来讲，应该是男的主动一些，女的委婉一些，这样的爱情才够味儿，才有意境。如果自己提出来了，就有些反其道而行之了，那优美的意境就会被破坏。可我做了这么多的努力，秦丰好像还没明白我的心意。按理来说，以秦丰的绝顶聪明，我那样做，他肯定会明白我的眼神、我的表情。但他为什么始终无动于衷呢？是嫌我长相不好还是怎么回事呢？按一般道理，我配他也可以说是绰绰有余。再说秦丰他的长相一般，远不如李学庆、张建华那样有魅力。我用什么办法才能让秦丰知道我的心事呢？她陷入了沉思。

任杰认真地听讲做笔记，见身边的宗翠一点儿动静都没有，转脸一看，只见她两眼发呆，盯着黑板出神，再低头看看她的笔记本，大大小小写了十几个秦丰的名字。任杰忽然明白了一切。看了一眼沉思中的宗翠，没有打扰她，任杰暗想：让她去遐想好了。在幸福的境界中遨游，是人生的最大乐趣。可惜的是，她任杰这样痴迷的时候太少，甚至几乎没有过。她既没有为哪个男人发过傻，也没有为哪个男人发过呆，更没有为哪个男人流过泪、伤过心。自己的感情世界像一张白纸一样纯洁，连个标点符号都没有。她暗想：我感情上的稿纸，会由谁来动笔写满呢？再看一眼陷入幸福遐想中的宗翠，任杰不由得有些嫉妒她了。她刚刚十九岁，含苞待放，情窦初开，竟是这样痴呆呆的钟情，可见也是一个情种！任杰暗暗地猜想：此时的宗翠，是幸福呢还是痛苦？抑或是幸福和痛苦各半？她也希望自己能亲身体味一下其中的滋味，只是遗憾得很，自己还从没有过那种感觉。她抬头巡视了一圈儿屋里所有的男生，轻轻地摇摇头。

晚上九点半过后，袁园站起身，收拾好书本，瞅了一眼正在低头写字的秦丰，轻轻地走了。教室里只剩下秦丰一个人，他似乎忘记了时间，忘记了一切。门被轻轻地推开了，宗翠腋下夹着书，蹑手蹑脚地走进来。当她看见教室里只剩下秦丰一个人时，她那本来就怦怦乱跳的心就更加狂乱起来，预感到今天晚上一定要发生对她一生有决定性影响的大事，就看自己怎样去把握了。她在自己的座位边站了一会儿，把书本放好。又使劲地挪动一下桌子，想以响声引起秦丰的注意。可当她回头看时，见秦丰还是没有抬头，她暗想：他在干什么呢？这么专心致志？我应该主动走到他身边去向他倾诉我心中的一切！她坐在椅子上犹豫了几分钟，最后还是坚定地站了起来，向秦丰走去。每向秦丰走近一步，她都觉得自己的心跳在急速加快，血直往脑门儿上涌，每迈一步都有腾云驾雾的感觉。仿佛整个世界都在摇晃，步伐渐渐地有些散乱。当她走到秦丰的身边时，觉得自己非常的疲惫，浑身像一团泥一样，随时都有倒地的危险。

一条斜长的身影飘落在秦丰的稿纸上。他吓了一跳，抬头一看是宗翠。只见她正含情脉脉地注视着自己，那甜蜜的样子，仿佛马上就能融解一个人的心灵。秦丰慌忙把稿纸放好，并站起身，结结巴巴地问："你……你……你没……"

还没等秦丰说完，宗翠柔情地问道："你在写什么？是小说吗？"

秦丰红着脸点点头。

宗翠又热情地问道：

"我可不可以先拜读拜读你的大作呢？"

说完，伸出了白皙的手，摊在秦丰的面前。

"写得不好，恐怕让你见笑，还是不看的好！"秦丰说完，孩子似的把手稿直往身后藏。

“看你吓得那样，我还能吃了你呀？”宗翠柔声细气地说，“再说我们俩总比和别人的关系要好些，有什么可以互相隐瞒的？”

望着宗翠那通红的脸、湿润的嘴唇，满脸飘着的羞涩笑容，秦丰有些害怕了。他心里明白，他最害怕的时候就要来临了，这将是一场可怕的暴风雨，如果弄得不好，自己会被这突如其来的暴风雨淋成落汤鸡。他逃也似的避开宗翠那火辣辣的目光，站起身，准备离开。

“你要走哇？”宗翠的语调，多少有些苍凉，但还是很富有磁性，能够打动人心。

“时间不早了……我……！”

“我想请你听我说几句话，不知行不行？”

秦丰又望了眼宗翠那张满怀期望的脸，低声道：“有些话……还是不说的好！”

“你……”宗翠的声调有些发冷。略停了一会儿，宗翠突然又带着笑意对秦丰说道：“你看我粉笔字写得怎么样？”说完，她便向黑板走去。

秦丰长长地舒了一口气，可心里还是直打鼓，不知宗翠将要写些什么、自己应该怎样应付。宗翠边往黑板前走边说道：“我们女生不像你们男生，学完专业毕业后一定能用上，我说不定将来只能当一名老师，粉笔字写得不好可不行！”

说完，她拿起粉笔，在黑板上龙飞凤舞地写下了几个大字：有缘千里来相会。

写完后，她转过身，深情地盯着秦丰，似乎在等待着什么。

秦丰先是吃了一惊，他略加思考后，几步走到黑板前，拿起宗翠丢下的粉笔，在黑板的另一端竖着写下：无缘对面手难牵。

写完后，他把粉笔扔到一边，冷峻地瞅了宗翠几眼，向门外走去。

在秦丰往黑板上写字之前，宗翠那颗忐忑不安的心，多么盼望着秦丰能写下她所希望看到的话语呀！但“无缘对面手难牵”这七个字，是太出乎她的预料了。望着黑板上那两行离得远远的、永远也靠不到一起去的十四个字，宗翠像突然遭到打击而茫然起来。满怀热望的心冷了下来，一时不知该怎么办才好。她愣愣地站在讲台上，如同一座雕塑，茫然地望着黑板，只觉得心里空空荡荡的，像秋收后的庄稼地，只留下曾经那些美好的影子和记忆，但这一切又都是没有生命力的。她知道，她人生中最宝贵的和最真诚的那一大部分，已经被秦丰完全带走了。突然，她觉得眼角有湿乎乎的东西在涌动，她一下子伏在讲台上，轻声哭泣起来。不是无奈，而是绝望和痛心！

走出楼外的秦丰，让冷风一吹，那发热的乱哄哄的大脑突然冷静下来。他站住了脚步，暗暗地谴责自己：秦丰啊秦丰，你怎么能这样粗鲁呢？不管怎么说，宗翠爱你，那是她感情中最高尚最纯真的东西，你为什么就那样粗暴地践踏了它呢？那样无礼地拒绝了她呢？你也有过这方面的痛苦，你也曾经受过伤，你也知道受这种伤的人是怎样的痛苦。你为什么让一个无辜的心灵再受创伤呢？即使你不爱人家，也应该好好感谢人家、安慰人家才对呀！哪能这样粗鲁地把伤心的宗翠——一个弱小的女孩子丢在空无一人的教室里呢？这夜深人静的，万一出了什么差错，自己不应该负责任吗？你应该回去，向她好好解释解释，并把她送回寝室才对！

听见走廊里响起了脚步声，宗翠知道准是秦丰又回来了，她暗想：既然这层窗户纸已经被我捅破，我不如干脆跟他讲个明白，行还是不行，快刀斩乱麻。她那低低的哭泣声，像秋风一样凄惨哀怨。看见宗翠那伤心痛苦的样子，秦丰的心突然泛起一股热流。他觉得自己不再孤独，也不是在苦水里浸泡着，在自己的身边，还有温暖还有爱在包围着自己。他轻轻地走到宗翠面前，低声道："对不起，宗翠，请你原谅我的粗鲁！"

宗翠没有吱声，也没有抬头，只是哭声更加剧了，更是哀哀怨怨的样子。那哭声让秦丰心里直发毛，一时又拿不定主意，急得直搓手，一个劲儿地说："宗翠，宗翠，你不要哭，你不要哭，这样让人看见多不好！"

宗翠边哭边幽幽地说道："你不答应我，我就哭！"

"你到底让我答应你什么哪？"秦丰只好装糊涂。

"你心里明白！"宗翠突然抬起头，泪光闪闪，对秦丰说道，"难道你一点儿也看不出我爱你吗？"

"可我拿你和其他同学并无二致呀！"

"但你却占据了我的整个心房！"

俩人都不吭声了，宗翠还是用那种火辣辣的，大胆的，但又饱含着哀怨的目光盯着秦丰。

秦丰低下了头，过了一会儿才诚恳地低声道：“宗翠，我没有你想象的那么好，我不值得你浪费太多的情感！”

“不不！”宗翠提高了嗓门，“你就是我心中的阿波罗，是我黑暗中的灯火，是我饥饿时的食粮，是我寒冷时所需要的棉衣……”

“你不要再说了，宗翠，请你不要再说啦！我感谢你对我的这份情谊，但我不能接受！”

“为什么？”宗翠满脸狐疑地问道：“是嫌我不漂亮还是你另有所爱？”

秦丰轻轻地摇摇头，低声道：“都不是！”

“那为什么？”

秦丰深深地埋下头。

宗翠见他不回答自己，又追问道：“你快说呀，到底是为什么？”

“我……”秦丰长长地叹了口气，说道，“你最好别问了，请你尊重我的隐私！”

“可你也没有尊重我呀！”

“宗翠，说实在的，你是一个好人，活泼善良，热情大方。但我却不能接受你的爱。唉，我谢谢你对我的情谊，咱们班有那么多条件都比我强的男生，你可以选择他们啊！”

“请你住嘴，情感这东西是可以随便挑选的吗？”

秦丰一时语塞。停了一会儿，秦丰又说道：“咱们先回寝室吧，再冷静地思考思考，然后再做决定！”

“我早已经思考成熟啦！”宗翠坚决地说道，“我只需要你答应我！”

“其实，你并不完全了解我！”秦丰说道，“我这个人毛病比较多，比如说吧，遇事爱冲动，心不细，思考欠周密；脾气不好，沾火就着；嘴好说又不让人，就拿我和李学庆吵架的事来说吧……”

还没等秦丰说完，宗翠便截住他的话头儿，说道：“那都怪李学庆，他的肚量太小，我看都不如一个好女人！”

“事实并非那么简单！”

“我们最好还是别扯他！他和我们没关系！”

“不！”秦丰摇摇头说，“有很大的关系，你知道吗？李学庆在狂热地爱着你，可你还没察觉。”

一句话让宗翠冷静下来，睁大了双眼看着秦丰，好一阵没说出话来。

“你是不是把他拉出来做掩护，你好拒绝我？”

秦丰觉得非常为难，好像手里捧着一个刺猬。望着宗翠那张苍白的满含期待的脸，他的心里乱糟糟的。他真想把修洁的事讲给她听，但出于对修洁那种神圣的情感，仿佛对任何人讲那件事都会亵渎修洁一样，他又闭口不言了。

宗翠绝望地擦干眼泪，一声不吭地走回书桌旁，收拾好书本，幽幽地说道：“我的心算白费了，我们也该休息啦！”

“对不起，宗翠，我无意让你痛苦，可我……”

“请你不要再说什么了！”宗翠不冷不热地说道，“但不管怎么样，你是我的初恋，我会加倍珍惜的，像爱护眼睛一样爱护它。今生今世，我会永远也忘不了你的，可惜的是，咱们有缘无份，虽然近在咫尺，却连手都不能牵，更不用说白头偕老啦！”

“我非常感谢你，宗翠！”秦丰低声说道，“我有苦衷，你不知道！”

“没关系，我也不想听了，咱们走吧！”说完，她转身向门外走去。

关掉灯后的大楼里黑得什么都看不见，他俩凭感觉才摸出门外。天上没有月亮，星星也比较稀疏。冷风刮着，宗翠打了一个冷战，俩人无声地走着。那沉重的脚步声，把沉睡的校园，带进深深的夜色中去。

到了一号楼门前，宗翠停住了脚步，淡淡地说道：

“该分手了，祝你做个好梦！”

“你还是应该忘记今夜才对！”

宗翠凄惨地笑了笑，仰脸瞅瞅天空，低声说道：“人可以忘记许多往事，但只有爱，是永远也无法忘记的！”

一句话深深地打动了秦丰，他默默地点点头，轻声地说了句“是”后便逃也似的离开了宗翠。

这一夜，秦丰失眠了。

这一夜，宗翠也无法入睡。

二十九

距离五一劳动节还有两三天的时间，秦丰又接到修洁的汇款单和一封短信。秦丰收到信和汇款单时，心情非常沉重，他打开信，看了起来。

秦丰：

自从你走后，也没往家写信，也不知你的近况如何。我甚是挂念！

春天已经来了，衣服也应该换季了，随信给你寄去五十元钱，想买什么就买什么吧，千万别因为家境困难而苦了自己！另外，也要多吃些好的，以免弄垮了身体。别担心家里，我和你二哥多辛苦一些，只要你能有更大的出息，我俩就是累死也心甘情愿，要知道，我们活着的希望就是你呀！

逝去的一切都是美好的，只要能在心中扎下根就足够了，我不奢求太多。你要放下包袱，轻装前进才对，那样才能不辜负我的期望！

常给家写写信，以免我们惦记你！

家里一切均好，勿念。

我并不认为我做了一件蠢事！

祝你学习进步！

看完修洁的信，秦丰的心一阵战栗。看那信上的字迹，秦丰知道，修洁在写字时，手颤抖得厉害，所有的字都有些乱糟糟的感觉。秦丰坐在床头，一遍又一遍地看着信，每看完一遍便长长地叹一口气，然后死死地望着窗外的天空呆呆地发傻。这已是开学以来秦丰第二次收到修洁的汇款了。王新良见秦丰那样子就悄悄地走过来，一只手搭在他的肩膀上，轻声地问道：“你……你……又……怎么了？”

秦丰转过头，看了王新良一眼。王新良发现他的眼睛里充满了泪水。

王新良又问道："有……有……什么……事？"

秦丰把信和汇款单递给王新良，低声道："她又给我汇钱啦！"

王新良看过信后，用赞叹的口气说道："修洁……真……真……伟大……，为……为你……做出……的牺牲……太多了！……"他沉了一会儿又说道，"我……我表妹……能像……她……她那么……善解……人意……该多……多好哇！"

"王新良，不能再这么继续下去了，我不能再给修洁增加负担了，我必须独立！"

"可……可……咱们……怎……怎么……能独……独立呢？一个月十六块五毛钱……的助……助学……金，刚……刚……够……够吃饭……呀！……"

"我要把钱给她寄回去！"

"那……那……不……太伤……她……的心了吗？"

秦丰再也不想往修洁那本来已经流血的伤口上撒盐了，他沉默了。

王新良走回自己的床前，整理着书本，又对秦丰说道："你家……家……那……那么难……，入……学时……咋不……申请……一等……助学……金呢？……人家……李……学庆……比你……你的……条件好……还申请……一等呢！"

"当时我想咱们这帮同学中可能还有比我更困难的，我应该把方便让给他们才对！"

"你……这……个人呀……就是……心好！"说完之后，他把书本夹到腋下，对秦丰说道，"你……去学……学习吗？"

秦丰重重地叹口气，摇摇头说："我哪儿还有那份心情！"

秦丰坐在课堂上，老师讲的是什么他一点儿也没有听进去，愣怔怔地呆想着，在他的眼前，总是晃动着修洁不同的身影。一会儿是修洁那充满朝气的活泼身影，在他眼前跳来跳去；一会儿是修洁那年纪轻轻的身影，背着一大捆沉重的柴火，从暮霭沉沉的天堂河畔，迈动着像灌了铅似的双腿，向村里走去。在秦丰的眼前，仿佛那捆柴火越来越大，越来越沉，压得修洁的腰越来越弯，好不容易走到家门，当她把那捆沉重的柴火放到地上的时候，她的腰已经直不起来了，伸手拢一下头发，乱蓬蓬的头发像鸡窝一样已经擀了毡，额头上过早地爬满了深深的皱纹，甚至连牙都掉光了，那种过早衰老的样子，很像秦丰的妈妈临死前的那种景象。当秦丰的眼前出现这情景时，他吓了一大跳，再也不敢往下想了。他在心里暗暗地说：我一定要让修洁少为我操心出力！想到这里，他抬起了头，正好与宗翠那双饱含着哀怨痛苦和期待的目光相碰。他的心怦然一动，马上把头扭向一边，但他还是集中不起精力，无法静听老师讲课。

今年的天气好像暖得比较早，四月底的夜晚，天就有些热了，暖融融的春风吹暖了人们的心田，杨树叶刚刚绽放出嫩绿的小圆叶，主楼前的紫丁香，枝繁叶茂，许多待放的花蕾，点缀在绿色之中，显得格外的美丽。秦丰和王新良从紫丁香花边路过，秦丰顺手拽下一片树叶，又掐下一朵小花，放在鼻子下嗅了嗅，一股浓郁的香气沁人肺腑，他又咀嚼几口绿叶，苦涩难当，他“呸呸”地几口吐了出去，但那苦涩的味道还留在舌尖。他对王新良说道：

“没想到，紫丁香的花那么香，而叶却那么苦！”

王新良既没有接过秦丰手中的花和叶，也没有说话，停了好一阵，才说道：

“生活……就……像……这紫……紫丁香……一样……，闻花……花香……嚼叶……叶苦！”

“此话怎讲？”秦丰盯着王新良。

“你……看……走……走在……大街……上的人……，个个……都漂漂……亮亮……踌……躇……满志……，外表……都很美好……，这就……是紫……丁香的……花，但……细细……深……入……到人心的……深……处……你会……发现……许多的……苦恼……，比如……你……和我……如果……不深……入了解……还都认为……咱俩……挺幸……福……呢……这就是……紫丁香……的叶！”

秦丰信服地点点头，低声说道：“生活大体也就是这个滋味儿！”

当王新良和秦丰走进陈新枝老师家时，陈新枝刚刚吃完饭，正在收拾桌子。看见两位同学来访，她热情地给他们让坐，又是端茶又是拿糖。秦丰是第一次到陈新枝老师家来，他抬眼看看这个朴素的家，只见不大的房间里，有一铺炕占去屋子的三分之一，一个大的衣柜立在一边，柜子上面堆满了书籍，挨着衣柜的是一张不大的书桌，桌子上面整齐地摆放着《中国通史》《世界通史》《资本论》《战争与和平》等书，桌子下面更是放满了各种书籍。两条不大的凳子，紧紧地靠在门边。屋里除了书，再没有其他值钱的东西。整个房间显得狭小拥挤。秦丰非常喜欢那些书，他站起来，一本又一本地翻看着，陈新枝和王新良谈着话。

“你个人的事处理得怎么样了？”

王新良低下了头，摆弄着手指头，轻轻地叹了口气说：“没……没……结……果！”

“放假前我跟郑书记和张主任汇报了你的问题，也没有得到明确的答复，看郑书记那意思，他似乎不赞成你和你表妹继绝关系！我当时和他们还差点儿闹僵了！”

“谢……谢你……陈……老师……，让你……费……心啦！”

“无所谓费心，让我气愤的是，这些当领导的，竟然这样不尊重每个人的人格，还拿那种老眼光来看新问题！”她重重地叹了口气说道。

“陈老师，你看王新良的问题该怎么解决呢？”秦丰放下手里的书，坐回到凳子上，问道。

还没等陈新枝说话，王新良摆摆手说：“先……先……别……说我……，先……说……他的……事吧！”

“你又有什么事？”陈新枝转脸问秦丰。

秦丰低下了头，还没等说话，脸先红了。陈新枝看见秦丰扭捏不安的样子，微微一笑。她那美丽的笑容，很像一道亮丽的彩虹，使人相信她的真诚与善良。王新良看看秦丰，说道：“陈老……师……他……想……请几……天假！”

“有什么事呀？”陈新枝关心地问秦丰。

秦丰抬起头，对陈新枝说道：“家里给我说了个对象，我想回去看看！”

“你刚刚二十就订婚？”陈新枝显得很惊讶！

秦丰没有吱声。过了一会儿，王新良说道：“秦丰……有……有……困……难！”

看见两个学生那种为难的样子，陈新枝没有再往深处追问，只是自言自语道：“婚姻大事，关系到人一生的幸福，处理不好，会终生痛苦的！”

说完，她落寞地低垂下头。看她那种神情，像说给自己听，又像说给两位学生听。

院子里传来一阵脚步声，打断了陈新枝的沉思，她抬头叮嘱秦丰，说道：

“明天我跟系里领导说一声，但你回家千万要把握好，要慎重！”

秦丰感激地点点头。

随着脚步声走进一个高大壮实的男人，在白炽灯下像一座黑铁塔一样。秦丰抬头一看，吓了一大跳，原来那人的脸坑坑洼洼的，有许多皮肤还紧紧地绷着，一看便知是烧伤留下的痕迹。他进屋后，和秦丰、王新良点点头，转脸问陈新枝：“你吃饭了吗？”他的目光落在陈新枝漂亮的脸上。

“我吃过了，饭菜在锅里，你自己去吃吧！”

陈新枝在说话的时候，连瞅都没瞅那人一眼。

那人听后，转身走到外屋去。陈新枝沉默了，似乎很烦燥，也有些坐立不安。王新良看到这里，对陈新枝说道：“陈老师，我们该……走……了！”

陈新枝好像没有听见，没有回答他们。王新良看了看秦丰，秦丰也看了看王新良，俩人同时站起身，这回秦丰说道：“陈老师，我们回去学习了！”

仿佛从梦境中刚刚醒来一样，陈新枝的眼睛活动了一下，忙站起身往外送他们。当他们走过外屋时，那个男人站起身，嗡声嗡气道：“你们常来玩儿啊！”

这句话随着陈新枝的关门声被隔绝在屋里。

在往教室走的路上，秦丰对王新良说道：“陈老师那么漂亮，怎么找了一个丑八怪呢？”

“好……汉……汉无……好妻……，懒……汉娶……娶花……枝！”

“看陈老师那样，对他也不怎么好，他们是怎么结合的呢？”

三十

五一节这几天，秦丰突然神秘地失踪了，这对于整个班级来讲，并没有引起多大的震动，而对于宗翠来讲，几天没见到秦丰，她觉得有些奇怪。在心里一个劲儿地猜想：秦丰干什么去了？听张建华和王新良的议论，他好像回家了。那他牺牲好几天的时间，回家又去干什么呢？这个谜一样的秦丰啊，什么时候你才能打开心窗，让我完全读懂你的内心世界呢？她想来想去，觉得秦丰回家最大的可能是找对象订婚。一种不祥之感爬上她的心头。她内心激烈地斗争着，盼望着秦丰快快回来。

从来都是在晚上九点之前就回寝室的宗翠，那天晚上突然很晚才回来，这让心细如发的任杰不得不纳闷。她想到那天听课时宗翠在本子上写满了秦丰的名字时，不由暗暗地猜想：此时秦丰和宗翠能在哪里呢？在班里还是在野外？秦丰是什么态度？同意还是不同意？不知不觉之中，她的担忧变成了一种非常复杂的情感，煎熬着她的心，连她自己也觉得奇怪。从宗翠这方面考虑，她希望成功，因为她深深地感到宗翠是那样地爱着秦丰，以至于到了沉迷不醒的地步；但从秦丰那方面考虑，她又不希望成功，因为宗翠太幼稚，有些疯疯癫癫，缺少少女的稳重，恐怕日后不会给秦丰带来多大的益处。而自己，则是活泼不足，严肃有余。虽然内心似火，但外表却冰冷，使每个男生都望而却步！但这能怪自己吗？想当年下乡时，一个十六七岁的小姑娘，就像一棵小弱苗，突然暴露在暴风骤雨的世界里，而且没有一点儿的保护能力。如果那时，自己像宗翠这样不稳稳当当，还能有今天吗？恐怕早已成为农妇或人妻了。多年养成的习惯，她是无法更改的。

不知什么时候，窗外的风声停了，面对着平静的夜晚，遥望窗外的繁星，独饮着内心的苦楚，她感到苦闷和空虚。她眼角有些发湿，似乎有泪流出。她忽然暗暗地问自己：你为什么竟变得如此多愁善感呢？神经为什么这样脆弱呢？人家谈恋爱，触及了你哪根儿神经了，竟然如此地为他人空洒泪水？唉！一种说不清道不明的感觉油然而生。

在漫长的虚无缥缈的黑暗中跋涉的任杰，无论是精神上还是肉体上都觉得十分疲惫，不知什么时候，她陷入了恍惚之中。吱呀，开门声把她惊醒，昏暗的灯光中，宗翠悄悄地进了屋。她慢慢地睁开眼睛，偷偷地看见宗翠连衣服都没脱，合衣躺在床上。她似乎很累，长长地叹了一口气。突然，宗翠抑制不住自己，低声地哭泣起来。

任杰明白了，大势已去，宗翠没有成功。她的心里不由得舒服了许多，好像闷热的三伏天中午突然下了一场暴雨一样滋润。听见宗翠的哭声，她突然同情起她来，为自己刚才那一闪而过的舒适感而感到羞愧难当。她暗暗地责怪自己：你还是老大姐呢，怎么能有那种思想呢？宗翠伤心，你高兴，这不是太自私了吗？她真想站起身，去安慰宗翠几句，但又怕影响别人的休息而只好作罢！

五一节这天是难得的好天气，阳光明媚，春风和煦，天空万里无云。宗翠央求任杰领她去陈新枝家打听一下秦丰回家的目的是什么。任杰被缠不过，只好领着她往陈老师家走。在路上，任杰劝道："宗翠，这几天我看你很忧伤，你应该坚强起来才对呀！"

"唉！"宗翠长长地叹了口气，说道，"我也想快乐呀，但快乐离我太遥远！"

"宗翠，老大姐劝你一句，不管你是否爱听，但我都要说。"她看了一眼宗翠，接着说道，"世界上的许多事，并非都是凭着美好的愿望就会有满意的结果。有些事情，是双方选择的结果。你学过哲学，知道矛盾是对立统一的，只有矛没有盾不行，只有盾没有矛也不行！"

"谢谢你老大姐，这些我何尝不懂啊！"宗翠又叹了一口气低声道："只有一点我弄不明白，秦丰他为什么拒绝我？"

"他也许有难处！"任杰继续说道，"再说，咱们入学还不到一年，不应该谈恋爱呀，那样会影响学习的！"

"其实，女人的心都是水做的，稍有不平就会溢出。就你我而言，我们何尝不想爱，又何尝不想得到爱，尤其是你，被许多责任和道义束缚得紧紧的，不敢越雷池一步。其实，你的心我最清楚。有时，从你忧伤的背影、埋首沉思的样子、迷茫的目光中，我能读懂一切……”宗翠没有看任杰一眼，自顾自地往下说着。

心事被人揭穿，任杰的脸就羞红了。她不得不佩服宗翠目光之敏锐，但她又本能地掩饰起自己，慌忙说道：“你看你又瞎说了，能看明白我，那你为什么看不懂秦丰啊？”

“我也不知道！”宗翠无可奈何地说道，“他到底是咋回事呢？”

当她俩走进陈新枝家的院子时，只见陈新枝的丈夫正在当院修理自行车。任杰问道：“张副场长，今天放假呀？”

张副场长抬起头，点了点头，然后说道：“陈老师在屋呢！”

当他抬头的时候，宗翠看见那张可怕的脸，吓了一大跳，急忙向前走了几步，像躲避可怕的野兽一样从那人身边走过。

陈新枝正躺在炕上看书，看见她们进屋后坐起身，拢了拢她那乌黑的秀发。她们寒暄了几句后，任杰问道：“陈老师，秦丰回家干什么去了？”

“家里有人给他介绍了一个对象，回家相亲去了！”

一句话，使宗翠完全陷入混乱之中，她真想快快地逃离这里，找一个没人的地方痛哭一场，但她还是极力地忍耐着，尽量不让陈新枝看出破绽来。当任杰听完这句话以后，心里也有不小的振动，她不由自主地转脸看看宗翠，只见她的脸色苍白，像一张白纸，目光散乱，额头直冒汗。

陈新枝老师并没有注意到这些，她又说道：“最近，系里对你们班不太满意呀，任杰！”

听了这句话，任杰马上把精力集中到陈新枝这边来，她脱口问道：“为什么呀？”

“据说你们班的风气很不正，谈恋爱之风悄然兴起。你作为一名党员，在这方面可要起好模范带头作用啊，同时，也应该在班里多做些工作呀！”

任杰点点头。她又看了眼宗翠，发现她并没有注意自己和陈老师的对话。

“你们都风华正茂，又都是当代青年中的天之骄子，应该有远大的理想和报负才对，不应该过早地陷入个人感情的小圈子里而影响学习啊！”陈新枝看了看两个女生，又接着说道，“学校可能要出一个规定，大三以前的学生，不许谈恋爱！”

任杰赶紧瞅了一眼宗翠，见她还是无动于衷。陈新枝发现了这一情况，忙问道：“宗翠，你怎么了？”

任杰忙扯了一下宗翠，她好像如梦初醒，泪水悄悄地爬出眼角。这叫陈新枝吃惊不小，连忙又问道：“你怎么了，宗翠？”

宗翠好像完全清醒过来了，忙擦干眼泪，说道：“没什么，我想起我妈了，她病得很重！”

“你想回家看看吗？”

宗翠摇摇头，说道：“不必了！”

陈新枝又接上刚才的话头继续说道：“系里郑书记找我谈过话了，让我注意你们班的动向，以免出现更大的问题！”

还没等陈新枝说完，宗翠站起身，礼貌地对陈新枝说道：“陈老师，我有些不舒服，先走啦！”

陈新枝点点头。任杰也站起身说：“陈老师，我陪她回去吧！”

陈新枝把她们送出门外。

三十一

五四青年节的时候，学校准备表彰一批青年教职员工和优秀学生干部，表彰大会后要举行一次文艺演出，学校规定每个班必须演一两个节目，这又忙坏了李学庆。想来想去，李学庆还是决定自己来个男生独唱，然后再和宗翠来一个男女生二重唱。他主意已定，来到了宗翠的寝室。

宗翠头发零乱，无精打采地躺在床上，瞪着两只迷茫的大眼睛，一眨不眨地盯着房顶，在默默地想着心事。

李学庆走到她跟前，关切地问道："你怎么了，宗翠？"

宗翠抬眼看看他，微微点点头，慢慢地坐起身，声音微弱地说道："你看我的头发这个乱呀！"

李学庆忙走到桌子前，拿过木梳和小镜子，递到宗翠的手里，宗翠感激地看了他一眼，说道："谢谢你！"

说完后，她端起镜子，仔细地照了照自己，突然发现这几天来，自己像丢了魂儿一样的没精神，同时人也瘦了一圈儿，眼眶乌黑，眼睛发红，嘴唇干裂。李学庆又问道："你病了？"

"没事，有些不舒服！"宗翠边回答李学庆边梳头，又对他说，"你坐呀！"

李学庆还没坐稳，宗翠突然问道："秦丰回来了吗？"

"昨天就回来了！"

"对象找成了吗？"

"听说成了！"

宗翠听后，脑袋忽悠一下，只觉得眼前一黑，差点儿没晕过去。但她还是咬牙坚持了过来，她不紧不慢地梳着头发，沉了好一会儿，又慢声慢气地问道："他对象是干啥的？"

“听说是中专毕业生！”

“长得漂亮吗？”

“我们看相片了，还算可以吧！”

谈话到这里又陷入了沉默。隔了一会儿，李学庆说道：“秦丰这小子有时候自以为是，看不起别人，傲了吧叽的，不就是比别人多读了几本书吗？有啥了不起的！将来到社会上去闯荡，就他那两把刷子，我看还不一定能甩得开……”

“行了行了，你别背后讲人家的坏话好不好。”

宗翠没好气儿地打断李学庆的话，放下手中的木梳，皱起了眉头，又问道：“你有事吗？”

“五四青年节学校要演节目，咱们班还得请你出马，和我来一个二重唱！”他看着宗翠，又继续说道，“你也别太死心眼儿，糟蹋坏自己的身体，那可太犯不上啦！”

宗翠只是喘了口粗气，并没有吱声。李学庆又问道：“你还没有吃晚饭吧？我有饼干和罐头，给你取来！”

说完，他转身离开了女生宿舍。

宗翠突然想起那天晚上秦丰曾经对她说过李学庆很爱她，只不过那时，自己心里装满了秦丰，没有给李学庆一点儿空间，怎么能体会到人家的那片痴心呢？想到这里，宗翠停了梳头的手，走到窗前，凭窗向南远眺，看见春天的大地一派繁忙的景象，处处充满生机。她突然悟明白一个道理，心里暗暗说道：既然人家秦丰并没有相中我，我又何必那么痴心呢？感情这东西，说有就有，说没就没，说强烈就强烈！何必那么认真呢？人生短短几十年，苦多乐少，我又何必虚度青春呢？我的初恋已经死了，我只好把它深深地埋葬在心底，永远也不会让它发芽。秦丰啊秦丰，你真是我的冤家呀！你这么白白地折磨了我很长时间，突然又把我抛在荒无人烟的荒野里，让我孤苦伶仃地等待着，可我等来的只有痛苦和绝望！突然，宗翠从心里恨起秦丰来，她暗暗地对自己说：不管怎么样，我要让你秦丰看看，我宗翠绝不是找不到主儿的人！

想到这些之后，宗翠的心里敞亮了许多，就像尘封已久的黑暗的屋子里洒进一缕金色的阳光一样。她又把李学庆和秦丰作了一番比较，她发现了李学庆的一些优点，比如说他会体贴人，善解人意，长相又漂亮，属于美男子的那种，是很有吸引力的。他的社会经验又比秦丰多，将来在社会上混肯定差不了……她还没有想完，李学庆手捧着食物放到宗翠的面前。看见宗翠的头发梳理得整整齐齐，脸上堆满了笑容，嘴角挂着妩媚，眼角占尽春风。李学庆的心里有了谱，忙把手中的食物递到宗翠面前，亲热地说道："饿了吧？快吃吧！"

宗翠并没有接食物，而是双眼迎着李学庆的目光，深情地说道："谢你啦学庆，你快坐吧！"

这种亲热的称呼使李学庆大吃一惊。他怀着忐忑不安的心情，盯着宗翠那张桃花似的脸，心里还直犯嘀咕。看见李学庆呆若木鸡，宗翠柔情似水地一笑，什么也没说，伸手去拉了李学庆一把，柔声说："你坐嘛！"

李学庆被这突如其来的幸福给弄蒙了，他一时不知如何是好，还是在那里傻站着，看见李学庆呆若木鸡的样儿，宗翠哧哧地笑道："还傻站着干啥？快坐吧！"

李学庆终于从宗翠那含情脉脉的注视中读懂了什么，突然他的激情像触电一样被激发起来。他的心呼呼狂跳起来，伸出颤抖的双手，紧紧抓住宗翠那双白皙的胖乎乎的小手摇晃着，把吃的东西掉在了地上。宗翠没有退缩，也没有抽出自己的双手，只是满脸的羞涩，她柔柔地叫了一声："学庆！"

李学庆一把拥抱住宗翠，在她耳边温柔地说道："你知道吗，我心意已久，爱尽不悔！"

三十二

六月的夜晚，暖风习习。

主楼的各个窗户上，都闪着明亮的灯光。当秦丰从图书馆走回到教室里时，已是九点多钟了，屋里只有几个还在用功的学生。不知什么时候，宗翠悄悄地从门外走进来，径直来到秦丰跟前，轻声说道："秦丰，你出来一下，我有事跟你说！"

秦丰抬起头，瞪着疑惑不解的双眼，迷茫地望着宗翠，不知道她又有什么"节目"要上演。他犹豫了起来，宗翠见状忙说道："用不了几分钟，不会耽误你太多时间的！"

"在这里说不行吗？"

宗翠摇摇头。

秦丰看见屋里的同学都向他俩投来好奇的目光，又看到宗翠的眼里流露着一种叫人不忍心拒绝的光芒，害怕当着众人的面拒绝宗翠的请求会伤她的自尊心。本来，自己拒绝了人家的爱，给她的打击也算不小了，也真够一个姑娘受的，这在秦丰的心头，总有些过意不去的感觉。最近这一个多月来，看见她和李学庆谈恋爱，他心想：如今宗翠总算有了归宿，我的心也就安了，今天晚上她突然来找自己，应该跟她出去一会儿，有什么话尽量让她说出来，也好弥补一下自己心里的那种内疚感。想到这里，他随口答应道："好吧，你先走，我马上就去！"

说完，他站起身，收拾好书本，放进书桌里面。

宗翠不放心似的瞅了秦丰一眼，转身向门外走去。稍后，秦丰在同学们疑惑的目光中狼狈地走出教室。他们相隔一步多远，沿着一号楼前面的甬路，向南慢慢走去。夜色已深，不少寝室都已熄灯，风刮得杨树叶沙沙作响。沉静地走过很长一段路后，秦丰终于低声问道："宗翠，你找我有什么事？"

宗翠停住了脚步。借着一号楼窗户渗出的惨淡的灯光，盯着秦丰的脸，幽幽地问道："你五一回家，都干了些什么？"那声音，显得那么悲催，又那么伤感。

听了宗翠那满含着悲伤的语气，秦丰着实大吃一惊。按着他的思维逻辑推理，既然宗翠已经在和李学庆谈恋爱了，那么，她的脑子里就不应该再装他秦丰一丝一毫的影子，而且应该把过去的一切都统统地忘光才对。可宗翠她突然重翻旧账。这到底是什么意思呢？在没有准确摸清宗翠的思想前，秦丰一时不知该怎样回答宗翠才好。宗翠见秦丰不回答自己，只是愣愣地呆站在黑暗中，又低声道："你快说话呀！"

秦丰没有回答她，迈开沉重的脚步，又缓缓地向南走去。走到甬路的尽头，是一条窄窄的东西向小路，掩在青青的芳草中，静静地躺在那里。路南是一片出苗不久的大豆地，嫩绿的叶子还没有遮住地皮。

宗翠在后面紧走几步追赶上秦丰，又说道："我知道，你不好回答我！"从她的语气当中，可以听出有些火药味儿，她接着又说道，"在你走的第二天我就去陈老师家打听你的事了，你知道吗？当我听到你回家订婚的事儿时，我差点儿没晕倒，你知道吗？我那时是多么痛苦，真有去死的那份心呀！"说完，她又呜呜地哭泣起来。

听到这里，秦丰停住了脚步，借着淡淡的星光，歉疚地瞅着宗翠，低声道："对不起，宗翠，我无意伤害你！"

宗翠没有接着秦丰的话说，她盯着秦丰问道："我有什么不好，让你那么讨厌？"

"宗翠同学！"秦丰语重心长地说道，"你别激动，冷静些，听我说，你是一个很优秀的女孩儿，我也不是讨厌你，但爱可不是用一个简单的讨厌与不讨厌来衡量的。如今，我已有女朋友了，咱们还是别再探讨这些问题了。总之，我内心深处会永远感激你的。如果没有别的事的话，对不起，我失陪了！"

说完，秦丰转身要走。

宗翠一把拉住秦丰，说道："不，我还有话要说！"

"有什么话我都不想听了！"

"你必须得听！"

“但愿你别说出有伤我们同学之间友谊的话来！”

“我想让你亲口承认你订婚这件事！”

“这事跟你关系不太大！”

“不，非常大！”宗翠又有些冷静了。

“你已经有了李学庆，我也有了女朋友，我们已经不是两颗独立的星了，无法走到一起，中间隔着两座不可攀越的高山，你还这么死死纠缠我干什么？”

“就是因为你伤害了我，我才不得已和李学庆谈对象！”宗翠痛苦得几乎要流出泪了。

俩人都陷入了沉默。

一号楼门前一阵哗动，有学生回寝室了。主楼亮着灯光的窗户越来越少，俩人站在原地好一阵，秦丰又说道：“我看你和李学庆相处得很融洽，全班同学都很羡慕你们。李学庆无论从长相还是社会经验方面都胜我一筹，你应该满意才对！”

“这些我都不否认，但你身上最主要的东西、最闪光的东西，他不具备！”

“人无完人，金无足赤！”

“通过这一个多月的相处，我发现了他的许多毛病，比如说不爱学习、太市俗、爱慕虚荣、没有上进心等等！”

“生活还是实际些为好，想得过于浪漫，永远也不会在现实中找到自己的人生坐标的，心理也永远无法平衡！”

“我觉得，一个男人，最吸引女人的地方，应该是他具有坚定的志向、广博的知识、刻苦钻研的精神，而且要有成就感才行！”

秦丰不想在这些问题上与宗翠争论得喋喋不休，他又沉默下来了。但在他的心里，对于宗翠所说的话未置可否，因为他毕竟还不太了解女孩子的心理。

他们沿着那条小路向西慢慢走去，露水打湿了他们的鞋子、裤角。顺着这条小路再往西走，就是二号楼和三号楼，过了这两栋楼之后就是一片平房住宅区。走过住宅区便是科研所了，绕过科研所的楼房，就是农学系的实验地了。实验地的北面，是一座小小的水库。沿着这条小路一直走下去，在接近山脚的位置，就是黑龙江省最有名的青年水库了，那是当年刚建校时，农大的师生们人拉肩扛修出来的大水库。听系书记郑义讲过，就是在一九五八年十月的时候，全校师生组成十个突击队，在“突击月”里不分昼夜，战风斗雨，苦干强干，每天强体力劳动十七八个小时，有时甚至干到二十个小时，一日三餐全在工地上吃。郑义他们突击队为了争扛红旗，干脆夜晚搬到工地上去住。就是在那时，体弱多病的郑义，五十多米的运距一小时运土十六立方米，创全校之最。他的肩头被压肿了，并多次流血。由于过度劳累，他几次晕倒在工地上，爬起来后又继续拼命地干。就在那一年，全校师生共同艰苦奋斗，筑起了一条长一千七百五十米，高十二米的大坝。水库的贮水量为二亿八千万立方米，为全省最大的水库。如今的青年水库，早已失去了往昔的喧闹，静谧得如同一片硕大的叶子，在大地的怀抱里恬静地酣睡着，只有那些连绵不断的蛙声，才提醒人们不要忘记青年水库的存在，不要忘记它昔日的辉煌与灿烂，也不要忘记前辈人的汗水和牺牲。

“我对李学庆，已经有些受够了。现在我才真正地发现，我并不爱他，而且，他家里还有对象！”

“你们既然已经相处，你就不应该有这种想法！”

“我想跟他分手！”

“我看这样不好，你们之间有百分之一的希望，你就应该尽百分之九十九的努力，爱是可以改变某些人的习性的！”

“不，我跟李学庆即使有百分之九十九的希望，我也不会尽百分之一的努力！一切都顺其自然。现在，我巴不得赶紧结束这段做梦似的恋爱！”

秦丰心里暗想：宗翠平时跟李学庆有说有笑，甜甜蜜蜜的，今天晚上跟我说这些是什么意思呢？李学庆这个人是俗不可耐，和任何人相处时间长了，都会叫人忍受不了。难道宗翠真的对他已经反感了吗？秦丰抬头望向天空，满天的繁星眨着眼睛，茫然地瞅着他，西北天空上一片浓浓的铅云，把小星星们都掩没了影。不知什么时候，田野轻轻地吹起了小西北风，从青年水库那里，传来哗啦哗啦的浪声。秦丰又劝道：“我看李学庆还是很不错的，你千万不要站在这山望那山高哇！”

“他不学无术，你好学上进，你在班里最用功，知识面还宽，非常有才华。你知道吗，秦丰，我父母最喜欢有才华的人，我也如此！”

秦丰淡淡地一笑，自嘲地说道：“我算什么有才华的人呀！我只不过是比别人多花了一些时间，比别人多读了几本书而已！”

“不对！”宗翠坚定地说，“你能说擅写，业余时间还写那么多的小说和诗歌！”

“那是副业，你别忘了，咱们的主业还是农学，只有在学好本专业的基础上才有资格谈别的。我总觉得，现在是知识爆炸时代，各学科之间都有着千丝万缕的联系。将来的社会，所需要的人才也将是倒梯型的，就是基础知识面必须相当的宽，专业知识必须是精深的。只有这样的人才，将来才会研究出更多的成果。比如说爱因斯坦，他不仅创造了相对论，而且，他的小提琴也拉得相当的棒，据说都可以开音乐会！在古代，那时有成绩的人才如亚里斯多德、柏拉图、孔子等，都是全才。那时候什么都需要懂，才容易出成果，像亚里士多德，在文学、历史、天文学甚至物理学方面都有建树；而到了十七十八世纪时，则需要在某一个专业比较精深的人，比如说牛顿，在物理学和数学的造诣就是无人可比的！”他停了一会儿又说道，“我练习写诗写小说，一是出于爱好，二是为了消遣！”

“不管怎么说，你的才华还是被全班所公认！”

“不见得！”秦丰淡淡地回答了她一句。他不想就这个问题继续谈下去，又说道，“其实，我有一颗不安分的心，我总觉得，人生在世，事业为重。人生能有几回搏，此时不搏更待何时？我这个人爱动不爱静，很想到远方去闯一闯，以开阔自己的视野，增长知识！”

“你如果真喜爱旅游的话，今年暑假，咱们可以不回家，出去玩玩。钱不成问题，你看怎么样？”宗翠热切地望着秦丰。

“谢谢你的好意，宗翠，我家里真的有事，不能出去旅游！”

“我知道，你惦记你的女朋友！”宗翠的语调低沉下去，内心泛起一股酸水

俩人又都沉默了，静静地往前慢走着，宗翠突然抬脸问秦丰：“秦丰，你女朋友漂亮吗？”

“这个你最好不要问啦！”秦丰低声道。

“不，我想知道！”

“还是不知道的好！”秦丰动情地对宗翠说道，“宗翠，我永远忘不了你对我的情谊。但我希望你能幸福！真心真意地去爱李学庆吧，不要对其他人存在任何幻想，这样，你的心理才能平衡，才能有幸福感！”

“真的就一切都无法挽回了吗？”宗翠低声地问道，那语调里充满了悲怆。

“我不想背叛另一个女性！”宗翠听后，潸然泪下，一句话也没说。

“你应该把学庆视为你生命中的一部分，这样，你就会喜欢他的，爱情，也可以慢慢地培养嘛！”

“你才是我生命中的主要部分！”

“不要这样说，宗翠，天不早了，你今天太累了，我们回去休息吧，明天还有课。”

宗翠重重地叹了一口气，轻声道：“好吧！”

看到宗翠那无可奈何的样子，秦丰的心里泛起一丝同情。但怜悯绝不等于爱。

风越刮越大，西北天空的那片乌云，比赛似的向他们头顶奔来。宗翠幽幽地说道：“天要下雨啦！”说完之后，她又对秦丰说道，“你以后无论干什么事，心都要细一些，粗心大意会惹许多麻烦的！”

秦丰并没有理解宗翠此话的含义，只是说道：“谢谢你的关心！”

三十三

第二天刚刚下课，李学庆就闯进女生宿舍来。一看见他来找宗翠，屋里的袁园、任杰等女生都知趣地离开了。屋里只剩下他们俩人。李学庆问道：“昨晚谈得如何？”

“……”宗翠低下头，脸红红的没有吭声，她还不习惯撒谎。

“我问你话呢，你听见了没有？”李学庆红脖子红脸地提高了嗓门，瞪大眼睛盯着宗翠。

宗翠抬起头，看了李学庆一眼。李学庆那愤怒的目光像一条皮鞭子，抽得她打了一个冷战，一股寒气像一条毒蛇从她的脊梁骨悄悄地爬上来。她慌忙低垂下头，喃喃地说道：“没谈好！”

“我让你去干什么？难道你忘了不成？”

“没忘，但我……”

宗翠的头垂在胸前，始终不敢抬头看李学庆一眼。看她那可怜兮兮的样子，就像一朵遭到暴风雨袭击的小花儿一样孤立无助。

“哼！”李学庆狠狠地出了一口粗气，愤愤不平地说道，“我知道，在你的心里还有他的影子没擦掉，所以你不忍心。但你要知道，他写小说影射我，在日记里写你轻浮，他这样做，就应该吗？你是我的女朋友，我绝不允许他这样污蔑你的人格，这也等于是向我身上泼脏水，这笔账我能不跟他算明白吗？”

“学庆，你先别发这么大的火好不好？”宗翠抬起那张可怜巴巴的脸，又低声说道，“我知道，你是真心爱我的，他那样做是有些太不讲究了，但我想同学之间天天见面，我无法撕破脸皮去质问他；再说啦，他写的小说我又没看见，怎么能说是在影射你呢？”

“你不要替他辩护好不好。”李学庆打断宗翠的话，大声问道，“你究竟是他的恋人还是我的恋人？”

看见暴怒得如同一头雄狮似的李学庆，宗翠吓得心扑通扑通直跳，她的脸色苍白，流出了眼泪，低声说道：“我当然是你的恋人啦！”

“那你为什么还替他辩护？在你临找他之前，我是怎样向你交代的？”

“我……这……”

盛怒之下的李学庆，几步跨到宗翠的跟前，两眼直冒火，吓得宗翠连连后退，不小心碰倒了桌上的一个茶缸，水洒了一地，也滴在宗翠的衣服上。李学庆停住了脚步，看见吓得大气不敢出的宗翠那可怜巴巴的样儿，他的心还是软了。他停住了脚步，脸上的怒气在消散，隔了一会儿，他温柔地对宗翠说道：“宗翠，我让你那样做，完全是为了我们的爱情。你知道，爱是自私的，也是排他的；我爱你，你也必须爱我。”他停住了话语，又加重语气说道，“秦丰那么做，不是明显地埋汰咱俩吗？你说，这口气我怎么能咽下去？”

“他真的没有什么别的企图！”宗翠声音很低，慢慢地说道，“再说，他已经订婚了，现在又全身心地投入到学习中去了，无意介入咱俩的事，他还劝我跟你好呢！”宗翠说完后沉思起来，她回想起昨天晚上和秦丰谈话的经过，把自己也吓了一跳。是呀，当她听李学庆说秦丰在日记里说自己轻浮时，她当时也火冒三丈，真想好好质问质问秦丰。她在心里暗暗地说道：秦丰呀秦丰，你不爱我也就算了，你干吗还要往我流血的伤口上撒盐，说我轻浮呢？当她找到秦丰后，俩人谈的话题竟一点儿都没涉及这方面。回到寝室后，她也感到奇怪，甚至还暗暗地责怪起自己来，觉得自己这样是对李学庆的不忠，反过来是对秦丰的姑息。但要想把秦丰打趴在地，甚至再踩上几脚，她又于心不忍！她就是在这样矛盾的心情下熬过了艰难的一夜。有时她暗想：我是不是还爱着秦丰呢？

六月的北大荒，天已经很热了。太阳落山之后，晚霞燃烧起来。操场上的大学生们，有的在打羽毛球，有的男女生围成一圈儿在打排球，有的在踢足球。更多的学生则是独自一人，边散步边背英语单词。黑夜慢慢地袭来，操场上逐渐静谧下来。各教室的灯都亮了起来，同学们又进入到紧张的学习中去了。秦丰由于去图书馆晚了，没有占着座位，只好回到教室里学习。教室里的人也很多，学到八点之后，他想回寝室喝口水。刚走出教室门口，迎面遇见了宗翠。宗翠看见他从屋里走出来便停住了脚步。秦丰怕她纠缠自己，想转身回教室，就听宗翠喊道："秦丰，你过来一下！"

秦丰不能再回教室，只好硬着头皮走到宗翠跟前。他在心里暗暗地嘀咕道：但愿今晚上的时间别被你浪费掉！

宗翠看见秦丰走近，不好意思地笑了笑，低声说道："对不起了，秦丰，又要打扰你了！"

"有事吗？"

"外面有一个人要见你！"

"谁？"秦丰有些摸不着头脑。

"见了面你就知道了！"

"你就不能告诉我吗？"

"你跟我走吧！"说完，宗翠迈开大步，款款地向楼外走去，走了几步之后，她又回过头来，见秦丰没动脚步，她又说道，"你快走哇，人家说有重要的事情跟你说！"

秦丰很纳闷，在心里一个劲儿地问：是谁找我呢？能有啥事呢？他为什么不露面呢？还让宗翠来找我，真是莫明其妙！但不管怎么样，我都要弄个水落石出才对。想到这里，他迈开脚步跟在宗翠身后向楼外走去。刚到一号楼前的小甬路上，只见树荫下走出一个人，借着蒙蒙的下弦月月光，秦丰看清了那个人正是李学庆，他不禁大吃一惊，暗问自己：他俩找我能有什么事呢？可能是夜猫子进宅，好事不来。

李学庆迎着秦丰走了过来，他不冷不热地说道："对不起，秦丰，浪费你的宝贵时间了，不好意思。但我想我们三个人还是应该好好谈谈，有些问题需要解释清楚才好！"

秦丰犹豫了一下，说道："我和你们俩之间根本不存在什么问题需要解释！"

"不，有！"李学庆斩钉截铁地说，"我们之间必须谈明白才行！请你跟我们往前走走，找个僻静的地方好说话！"

此时此刻，秦丰才觉得问题的严重性。不得已，他只好和李学庆相隔一定的距离，顺着他和宗翠昨晚走过的那条小路，一直向前走去。

他们沉默着，夜色沉沉，蛙声阵阵，只有西天太阳落下的地方，还有一丝的光亮。宗翠落后于二人一两步远，她借着昏暗的月光看着前面的秦丰和李学庆。秦丰那单薄的背，略有些驼，他的个头儿刚刚到李学庆的耳边，长长的头发，飘洒着，穿着一身普普通通的洗得发白的蓝色学生服。李学庆的背影，显得格外的挺拔，穿着白色的的确良衬衫，显得格外的洒脱。他们默默地走出了很远后，秦丰打破了沉默，他说道："李学庆，有什么问题你尽管问好了！"

李学庆沉思了一下，嗡声嗡气地说道："我跟宗翠谈恋爱，全班同学都知道，估计你也不会不知道吧！"

"我当然知道，但这和我又有什么关系？"

"你自己心里明白！"

"你要把话说清楚！"

"我郑重地警告你，秦丰，请你不要破坏我们俩的幸福！"

秦丰听后，冷冷一笑，说道："这从何谈起呢？"

"你自己不知道吗？"

"我当然不知道！李学庆，我也可以告诉你，对于你和宗翠的事，我是充耳不闻，视而不见，根本就不感兴趣。而且，你也知道，我也有女朋友了。她的照片你也看过，恐怕咱们班的女生还没谁比她更漂亮的！"

最后这一句话，深深地刺疼了宗翠的心。她心里暗想：秦丰，就是因为我不漂亮，你才不爱我，而我，又枉费了多少心机，空流了多少泪，又遭受了多大的痛苦？而你却以貌取人，辜负了我的真情。想到这里，她怒气冲冲地问道："我问你秦丰，我怎么轻浮了？"

"我没有说过你轻浮！"

"白纸黑字，还能抵赖得了吗？"

秦丰一时答不上话来。

李学庆停下脚步，与宗翠肩并肩地走着，俩人的样子又显得十分的亲密，就好像一堵坚不可摧的铜墙铁壁似的。蒙蒙的月光把俩人的身影重叠在一起。宗翠见秦丰不回答自己的问题，觉得李学庆的消息是可靠的，在这之前，她对于李学庆提供给她的那条秦丰在日记里写自己轻浮还是半信半疑，但是今晚看秦丰的表现就可以证实一切了。这样一来，宗翠的火气就更大了，她提高了嗓门，又说道："你快说呀，怎么不吭声了？"

“我想，偷看别人的日记，这是不道德的行为！”秦丰低声说道。

“难道背后骂人就道德吗？”李学庆反问一句。

“我轻浮在哪儿了？你这是对我的污辱，不说清楚我绝不饶你！”

秦丰一时语塞，他根本就无法说清楚。更何况，自己说了人家的坏话，让人家抓住了把柄，怎么向人家解释呢？怪就怪自己太粗心大意，写完的日记没有保管好，肯定是被李学庆给偷看了。秦丰有些着急了，脑袋嗡嗡直响，这时，他们已经走过了科研所的那栋小楼，来到了实验地旁。

月光照在青青如茵的麦苗上，露珠闪闪。就是在这块地因为摆麦种，秦丰和李学庆吵了一架。水库的银光，像黑夜中的一面镜子，飘浮在黑色的夜空之中。秦丰头上冒着热汗，突然感到身子有点儿发冷。他望着天上的下弦月，低声说道：“对不起，宗翠，我收回我的话！”

“泼出去的水，说出去的话，你怎么能收回去？”宗翠冷冷地问道，“你说我轻浮，是什么意思？”

“你让我对你怎么解释才好呢？”秦丰无可奈何地叹着气，双手抱头，痛苦地蹲在地上。

看着秦丰那痛苦无奈的表情，宗翠的心里突然升起一股快感，那是一种报复后胜利者的快感。她厉声对秦丰说道：“你必须给我解释清楚！”

秦丰还是抱着头，无法向宗翠解释。

“秦丰啊，我觉得咱俩平时关系也不错呀，我和宗翠谈恋爱，你是嫉妒呢还是想当第三者呀，干吗要写小说含沙射影地攻击我们呢？”

“我写那篇小说是练笔的习作，纯属虚构，你干吗要对号入座呢？”

“什么叫对号入座，你就是在写我们俩，你认为别人看不出来呀！秦丰，我告诉你，你不要自以为是！其实，你没啥了不起的，平常人一个！”宗翠恶狠狠地说道，“别把自己看得比谁都聪明！”

秦丰想起来了，一个月前，他曾经写了一篇小说，主人公是一个在校的男大学生，在家乡处了一个女朋友，上大学以后觉得自己的社会地位变了，不应该再娶一个农家女了，而与一个同班的女同学谈起了恋爱，想抛弃原来的女友。写完后，他也曾把这篇习作给宗翠读过，根本就没想影射谁。没想到的是，今天晚上，宗翠和李学庆把这些东西全拿出来当武器来用。当他听到宗翠那几句话时，他的怒火像火山一样就要爆发，他几次都想把宗翠昨天晚上对自己说的话全盘端出来，但转念一想，这样一来，会给李学庆和宗翠之间投下不可抹掉的阴影，那样的话，对宗翠的将来是很不利的，尤其是宗翠说的那句“有百分之九十九的希望，不尽百分之一的努力”的话，更会激起李学庆对宗翠的不满。但也不能让宗翠就这样狂下去，骑在自己的脖子上拉屎，把自己当成泥人捏，必须暗示宗翠，不能欺人太甚。于是他冷冷地说道：“有些话，我还是不说的好，以免对任何人都没有好处。你们硬逼我说，这对你们、对我都不利，有许多话，只能是烂在肚子里！”

听完这些话，宗翠果然不再说什么了。

李学庆还是不依不饶，他气愤地问道：“明人不做暗事，有什么话不可以明说的？”他明显地感觉到宗翠在紧紧地拉他的胳膊。

秦丰站起身，月光把他们三个人的身影斜斜地拉得很长很长。蒙蒙的月光下，还能遥遥地望见模模糊糊的裴德峰。

秦丰低声说道：“我不想再与你们说些什么了，但有一点我必须告诉你们：我秦丰心如洁冰，一尘不染。今天这件事，正应了一句古诗，那就是‘纵使清明无雨色，入云深处宜沾衣’。请你们记住，无论是现在还是将来，我秦丰一无他心二无别意，我都会永远祝福你们万事如意。至于我写的日记，我再一次向你们二位深深致歉，希望你们能谅解我的粗鲁和无礼。我会永远牢记这个夜晚的，它给我的教训真是太深刻了！”

宗翠说道：“我只希望你今后好自为之，别背后再说我们的坏话就行了！”

“对于你们，我将永远沉默！”

“告诉你，宗翠是我的，别人休想把她夺走！”

“我估计没人会夺的！”

“你可以走了！”

“不，你们先走吧，让我一个人静静地待一会儿！”

“那就对不起了！”李学庆说完，挽起宗翠的胳膊，肩并肩地向校园方向走去。

秦丰一屁股坐在地上，抱着头，流出了伤心的泪水。惨淡的月光，照在他苍白的脸上，那脸色显得更加惨白。对于这个夜晚，他不是感到屈辱，而是感到无奈。

李学庆和宗翠很快就离开了秦丰，向校园快速走去。他俩谁都没有说话，李学庆感到一种从来没有过的满足。浅浅的月光照在他白白净净的脸上，他那修剪得整整齐齐的小胡子边上，挂着一副得意扬扬的笑容。宗翠突然感到一阵空虚，几乎是前所未有的后悔。自己为什么会对秦丰那么凶狠？他现在怎么样了？会不会出啥问题？她忙转回头，向秦丰望去。她没有看见秦丰的身影，不由得停住了脚步。

“你怎么不走了？”李学庆也停下了。

“秦丰怎么不见了？”

“管他干吗？”

“他万一出了什么事，咱们也得负责任哪！”

“你放心吧，他不会出什么事的！走吧！”

宗翠还是走几步一回头，看看秦丰到底怎么样了。李学庆有些不快，说道：“你别再对他心存什么念头了。依我看，他就是一个一般的人物，像他这样的人，就应该这样教训教训！”

宗翠没有吭声，她的心里，总有一种复杂的感情。她的那颗心，始终是高悬着，她默默地祈祷：但愿秦丰别出什么事儿！

三十四

新学期伊始，发生在二四一房间的第一件事就是李学庆搬出了宿舍，去别的房间住了。

开学没几天，一号楼的南门口停了一辆北京牌吉普车，从车里下来一位老太太和一位矮矮胖胖的姑娘，她就是王春燕，老太太是王春燕的母亲。她向几个人打听后才来到二楼，但所有的寝室都是锁头紧锁：学生们都上课了，她们只好坐在车里静等。此时的李学庆，还坐在教室里静静地听课。他万万没想到，马上就会有一场暴风雨降临。当李学庆下课后，兴致勃勃地步出主楼到一号楼北门口时，抬头看见了南门前停着的吉普车，看那车牌号觉得眼熟。他心里咯噔一下，暗想：暑假时我没回家，会不会是王春燕来找我了？于是他加快脚步脱离了说笑的同学，向那辆吉普车走去。随着距离的渐近，他看清了车里坐着的人正是王春燕和她的母亲。李学庆的脑袋嗡地大了许多，心里有些害怕，腿也打起了哆嗦，连路都不会走了。他忙回过头去，看看人群中有没有宗翠，有没有人在注意他的行动。他边急急忙忙地往前走边思考如何处理好这件棘手的事。他既不能让同学们知道，更不能让宗翠了解，还得让王春燕满意而归，显然这是一个很大的难题。他的大脑在飞速旋转着。距离越来越近，甚至连车里的说话声都能隐约听见。再过一分钟，如果处理得不好，他过去的一切都将彻底暴露无遗，他或许就会名声扫地，彻底完蛋，如果处理得好，或许能够保住面子，保住一切。当他心事重重地走到吉普车旁时，王春燕早已打开车门钻了出来，并迎着他走来。俩人相对看了几眼，暂时地沉默。停了一儿，王春燕满脸狐疑地问道：“下课了？”

“嗯哪！”李学庆满脸通红，显得有些尴尬。他连忙回头瞅瞅越来越近的同学们，扭过头对王春燕说道：“就你自己来的吗？”

“还有我妈！”

“走吧，咱们去招待所吧！”说完，他拉着王春燕钻进车里，极力装出一副热情的样子，还和王春燕的母亲唠起嗑来。随着引擎的一阵轰鸣，吉普车离开了一号楼，经过主楼前窄窄的柏油路，驶到公路东边的招待所。在车上，王春燕一直沉默着，只是偶尔抬眼端详一下李学庆，她一句也没听清母亲和李学庆都谈了些什么。下车往楼门里走时，李学庆问王春燕道：“你考上大学了吗？”

王春燕痛苦地摇摇头，一句话也没说，李学庆也沉默了下来。

李学庆热情地给王春燕母女俩安排好住处后，又张罗着给她们弄吃的，春燕妈忙说吃过了，不用忙了。李学庆只好作罢。屋里三个人相对而坐，似乎没有什么话可说，李学庆窘迫得一个劲儿地挖耳朵。王春燕的脸显得阴沉沉的，似乎是暴风雨来临的前兆。李学庆偷眼看了看她，只见她消瘦了许多，脸色苍白，满眼的血丝，眼圈儿发青，嘴角起满了水泡，头发干涩无光，毫无昔日的风彩。李学庆的心里泛起一丝丝的愧疚。他暗想：假如王春燕不替自己考学，也许她今天正在我这个位置上学呢，而自己，可能还在那个遥远而又偏僻的小小的生产队干着农工，过着那种日出而做、日落而息，毫无生机的生活。从这一点上来说，王春燕等于是自己的救命恩人，但可惜的是，由于他犯了一个伟大的错误，致使王春燕走到今天这个地步，自己是应该负全部责任的。可恨的是自己脚踩两只船，两个少女就像两朵鲜花，都被自己给采摘了。看看王春燕，如果放弃了她，自己的良心有愧；再想想宗翠，如果失去了她又感觉可惜。唉，如果熊掌和鱼翅能兼得的话，那该有多好哇！春燕妈看着两个愁眉苦脸，各揣心腹事的年轻人，忍不住抬起头来，双眼紧盯着李学庆，但还是柔和地问道：“小李呀，放暑假咋没回家呢？”老太太那山东口音里，带着威严。

李学庆忙把目光移向窗外，低声道：“我想考研究生，暑假时忙着学英语了！”

听完这句话，王春燕轻声冷笑起来，讽刺地说道，“是真的吗，李学庆？”她那咄咄逼人的目光直射李学庆，接着又说道，“你那学问几千几两，别人不知道，难道我还不知道吗？”

听了王春燕的话，李学庆的脸腾地一下子红了起来，觉得脸庞直发烧。

冷冷地问道："你告诉我，那人是谁？"

李学庆深深地低下了头，支吾道："这……这……没必要吧！"

"你太卑鄙了，你简直就是一个流氓！"王春燕坐起身，气愤地接着说道，"同时，我也为那个女孩儿惋惜。李学庆，我算深刻地认识你了，你不仅毁了我，也要毁了她！将来，你也会用同样的方法，毁了你自己！"

"燕，我心里是爱你的！"李学庆还在争辩，只是声音非常苍白，显得有气无力。

"呸，你不要玷污这个'爱'字，听你说这话，我感到恶心。我告诉你李学庆，咱们俩的关系到此为止，但我永远恨你这个卑鄙无耻的小人！"

说完，她站起身就往外走，李学庆一把抱住王春燕，问道："你不会去告我吧？"

王春燕鄙视地冷笑道："跟你这样的小人斤斤计较，连我自己都觉得掉价。我能把你送走到今天，就不会亲手毁灭你的前程，因为这是我初恋的苦果。牙掉了，我只好往自己的肚子里咽，现在，我一切都明白了，我最真诚的爱，都被你骗得荡然无存，我还有什么指望？"

"燕……燕……"

"你不要再这样叫我，听到你叫我燕，我就像吞了苍蝇一样恶心，你还是放开我，让我快走吧！"

"不不，我可以考虑和你和好！"

"我不要不纯洁的东西！"王春燕斩钉截铁地说道，"即使你回心转意，我们破镜重圆，纵然结合得再好，裂缝也是无法弥合的。再说，我也不想给另外一个无辜的女孩儿制造痛苦！"

王春燕的母亲听见屋里的声音不对，忙跑进来，开门一看屋里的情形，顿时惊呆了。她的嘴吃惊地张得挺大，好一阵子才闭上。王春燕一下子扑到母亲肩上，哇地一声痛哭起来。李学庆尴尬地站在一旁。老太太气得脸像白纸，手直哆嗦，她指着李学庆的鼻子，干张嘴就是说不出话来。最后，她狠狠地打了李学庆两个耳光。王春燕一把拉住妈妈的手，哭泣道："妈，别打了，失去的东西是打不回来的！我们走吧！"

"就……就……这样便宜了……这小子？"

"妈，我认了，咱们走吧！"

王春燕拉走了母亲，踉跄着下了楼。随着吉普车引擎的轰鸣声减弱，她们逐渐地消失在远方。

李学庆捂着臃肿的脸，呆立在屋里，茫然地望着那远去的吉普车。

就这样，王春燕永远地走出了李学庆的视野，但她永远也走不出李学庆的良心！

三十五

裴德医院的病房里，洁白的墙壁上投下斜斜的影子，虽说已到九月了，但中午的天气还是很热的，同病房的病友们都在院子里散步晒太阳。病房里只有李学庆还在沉睡，宗翠陪坐在他身边，静静地捧读着一本小说。李学庆翻了一个身，仰脸躺着，吧嗒了几下嘴，把宗翠的注意力吸引了过来。这半个月，李学庆和以前相比，简直是断若两人。如今，他那双漂亮的大眼睛深深地凹陷下去，两腮也塌下去许多，嘴唇起皮，脸色焦黄，毫无光泽。宗翠看后觉得心疼，她低下头吻了吻李学庆的额头，心一酸，泪水就悄悄地溢出了眼角，滴落在李学庆浓浓的黑发上。突然，李学庆的双手向前一下子抱住了宗翠，大声喊道："燕……燕……你原谅我吧……我不是人……是我毁了你，你不能走……你不能走哇……"

宗翠一愣神，忙挣脱开李学庆的搂抱，向后退了两步。她的情感，像一片本来很平静的水面突然跌落进一块石头一样，溅起层层涟漪，并逐渐向外扩散。她的心里，突然翻起了一股很像春天里酸菜缸的那种滋味儿，险些恶心得差点儿吐出来。此时，李学庆也醒了，他的眼里，也含着晶莹的泪花。看见宗翠冷冷落落的脸色，他坐起了身。宗翠只是冷冷地瞅着他，既没有问话，也没有埋怨。李学庆回想起梦中的一切，倒先有些不好意思了，他对宗翠说："翠，你先回去上课吧，免得课程落得太多不好跟上！"

"我在这里守着你，还有燕子往你梦境里飞呢。如果我离开这里，这屋还不成了燕窝岛了？"

李学庆苍白的脸上泛起了一阵红晕，低下头喃喃地说："我刚做了一个梦！"

"你别说梦，快告诉我，你和王春燕到底咋样了？"

"我和她已经分手啦！"

“那你为什么在梦中还喊她？”

李学庆一手支着额头，脸色颇为尴尬，他用哀求的口气对宗翠说道：“翠，你别说了好不好，我求求你让我好好安静安静！”

“安静？”宗翠冷冷一笑说道：“你想安静地思念王春燕呀，那我告诉你，没门！我警告你，李学庆，我不允许你脚踩两只船，表面和我处着，骨子里还想着那个王春燕！”

“宗翠，我已经病成这个样子了，你还跟我说这些干什么？你快回去上课吧！”

“你是不是烦我了？想赶我走！”宗翠委屈地流出了泪水，她站起身往门外走去，边走边说：“你烦我，我就走！”

李学庆忙站起身赤脚追到门外，但没有赶上宗翠。他叹了一口气，转身走回病房，一头栽倒在床上。

天高云淡，微风拂面，秋天已经来到北方，到处都是成熟的景色。宗翠低着头慢慢地往学校的方向走来，她暗想自己已经死死地绑在了李学庆这条破船上了，如今是想离离不开，想走又走不掉，只好硬着头皮往前趟着走了。想到这里，她的心头好像湛蓝的天空上突然刮来一片乌云一样，不禁黯然神伤，不知不觉地又流下了眼泪。宗翠朦朦胧胧地感受到，李学庆绝对不是她想要寻找的终生伴侣，将来一定会有分道扬镳的那一天……

“宗翠，你怎么了？”

冷不丁听到有人问话，像突然听见一声劈雳一样，宗翠吓了一大跳。她连忙停住了脚步，抬起头，看见是秦丰正站在面前，疑惑不解地注视着自己。她慌忙擦去眼角的泪花，勉强露出不自然的笑容。忙不迭地回答道：“没……没怎么……你是？”

“我想到医院去看看李学庆，他病好些了吗？”

宗翠的心头忽然一热，泪水又要涌出。此时此刻的她，真想伏在秦丰那削瘦的肩头上痛哭一场，诉说心中的委屈。说真的，每次遇见秦丰，她都有种说不清的感觉，就像春天的气温一样忽冷忽热。但今天，她的心真的被秦丰打动了。她真诚地问道：“你真的想去看他？”

秦丰点点头说：“王新良和张建华他们早就去看他了，再不好也在同一寝室住过，更何况，冤恨宜解不宜结吗！”

宗翠轻轻地摇摇头说："你最好别去了，他……他不会欢迎你的！"

"为什么？"秦丰一脸的惊讶，似乎读不懂宗翠脸上的表情。这一问倒难住了宗翠，她低下了头，揉着手，一只脚在不停地踢着一个石子儿。

秦丰又说道："不管咋说，我想利用这个机会看看他，解释解释以前所发生的一切，以免以后回想起来心存遗憾。说真的，同学一场不容易，四年毕业后，劳燕分飞，东南西北各奔前程，说不定分别就是永别。我不想让每个同学都怀着遗憾或矛盾甚至是怨恨的心情离别，那对我们来说是太不公平了。"秦丰看了看一言不发的宗翠，又接着说道，"我们同班能在一起学习四年，这是缘分！你想想看，全国有十亿人口，为什么仅仅咱们能成为同学？这叫有缘千里……"秦丰突然觉得自己说走了嘴，忙打住话头。但他分明看清了宗翠的嘴角一哆嗦，脸色变成多云有雾了，低声说道："对不起，宗翠，我……"

宗翠打断了秦丰的话头，幽幽地说道："缘分不是谁都有的！"沉了一会儿后，她又对秦丰说道，"说真的，秦丰，我心里一直很矛盾，有时我真想……"

秦丰怕宗翠再扯到老话题上，忙岔开她的话题说道："没有什么大事的话，我就走了！"

"秦丰，你真是个好心人，我们曾经伤害过你，但你还这样不计前谦，我……对不起，秦丰，我这辈子最后悔的事莫过于那天晚上所做的一切，我真心希望你能原谅我。我也是被逼无奈呀，你还恨我吗？"

说完，宗翠深深地埋下了头，用眼睛的余光瞟着秦丰。

秦丰微微一笑，说道："过去的事就让它过去好了，干吗总是提它呀？难道你想一直记着？"

"你原谅我了，秦丰？"

宗翠的脸上，露出了天真的笑容。

"咱们同学之间，本来就没有什么阶级仇民族恨，干吗不能谅解呢？"

"谢谢你，秦丰，我有话要跟你说，行吗？"

秦丰轻轻地摇摇头，说道："不可不可，万一让李学庆知道了，又该多心了！再说让同学们看见也不好！"

"我都不怕，你还怕啥？"宗翠大胆而坚决地说道。

“不是怕不怕的问题，而是……”秦丰轻轻地叹了口气，说道，“宗翠，你如果相信我，咱们就别多谈！”

望着秦丰真诚的目光，宗翠天真地点点头，说道：“我听你的，那你还去看他吗？”

“我当然要去的！”

宗翠只是微微地叹了一口气，深情地盯着秦丰。秦丰默默地转过身，向裴德医院方向走去。没走出几步，又听见宗翠在后面喊他，便停住了脚步。宗翠走到他的跟前，轻声说道：“你的来信要保管好，以防别人偷看！”

“谁看过？”

“这个你就别问了，只是多加注意就行了！”

三十六

农学系党总支书记郑义，手里拿着一封信，反复地看了几遍，气得手都有点儿哆嗦，他在心里暗暗地骂道：这不成了新时代的陈世美了吗？他站起身，点燃一支烟，边抽边在办公桌前踱着步子，在思考着对这封控告信应该怎样处理。他把张冬青和陈新枝叫了过来，把信递给张冬青，说道：“你们看看吧，咱们研究一下处理意见。校领导对这件事很重视！”说完最后一句话时，他的心情很沉重。

张冬青看完信之后，递给陈新枝。陈老师急速地把信看完，原来是王春燕父母写来的，信中指责学校对学生管理松懈，思想教育跟不上，致使像李学庆这样的坏学生抛弃女友，在学校另觅新欢，并列举了李学庆的种种劣迹！陈新枝在心里叫苦不迭。她当这个班的政治辅导员一年多来，可以说与同学们相处得非常融洽，同学们服从她的管理，也支持她的工作，她对同学们更是关心备至。只是由于学生年龄参差不齐，成分也比较复杂，入学时，年龄最大的二十七八岁，有的甚至是当过四年兵后又参加了一年的工作才考入大学的，有的甚至已有家室之累；年龄最小的同学才刚刚十七岁，涉世未深，单纯得像个孩子。从严格的意义上说，十七岁也就是一个孩子。这样一来，无形中就增加了她的工作量，上学期王新良的婚姻问题还没有个结果，这学期刚开学又冒出了个李学庆事件，真是按下葫芦又起瓢。

郑义打断她的沉思，问道：“陈老师，李学庆这个学生怎么样？”

陈新枝想了想后，说道：“李学庆这个学生，入学前在家当了一年多的农工，考学前处了一个对象。入学后担任班里的文艺委员，工作还是很积极的，热衷于人际关系，学习不怎么上进，总体看来表现不算太突出！”

“他现在的对象是谁？”

“是宗翠，就是五四青年节和李学庆一起唱歌的那个。”

“张主任，你说怎么办？”

张冬青想了想之后说道：“我看咱们要在全系学生中搞一次教育。在现在这个转折的历史时期，人们的思想观念、价值观念，甚至世界观，都在改变，我们必须要把握住时代的脉搏，跟上形势，才能做好学生的思想政治工作！”

“李学庆这个问题必须严肃处理，来个敲山震虎。按学校的规定和要求，大一大二的学生不允许搞对象。这个制度必须严格执行！”郑义看了看陈新枝，接着说道，“陈老师你先找李学庆谈谈，先不要找宗翠，看看李学庆的态度如何再做处理，同时，你也要做一下准备，以你的自身经历来教育学生们怎样树立正确的人生观、怎样才能处理好学习和恋爱的关系！”

“我可以找李学庆谈一谈，摸摸他的底！”陈新枝停了一下后，轻轻地瞟了郑书记一眼说道，“至于让我现身说法给学生们讲我自己的生活经历，我觉得……还是不讲的好！”

“为什么？”郑义有些惊讶。在他的印象中，给陈新枝布置任务时，无论多么难的工作，她都会想方设法去完成，从没有拒绝的时候，今天这是怎么了？他心里暗想，又严厉地看了看陈新枝。

“我……”陈新枝欲言还止。

“有什么疑虑就快点儿说出来，别吞吞吐吐的！”

陈新枝定了定神，好像下最后的决心似的，低声说道：“我不想总提过去的事，你要知道，郑书记，每提一次旧事，就等于重新揭开我一次伤疤，而且都会流出许多血的……所以，我不愿以我过去的经历引为自豪，更不愿去误导青年人都像我那样去简单地处理个人婚姻大事！它可是涉及人的一辈子！”

陈新枝的这些话，着实让郑书记和张冬青吃惊不小，尤其是郑义。可以说，陈新枝这杆大旗是他树立起来的，无论是学校，还是农垦系统，甚至全省乃至全国，陈新枝的名声是很大的，为了培养教育好这个苗子，他郑义费了多少心血呀！可如今，陈新枝竟然说自己有苦衷。他听完之后，觉得心里很不是滋味。他心情沉重地说道：“陈老师，你是党员，同时也是一个典型，你一定不要辜负组织对你的培养和期望，我们共产党人就要以革命工作为重，我知道，你对你自己的婚姻并不十分满意，但你和张副场长可是一对儿革命夫妻，又都是先进典型，这多高尚呀！”

陈新枝一看郑义又要开始教育自己了，就低下头不说话了，张冬青忙插话道："新枝呀，你先找李学庆吧，至于搞教育的事，咱们再商量吧！"

"不！"郑义摆摆手，严肃地说道，"你必须从政治的高度，以争夺无产阶级革命事业接班人的觉悟去完成这项任务！"

张冬青看见陈新枝的眼睛里有泪光在闪动。

陈新枝勉强点点头，站起身走了出去。

郑义重重地喘了一口气，低声说道："唉，这刚刚进入八十年代，连老典型的思想都发生了变化，更何况那帮年轻的学生啊？看样子，思想政治工作真是任重而道远哪！"

李学庆已经出院半个多月了，他的心情也开朗了，觉得天还是那样的蓝，生活还是那样的美好；而且他也没有了心理压力，轻松了许多，可以一心一意地和宗翠谈恋爱了。但有一点他还是放心不下：王春燕肯定不会报复他的，但王春燕的父母就很难说了。可以说，这也是他的一块心病。所以，当陈新枝一找到他时，他马上就明白是怎么回事了，还没等陈新枝说话，他先说道："陈老师，你兜里是不是有封信？"

这回该轮到陈新枝吃惊了，她问道："你怎么知道呢？"

李学庆笑了笑，低声说道："自己做的事，能不知道吗？"

陈新枝把信掏出来，递到李学庆的手里，说道："你还算有自知之明，如今人家告你了，你说该怎么办吧？"

李学庆没看信，把它又塞给陈新枝。如果说没有这封信的话，李学庆对王春燕及她的父母多少会心存感激的。如今，看见他们想把自己置于死地而后快，他心里竟然泛起一些反感。他没有回答陈新枝的问话，而是反问道："系里意见呢？"

"先说你的打算吧！"

"我什么打算也没有，我和王春燕只是相处了一年，并没有任何法律上的契约，我可以不对她负有任何法律责任。因此，我们处对象时能处得来就处，处不来就可以吹！"

"道理是这样，但你别忘了，除了法律以外，还有道德、良心和社会舆论。想必你也看见过许多报纸杂志登的当代陈世美的事儿了吧，其结果都是公众的同情心倾向于弱者，往往都是对陈世美不利！”

“我管不了那么多，陈老师，我和王春燕只是朋友关系，绝不是夫妻，不存在那层意思！”

“系里对这个问题很重视！”

“想让我和王春燕重归于好吗？那么，宗翠怎么办？我对王春燕负责，谁又对宗翠负责呢？”

“你就一条路跑到黑了？”

“陈老师，你说我该怎么办？”

“你别忘了前几天咱们系农学七六的那一对儿男女生的下场，那可是前车之鉴哪！”

说此话时，陈新枝既有些语重心长，同时也夹杂着感伤。

“我跟他们毕竟不同！”

李学庆想起了刚刚开学不久发生在八一农大校园里引起强烈震动的一件事。

那是农学七六级的两个工农兵大学生，男生已有家室，而且是两个孩子的爸爸了。同班的一位女生爱上了他，并且爱得非常大胆主动。男生提出和家属离婚，但他的媳妇死活不离。而那个女生发誓说非这个男生不嫁，那个男生又非这个女生不娶。并且在暑假时，二人一起去男生的家去做他媳妇的工作，俩人当着媳妇的面同居。那个媳妇差点儿气昏，盛怒之下来找学校领导告状，经过一个来月的调节，宣告失败。校领导没办法，只好宣布把那对男女生开除学籍。当时，同学们议论纷纷，一种意见是支持学校做法，认为婚姻既是法律的范畴，又是现实的产物，人还是要讲良心、道德的。另一种意见则支持那对男女学生，认为已经死亡的婚姻就没有存在的必要，学校这是助纣为虐，助长了封建思想等等……

“李学庆，我再劝你一句，人活在世上，不能只顾自己而不顾他人。不能总以自我为圆心，以自己的幸福为半径画圆，如果那样的话，是永远也不会走出低级趣味的境界的！”

“陈老师，我谢谢你的忠告，我希望你能在系领导面前多替我美言几句！”李学庆的态度还是很坚决。

“真的就这样走到底了？”

李学庆点点头。

“我明白了！”陈新枝低声说道，“你好自为之吧！”说完，头也不回地离开李学庆，向主楼方向走去。

当郑义听到陈新枝的汇报以后，气得夹烟的手都有些哆嗦，他喃喃地说道：“现在这些年轻人，咋都这样呢？是资产阶级思想泛滥还是良心都叫狗吃了？真叫人不可思议。”看着还等他做决定的陈新枝，他停住了话头，又提高了声音，对陈新枝说道，“你要在你们班宣布禁止谈恋爱这项决定，并在大会上不点名地批评李学庆，如果李学庆表现不好，也可以报请学校开除他的学籍，以教育别人，挽救他本人！”看着一言不发的陈新枝，他又说道，“你们班在全校的各项工作中取得了很大的成绩，学校决定把你们班的团支部报到省里定为省级优秀团支部，所以你的工作更不能马虎大意。你回去吧，好好准备一下，准备明天下午开全系大会！”

陈新枝怀着沉重的心情离开了办公室，回到家里。屋里很静，她甚至能听见自己微弱的喘息声，在这样沉闷的时刻，她不愿意回想的往事就像茧里抽丝一样都给抽了出来……

三十七

陈新枝的父亲是一位八路军老战士，是一九五八年大批转业官兵中的一员，在部队里时是一个上尉连长。到了农场后，他不要名不要利，心甘情愿地当了一名农工。但他老人家心红眼亮革命干劲大，从没有怨天怨地怨过人，只知道低头拉车。在偏远的生产队里，每到冬季，夜晚没有什么事可干时，她爸爸就会给她们一遍又一遍地讲述他当年在战争年代所经历的危险，每每讲到动情处，都会泪水纵横，孩子似的抽泣个没完。每次故事结束时，他都会对孩子们说上这样一句话："孩子们，我是从枪林弹雨中闯过来的人，可以说战争年代里，我是把脑袋捌在裤腰沿儿上了，我十一次负伤有九次是摸到阎王爷的鼻子了。但万幸的是我命大福大造化大，到地狱里溜达好几圈儿又都回来了。当时，我们那个小村庄和我一起当八路的有二十多个，可如今，只剩下我一人还活着。有时我夜里睡不着觉，一闭上眼睛，他们的音容笑貌就在我眼前晃来晃去的。唉，没有他们的生命，没有我们这些人的鲜血，孩子们哪，你们哪能有今天？你们千万别忘了，今天的幸福生活实在是来之不易呀！等你们长大了之后，一定要做对党对国家都有用的人啊。努力工作才行啊！"

陈新枝从懂事时开始，就是在这种氛围里长大的，在她那幼小的心田里，早早地埋下了奋发向上的革命种子。就在她八岁那年的夏天，爸爸在离家很远的地方驾驶拖拉机开荒，那时，农场刚刚草创不久，还有大片沉睡的荒原急需开垦。荒原里，野狼经常出没。中午她去送饭时，当她刚离开只有十几栋马架子的小村子时，就觉得心里直发毛，头皮直发奓。她紧张地四处看着，突然发现离她二十多米远的地方有一只瘸狼，恶狠狠地盯着她。当时，她吓得"妈呀"一声连路都不会走了，站在那里不动。那只老瘸狼坐在那里，警惕地望着她。和狼对峙了一会儿后，小小的陈新枝也冷静了下来，觉得这样下去也不是个法子，万一那只狼饿急眼了，疯狂扑向自己，那就更危险了。她看了看四周，发现不远处有一大堆柳条子，便慢慢挪过去，挑粗的一根弄断拿在手里当武器。手里有了这么一条不粗的小棍儿，她的心里可就踏实多了。可是那只老瘸狼还是不紧不慢地跟着她，并瞪起那绿森森的眼睛盯着她不放。于是她加快了脚步，那只狼也加快了脚步，并不时地嗥叫几声，那声音令人毛骨悚然。当她走到大片荒草甸子时，突然，狼的数量增多了，由一只变成两只，工夫不长，又变成三只，这时的陈新枝，吓得迈不动步了。想到自己可能马上就要进狼的肚子，她害怕地哭起来。那三只狼慢慢地向她围过来，她拿起筐里的馒头使劲地甩出去一个，几只狼便去追赶馒头。她急忙走几步，那几只狼又转回来追赶她，她只好一个又一个地往外扔馒头。那些狼便一次又一次地去追抢馒头，眼看筐里的馒头就要没了。急中生智，她突然想起了爸爸曾经说过狼最怕火。她摸摸衣兜，里面正好有给爸爸捎带的烟叶和火柴。于是她急忙掏出来，把那些繁茂的枯草拢了拢，哆哆嗦嗦地划着火柴点着火。春天，草干风大，火势很猛，一会儿的工夫便浓烟滚滚了。烟火中，那几只狼吓得狼狈逃窜，她也趁机向爸爸作业的地方跑去。当她跑到爸爸的作业点时，一下子扑到爸爸的怀里，很久没有说出话来。后来，她的这段冒险经历被一位叔叔写成了一篇小故事，刊登在当时的《农垦报》上，她也成了名噪一时的小英雄。

在她十二岁的那年夏天，麦收时连降暴雨，挠力河水猛涨，道路被冲毁，车辆无法通行。麦收用的油料在总场运不回来，全分场的收割机只好干等着。眼看着就要错过麦收的大好时机，陈新枝的爸爸瞅在眼里，急在心上。他向分场党委请示后，组织起十几个小青年成立了抢运组。他拿出当年老八路拼刺刀不怕死的精神，在渡挠力河时，把油桶捆成一串，用人工牵拉的办法游过挠力河，这样干了三天后，终因疲劳过度，他和另外两名年轻人被洪水夺去了生命。那一年，陈新枝的爸爸才四十五岁。日本鬼子、国民党甚至美国佬都没有夺去他的生命，无情的洪水却给他画上了一个光荣的句号。至今，他老人家的坟墓还在分场的正南方，在那里，总场专为他们建了烈士陵园，以教育后代。

在上中学时，陈新枝由于思想进步而在班里承担较多的工作，很快就入了团。中学毕业后回到生产队当了一年多的农工，她又入了党，并在生产连队担任副指导员。后来，总场党委为了培养她，决定推荐她上大学，于是，她又从农业生产第一线来到了八一农垦大学，成了农学系的一名工农兵学员。在大学学习的几年间，由于她根红苗正，再加上有父辈的荣光笼罩着，自己又有那么多骄人的成绩，于是在学校的历次运动中也成了当红人物。当时任系书记的郑义发现了她，并亲手培养她成为那个时期的典型。她最为荣耀的时候，就是在她二十一岁那年成为八一农大的党委委员，那一年她才二十一岁，连当了多年系总之书记的郑义都没有如此的殊荣。就在一九七六年的三月，她和当时也是学校党委委员的陆红珠等十名学生在毕业前夕干了一件惊动全国的大事：他们给伟大领袖毛主席写了一封信，向毛主席和全国人民表决心，大学毕业后不要大学待遇，而回到自己的连队当农民，要做到“一身泥土进大学，满手老茧回连队”。他们的信被刊登在《人民日报》头版头条，引起了很大的轰动。这样，陆红珠和她成为当时的名人。就在她高高兴兴地回到生她养她的小山村当了半年的农工后，八一农大又一纸调令把她调回了农学系，于是她当上了系团总支书记。

就在她调回农大后不久，她的生活开始发生了一些变化。

当时，八一农大试验农场有一名姓张的小伙子，人长得帅气漂亮，工作的积极性也高，在连队时专抢脏活儿累活儿干，多年来一直被评为劳动模范。有一年麦收时，由于一时不慎，一台收割机突然起火，他冒着生命危险把收割机开到排水沟边，经过人们的奋力抢救，收割机保住了，国家财产避免了更大的损失，但是小张的脸和手都被烧成了重伤。这就使本来已经很有些名气的小张更有了名气，各级报纸连篇累牍地报道他的先进事迹。从医院出院后，他先是在连队当党支部书记，后来又当上了实验农场的副场长，遗憾的是，他脸上的伤疤是永远也医治不好了，原先的漂亮小伙突然变成了一个丑八怪，一直到二十五六岁还没有成家。许多姑娘慕名而来，但一见面又都吓得纷纷逃走。一位英雄人物总成不了家，组织上也得关心关心，这也体现了党的温暖。

陈新枝还记得那是一个降雪后的傍晚，系总支书记郑义把她叫到办公室，先是关切地询问了一些工作上的事情，随后问道：“小陈，你年龄也不小了，个人问题也该考虑啦！”

虽然经历过无数次的风风雨雨，又在许多重大场合抛过头露过面，但和一个男人（尤其是领导）来谈自己的终身大事，这对陈新枝来讲还是头一回。她的脸呼地红了，深深地低下了头，两只手似乎也无处可放，只好摆弄着自己花围脖的边儿。

郑义点着了烟，吸了一口，微笑着对陈新枝说道："别不好意思嘛，男大当婚，女大当嫁，这也是人之常情啊！"看看满脸通红不吭声的陈新枝，郑义又启发道，"你心里没有合适的人选吗？"

陈新枝摇摇头。

郑义又说道："小陈呀，我受学校党委委托找你谈一件事，这件事，首先应该把它看成是一项工作，要把它当成一项政治任务来完成。学校党委相信你这个老典型，具有高度的政治觉悟，是能够完成这项光荣的任务的！"

听到这里，陈新枝抬起了头，看着郑义说道："郑书记，有什么任务你就快说吧，我一定能完成任务！"

"好，有这个决心就好！"郑义停顿了一下又接着说道，"你知道实验农场的张副场长吧？"

陈新枝点点头。

"他是一个先进，为咱们学校立了大功，可惜的是，脸和手被烧伤了，至今还没成家，学校觉得你和他都是先进人物，组成一个革命化的家庭……"

郑书记后面的话，陈新枝没有听清，她的眼前，突然浮现出那张可怕的面孔，就好像她当年遇到的狼那样可怕。她一下子垂下头，双手抱住脑袋。郑义的声音一下子变得非常非常的遥远和陌生。也不知道郑义说了多长时间、都说了些什么，陈新枝一句都没有听清，一句都没记住。

郑义又问道："小陈，你的意见呢？"

陈新枝没有立即回答。屋里出现了沉默，隔了一会儿，郑义提高了声音，说道："陈新枝，我在跟你说话呢！"

陈新枝好像刚从梦中醒来一样，抬起头来，茫然地盯着郑义，眼中似乎有泪水。

郑义又说道："小陈呀，你是共产党员，又是先进典型，就应该个人利益服从组织利益，时刻听从党的安排，而且，小张的人品又好，上进心强，工作积极，既是劳模又是英雄，虽说相貌有些问题，但他的心灵是高尚的，很值得我们学习。将来，他的前途也是不可限量的，你应该像你的父亲一样，一辈子为党和人民的利益服务，你应该把这个任务当成一件政治任务来完成。党是相信你的觉悟的，同时，培养你多年的我，也会感到十分的高兴！”

陈新枝记不清那天傍晚是怎样从主楼走出的，只记得那天天空阴云密布，到处飘着雪花。天地之间一片洁白，把世间一切丑恶的东西都掩盖在下面，给人一种外表无瑕的感觉。从那天开始，陈新枝病倒了，从校领导到系领导，再加上实验农场的领导，轮流来看她，做她的思想工作，最后，她知道胳膊是拧不过大腿的，也就含泪答应了……

正当她陷入回忆中时，张副场长推门进了屋，看见眼角挂着泪珠的陈新枝，他的心往下一沉。陈新枝见他进屋，忙把脸上的泪珠擦掉，刚想站起身，张副场长伸出满是伤疤、手指有些弯曲的双手，按她坐好。然后长长地叹了口气说：“陈老师，天天看见你这样郁闷，我也替你难受，是我害了你，当初我就不应该跟你结婚！”

陈新枝瞟了他一眼，轻轻地摇摇头，没有再说什么。张副场长在她旁边的一个凳子上坐下后，从衣袋里掏出烟，点着后抽了一口，又低声说道：“这几年的生活我也有些过够了，你成天不开心，闷闷不乐，这日子过得也无滋无味的。当初也是我太自私了，以你的漂亮肯定能找到一个漂亮的男人。所以，有时我也恨自己，说真的，我越是觉得爱你，就越是觉得对不起你。这几天我也想好了，咱们离婚吧，让你离开我，或许你的心情能开朗……”

陈新枝站起身，盯着他的眼睛，又一次泪流满面，过了一会儿她才说道：“老张，我把一切美好的东西都献给你了，还有什么可说的？离婚，说得轻松，我们能离得了吗？你别忘了，我们是什么样的人！”

“我不管自己是什么样的人，只要你开心快乐，这比什么都重要！”

望着他那真诚的双眼，陈新枝第一次受到了感动，她伏在张副场长的肩头痛哭了起来。

三十八

离开会场的时候，李学庆的脑袋有些昏昏沉沉的，他的耳畔不断地响起郑义那严厉甚至有些冷酷的声音："大一大二的学生绝对不许搞对象，甚至大三的学生也不提倡，有些学生的恋爱观成问题，如果认识再提高不上去的话，就要滑进泥潭中去，那时就无法挽回了，我们就要开除他的学籍！"尤其是开除学籍这句话，更是深深地刻在他的脑海里。在他的眼前，总是飘过郑义瞅他时愤怒的眼神。李学庆越想越害怕，他真的对自己的未来有些担心啦!

草草地吃过晚饭，天刚刚擦黑，李学庆就敲开了女生宿舍的门。进屋一看，女生都在。只见宗翠手捧着茶缸，低着头沉思着，满脸乌云。袁园站在自己的床前在找书本，任杰紧挨着宗翠站着，一只手放在她的头发上，看样子是在劝解她。看见李学庆进屋，女生们好像遇见了救星一样都长出了一口气。

袁园先开口道："李学庆，你是梁山泊会祝英台来了，是搞一个楼台相会呢还是搞一个十八里长亭相送呢！"

李学庆并没有听懂袁园所讲话的含义，同时，他也无心与女生们贫嘴。他脸色很难看地瞄了一眼袁园，只见后者一付凛然不可侵犯的高傲姿态。于是他放弃了想说一句什么话的打算，只是含含糊糊地说了句什么，连他自己都没有听清。

"你来得正好，李学庆，快劝劝宗翠吧，从散会回来她就哭，连饭都没吃！"任杰像见到救星一样，急忙对李学庆说道，并离开宗翠，回到自己的床边，寻找着书本，准备去教室。

"这是爱情的副作用啊！"袁园又不冷不热地说了句风凉话。

"袁园，你快少说一句吧！"任杰连忙说道，"咱们去教室吧！"说完，拉着袁园就往门外走。

袁园用满含讽刺的目光望着宗翠和李学庆，然后转身走出门外，其他的女生也陆续都去学习了。任杰走到门口时，转身对宗翠说道：“你们俩研究一下吧，看看下一步该怎么办。系党委的决定咱们不能不响应，还得贯彻执行，你们俩的情况又比较特殊！”

说完之后，她长长地出了一口气，好像这件事不是发生在别人的身上，而是发生在她自己身上似的。

当屋里就剩下这一对儿为爱情苦恼的人时，他俩都陷入了沉默。好一会儿，宗翠才抬起泪光闪闪的脸，盯着李学庆问道：“学庆，你说该咋办吧？”

“车到山前必有路，船到桥头自然直！”

“车已经到山前了，船也都到桥头了，你得赶快想办法呀！”宗翠说完之后，又埋怨了一句，“都怪你，把王春燕的事处理得那么不好，捅了马蜂窝，还把我也给蛰了！”

“这个时候咱俩应该团结一致共渡难关，不应该再有什么怨言。你应该明白，现在咱俩是拴在一条绳上的两个蚂蚱，你也蹦不走，我也飞不了！”

宗翠觉得李学庆说的有道理，就不再吭声了。她站起身，给李学庆倒了杯水，悄声问道：“你有办法了？”

“办法倒是有一个，但不知灵不灵！”

“你快说说，我听听！”

“这得需要你帮忙！”

“这是咱俩的事，还谈什么帮忙不帮忙的，你快说吧！”

“你要替我写一份检讨书，我要让系里知道我有悔改的表现，一定要说我还想和王春燕修复关系，但我是干打雷不下雨，也不给王春燕任何消息。我估计王春燕的父母一时来气才给学校写的信，时间长了肯定会不了了之。同时，你也要给系里写份保证书，可以狠狠地骂我是骗子，不知道我在家里有对象，并保证今后跟我断绝来往，不再处对象。”

“那咱俩还处不处了？”

“你说呢？我这是不得已而为之的手段，咱俩的关系只能由公开转到地下！”

晚风瑟瑟地刮着，卷起了路边的枯枝败叶，天很黑很黑，只有北斗星在闪烁着明亮的光芒，北面的裴德峰，很像一头奇怪的黑兽，蹲伏在北斗星的下面。家属区内一片灯火通明，很多人家还在忙碌着，李学庆边走边东张西望，仿佛做贼一般，好容易摸到了一家门口，又不敢往里进，仔细地看了一遍后，才确认和白天所找过的那家门口是一样的。他抻长了脖子，向院里张望了一眼，只见院里很寂静。他使劲地长出一口气，又定了定神，才壮起胆子向院子里走去。

给李学庆开门的人正是郑义的妻子石宏伟，她也是农学系的一个老师。李学庆忙说：“石老师你好，我是农学系的学生，想找郑书记说点儿事！”

石宏伟满脸狐疑地看了看李学庆，侧了侧身把李学庆让进了屋。郑义正坐在桌前看一本书，看见李学庆进来，点了点头，放下手中的书，往旁边的椅子指了指说：“坐吧！”

李学庆侧着身子坐下，只是半个屁股搭在椅子的前半边，满脸恭敬地望着郑义，低声下气地问道：“郑书记，您吃完饭了？”

郑义点点头，没有说什么。

李学庆一时无话，尴尬地搓了搓手。郑义站起身，拿起保温瓶要倒水，李学庆连忙抢过来，给郑义的茶杯倒满了水。

“你也喝点儿水吧！”郑义慢条斯理地说了一句。

“谢谢书记，我不渴！”

“你来找我有什么事吗？”

“我……”李学庆低下了头，脸红了起来。沉了一会儿，他又偷偷地瞟了一眼郑义，接着说道：“我一时糊涂，让您生了很多的气，我是来向您做检讨来了！”

“你们年轻人呀，凡事可都要注意一些才好，不能因为个人情感上的一点儿小事而影响了自己的前途！”

李学庆连连点头称是。郑义说话的时候，有好几次都注视着李学庆，他突然停住话头，问道：“小李，你家住在哪里？”李学庆答出了一个农场的名字后，郑义又问道，“你爸叫什么名字？”

“李春旺！”

“当过兵吗？”

“当过！”

“是哪个部队的？”

“铁道兵五师的！”

听了这句话，郑义突然站起身，眼里闪着激动。这把李学庆吓了一跳。郑义突然抓住李学庆的手，说道：“小李，你爸他现在好吗？”

“好，好，身体挺好的！”

“他现在干什么工作？”

“在连队当农工！郑书记，您认识他？”李学庆睁大了眼睛。

“何止是认识呀，你爸还是我的救命恩人呢！”

一句话把李学庆说愣了。他也觉得挺兴奋，刚进屋时的那种紧张心情一扫而光。郑义忙按着李学庆坐在椅子上，又给他倒满了一杯水后，接着说道：“这些年来，我找你爸找得好苦哇，真没想到，在农大遇见你了！唉，真不扛混哪，一晃都过去三十多年了，如果我没记错的话，你爸也该五十岁了吧？”

“郑书记记性真好，我爸今年正好五十岁。”于是，李学庆把自己家的情况向郑义简单地讲了一遍。

郑义听完之后说道：“以后有时间让你爸来我家待几天，我们老哥儿俩要好好地唠唠！”

“一定一定，今晚我回去就给我爸写信，告诉他这个好消息！”

郑义向李学庆讲起了战争年代李学庆的父亲救他的经过。在郑义讲述旧事的时候，李学庆趁机看了看郑义的家，这个家由两个房间外加一个窄窄的走廊构成，墙壁粉刷成白色，在日光灯的照射下显得格外的洁净，靠西山墙有两个大书架，上面摆满了许多的书，书架旁边有一个大立柜，屋里没有一般人家的火炕，而是一张单人床。靠东墙摆着一溜沙发，窗台上摆满了花，地上有一棵很大的仙人掌，那个花盆简直就像一个小缸那么大。郑义讲完后，又把石宏伟叫过来，把李学庆介绍给她，李学庆很有礼貌地和石宏伟说着话。

当李学庆起身告辞时，他从兜里掏出了那份检讨书，双手交给郑义，又低声说道：“郑书记……”

他的话还没说完，就被郑义给打断了，他说道：“在家里就叫我郑叔叔好了，不要叫什么书记！”李学庆听后，忙改口称郑叔叔，郑义听后，微微地笑了。李学庆又说道：“这是我的检讨书，我……”

“孩子，不是我批评你，你这样做，影响真是太坏了，这给你和你们全班，甚至咱们系、咱们学校，都会造成很恶劣的影响，我希望你能改好，不再出现这个问题！”

“我保证以后不会再犯这个错误！”

当李学庆站起身告辞时，已经是九点多钟了。

李学庆走了，郑义却睡不着觉了，往事一幕一幕地在他脑海里回荡，他又深深地陷入对往事的回忆当中。

那一年，郑义刚刚十六岁，参加了八路军，正好赶上“百团大战”，他的班长就是李学庆的爸爸李春旺。李春旺对郑义就像对待自己的亲弟弟一样，教他一些基本的战斗技能，教他如何行军、如何打仗、如何保护自己。在一次残酷的战斗中，郑义不幸负伤，在冲出包围圈的时候，他被日本鬼子俘虏，是他的班长李春旺带领全班剩余的战友，返冲回去，把郑义从敌人的手中救了回来。郑义一直跟着老班长到抗战胜利，后来到解放战争的时候，李春旺因为负伤而提前离开部队，进入伏尔基河荣军农场开发北大荒。而郑义后来参加了铁道兵，去了朝鲜战场，回国后又到西南和西北建设铁路，一直到一九五八年随着十万转业官兵来到北大荒。

当李学庆坐在他面前的时候，郑义仿佛又看到了老班长当年的影子。但马上，他又犹豫起来：李学庆的问题，到底该怎么办？

三十九

这年的十二月，学校为了更好地做好学生工作成立了学生工作部，郑义调任这个部的部长，系总之书记就由陈新枝担任，她同时还兼任班主任。

元旦将至，张建华提议，二四一寝室的七个男生，加上已搬出去的李学庆，还有任杰和宗翠两名女生，全组人员在元旦那天搞一个小型聚餐会，庆祝新年的到来。全寝室的人无不拍手称快。张建华通知了李学庆，并由李学庆负责找宗翠，然后跟秦丰说道："请任杰的任务就交给你了，谁让你们是老乡呢？"

"老党员恐怕不好请啊，她那副冷冰冰的样子，总像要拒人于千里之外似的！"

"你是小组长，必须完成这个任务，我相信你的能力！"

张建华鼓励道。

当任杰夹着书本从教室里急急忙忙往寝室走时，秦丰在后面叫住了她，任杰停住脚步，在等秦丰的时候，她心里暗想：秦丰叫我会有什么事呢？不知为什么，她的心突然怦怦地跳起来，好像这三九天突然来了一股暖流一样，山峰上的所有积雪即将融化，然后顺着陡峭的山坡急滚而下，冲毁前进道路上的一切障碍物。

秦丰走近任杰，忽然想起和她第一次在裴德峰相遇时的尴尬场面。他的脸不知不觉地红了起来。女孩子本来就心细，看见秦丰还未说话脸先红了，她觉得有些莫名其妙的异样。她也想起了秦丰站在山顶向远方呼唤时的情景。她在心里想：那个修洁，一定是他的心上人吧，不然的话，他为什么要站在山顶上向遥远的地方呼唤呢？这样的女孩儿该有多幸福啊！因为有一个男孩子，不管自己浪迹天涯海角，都不会把她忘记，而自己……除了父母，还有谁关心和爱护过自己呢？想起秦丰往山下逃窜的狼狈样儿，任杰扑哧一下笑出了声。她这一笑不要紧，秦丰的脸就更红了，他莫名其妙地问道："什么事让你这么高兴？"

任杰的眼角仍然荡漾着春风般的笑意，她轻轻地摇摇头。含笑说道，"我突然想起了一件有趣的事！"

说完，她的目光向裴德峰瞟去。

秦丰一下子全明白了，他忙低下头，说道："任杰，元旦时咱们小组要搞一个小聚会，全体男生让我当代表来邀请你，希望你届时光临！"

说完话后，也不等任杰答话，他转身逃也似的离开了。

任杰望着寒风中秦丰的背影，轻轻地笑了。回到宿舍后，她给自己倒了一杯水，坐在床头，双手捧杯，眼望窗外的夕阳，心里开始斗争起来。她想，男女同学在一起聚会，气氛肯定会异常的热烈，大家都会其乐融融的。可我是个党员，去参加那样的集会合适吗？会不会有别的问题产生呢？去了以后，都该说些什么、干些什么呢？别人问话时，都该怎样回答呢？如果不去吧，这个节日就会白白地浪费掉，而且也会扫大家的兴。最后她心里暗暗说道：到时候再说吧！

这是一个十分热闹的节日，远离家乡和亲人的大学生们，经过一年多的相处和学习，相互熟悉了，也都成熟了许多，因此，也都学会了调节自己的生活。二四一房间的门上，赫然写着一副大对联："文官到此落轿，武官路过下马。"横批是"藏龙卧虎"。这是王新良的手笔，谁走过看了之后都不免一笑。当任杰和宗翠站在门口读这副春联时，任杰只是默默地一笑，宗翠却说道："好大的口气呀，看样子二四一房间必有能人啦！"

俩人敲门进屋，男生们稍作收拾，每个人都纷纷致以新年祝福。宗翠喜笑颜开地冲男生们一鞠躬，说道："祝各位新年快乐！"

任杰也说道："祝你们在新的一年里，学习进步，身体健康，万事如意！"

几位男生齐声说谢谢，李学庆高声说道："祝两位女生越来越漂亮！"并带头鼓起了掌。

听了这句话后，宗翠含情脉脉地瞧了一眼李学庆，而任杰却赶忙低下头，脸颊泛起了红晕。当宗翠回头时，发现门上还有一副对联，上联写的是"遥知不是雪"，下联写的是"为有暗香来"，横批是"一花独放"。宗翠眨眼想了想，又问道："这又是谁的手笔？"

“秦丰的杰作！”

宗翠听了这句话后皱了皱眉头，接着便转脸去瞅秦丰，那目光中满含着询问。秦丰只当没看见，只是淡淡地说道：“鄙人不才，关公面前耍大刀啦，请各位多多赐教！”

“我倒想请问才子，这副对联是何含义？”

“只可意会，不可言传！”

宗翠突然有些生气了，满脸通红地说道：“这副对联有些文理不通，一花独放，是你们二四一房间在一号楼里算一枝花呢，还是你们中间的某一位算一枝花呢？再说，这对仗也不工整！”

张建华一看情况不对头，忙插话道：“无所谓的事，就是大家写着玩的，计较它干什么！”

任杰也忙瞪了宗翠一眼，笑呵呵地说道：“看来你们寝室的门还是太少了些，才子也太多了些，一个门上竟然里外贴了两副对联，真是藏龙卧虎之地呀！”

李学庆赶紧说道：“来来，大家别再浪费时间了，咱们快干活儿吧，必须赶在食堂开饭前做好准备。我来分配工作。”

屋里的人都静了下来，等待着李学庆的指派。

“王新良和秦丰，你们两负责洗刷脸盆，最少五遍，准备到食堂打饭。宗翠和任杰帮我做菜，张建华领小刘去采购，其余人帮我们忙活。我有电炉子，咱们自己炒点儿菜，再上食堂打几个菜、买点儿饭就够丰盛啦！”

他们把菜炒好，又把桌子摆好，每个男生的饭碗里斟满了白酒，女生的碗里斟满了果酒，张建华领着几个人用洗得干干净净的脸盆端回几样热气腾腾的饭菜。十个人围坐在桌边，频频举杯祝愿每个人在新的一年里都能取得优异的成绩。屋里气氛融洽，几个人热热闹闹地吃喝着。任杰突然觉得和男生们在一起，她仿佛忘了许多的烦恼，仿佛自己也回到了他们的那个年龄中去，心情畅快多了。这时，王新良提议道：“老李……你……唱个……个歌……吧！”

“好，欢迎李学庆来一个！”

同学们热烈地鼓起掌来。

李学庆站起身，由于酒精的刺激，他的脸红扑扑的，眼睛频繁地眨着。他清了清嗓子说道：“那我就给大家唱一首吧，也祝祝兴！”他开口唱道，

“在那遥远的地方，有位好姑娘……”

宗翠突然皱起了眉头，任杰也深深地低下了头。张建华开玩笑地说道：“老李，这个歌不好，你那位好姑娘就在眼前，干吗还要想遥远的那个呀？你不成了吃着地上的还望着天上的了吗？不行不行，重唱重唱！”

听了张建华的话，同学们也跟着起哄说不行不行，让他赶紧再换一首歌，同时还要罚他一大口酒！

王新良端起酒就要灌李学庆，李学庆彻底投降了，主动接过酒，说道：“我接受大家的惩罚！”说完后，他端起碗一仰脖喝了一大口，然后放下碗，擦擦嘴问道，“你们看怎么样？”

同学们给他鼓起了掌。

张建华本来是一句玩笑话，可说者无心听者有意，李学庆的心忽悠一下，脸色有些不好看了，他急忙瞅瞅宗翠，只见她把头垂在胸前并不吭声。

任杰忙说道：“这个歌是不好，快换个别的唱吧！”

“那我就唱一个《在希望的田野上》行不行？”

“我们的家乡，在希望的田野上，炊烟在新建的楼房飘荡，小河在美丽的村旁常流淌，一片冬麦，一片高粱……”

李学庆唱完后，同学们报以热烈的掌声。

王新良提议道：“请……请……秦丰……朗诵诗……！”

同学们又是一阵掌声，秦丰站起身，说道：“我给大家朗诵一首徐志摩写的非常优美的诗，名叫《再别康桥》，康桥就是剑桥大学，徐志摩曾在那里就读了两年，这首诗是他在一九二八年八月再次赴英后于回国的途中写的，于一九二八年十二月发表在《新月》杂志上。你们也知道，徐志摩是新月派的主要代表人物。

再别康桥

轻轻的我走了，
正如我轻轻地来；
我轻轻的招手
作别西天的云彩

那河畔的金柳，
是夕阳中的新娘；
波光里的艳影，
在我的心头荡漾。

软泥上的青荇，
油油的在水底招摇；
在康河的柔波里，
我甘心做一条水草！

那榆荫下的一潭不是清泉，
是天上虹；
揉碎在浮藻间，
沉淀着彩虹似的梦。

寻梦?
撑一支长篙，
向青草更青处漫溯，
满载一船星辉，
在星辉斑斓里放歌。

但我不能放歌
悄悄是别离的笙箫；
夏虫也为我沉默，
沉默是今晚的康桥！

悄悄的我走了，
正如我悄悄地来；
我挥一挥衣袖
不带走一片云彩。

“好！”王新良一叫好，同学们都鼓起了掌。

宗翠说道：“秦丰，念别人的诗没啥意思。把你的大作拿出来几首，让我们也长长见识！”

“欢迎秦丰来一首诗！”张建华带头鼓掌。

秦丰站起身来，说道：“写得不好，怕大家见笑！”

“无所谓，无所谓，快念吧！”

秦丰清了清嗓子，又说道：“这是我前些日子写的一首诗，请大家斧正。”

雾里

雾里
我看不清你
你看不清我
我去寻找镶嵌在山崖上的小星
你去寻找拥抱山谷的小溪
你说小溪柔情是母亲的乳汁
天上的星星也会嵌在她心底
我没有相信你的话
走了过去
这时
你看清了我忧郁的身影
我没有看清你嘴角的笑意
在雾的春天里
我们渐渐地拉开了距离

雾里
我看不清你
你看不清我
走同一条路
却向不同方向走去

同学们报以热烈的掌声，王新良磕磕巴巴地连喊几个好字。不经意间，秦丰发现宗翠的目光好像陷入了迷茫之中，他提议道："咱们还是让张建华来一首歌吧！"

张建华站起身来说："我唱歌没有老李那么专业，只是瞎哼哼，还容易跑调儿，弄不好会把狼招来，希望我唱时，大家坐住板凳，一定不要往门外跑，否则，容易把门框挤破了！"

人们哈哈一笑，纷纷催促道："你快点儿唱吧，别卖关子啦！"

张建华清了清嗓子，唱道："蓝蓝的天空白云飘，白云下面马儿跑……我就将要告诉他，这是我的家乡……"

任杰专注地看着张建华，不住地点头。

张建华唱完后，任杰提议道："请咱们班的歌星宗翠和李学庆共同来一个男女声二重唱好不好？"

"好！"

同学们又鼓起了掌，宗翠和李学庆又一次给大家唱起了《妹妹找哥泪花流》。

在这热烈的气氛中，晚餐会结束了。桌子上留下一些残羹剩饭和横七竖八的碗筷，同学们在酒精的刺激下都有些飘飘然了。他们有的躺在床上呼呼大睡，张建华和宗翠坐在靠窗户的床上说着话，王新良和任杰在靠门的一张床上坐着，谈得也很投机。秦丰捧着一本书在读，其余的人在玩儿扑克。

"听说秦丰正在写小说，有这事吗？"任杰问道。

王新良点点头，轻声说道："秦丰……干啥……啥都有……一股钻……钻劲儿……"

"听说你也常写？"

"信……手……涂鸦……没啥……意思！"

"能否拜读一下？"

王新良抬头瞅瞅任杰，正和她的目光相遇，他忙移开目光，低声道："不……忍……忍卒读！"

"怕我偷了你的才华不成？"任杰浅笑地问着。

王新良的灵魂似乎像刚刚长出翅膀的小鸟，扑棱棱地飞向湛蓝的天空。他站起身来翻出一沓手稿，结结巴巴地说："请……你……雅正！"

任杰看了一阵后，合上稿纸，轻声叹喟一声：

“写得太低沉了，看了叫人难受！”

王新良长长地叹了一口气，道：

“人……人都有……难……难念……的经啊！”

一句话，说得任杰缄默不语，是呀，就拿自己眼前来说吧，已经二十四岁了，还孤身一人，身影相伴，而且，心情还越来越糟糕，总觉得自己的心里有某种欲望在蠢蠢欲动。任杰暗想：难道眼前这位王新良，心里也有苦衷吗？她看了看满脸愁云的王新良，低声说道：“你说的也不尽然，人生总有光明的一面，这就要看你站在什么立场上用什么样的观点去看待问题了。不同的立场和观点得出的结论是截然不同的。我们只有用辩证的观点去看问题，才能得出正确的结论！”

王新良点点头，他从任杰手中接过手稿，又问道：“听……说……你当……过大队……书记？”

任杰苦笑了笑，说道：“那年我才二十岁，啥也不懂，咋能当好书记呢？”

“不……尽然，咱班……女生……我看……数……你最……成熟！”

突然听到男生的夸奖，任杰的脸上又飞起一片潮红。她低下了头，轻声说道：“我只不过比别人多走了几步路而已！”

当新年的钟声敲过之后，疲惫的同学们早已进入甜甜的梦乡，只有任杰还没有睡意。她回想起自己和王新良交谈过程中的那一丝情感的流露而深深地自责，并对自己在王新良面前的表现十分的不满。她忽然想起在她十九岁那年她下乡时所经历的那件事，那件事让她至今难忘，而且刻骨铭心。

那一年，她才十九岁，正是豆蔻好年华。春节时，她在生产大队组织文艺宣传队，去公社去县里搞汇演，有一个姓付的小伙子引起了她的注意。二十岁的小付，长得是一表人才，而且还多才多艺，可以自编自导自演许多节目，因此在公社、在县里多次获奖，也是他们那个公社有名的才子。俩人接触时间一长，任杰的心里似乎产生了一种朦朦胧胧的东西，就像一株破土而出的禾苗，总是盼望着阳光和雨露一样。如果几天不见小付，她心田的那株小禾苗就会有些打蔫，因此，她总是找借口来到小付家，和小付妈谈谈天，借机也能和小付聊上几句，只有这样，她心中的小禾苗才会鲜绿。当时，她就扪心自问：这是怎么回事？她仿佛觉得很远很远以前，人们把男女之间的感情叫爱情，文学作品描写得就更是绚丽多彩了，比天上的彩虹还灿烂。可从她能看懂电影时起，就没有一个电影是描写爱情的。所有那些电影里的主人公，不是光棍就是寡妇。即使在现实生活中，也很少有爱情存在。无论城乡的青年男女，通过介绍人的撮合，女方的七大姑八大姨一帮人到男方家去相亲，女孩儿往往很害羞地站在墙角或锅台边，不敢抬头。等到结婚时，老少亲友吃喝一顿，小青年们的人生大事也就吃喝完了，剩下的就是过日子了。这种具有普遍性的单调生活，使许多小青年的心灵都很干涸。当时，任杰并不知道自己内心所涌动的叫爱情。当她的这种情绪持续不到一年的时间，有一天小付突然对她说他要结婚了。任杰压根儿就没想过小付会结婚，会和别的姑娘结婚。她愣怔了好一会儿，小付只是低着头，一个劲儿地扭着手指头，脚在地上反复地画着圈儿。任杰沉默了好久，才幽幽地问道："你高兴吗？"

"我是来找你讨主意的！"小付低着头说。

任杰从内心深处不想在这个小屯子待一辈子，她毫不犹豫地说道："我早晚得回城！"

小付仰望着蓝天上的白云，又说道："白云是不会在一个地方停留过久的！"

他的脚，在那个圆圈儿上使劲地画了一下，那个圆便分成两部分。

任杰又说道："你们农村人结婚都早！"

"人生的必由之路，早结晚结都那么回事呗！"

小付说完，沉沉地叹了一口气。

任杰把小付那一声沉重的叹息和王新良的叹息联系在一起，她在心里暗暗说道：原来，男人也有苦恼啊！也不知小付的孩子今年有多大了？她的眼前，一会儿闪过小付的面孔，一会儿闪过王新良的面孔，她用手轻轻地揉揉眼睛。她又想起中学时的那个女同学幸福的样子，她的心不禁突突突地跳了起来，她觉得自己的脸一阵阵发热。

不知什么时候，她迷迷糊糊地睡着了。

四十

在锻炼身体这方面，张建华是二四一房间里最为勤奋的一个，他不仅特别恪守时间，而且无论三伏天还是三九天，他都要沿着固定的路线，顺着公路往北跑，跑到裴德峰山脚下的那片小树林再返回来。然后他在主楼后面的一片空草地上默默地背上一段英语。在冬天的早晨，外面还是黑乎乎的，他就钻进静静的主楼里，在走廊里边走边背单词。这是他的习惯，一经养成就很难改变。在同一条路上跑步的还有一个人，只不过跑的方向跟他正好相反。当张建华往裴德峰方向跑时，那人正好往校园的方向跑，反之亦然。张建华几次提前起床，但又因时间过早而错过时机，二人方向还是相反。开始，俩人跑到面对面时，只是很有礼貌地点点头，算是打过招呼了。

春天的太阳醒得特别早，当太阳逐渐升起时，有些勤奋的大学生的学习生活已经开始了。张建华沐浴着清晨的阳光，向裴德峰方向跑去，远远地看见前面有一个人影也在跑步。那高高的苗条的身影，竟是那样的熟悉，他看见后，心里突然涌起一股难以名状的热情，他不由得加快了脚步，几乎是拿出全身的力气向前急跑着，想追上那个身影。

听见背后响起急促的脚步声，袁园回头一看，看见跑得气喘吁吁的张建华。她微微地甜蜜一笑，又冲张建华点了点头。微风吹动着她黑黑的长发，使她显得更加飘逸，就像七仙女初涉人间一样，令张建华百看不厌。袁园放慢步伐，张建华也调整好了脚步，他们肩并肩地向裴德峰跑去。谁都没有说话，张建华微微地喘息着，不知道是因为激动还是因为刚才跑得太快的缘故。他几次想打破沉寂，可又找不出恰当的话语。他已经二十四岁了，还是第一次离漂亮的女孩子这么近。袁园那微微的喘息声，仿佛在他的耳边刮过疾风一样响亮，随着晨风扑入他鼻孔里的是袁园身上那淡雅的芳香味儿。

“你每天早晨都跑步吗？”

袁园心里暗暗发笑，心想：每天你都看见我跑步，还明知故问！但她没有笑出声，而是轻轻地点点头，算是回答。

裴德峰已经披上一层绿装，远方的田野里传来了拖拉机的轰鸣声，农民们的身影已经在田间地头活动了。这正是播种的大好时节，谁都不愿意错过它，只有牢牢地把握住它，播下希望的种子，才能在成熟的秋天有丰硕的收获。张建华的目光从远方收回，认真地看了袁园一眼，轻声说道：

“咱们慢慢走好吗？”

“好吧！”袁园回答着，脸上流露出的仍然是不冷不热的表情。

宽阔的马路上，两个年轻人在晨阳中放慢了脚步。张建华突然仰天长叹一声，说道：“人生真是一道难解的方程啊！”

袁园突然睁大眼睛，盯着张建华，好像不认识似的，好一阵后她才缓缓地问道：“你说这话有何含义？”

“难道你不觉得人生变化无常吗？”张建华反问道。

“人生变化，这是绝对的，不变是相对的。这也符合马克思的哲学观点。至于有测无测，依我之见，完全靠个人的把握。正如一位哲人说过的：机遇偏爱有思想准备的人。你说对吗？”

“这一点我倒是深信不疑，但有时有些事情却往往不同。比如说我们的命运，往往不是掌握在我们自己的手中，而是掌握在一部分人或几个人（甚至一个人）的手里，你想自我设计独闯世界，会受到来自各方面的阻力。”

“你的观点我并不完全赞同，我觉得你的一些观点过于偏激了。依我之见，人生其实是一座舞台，在这座舞台上时时刻刻都在上演着悲剧和喜剧，有时也是正剧。它既不像有些人说的那样悲惨，也不像有些人说的那样美好。同时，我觉得在人生这个大舞台上，我们时时刻刻扮演着不同的角色，而这些角色，有许多是相互矛盾的，所以说，矛盾是对立统一的。就拿咱们系的张主任来说吧，在咱们系，她扮演着领导的角色；在校领导面前，她又扮演着下级的角色；给我们讲课时，她扮演着老师的角色；和别的系主任相处，她又扮演着同事的角色；回到家里，和父母相处，她又扮演着女儿的角色；和儿女们相处时，她又扮演着母亲的角色；和丈夫相处，扮演着妻子的角色；和邻里、朋友相处，她所扮演的角色又大有不同。所以说人是经常变换角色的。世界上谁是最优秀的演员？就是生活中的人，他们是比任何明星都会演戏的，只不过所演的都是生活，所不同的是潜台词！”

张建华被袁园的这番妙论所震惊，折服之余，他的心中不免升起一丝得意。他点头称赞道：“你这番议论真可谓高论，有独到之处。真是听君一席话胜读十年书哇，叫人茅塞顿开，好比拨开乌云见太阳一样！”

袁园还是那么淡淡一笑，脸颊有些泛红。她听了别人的恭维，特别是像张建华这样的男性，在班里是同学们公认的最倔强的和最有才能的人，这样亲热的奉承，她内心中不免泛起一丝甜蜜的自豪。

“你的见地真是胜我一筹！”张建华真诚地说道。

“我也是一孔之见，不足为奇！”

“听了你的这番议论，我也改变了许多观点。以前，我总是这样认为，人生短暂，一切都是苦的。吃苦是为了甜，甜尽又要受苦。人生就是一场永不谢幕的悲剧。不然的话，为什么人一出生，首先是用哭声来宣告他的到来？等到人死时，他的亲属儿女都要为他而悲哀，还要大哭几场。所以，人从生到死，是哭着喊着走来，还是哭着喊着离去！”

“你的想法真够奇特的！”袁园停住了脚步，做了一个深呼吸，说道，“咱们还是往回走吧，快开饭了！”

他们又转回身，向校园走来。他们隐约听见学校的广播里正传来苏小明的歌曲《军港之夜》，那低婉优美的歌声，把春天的北大荒装扮得更加妩媚，就像袁园脸上的笑容，永远是湛蓝的，永远具有亮色。

“袁园，将来你最想干什么？”

袁园抬头望望天空，沉思道：“我想当一名教师，就像苏联那部电影里的那位女教师一样，桃李满天下，培养出许多农业专家，尽快把我国农业落后的面貌改变过来！”她转脸问张建华，“你呢？”

“我想当个农学家，在北大荒广阔无垠的黑土地上，播撒我们的理想和希望。那阳光下的一行行田垅，就是我写给大地、留给世界的诗行；那拖拉机康拜因的轰鸣声，就是我唱给祖国母亲的《军港之夜》；金灿灿的秋天收获的辛勤汗水，就是我报答母亲、报答母校和朋友的最好礼物！”

袁园抿嘴笑着说：“你快赶上秦丰了，也学会作诗了！”

“近朱者赤，近墨者黑嘛！”

袁园的脸上乐成了一朵花，那朵花，永远根植在张建华的心田。他暗想：他会用自己的终生情感呵护它一世一生，用心血浇灌它茁壮成长，用泪水去滋润它的生命。

张建华看了袁园一眼，说道："我们这代农民，和历史上任何一代农民都有着本质的区别。我们会用自己的一切改变人们传统观念，也会令世人刮目相看的！"

袁园笑了笑。又问道："秦丰的理想呢？"

"他对农业不太感兴趣，别看他学习挺用功，但他主要的心思还在文学上！"

"听说他诗写得不错，还写小说！"

"诗写得可以，就是很少给人看！"

"他是不是挺倔，跟同寝室的人相处得怎样？"

还没等张建华回答袁园的问话，只见王新良手捧着英汉辞典边背着边向他们走来，一直到他们跟前都没抬头。张建华喊了他一声，吓了他一跳。抬头看见他们后，他微微一笑，用英语说道：

"Good……Good……morning！"

二人同声回答："Goodmorning！"

张建华心里明白，再往校园里走，就人多眼杂了，袁园是不会太情愿的。他停住了脚步，对袁园说道："今天听你一席话，可谓受益匪浅！"

"听了你的话，我也觉得是奇谈怪论！"

二人都微微一笑，齐声道："Goodbay！"

这天早晨的阳光格外灿烂，只是在艳阳的不远处，有几朵淡淡的鱼鳞状的云片，浮游于蓝天中，很像一叶孤帆，驶向命运不可知的深处。

四十一

王新良的眼睛看东西是越来越模糊了，没办法，上课时只好坐在第一排，即使这样，黑板上的字，也还是看不清楚。张建华几次劝他去配近视镜，他都苦苦地摊摊手说道：“每月助学金，我将七将八才够填饱肚子，哪儿还有闲钱去买眼镜？”

“这样下去，对你的身体和学习都会有影响的！”

王新良叹了口气，说道：“先对付吧！”

“眼睛不好，怎么能对付呢？”张建华说道，“正好今天下午没课，我兜里还有钱，陪你去裴德医院配眼镜吧！”

王新良还想推辞，张建华说道：“就算我先借给你钱，等你有了钱再还我还不行吗？”

王新良很受感动地点点头。他们从教室走出来，沿着主楼前去年夏天才铺成的一条窄窄的水泥路向东走去。校园里春风和煦，一片碧绿，路旁的紫丁香花开放得格外绚烂。操场里很少有人走动。他俩走到南北向的公路后，向南走去。这条公路就是张建华早晨经常跑步的路线，顺着公路往前走，在裴德峰脚下拐了个弯儿，然后便一头扎进群山里，就不知它的未来在哪里了，能不能走出这茫茫的大山也未可知。裴德峰上刚刚披上绿装，在阳光照耀下，显得格外的新鲜和富有生机。就是这条公路，把农大校园分成两部分，在一号楼前面的大操场东边，一群建筑工人在挖着地基，据说这里将要建一个综合的大型俱乐部。在这个地基南面，隔着那条通往青年水库的小路，便是一栋马上要峻工的大楼，这是新建的农学楼，据说九月可以交付使用。这样，农学系将全部搬出主楼，拥有自己的独立天地。这条公路再往南延伸，过一道小山岗便是裴德公社。在裴德公社的东北角，有一所裴德卫校和有名的裴德医院。这所医院的规模较大，据说当年是中国人民解放军陆军第二十六医院，就连农大的东院都是这个医院原来的一个病区。现在，这个医院是牡丹江农管局直属医院。由于医院里护士较多，而八一农大里男生比较多，因此，两个单位的青年男女结成连理的很多，学生们都戏称八一农大和裴德医院是亲家关系。张建华和王新良沿着公路走过植物园，拐到一条往东南方向去的小道，便向裴德医院走去。田地里，有许多庄稼已经出苗了，到处是锄草的人，还有拖拉机的轰鸣声。走着走着，王新良问张建华："你说……咱班……女……生……谁……最出类……拔萃？"

"这得看从哪方面讲！"

"只……谈……你……的感觉！"

"要讲稳重成熟，还数任杰；要讲庄重漂亮有上进心，还是袁园，要讲活泼还是宗翠；要讲心地善良，依我之见还是任杰！"

"天……下英……雄……所见……略同！"

"我说王新良，你问这些话是什么意思？"张建华开玩笑似的说道，"你可要小心，是不是爱上谁了？小心你表妹找你算账！"

王新良的脸红了，结结巴巴地想说什么，还没等他的话出口，张建华又问道："最近，你的小表妹来信了吗？"

王新良点点头，脸上浮现出笑容。张建华看后觉得奇怪，因为每次提到他的表妹，他的脸都会阴云密布，显出一副痛苦的样子，今天这是怎么了？提到表妹他一反常态，难道是王新良的思想转过弯儿了？他盯着王新良问道："有什么好消息吗？"

王新良乐呵呵地说道："我……终于……解……解……放……了！"

"怎么回事，快讲给我听听！"

王新良兴奋地给张建华讲了起来。

原来，这半年多的时间里，王新良很注意搜集关于近亲结婚所带来的危害的事例，他在图书馆里查，在报刊上找，买书看，借书抄，整整摘录了三十多页稿纸，然后又工工整整地一笔一画抄写好，分别给他父亲和表妹各邮去一份。他专挑那些近亲结婚所生育的后代有极其严重生理缺陷的案例给他们邮回去，让他们看看那些触目惊心的事例，并在信中告诫他的父母和表妹，如果自己和表妹结婚，对后代造成不良影响的概率达百分之百，后代出现生理缺陷的可能性有百分之七十，有严重生理缺陷的可能性有百分之五十。他在信上说，他不想让王家后代是身体有缺陷的人，也不愿意因为后代的不幸而引起所有亲人的痛苦……这封信发出不久，王新良的父亲被那些可怕的事例吓坏了，就去找王新良表妹商量此事。表妹看完信后，心里正半信半疑，经王新良父亲一再劝说，脑袋总算开了窍，同意解除婚约。

听完王新良的讲述，张建华笑着握住王新良的手说道："老王，祝贺你终于解脱了套在身上的枷锁，你终于可以轻松啦！"

王新良点点头，他那幸福样子真叫张建华高兴。

刚刚看见裴德医院，就见一对儿男女的身影若即若离，走走停停、比比画画地映入他们的眼帘，看样子那两个人正在争论着什么。张建华仔细一看，低声说道："好像是李学庆和宗翠！"

"我看不清！"

"他们好像在吵架！"

张建华和王新良想躲开，但又无路可走，只好硬着头皮往前走，远远地，就听见李学庆那尖刻的声音。

李学庆和宗翠没有注意到张建华和王新良，他们仍然在争论着。张建华轻声说道："看样子这对恋人之间又出现裂痕了！"

王新良点点头。还是宗翠眼尖，首先发现了对面走过来的王新良和张建华二人，忙低声告诫李学庆说："看，张建华他们在前面！"

李学庆抬头看见王张二人离他们已经不远了，便停住了争吵。当他们四人相遇时，心细的张建华发现李学庆的脸因激动而变得绯红，宗翠的眼角隐隐有泪水。他们简单地打个招呼后，一步都没有停留，便擦肩而过。等王张二人走出很远以后，宗翠又气鼓鼓地问道："你最近对我越来越冷淡了，我发烧好几天了，让你陪我上医院你总是推三说四的，你是什么意思？"

"没什么意思！"李学庆学着外国人的样子耸耸肩膀，又摊开双手，皮笑肉不笑地说道，"你总不能把我拴在你的裤腰带上吧！"

"咱们刚相处时，你咋不这样呢？"

"那是过去！"

"没有过去，怎么能有现在？"

"你别总跟我吵吵闹闹好不好，你烦不烦哪？"李学庆的脸色有些冷淡了。

“你是不是又看上哪个女人了？”宗翠的声音已经有些哭音了。

“我看上谁看不上谁，这是我的自由，与你无关！”

“你放屁，你简直就是一个流氓！”

李学庆听后，不但不生气，反而还呵呵地笑了。宗翠气得蹲在地上痛哭起来。

一阵旋风从田野里升起，卷走了许多的枯叶和尘埃，向高空盘旋着升高，从他们的身旁刮过，急急忙忙地向远方奔去。

四十二

每到星期天，由于没有课，紧张了一周的神经终于可以松弛下来，可秦丰却格外心烦意乱。他坐立不安，无心看书，这也许形成了生物钟规律。他闷坐在图书馆里时，正是夕阳西下暮霭渐渐升起的时候，由于心情烦乱，他连一个字都没有看下去。秦丰突然感到自己的心竟是那般的痛苦，好像突来的海水，把他的心整整浸泡了一个世纪似的，再打捞出来时，味道已经变得十分苦涩了。不知不觉之中，他手中的书歪倒在桌上，眼睛盯着墙上的报刊架，愣愣地出神。他的心里仿佛被阴云塞满，没有一点儿细缝能看见蓝天。他真想找个没人的地方痛哭一场，也许那样心里会敞亮一些。他突然感到自己太脆弱了，像一根被寒风冻僵的小草一样。他干渴的心灵太需要安抚了。他坐在椅子上如坐针毡，时间仿佛都凝固了。他收拾好书本夹在腋下，茫茫然地走出图书馆，沿着食堂前的小路，走过一号楼。闷热的风吹动着片片绿叶，就像吹奏他愁苦的心灵，掠过一阵阵悲伤，随风飘向遥远的他方。从二号楼的东门口走出一对有说有笑的男女，秦丰看见那俩人幸福之情溢于言表，他的心突然泛起一股无名之火，和那俩人擦肩而过时，他狠狠地剜了人家一眼，弄得那个男生愣愣怔怔地瞅了他好几眼，那个女生则轻声嘟囔道："神经病。"

秦丰沿着那条小路继续向西慢慢而行。

一片果园，静静地安卧于路旁，等待着人们去安抚。秦丰走过那条小土路钻进果园里。这片果园还是八一农大在停办之前园艺系留下来的。这些年以来，因为没有了园艺系，也就没有人管理了，任其中的植物随意地生长。所以这里杂草丛生，果树很少结果，如今已是光秃秃的一片了。秦丰踏着没过膝盖的青草，一步一步地向纵深走去。他在一棵浓密的李子树下坐好，把书本放在地上，仰脸躺进大自然的怀抱。望着深遂湛蓝的天空，一片片白云在悠闲地飘荡着。秦丰折断一棵小草，放在嘴里慢慢地咀嚼着。他呆呆地想：修洁呀修洁，你为什么那样傻呢？你不但折磨自己，同时也在折磨我！要知道，上大学之前的那些日日夜夜，我把你视为生命中的一部分，是永不可分割的。而如今，我生命的一部分没经过风没经过雨，就轻轻地漂走了。以你的聪明，为什么就不多想想呢？难道我是大学生，就不能和一个农家女共同生活吗？不不不，我不是那种人，我知道，只要心中有爱，平凡也是神圣，短暂也是永恒。但如今，你亲手栽培起来的这一切，就像上帝造人而又毁掉人类一样又毁掉了她。你要知道，你伤害的不仅仅是自己，还有我！你我心灵的创伤，用什么能医治好？在我生命的每一分钟，我都要面对苍天遥遥地诉说。工夫不长，修洁的脸又换成了他对象的圆脸，似乎永远含着晴空般的微笑注视着他。当她得知自己在思念修洁时，她丢下一个太空般的叹息，像一阵轻风一样，悄悄地飘走了。他的眼前又飘浮出宗翠那饱含着哀怨、柔情的目光。秦丰使劲儿摇摇头，他想抛弃这一切，只想静静地躺一会儿。但他的心仍是沉沉的、酸酸的、苦苦的、咸咸的、辣辣的。他憋憋屈屈地低哭了起来，泪水从他的眼角滑落，顺着两颊滚落进土壤里。过了好一阵，他的心情似乎好了些，忙拿出笔，在笔记本的后面写下了《逝去的往事》这首诗：

逝去的往事
从记事本里
撕下写满字迹的一页
折成一叶小舟
放入涓涓的小河中
别了
苍翠的岸
别了
忧郁的人

小舟沿着河流
沉重地向前航行

泪水涟涟地回头
再见吧
小舟
再见吧
小舟

小舟载走了幻想
小舟载走了希望
小舟载走了追求
小舟载走了记忆
小舟载走了忧愁

秦丰刚刚写完，就听见有人在远处喊他的名字，他忙站起身，看见王新良已走进果园，急急地向西面走过来，边走边喊着他的名字。秦丰连忙站起身，答应了一声。王新良停住了脚步，继续向他走来。这时，学校里的广播喇叭正在播放着歌曲。该开晚饭了，秦丰急忙来到王新良的身边，王新良狐疑地打量着秦丰，结结巴巴地问道："你……你……干啥呢？让……我和……建华……好找！"

秦丰轻轻地叹喟一声，低声道："心情不好，出来散散心！"

吃过晚饭后，心情还是不好，秦丰也懒得去学习，便仰脸躺在床上，瞪着发酸的双眼，呆呆地望着窗外的杨树冠出神，一只蚊子嗡嗡地在他身边飞来飞去，他也不去哄赶它，甚至落到他的脸上，把他叮疼了，他也无动于衷。突然，一个身影向他走近，像一条鲜活的小鱼，游进他的记忆，那个身影便是修洁。他不敢再想，也不愿再往下想。那条身影突然一变，又换成了另一个身影，像浩缈的天空中的一轮明月，他对象的面孔就像一叶孤舟，从记忆的海面上，远远地向他驶来，带来大海的气息。而修洁的身影，突然变成了洁白的鸽子，掠过他的窗前，向遥远的群山飞去。那鸽子的矫健身影，一下子又勾起他的情思，有一种要写诗的冲动涌进他的脑海。他爬起身，找出笔和本子，提笔写道：

消逝的鸽子
飞走了，我那迷人的鸽子
趁我在梦中走过彩虹的时候
你悄悄地告别伊甸园
箭一般穿过蒙蒙雨帘
消失在遥远的东方

飞走了，我那迷人的鸽子
为了你归来时有个温暖的家
我在你驻足的相思树上
用阳光编织了一个柔软的小屋
太阳的热情会把阴霾驱散

飞走了，我那迷人的鸽子
为了再见你矫健的身姿
我模仿浓雾中翩飞的紫燕
画一幅你的倩影
挂在我心灵的窗前

飞走了，我那迷人的鸽子
对蒙蒙的月夜我深深地眷恋
梦中听到你熟悉的鸽哨
忙打开心灵的天窗
掠过的一段春光浅浅淡淡

张建华悄悄地推门而入，见秦丰反复地低吟着那首诗，他轻轻地皱起了眉头，蹑手蹑脚地走到秦丰面前。秦丰看见张建华，忙把诗稿收了起来。张建华苦苦一笑，对秦丰说道："秦丰啊，你不能总是在原地踏步啊，你应该忘记过去，迎接未来才对呀！世上没有涉不过去的河，也没有爬不过去的山。"张建华的眼里，流露出担心的神色。

“对，世上只有一条河，是人们无法涉过的，那就是爱河；世上只有一座山，是人们永远也爬不完的，那就是人生之山；人人都会淹没于爱河之中，累倒于人生的山上，绝不会超越！”秦丰的语调有一些悲伤。

“但严酷的事实逼迫你必须超越！”张建华委婉地接着说道，“秦丰，世界上没有战胜不了的东西，唯一难以战胜的就是你自己！”

秦丰没有吭声，陷入了沉思中。隔了好久后，他才缓缓地抬起头，慢慢地说道：“我是不能总沉缅于个人狭小的情感圈子里了，应该想想自己肩上的担子和未来的人生之路，我们今天的学习就是为明天做准备！”

张建华的脸上流露出一丝欣慰的笑容，他柔和地说道：“这就对了，秦丰，你真的比过去有进步了，我很高兴！”

秦丰笑了笑，低沉说道：“谢谢你的关心！”

四十三

这一年放暑假的时候，秦丰和王新良决定不回家了，想在学校施工队里找点儿活儿干，以贴补自己下半年的费用，恰好有消息说，学校决定在裴德峰上建立电视差转台，需要几个小工往山上背水泥、沙子和水以及其他器材，秦丰和王新良找到学校的基建处，和领导讲了自己的困难后，那个领导很爽快地答应了他们的请求。

八月的北大荒，是一年中最热的季节，骄阳似火，烤得树叶直发蔫，大地都烫脚板。铁牛—55拖拉机拉来一车水泥、沙子，堆放在山脚下，再由十几个人组成的搬运队往山顶上扛。五六十斤重的水泥或沙子，压在背上，头顶着炎炎烈日，向山顶上吃力地爬着，头两次，他俩觉得还行，第三次再往上爬时，他俩的双腿直打战，每迈一步都要使出浑身的力气，仿佛压在背上的，不是几十斤的货物，而是一座大山——比裴德峰更沉重的大山，永远压在自己的肩头。负重前行，有很多次都险些跌倒。好不容易才爬到山顶，他俩一屁股坐在石头上就再也不想起身。热汗被爽爽的凉风一吹，浑身骤然起了一层鸡皮疙瘩。头一天总算是熬过来了，到第二天起床时，骨头像散了架一样，浑身酸疼，每走一步都觉得非常困难。早晨刚刚吃完饭，王新良问道："秦……丰……能……顶……下下来吗？"

秦丰咬着牙说道："浑身真难受，真不想干了！"

"你……不去……了？"

"去，明知山有虎，偏向虎山行！"秦丰咬着牙说道。

于是，俩人又走出校园，奔向裴德峰。经过一天的艰苦劳做，晚上，俩人回来躺在床上连饭都不想吃了。几天以后，他俩基本上适应了这种强度的体力劳动，已经不像刚开始那样觉得累了。傍晚收工往学校走时，他俩在路上遇到了系主任张冬青，她吃惊地看着两个学生，问道："放假不回家，你们这是干什么去了？”

秦丰和王新良的脸都红了，秦丰说道：“我俩在裴德峰干活呢，想利用假期搞点儿勤工俭学，以贴补下学期的费用！”

张冬青听后，看见两个学生被晒黑的面庞和疲惫的状态，心疼地说道：“你们俩干这么重的活儿，可千万要注意身体呀！”她向学生食堂方向瞄了一眼后又说道，“食堂都放假了，从今晚上开始，就上我家吃饭吧，看你们这个样子，也够可怜的！”秦丰和王新良还想推辞，张冬青有些不高兴了，说道，“看你们这两个孩子，怎么这样呢？就上我家吃几顿饭，又有啥可怕的？”

“就怕给您添麻烦！”

“你们不去，我不也得做饭吗？去吧去吧，我回家做饭，你们洗漱完就过去，不然的话，我还得来找你们！”张冬青说完，急匆匆地往家走。

王新良看了秦丰一眼，秦丰说道：“那我们就先谢谢张主任了。”

当秦丰和王新良洗漱完毕，各换上一套干净衣服走进张主任家时，张主任正在热气腾腾的厨房里忙着炒菜，那股扑鼻而来的香味儿，叫两位吃惯了大锅饭的大学生馋得直吸鼻子流口水，听到脚步声，张冬青抬起头，说道：“你们俩快进屋休息休息，饭马上就好！”接着，她又向屋里喊道：“潇潇，快招呼客人！”

听见屋里响起了银铃般的一声应答，随后门打开了。出现在两位大学生面前的，是一位十八九岁的少女，端端正正地坐在轮椅上，看着这两位陌生的年轻人，那银铃般的声音又响起：“二位请进屋！”

两位大学生惊呆了，你看我一眼，我看你一眼。这时，张主任在厨房中大声说道：“潇潇是我的女儿！”

俩人同时哦了一声，潇潇又说道：“请进吧！”

并做了一个请的手式，随后，麻利地向后倒车，让出了门口。

“这……这……”

王新良说不出话来。他没有先走，而是停下脚步，后退几步，推着潇潇的轮椅，向里屋走去。潇潇抬脸望了望王新良，轻声说道：“谢谢，我自己可以的！”

王新良张嘴想说什么，但好一会儿都没有说出来。看见潇潇带着微笑的俏丽面庞，王新良的脸，唰的一下红到了脖子根儿。

“潇潇，我们还是帮张主任干点儿活儿吧！”

秦丰的话语，把潇潇的注意力吸引过来，她急忙说道：“你们是客人，还是让我来吧，我是能干这些事情的！”后面的一句话，她显然是加重了语气，似乎是让两个年轻的大学生能读懂她。

张主任听后，不客气地吩咐道：“好吧，你们俩就放桌子吧！潇潇，就别和他俩争了！”

潇潇咯咯地笑了，说道：“那我就坐享其成啦！”

王新良小心翼翼地推着潇潇的轮椅，说道：“你……你应该……坐享……享……其成！”

于是在潇潇的指挥下，俩位大学生放好了桌子、凳子和碗筷，又帮助张主任把饭菜端了上来。

张主任在厨房里洗完手，边用毛巾擦手边向屋里走来，说道：“你们俩坐吧，可能早就饿了吧？”

俩人都客气地说不饿，有些不太自然地坐在了桌旁，拘谨地吃着饭，一时都无话。张主任问了问他们在山上干活儿的情况，并不时地给他们搛菜，鼓励他们多吃饭，还叮嘱他们在干活儿时千万要注意身体别累坏了，爬山的时候更要注意安全。在刚开始吃饭的时候，潇潇一句话也不说，只是低着头慢慢地吃着，偶尔抬起头看一两眼秦丰和王新良，等张主任说话停下来的时候，她突然问秦丰：“你还写诗吗？”

秦丰听后一惊，心里暗想：她怎么知道我写诗呢？他瞅了一眼张主任，后者笑了笑，说道：“我们潇潇啊也是一个文学爱好者！”

秦丰和王新良一听，都瞪大了眼睛。秦丰忙回答道：“都快累死了，哪里还有那些闲情逸致！”

潇潇银铃般的笑声又响起，她边笑边说道：“是呀，文学创作是心静心闲的产物，假如让李白往山上扛一天的水泥，恐怕他回家之后，也只能喝斗酒，而不能诗百篇了！”

秦丰瞅了一眼王新良，王新良明白了秦丰的意思：又遇到知音了。

秦丰问道：“潇潇，你怎么知道我写诗呢？”

潇潇又笑了，瞅了她妈妈一眼说道：“你们的领导是我的大通信员，外面有啥消息她都会如实向我通报的！”

张冬青瞅着女儿，甜甜地笑了。

“大诗人，能把你的大作给我拜读吗？”

王新良在一旁答道：

“我……看……行……让秦丰……整理一下……再拿来……吧！”

“你也写东西吗？”秦丰抬脸问潇潇。

潇潇看了一眼秦丰，轻轻地点点头，轻声说道：“没事时信手涂鸦！”

说话之间，他们的饭吃完了，王新良帮助张主任收拾桌子。

“我能学习学习你的大作吗？”秦丰问潇潇。

潇潇笑了笑，她那美丽的脸庞上留下了两个深深的酒窝。秦丰突然发现，潇潇竟是那样的漂亮，圆圆的小脸，粉白粉白的；那两道细而弯的眉毛，安安静静地卧在她那双好看的大眼睛上面，更使她增添了无限的神韵。她那浓黑的披肩发，使她显得更加妩媚。潇潇把轮椅摇到书桌旁，从抽屉里取出一个大账本，递给秦丰，说道：“这是我这几年所发表的东西，请你斧正！”

秦丰真的不敢相信，眼前这位姑娘，竟发表了这么多的作品，他不禁暗暗地佩服起来。他接过账本，打开扉页，上面写着奥斯特洛夫斯基的那段名言：人最宝贵的是生命，生命属于我们只有一次。一个人的生命应当这样度过，当他回首往事的时候，他不因虚度年华而悔恨，也不因碌碌无为而羞耻——这样，在临死的时候，他就能够说：我整个生命和全部精力，都已献给世界上最壮丽的事业——为人类的解放而斗争。

秦丰一页一页地翻着，大多是散文，总计发表了二十多篇作品。秦丰从中看出一个身体有缺陷少女那渴望向世界敞露的胸怀，那些文字中涓涓流淌出的是多么高尚的情操和热情啊！他看得非常专注，连王新良走到身旁都没有发现。当他看完潇潇的那些作品，他真的被眼前这位了不起的少女感动了。他敬佩地对潇潇说：“你真了不起，我得向你学习，你太伟大啦！”

潇潇的脸通红通红的，就像熟透的水蜜桃一样，她低垂下头，连声说道：“写得不好，你还是多给我提提意见吧！”

这时，张主任收拾完厨房，走进屋来，笑着说道：“我们潇潇哇，一来热爱文学的人，嘴就说个不停！”

秦丰热情地说道：“张主任，没想到你有这么一位了不起的女儿，真值得我们学习，她这可是自学成才呀！”

“你可别再表扬她了！”张主任笑着说道，“再表扬她几句，她又不知道自己该姓啥了！”张冬青爱怜地看了看女儿。

“妈，看你说的！”潇潇害羞地垂下了头。

这时秦丰才发现潇潇屋里的书，真是太多了，而且多数都是文学书、历史书、英语书还有一些医书。他问道：“这些书都是你的吗？”

潇潇轻轻地点点头，秦丰突然从心里羡慕起潇潇来。

“你有这么多书，真幸福！”

说完之后，秦丰看了潇潇一眼，他突然发现，潇潇的目光暗淡下来，两只美丽的大眼睛只盯着自己那双腿。秦丰突然觉得自己太冒失了，忙又问道：“你一定有许多尚未发表的作品吧？”

潇潇点点头，问道：“你发表过作品吗？”

秦丰脸红了，不好意思地低下头，说道：“惭愧，从未投过稿！”

“为什么？”

“觉得水平不行，不敢外投！”

“丑媳妇早晚是要见公婆的！”

这时，王新良也看完了潇潇的作品，合上本子，沉思了一会儿后说道：“潇……潇……你……作品……有一种向上……的精神……很叫……人感动……！”

“王新良的文学功底比我好，也写了一些散文！”秦丰说。

“是吗？”潇潇睁大了眼睛，又说道，“以后我们可要多交流哇。古人云，独学而无友，则孤陋而寡闻。尤其是文学，更需要经常研讨，才能不断地提高！”

两位大学生都点点头。潇潇把那本作品集递到他们面前，说道：“我长到这么大，第一次遇到两位文友，而且还谈得这么投机，我希望你们以后经常来我家，咱们好互相品评作品。来，为了纪念咱们的相识，你们俩都在本子上写下一句话吧，我好留作纪念！”

王新良接过本子，想了想后写下了英国哲学家培根的一句话：“跛足而不迷路，能赶上虽健步如飞但误入歧途的人。”

秦丰想了很久，写下一首小诗：

题梦

跌落枕边的
不是梦
那是塞外的白杨
又看见了北国的红豆

潇潇看完之后，说道："这首小诗写得多好哇，你再给我题一首吧！"她开玩笑似的说道，"说不定将来你得了诺贝尔奖，我也有向人炫耀的资本，说不定这两首诗能卖不少钱呢！"

秦丰笑着说："你可别太夸张了，就我这两把刷子，还敢想诺贝尔？"说完便沉思起来。

潇潇又说道："那可不一定，那些得诺贝尔奖的人，开始也是名不见经传的。"

秦丰题笔又为潇潇写了一首小诗：

明天

尽管凝重的足音里
忧伤的音符
轻轻地拨动着
愁苦的琴弦

尽管航行的小船
吱呀吱呀的木桨
憋着沙哑的嗓子
哼得很痛苦
我们还要
穿过茫茫的迷雾
毅然地走过
去打扮明天的太阳！

四十四

秦丰所在班级的团支部由于各方面工作突出，被团省委评为优秀团支部。学校为了表扬他们，特意调了一辆大客车，让全班同学在阳光灿烂的九月里的一个星期天去兴凯湖游玩儿一天。遗憾的是，客车还没到兴凯湖的泄洪闸景点便抛了锚。前不着村后不着店，再加上兴凯湖属于边境地区，人烟稀少，过往的车辆也较少，学生们只好在荒凉的湖边滞留下来。穿过葱茏的杂草和高大的树林构成的绿色风景线，站在洁白柔软的沙堤上，展现在眼前的是烟波浩渺、一望无际的兴凯湖。波光粼粼的湖面上翻腾着洁白的浪花，像空中飘舞的大片雪花，盛开在一片湛蓝的天空下面；也像撕碎的纸片，纷纷扬扬地涌向岸边，撞击在岸上，发出哗啦哗啦的响声，这是另一种生命的喧嚣。远远望去，几叶白帆，荡漾在波涛滚滚的湖面；那小舟，就像一片秋叶，在浪尖上荡来荡去。再极目远眺，则是水天一线，什么也望不见了。一条弯曲的白色细沙滩，像一根绳索，牢牢地把兴凯湖拴在这里。同学们脚踩软软的沙滩，有一种新鲜兴奋的感觉，他们喊着闹着唱着笑着，还有的在瞭望着。

阳光越来越娇艳，温度在逐渐地上升。金色的阳光，蓝蓝的湖面，洁白的浪花，几片孤帆，绿色的树木，给这里的一切都增添了许多诗情画意。同学们就是这画面中的一种颜色，就是这诗情中的一个形容词。有许多勇敢的男同学已经脱去衣服，扑向湖里，享受着大自然的恩赐。一帮女生，则沿着湖边，三五成群地漫行着。宗翠边走边捡着贝壳，孩子似的哼唱起来。任杰问道：“你干吗这么高兴啊？”

“来到这样一个美丽的地方，能不兴奋吗！”

“只可惜哟，这个没有污染、洁净的湖面，不全部属于我们！”

“这是历史问题！”袁园接着说道，“我在家乡念中学时，我们的历史老师都会把我们领到额尔古纳河边上，手指江北那片一望无际的大森林，给我们讲那段民族辛酸史。讲到江东六十四屯惨案时，他讲得声泪俱下，我们听后也泣不成声。唉，中国，中国，你不强大能行吗？”

袁园说到这里，脸色凝重，语调悲伤，目光中燃烧着渴望和梦想。她遥望着兴凯湖远方那水天一色的宽阔湖面，沉默不语，似乎在思考着什么。

任杰又说道：“我们的国家，不跻身世界强大民族之列，就会被动挨打。咱们是八十年代的大学生、祖国未来的建设者，应该肩负起祖国的希望，好好学习，好为祖国多做贡献！”

“你说那么多干啥呀！那是政治家们的事儿”宗翠接着说道，“历史就是历史，是翻过去的一页，不能再翻回来，也不可能再去追觅什么。一个国家也好，一个民族也好，甚至一个人也好，其历史绝不会重写。历史最为真实，绝不存在着假设。我们还是好好享受生活吧！”

“宗翠，你怎么能这样说话呢？”任杰一脸的严肃。

袁园嘴角冷冷一笑，没有说什么，只是把深邃的目光投向烟波浩渺的湖面，弯腰拾起一枚光滑的石子，使劲地投向湖里。

“我说的是大实话。你们不要把自己看得太高大了，好像你们看见了一片绿叶，就像读懂了整个春天的含义！仿佛我们在将来，挥一挥手就可以改变天和地。我可以告诉你们，咱们二十年以后再相见时，我相信，二十年的风风雨雨，会把我们每个人都淋湿，有的会被太阳烤干；有的会被风吹干；有的只好自己去舔干；有的干脆永远也不会干，只能湿淋淋地走完自己的人生路，你们相不相信？”

宗翠用挑战似的目光，紧紧地盯住任杰和袁园。

任杰和袁园很惊讶，平时，二人都认为宗翠是一个不十分懂事的小丫头，没想到，她今天竟有这番见地，真正地令二人大吃一惊。

秦丰刚刚到兴凯湖边时，除了好奇之外，更多的则是激动。观望了好一阵子后，他选择在树林下一块高高的岩石上，观望着遥远深邃的湖面，他在脑中想象着那个并不十分遥远的并与中国接攘的另一个国度，那群另一种肤色的人们是怎样生活的呢？是否也和我们一样忙忙碌碌呢？看到湖水里嘻闹的同学们和沿着岸边行走的女同学们，秦丰被这迷人的景色醉倒。他从兜里掏出一张纸片，低头写下一首名叫《浪花》的诗：

消逝了，

蓝色湖面中急想登陆的浪花

虽然你被坚硬的岩石撕得粉碎

但你生命的影子

还在空中舞蹈

还在为搏击而高歌

你那短短一闪的洁白

给岸边郁闷的树林

抛下一个

深刻的启示！

这种启示是什么，秦丰自己也说不清楚。他只是朦朦胧胧地在脑海中有感应，就像磁场对电流的作用一样，用肉眼是无法观察到的，这也是物质存在的一种方式。

远远的，看见张建华在向他招手，手握成喇叭状喊他，秦丰站起身，向张建华走去。

“开饭喽！”

秦丰随着人流来到那台已坏了的大客车旁。任杰和几个男生正给同学们分发食物。任杰对同学们大声说道：“咱们的车坏了，不知什么时候才能返回学校，所以，咱们要节约食物以备急需。中午预分的食物只能分一半！”

正午的阳光缩短了每个人的身影，同学们三五成群地散坐在树阴下，耳听波涛声，边吃边谈笑着。宗翠在人群中没有找到李学庆的身影，忙在女生中寻找，发现一个女生也不少。她心里有些担忧了，在东张西望中胡乱地吃了一个面包，一直到同学们吃完了饭，也没见到李学庆的身影，宗翠真有些着急了，把任杰拉到一边，悄声问：“咋没见李学庆呢？”

经她这么一提醒，任杰也忽然想起来了，整个上午，她也没见过李学庆的身影，忙问道：“他没跟你说声就走了吗？”

“没有哇！”

俩人的目光在同学中扫过，学生们刚刚吃过饭，有的躺在沙滩上晒太阳；有的在看书；有的在谈天；有的在洗澡；有的在捡贝壳。一群白色的海鸥，尖叫着掠过人们的头顶，向湖中心飞去，追赶那片片白帆。

正当她俩着急的时候，远远的有两个人影闯进她们的视野，沿着湖边，慢慢地走近，手中还提着东西。宗翠眼尖，一眼便望见是李学庆。很快，李学庆的手里拎着几条兴凯湖大白鱼，另一个同学抱着几瓶酒走到大家面前。李学庆扬扬手里的大白鱼，高声对大家说道："久闻兴凯湖的大白鱼好吃，今天咱们来到湖边不吃鱼，那将是一辈子的遗憾。我们俩走了十几里路，才买回这些鱼！"

有几个男同学围了过去，并笑着给李学庆鼓掌。李学庆得意扬扬地说道："同学们，我给大家熬鱼汤喝！"

同学们的目光被吸引过去，有人问道："这荒郊野外的，你用什么熬鱼汤啊？"

李学庆笑着说："世上无难事，只怕有心人！"

说完，他跑回汽车里，找出两个大饭盒，其中一个里面还装着葱和盐。有人笑着说道："原来你是早有预谋啊！"

"有备而来！"李学庆也哈哈一笑，开始张罗做美味的鱼汤。

袁园一个人沿着湖边走着，她手里拿着几张英语卡片，在背英语单词。偏西的阳光把她修长的身影映照在湖面上，随着阵阵波涛卷走了，湖面上漂浮着的一些枯枝败叶，给这湖面的风光抹煞了不少的成色。她背了一会儿后，觉得头有些发沉，眼皮有些发硬，便抬起头向湖心极目远眺。当她把目光从湖面收回，又向人群扫视过去时，远远地发现张建华正看着自己。她的心咯噔一下，猛然想起那天跑步时与张建华的一番对话。从那天开始，张建华对她似乎就有了异样的反应，总趁她在屋里时找个借口去女生宿舍，寻找机会接近她。她确确实实地感觉到了她周围有某种力量的存在，她有些不寒而栗。当她再次抬头看张建华时，只见他正缓缓地向自己走来。她的心突然收紧了，想远远地逃离这里，但又无处可逃。张建华走到她身边，用英语向她问好，她同样用英语回答他。张建华在她身边停住脚步，问道："你见过这样浩渺的湖吗？"

袁园想了想后摇摇头说道："我只见过湍急的额尔古纳河！"

"河与湖相比，你觉得哪个更成熟呢？"

袁园听了这个奇怪的问题，惊讶地瞪大了眼睛，沉思了一会儿后，她突然笑了，反问道："你说呢？"

望着胸有成竹的袁园那神秘兮兮的笑脸，张建华突然感到眼前这个女性绝不是一般的对手，也许就是……他没有再往深处想，只是说道："我是在松花江边长大的，我知道它的性格。但对于湖，我还很陌生。它给我的最初印象，没有江河那么平稳沉静，它好像很容易激动，也很爱发怒，性格仿佛多变，但它有一点让我推崇，那就是它对大地母亲的挚爱，是江河所无法比拟的！"

袁园的脸上，带着蒙娜丽莎般的迷人微笑，款款地向前走去。她突然说道："上午，我和任杰、宗翠讨论了一番人生的意义，宗翠有一个观点，倒让我很惊讶！"

"什么观点？"

"她说我们每个人都不要把自己看得太重，别认为将来的天下就是八十年代大学生的，对此，请谈谈你的看法！"

张建华和袁园相间一米左右，他缓缓地向前走着，沉思了一会儿后，说道："宗翠的观点尽管不十分正确，但也有它合理的一面！"

"从何谈起？"

"我是从社会上走过来的人，在入学之前曾在我们县的磷肥厂当过两年的工人。可以说，我的某些经验，比你们这些出了中学校门就进大学校门的没有真正接触过社会的学生们来说要适用些。我想毛主席有句话最适用，那就是爬高跌重，把未来想象得越美好，到现实生活中往往就会越失望。因为理想和现实之间相差太悬殊，希望越大，失望的成分也就会越重。我听说以往的大学生们毕业后进入到社会之后，都有一个失望期。大概在社会上跌过几次跤之后，才能调整好思维方式和看问题的视角，只有这样才能够适应社会。这个失望期是刚毕业大学生们的盲区。有人在盲区里跌倒了，就再也爬不起来；有人没有跌倒，那是幸运的；有的人跌倒后马上又顽强地站起来，勇敢地往前闯！"

"你说说你会属于哪一类呢？"

张建华笑了笑，避而不答，只是问道："那你说地球为什么是圆的呢？"

"这个问题在中学的地理课上学过！"

"那是从科学角度的解释，还有社会学角度呢！"

袁园很吃惊，问道：“地球是圆的还有社会学意义吗？”

张建华点点头，弯腰捡起一粒圆圆的、光滑的石子，看来看去，然后递到袁园眼前，接着说道：“地球是圆的，这是宇宙刚诞生时，天体撞击摩擦的结果，如果没有撞击和摩擦，它怎么能是圆的呢？就比如我手中的这粒小石子，你能知道它当初是什么样子的吗？它当初肯定不这么圆，也不这么光滑，但自从它进入江河或兴凯湖以来，不知经过多少年，也不知经过多少万次的碰撞和摩擦，它才变成今天的这个模样，这和地球在宇宙中的道理是一样的。我们人就好比是一粒小石子，社会就是江河或湖泊，我们刚刚走入社会时，肯定都是有棱有角的，但经过多少年的冲撞和磨擦，我们也都变成了这个小小的圆圆的光滑的石子！”说完，他掂了掂手里的石子，又奋力向湖中扔去，嘴里还自言自语道，“你再去经受一番磨难吧，那时你再露出水面，恐怕会更加圆滑！”

袁园听后，竟咯咯地笑了起来。她轻轻地晃着脑袋说道：“你可真是一位奇谈怪论者！”

“不，这是一种哲思的结果！”

袁园有生以来，第一次佩服起人来。她不禁仔细端详起张建华，只见他扁扁平平的苍白的面孔上，点点的淡黄色雀斑依稀可辨，有一只眼睛稍微有点儿斜视，目光炯炯有神，流露出坚韧和锐利，只是那目光淡而深沉，很少能燃烧起热情。

“你在研究我吗？”张建华问道。

“我不仅仅是在研究你，而且还是在阅读一代人，研究一种现象。”

张建华微微一笑，又弯腰从沙滩上拾起一枚小小的石子，向湖面投去。他又问道：“你看这石子在湖面激起的波澜能有多大？”

袁园觉得这句话的含义似乎特别的深刻，一时还琢磨不透，只好淡淡地说道：“石子在湖面所荡起的涟漪，跟汹涌的浪涛相比，实在太小，可以忽略不计！”

张建华不甘心失败，又问道：“假如投入平静的水面呢？”

“心静如水时，也荡不起涟漪！”

“怎样才能使它荡起波澜呢？”

“短时间内，不会出现任何波动，这是我的判断！”

“如果暴风雨来临呢？”张建华停住脚步，双眼盯着袁园，又轻声问道。

沉默，只有大湖的波涛声和海鸥的鸣叫声，以及远方同学们的呼喊声及吵闹声。

“你看咱们班的男生谁最有才？”张建华只好换了个话题。

“当然是秦丰了！”袁园不假思索地脱口而出。

“你看，他在那儿！”张建华向远方指了指。

袁园转过头看了一眼，说道：“咱们去他那儿吧！”

秦丰被脚步声惊醒，抬头看见二人向他走来，忙合上书，想站起身，却没有站起来。原来一条游蛇从他的身边悄然爬过，吓得他毛骨悚然，连喊都不敢喊了。张建华和袁园走近时，秦丰用手指了指，张建华看后笑着说：“一个男子汉，竟然怕起蛇来，女人才怕蛇呢！”

“为什么？”袁园不解地问。

“《圣经》里有一段故事，是专讲这个问题的！”

“你读过《圣经》？”袁园流露出惊讶的神情。

张建华点点说：“当初上帝耶和华造出亚当和夏娃后，把他俩放在伊甸园里，让他们看守。那时人类的祖先并不识羞耻，只知在爱河中游玩。上帝吩咐他们说伊甸园里有两种树的果实不能吃，一种是生长之树，另一种就是恶善树。当时，蛇是一种很漂亮的飞鸟，它不是在地上爬行，而是在天空飞翔，但它很狡猾，它对夏娃说：‘你为什么不吃那两棵树的果子呢？吃了可以长生不老，识别恶善。’夏娃听后对亚当说：‘只要吃了那两棵树上的果子，咱们也会像上帝一样长生不老，心明眼亮。’亚当听信了夏娃的诱惑，二人吃了恶善树的果子，立刻心明眼亮，知道了羞耻。他们马上用无花果的叶子围住下身。这时，上帝回来了，带来了风声。亚当和夏娃吓得躲在树后，上帝看到他们躲避自己，马上知道他们两个做了什么。这叫人类始祖犯罪。上帝把女人叫来问她，女人如实地告诉了上帝，说是蛇告诉她吃恶善树的果子的。上帝又叫来了蛇，说道：‘你引诱女人犯罪，从此以后，你要用你的肚皮爬行，而且要变得丑陋不堪。你和女人结为世仇，你专咬女人的脚后跟，女人专踩你的脑袋。从今往后，女人要增加生产的痛苦。’上帝又把亚当叫来，说道：‘你听信了女人的话，从今往后，田地里长满荆棘，你必须在田地里大力耕耘，才能养活你及你的全家。’所以，男字的写法是田字头下面加一个力字，连汉字也说明了这个道理！”

袁园听后笑了，她摇摇头说：“你不是在瞎编吧！”

“你不信，请问秦丰，他看书多！”

袁园转脸看向秦丰。

“确有此事，这是《圣经》第一篇《创世纪》里讲的故事！”秦丰接着说道，“但男字的写法和分析，《圣经》里可没有，是建华的首创，也是建华的专利！”

说完，他向张建华笑了笑。

有了秦丰的旁证，袁园深信不疑了。但她也陷入了深深的思考之中，没有再说什么。

秦丰看了看人群，只见李学庆等几个人正在喝酒，便对张建华说道：“你看看那边的闹剧！”

张建华看后说道：“每个人都有自己的活法儿，生活道路的选择，绝不可能完全一致。扫好你自己门前的雪，别管他人瓦上的霜！”

夕阳西下，司机取机件还没有回来，同学们有些着急了，再也没有了白天的闲情逸致。暮色将至，喧闹了一天的湖面，似乎也累了。同学们也累了，有的躺在车里睡觉，有的坐在沙滩上轻声地交谈。有位男同学抱回一些干柴，在湖畔点燃一堆篝火，给有些感觉冷的同学取取暖。宗翠坐在熊熊的篝火边，低声地哼唱起一首低沉的歌曲。唱过之后，她躺在任杰的腿上轻轻地入睡了。任杰把自己的外衣脱下，轻轻地盖在宗翠的身上。宗翠在睡梦中梦见了远方那个温暖的家，家中，妈妈那慈祥的目光，永远注视着女儿……

秦丰望着黑乎乎的湖面，耳听那渐渐微弱了的涛声，又想起了遥远的天堂河。

四十五

国庆节马上就要来临了，这个国庆节怎么过？这可让李学庆颇费了点儿心思。他记起了前些日子农经系曾举办过一次舞会，他是被邀请去参加的。已经在中国大地上消失了十几年的舞会，随着八十年代的悄悄来临，也来到了人们的生活之中。那一次舞会让李学庆激动不已，也令他大开眼界。最让他难忘的就是在舞会上教他跳舞的农经系的一个名字叫李香君的女孩儿。她不但人长得漂亮，舞跳得也好，嘴巴还很甜，并且很有修养，这让李学庆在心里暗暗地赞叹不已。想起那次舞会，他心中突然冒出一个主意。那就是农学楼刚刚落成使用，又遇上了国庆节，何不搞一个庆祝舞会呢？借此机会，可以把李香君请过来，和她接触接触，以加深了解。有了这个想法之后，他连忙去找系总支书记陈新枝。当他把自己的想法告诉陈新枝后，陈新枝也很高兴，说道："我正愁这十月一没有什么新的创意呢，你的这个建议很好，一是可以庆祝十月一这个节日，二是可以庆祝咱们农学楼的落成使用，三还可以活跃活跃咱们系的业余文化生活。我看可以以系团委的名义举办这次舞会，同时，还要把系里的老领导、各教研室的老师也都请来，让全系师生共同度过一个美好的国庆节！"

李学庆没想到陈新枝竟然这样支持他，他有些激动。陈新枝又接着说："这件事你和团支部书记及学生会全力去办吧，还是以你为主。"

李学庆受领了这个任务以后，便开始写海报，在主楼前的宣传橱窗各宿舍楼、农学楼、食堂贴海报。同时，把李香君请来作指导布置现场。

因为农学系的女生少男生多，李学庆怕到时候女生不捧场，特意告诉女生国庆舞会必须全部参加，并说这是陈新枝的意思。袁园和任杰本来不想参加什么舞会，想去教室看一会儿书，但一听说是系里的要求，也只好硬着头皮走进舞会现场。这个舞会的场地很大，是农学楼四楼的一个大会议室，天棚用拉花简单地点缀了一下。五颜六色的拉花下面，挂着几个彩色的气球。场地四周靠墙的地方，放了一圈儿凳子和椅子，供人们休息时用;有几把椅子前，摆放了几张桌子，桌子上蒙着红色的毯子，并摆了茶杯和瓜子等，一看便知是领导们的座位。在桌子的后面，靠墙摆着一块大黑板，上面书写着“农学系国庆舞会”几个大字。桌子旁边放着一个单卡录音机，正在播放着舞曲。已经有些人来到了场地中，李学庆显得特别活跃。看见任杰她们走进来，他赶忙迎过去，微笑着说道：“欢迎二位女士光临，请！”

袁园瞅了一眼李学庆，只见李学庆内穿白衬衫，外穿一件西服，头发梳得一丝不乱，一双大眼睛炯炯有神，人显得格外风流倜傥。袁园笑了笑说:“可把你忙坏了，李学庆！”

李学庆不无得意地微微一笑，说道：“为同学们服务，应该应该！”

人越来越多，录音机里的音乐热情激昂，人们有的坐着，有的站着，都在低声交谈着。工夫不长，从走廊里传来了脚步声和谈话声，李学庆紧走几步把门打开，鱼贯而入的有郑义、张冬青、轩辕昊宇、陈新枝，还有学校的有关领导及一些教师。同学们站起身，热烈鼓掌欢迎。当领导们在桌子后面就座时，李学庆忙跑过去，把录音机关了，又走到陈新枝身边，低声说了几句什么。只见陈新枝点点头，站起身，请系主任张冬青讲话。张冬青讲了几句后，陈新枝宣布舞会正式开始。于是优美的舞曲再一次响起，但没有一个人先下舞池，场地内一时显得比较冷清，李学庆高声喊道：“同学们，咱们欢迎领导们带头来一曲！”喊完之后，他高高地举起双手鼓起掌来，同学们便随着他也拍起了巴掌。系主任张冬青瞅了瞅陈新枝，又看了看轩辕昊宇。轩辕老师站起身来，款步走到张冬青面前，做了一个请的姿势，张冬青的脸微微一红，还是站起了身，二人姿式摆正之后，随着舞曲跳了起来。李学庆走到陈新枝面前，也做了一个请的姿式，陈新枝连连摆手，红着脸说：“我还不会，先让我看看再说！”

李学庆只好转身又来到那个楚楚动人的李香君面前，两个人伴着舞曲熟练地跳了起来。任杰和袁园坐在一边儿悄悄地看着，袁园附在任杰的耳边说道：“你看有意思吗？”

“男女靠得那么近，多难为情！”

“你也太封建了！”袁园笑了笑说道，“就是太浪费时间了，玩物丧志！”

“咱们班爱学习的那几位都没来！”

“我也想走了！”

这时，第一支舞曲结束了。人们纷纷走回自己的座位，宗翠坐在了任杰的身边，她跳舞跳得有些热了。袁园不无讽刺地问道：“怎么样，宗小姐？”

宗翠白了袁园一眼，说道：“感觉真好！”

说话间又一支舞曲响起，还是轩辕老师与张冬青共舞。李学庆走过来，对任杰说道：“任杰，我请你跳舞！”

任杰连连摆手，说道：“我可不会，我可不会！”

“我可以教你！”

“对不起，我不想学！”

李学庆又转向袁园，还没等他张口，袁园便问道：“李学庆，我可以走了吗？”

李学庆看见她那冰冷冷的目光，就笑了笑说道：“这么热闹，多待会儿吧！”

“对不起，我受不了这份刺激！”说完，她站起身，问道，“任杰，你走吗？”

李学庆一时挺尴尬的，宗翠站起身，对李学庆说道：“走，咱们去跳舞！”

于是，二人滑进舞池，李学庆瞅着走出门外的袁园和任杰，嘴里不满地嘟囔了一句什么，宗翠听到后，悄声对李学庆说道：“你别管她们，袁园自以为是，傲得很；任杰是个老古董，跟她们一般见识啥？”

李学庆点点头，收回了他的目光。宗翠看见轩辕昊宇和张冬青亲热地跳着舞，她又悄声对李学庆说道：“你看轩辕老师的舞跳得多好！”

“你别忘了，他可是五十年代留苏的大学生，舞当然跳得好啦！”

这时，宗翠发现李香君的眼睛正盯着李学庆，看得很专注，她那颗敏感的心马上就意识到了什么，她又问道：“和你跳舞的那个女的是谁？”

李学庆回头看了看李香君，说道：“啊，她是农经系的，名叫李香君！”

“长得挺漂亮！”宗翠在试探李学庆。

“漂亮吗？”李学庆淡淡地说道，“我没看出来！”

“你要小心，别被她迷倒！”宗翠不无醋意地说道。

李学庆瞅了瞅宗翠，不知什么原因，跳乱了舞步，重重地踩了宗翠一脚，疼得宗翠直咧嘴。他俩稍停了一会儿后，又调整好步伐，重新跳了起来。宗翠又问道："我刚才说的话，你听清了吗？"

李学庆没有回答，只是点点头。

舞会一直持续到晚上十一点才结束。在回家的路上，张冬青和轩辕昊宇慢慢地走着，谁都没有说话，他们仍然沉浸在舞会的兴奋中。

金秋的晚风十分的凉爽，满天的星斗显得格外的灿烂。八一农大校园内，很多房间里的灯光都已经暗了下来，仿佛一切都已经睡着了。轩辕昊宇看了看裴德峰顶上电视差转台的红灯，兴奋地说道："冬青，我相信，以后的日子会更加好起来的！"

张冬青点点头，脸上挂着笑容问道："算一算，你得有二十多年没跳舞了吧？"

"是啊，整整二十三年，是我人生之中最宝贵的二十三年，那么多的大好时光，被白白地浪费了，不然的话，我们都可能有更大的成绩！"

张冬青只是轻声地叹了口气，问道："这跳舞的感觉是不是很好？"

"久违了，有些生疏啦！"

他们又都不再说话了，一颗流星在天空中飞逝而过，留下一条亮亮的尾巴。快到家门口时，轩辕昊宇对张冬青说道："快分新楼房了，你最好是要一楼，这样潇潇出入也方便些！"

张冬青轻声道："我已经和基建处讲了我的情况，他们基本上同意！"她长长地叹了口气，声音有些颤抖地说道，"潇潇还这么年轻，我活着时还能照顾她，万一将来……唉，我真不敢想未来呀！"

说完她深深地埋下了头。

"要说潇潇这孩子还真有出息，你看她发表的作品、翻译的英文资料都挺有水平的，只可惜……"他停住了话头，又说道，"你也别着急上火，这样的好孩子，将来会有人照顾她的！"

张冬青苦苦地笑了笑，没有说什么。隔了一会儿，她问道："分楼时，你打算要哪层呢？"

"当然是离你近一些为好啦！"

黑暗中，俩人都没有吭声。

不经意之中，他们的手碰了一下，俩人又条件反射似的向两边挪了挪身子，都不敢互相看一眼。

张冬青又问道：“你家属的身体咋样？”

“老样子！”轩辕重重地叹了口气，说道：“幸亏张建华他们几个帮我的忙，不然的话，我这两年多的时间，哪儿能腾出那么多的时间来搞科研呢？系里应该好好表扬表扬这几个学生！”

张冬青点点头说道：“去年张建华就是三好学生，我们打算整理材料报到学校，评这三个学生为学雷锋标兵！”

“这些年轻人真好哇，肯学习，爱钻研，有抱负，心地还善良，又赶上了好时候，将来都错不了！”

四十六

郑义往新楼搬家时，李学庆把王新良和张建华叫去帮忙。在搬家的时候，李学庆搬一个旧皮箱，没想到锁已经坏了，皮箱里的东西全掉了出来。李学庆捡东西时，突然发现一个相框，那张照片上的女人年轻漂亮，和年轻的郑义肩并肩地靠在一起，看那份亲热劲儿就知道他们肯定很幸福。在他正看照片的时候，郑义正好走过来，他看见李学庆手中的相框便伸手接了过去，用手掌把镜面上的灰尘擦干净，然后细细地端详起来。李学庆发现他的眼里有泪花在闪动，他悄声问道："郑叔叔，这不是石老师呀？"

"这是我的前妻，名叫舒云！"

"她现在干什么呢？"

郑义的眼中掠过一丝悲伤，沉了一会儿才低声缓缓地说道："她早已去了另一个世界！"

李学庆轻轻地"哦"了一声，还想要说什么，只见石宏伟走了过来，接过相框，柔声说道："老郑啊，把它给我吧。我们快点儿搬家吧，别再想那些过去的事了，还是把她忘了吧！"

郑义在心里暗暗地说道：想忘记，谈何容易呀！

那些逝去的如烟的往事，又一幕幕呈现在他的脑海里。

一九五八年的八月，他领着刚刚脱下军装的战士们在建成不久的生产队的荒地上开荒，在建房的时候，场长的一纸命令又改变了他的命运：他又要去即将建成的农垦大学去学习。这令郑义激动不已。连他自己都没有想到，一个放猪娃，不仅当家做了主人，带领转业官兵来到这荒凉的北大荒创建新的家园，而且还要成为一名大学生。在他们老郑家的历史上，从来就没有过一个念书人。想到上大学能够学到更多的本领，将来回来搞生产就像有了一双翅膀一样，郑义的心里激动不已。他无法入睡，借着明亮的月光，瞅着妻子舒云正眼泪汪汪地想着心事，他转过身，把手搭在她的肩头，温柔地问道："你怎么了，想家了？"

舒云轻轻地摇摇头，眼睛还是盯着郑义，郑义又问道，"你在呆想什么？"

舒云向郑义的怀里移了移，把脸贴在郑义的脸上。她那温柔的气息，很像春天里的一丝丝风，悄然地刮过郑义的脸庞，让他感觉到有些痒酥酥的。他把舒云搂进怀里，悄声问道："是不是舍不得我走？"

舒云含泪点点头，郑义笑了，轻声地说道："以前那些年，我总是在外面跑，也没看你掉过眼泪，今天这是怎么了？"

"现在和以前大不相同了！"舒云轻轻地说了一句。

郑义听后，想了想，说道："也是呀，就你一个女人在家，是不太容易，好在指导员的家属，还有几个老兵的家属都在，你可以经常跟她们来往。我到一月份就放假回来，三年的时间，一晃就过去！"舒云没有吭声，只是泪珠沿着她那美丽的脸颊悄悄地滚下，郑义替她擦去眼泪，接着说道，"不然的话，我把你送回老家，等我毕业再回来，你看行吗？"

舒云摇摇头，说道："我不想回去，在农场离你还近些。前几天场长来检查工作时跟我说过，农场要建修理厂，我在工厂不是干过车工吗，他打算把我调到修理厂去。我想农场刚刚建立，正是用人的时候，我还是在农场等你回来吧！"

第二天清晨，舒云早早地起床，给郑义做了一顿可口的饭菜。郑义吃饱后，打好背包刚要走，舒云把他们结婚时照的相片取出来，塞进郑义的手里，说道："你带着吧，想我的时候就看一看！"

就这样，郑义离开了他刚刚建立起来的农业生产队，来到了当时只有几栋房子的农垦大学，参加了艰苦的建校劳动，他盖过房子，修过青年水库，炼过钢铁，驾驶拖拉机开过荒，铲过地还割过大豆，到宝密桥清过荒，去小富源割过青贮饲料，还到过裴德峰砍过木柴。就在一九五九年的春节刚刚过完没几天，正在利用农闲时搞学习的郑义，突然接到场长给他寄来的信，叫他马上请假回农场一趟，一看写信的日期，已经半个月过去了。郑义只好向领导请假，走了四天的时间才到他们的农场。在场长办公室里，场长看见他进屋后，站起身来紧紧地握住他的双手，一时没有说出话来。

郑义觉得很奇怪，一向干净利索的场长，今天这是怎么了。他笑了笑，问道："场长，你今天怎么变得婆婆妈妈的，发生了什么事？"

场长的眼泪流了下来，他悲伤地说道："郑义，我们没有照顾好舒云，她……"

"她怎么了？"郑义瞪大了双眼，使劲儿地抓住场长的手。

"舒云她难产……抢救不及时……已经……去世……二十多天了……"

郑义的脑袋像挨了重击一样，眼冒金花，一屁股跌坐在地上，眼睛直勾勾地盯着场长，好一阵子才说道："这不可能……这不是真的……我从家走时……她没告诉我怀孕……这怎么能是真的呢？"场长把郑义从地上扶起来，把他扶到椅子上坐好，又低声地说："郑义，在你临走的时候，舒云已经怀孕了，她怕你到学校后惦记她，分散精力而影响学习，就没有告诉你她怀孕的事，等我把她从连队调到场部的时候，舒云都显怀了。舒云真是个好同志呀，在修理厂工作这几个月来，她教会了好几个徒弟。在她临生产前，你嫂子劝她早点儿休息，她说什么也不肯，一直干到最后犯小病那天，才离开工厂。万万没想到的是，她难产了。我们只好用车往县城送，谁知道这老破路，还没等到县城，舒云就咽气了，唉！"

"她在哪儿，她在哪儿，我要去看她！"

场长领着郑义，来到了山前的墓地旁。在那刚刚融化的雪原上，一堆崭新的黑土埋下了那二十五岁的舒云，也埋下了郑义那个没见过面，甚至不知是男孩儿还是女孩儿的后代。这小小的坟墓，就像大地的一个眼珠，永远注视着北大荒。它埋下的不仅仅是一个躯体，而且是一代人的热盼、一群人的情感；这小小的坟墓，是舒云那年轻人生的一个大大的沉重的句号。

郑义扑通一声跪在坟前，双手抓着被冻得硬邦邦的泥土，大声痛哭起来。那轮夕阳，也像郑义那哭红的眼睛，朦朦胧胧地沉下山去。

就要离开农场回农大了，在夜幕降临的时候，郑义悄悄地离开战友们，来到了舒云的坟前。他趴在坟上，用流满了泪水的脸去贴那冰冷的土块，就像他亲舒云那漂亮的脸庞一样。这些天来，他哭泣得太多了，眼泪几乎都流干了，他的心悲伤到了极点。早春的冷风是那样的刺骨，把他的手都冻麻木了，但他还是毫无知觉。周围的一切寂静极了，连微弱的风声都听得清清楚楚。他站起身，折回一些枯枝和茅草，从口袋里取出火柴点燃，他坐在舒云的坟旁边心如刀绞，心里暗暗地说道：舒云啊舒云，我真的对不起你呀，你跟我来到这北大荒，让我没想到的是，把你早早地扔到这里了。回家之后，我怎么向你父母交代呀？如今，你一人孤独地待在这里。这么冷的天，我不知道你还冷不冷？我知道你胆小，咱们住在生产队的时候，一听见狼嗥，你就往我怀里钻，可现在，你躺在这荒山野岭里，别说狼来，有时连老虎黑熊都会来的，你再害怕时，可怎么办哪？我离你远去了，谁还能为你遮雨挡风啊！舒云哪，明天我就要走了，就要离开你了，就留下你孤独地待在这儿了，你别忘了我呀，也别忘了咱们刚刚建起来的农场啊！舒云哪，我今晚哪儿也不去了，就坐在这里陪伴你，就像我刚离开连队时你陪我那样，等我大学毕业了，我还回来，那时，我会天天来看你的，你安心地等着吧，一定不要着急！舒云哪，你把咱们的孩子也看护好吧！现在，我真的恨那个不见面的小坏蛋，如果没有他（她），你怎么会走得那么早哇？也怪我粗心大意，你都怀孕了，我竟然不知道，那时，我整天忙着开荒种地，很少过问你的情况，回到家里，有时嘴嚼着饭就睡着了，可你从来没有报怨过什么！舒云哪，我走的时候，你为什么就不告诉我一声？是我没有照顾好你，将来我们见面时，我怎么向你交代呀……

黑夜像小船一样，逐渐地往远方划去，郑义就在这寒冷的早春，陪着他的舒云坐了整整一夜。当第二天早晨人们找到他时，他已经昏倒在坟旁……

四十七

农大校园的每一天都是静悄悄地来，静悄悄地走。就在这静悄悄之中，不知不觉地出现了一些令人意想不到的变化。在农大的商店旁边，有人悄悄地摆出了自家产的蔬菜和自家养的小鸡和鸡蛋。在学校的旁边，甚至还悄悄地出现了一家馄饨馆，那个小小的红色棚子，就像一团火苗，燃烧在八一农大的天空。李学庆和他的几个老乡或好朋友，经常来这个小馄饨馆聚餐。一角五分钱一碗的馄饨，吃起来比大食堂的饭菜要可口得多，还可以再来一两个炒菜，喝上二两白酒，那感觉就像神仙一样。时间长了，觉得总这么吃有些不划算，李学庆就偷偷地买了一个电炉子，再买些鸡蛋或青菜，嘴馋时就自己做着吃，既方便又经济。

宗翠这些天情绪不佳。她和李学庆是越来越谈不拢，明显地感觉到李学庆对她是越来越冷淡了。回想起他们刚刚谈恋爱的时候，李学庆热得像一团火，可今天，他已经变成了一杯温开水，说冷不冷，说热不热，这叫她十分担心。她越来越感觉到对她构成危胁的可能是那个叫李香君的女孩儿。宗翠在寝室里坐卧不安，她甚至都不敢再往前想了。她暗暗地说道：我一定要找李学庆好好谈谈。

宗翠来到李学庆的寝室，屋里只有李学庆一人，只见他正把一盆热气腾腾的炖小鸡往床底下藏，抬头看见是宗翠，这才放下心来，说道：“吓了我一大跳，我还以为是管理员来查电炉子呢！”

“你干吗不去学习，又做上吃的喝的了？”

“不吃干什么去？”李学庆边说边从柜子里取出一瓶北大荒酒，找出碗和筷子，咕嘟咕嘟地倒了半碗，又把鸡肉摆在桌子上。抬头问道：“你不吃点儿？”

“我没胃口！”宗翠生气地说道。

“那我可就不客气了！”李学庆说完，端起酒碗，仰脖喝了一大口，又吧嗒吧嗒嘴，一副有滋有味儿的模样。宗翠看了后，皱起了眉头，她气呼呼地说道：“别人都勤勤恳恳地学习，你可倒好，整天醉生梦死！”

“醉生梦死？”李学庆轻轻地放下酒碗，皮笑肉不笑地说道，“酒盅乾坤大，壶中日月长，这你懂吗？什么叫醉生梦死？”李学庆看看满脸怒气的宗翠，深深地叹了一口气，有些伤感地低吟道，“何以解忧，唯有北大荒！”

“你天天除了吃喝就是玩儿，还有什么忧愁可言？你看咱们班的同学，个个都抢时间学知识，可你呢？竟这样胸无大志！”

听完宗翠的话，李学庆哈哈大笑起来，他说道：“宗翠呀，你太年轻幼稚了，胸无大志又怎么样？胸怀大志又如何？这年头儿有一句话，以前我都不相信，但今天我真的相信了，那句话就是‘学好数理化，不如有个好爸爸！’如今这年月，你学富一百车又有什么用？历史上的屈原、李白，你说他们哪个没才？但又有什么用？还不是没有用武之地吗？只好一个投江自杀，另一个喝醉落水而死！”说完，他长叹了一口气，又喝了一口酒，嚼着一块鸡肉说道，“人生就是那么回事吧，争名夺利是为了什么？还不是为了吃好喝好？今天有酒今天醉吧，明天没酒再掂兑！”

“你……你……！”宗翠气得脸色发白，嘴唇直打哆嗦。

李学庆瞪起眼珠子问道：“你什么？你什么？你愿意待在这儿就给我消停地待一会儿，不愿意待就给我滚出去！”这最后一句，他几乎是吼叫着说出来的。

宗翠像受了惊吓的小鹿，怔怔地看着发怒的李学庆。她连连后退，转身逃出门外，连头都没敢回。跑回女生宿舍后，她一头扎在床上呜呜地痛哭起来。是呀，李学庆太让她失望了，甚至是绝望。自从她把自己的一切甚至未来都托付给李学庆后，她是多么希望李学庆能像秦丰那样刻苦地学习呀，同样有上进心，有理想，有追求，如果那样的话，就不会辜负她的意愿。但今天的李学庆，离她的要求是越来越远，远得像快断了线的风筝，时时都在向遥远的不可知的方向飘游，而自己又无力把他拉回到身边。她不由得又想起了那个夜以继日苦学的秦丰。自从那天晚上以来，秦丰见到她始终是不冷不热、不卑不亢，既看不出恨也看不出爱，见面只是点点头，算是打过了招呼。她突然觉得李学庆身上所缺的正是秦丰身上所特有的；

秦丰身上所缺的正是李学庆身上所具备的。有时她暗想：人生也许是最爱开玩笑的幽默大师吧，为什么人们想得到的东西，无论怎样苦苦追求都不容易得到呢？而不想得到的东西却唾手可得。假如自己当初多下苦功不轻易放弃的话，也许就能得到成功，而自己恰恰缺乏的就是那种铁杵磨成针的恒心。可如今，自己跟了李学庆这个人不人鬼不鬼的东西，要优点不多，要缺点不用找，一划拉就能装满书包，今后我可怎么办呢？一想到今后，她的眼前马上就出现了李香君那副漂亮的面孔，她的心像被鞭子抽打了一样缩紧了。她在心里说道：李学庆能够遇见我而抛弃王春燕，如今，他遇见李香君就会抛弃我。如果我被他抛弃了，该怎么办？不行，我要找那个李香君好好谈谈，无论如何我要保住李学庆，不能让别人把他抢走。

李学庆半碗酒进肚，他有些醉眼朦胧了。他把啃完的鸡大腿扔在地上，又倒了一些酒，低头往碗里一看，一副苍白的圆圆的面孔浮现在碗里，就像天上的一轮苍白的明月，在北大荒酒里漂荡着。突然，天上的明月变成了王春燕那怒气冲冲的脸，随之这张脸逐渐地被另一种形象所代替：青衣青帽，手握念珠，低头闭目，口中念念有词……

那是放暑假的时候，他把宗翠送上回乡的列车后，自己第二天乘车到佳木斯，又倒乘汽车来到依兰县。这座比佳木斯还古老的古城，静卧于松花江畔，日夜奔腾不息的江水养育了这里世世代代的百姓，给这座古香古色的小城又增添了几分新绿。当李学庆来到城外的姑子庙时，天色已近黄昏，他拍打着庙门，出来一个年近六十的老道姑，李学庆忙问：“师父，王春燕在这里吗？”

老道姑眨了眨眼睛，想了想说道：“王春燕？我们这里没有这个人哪！”

李学庆忙说：“有有有，肯定有，就是今年五月刚来的，家住农场那个！”

“噢！”老道姑想起来了，说道，“你说的是妙静啊，她外出化斋游学去了！”

“什么时间才能回来？”李学庆着急地问。

“云游天下，不知何时是归期！”

李学庆瞪大了眼睛，问道：“请问她还好吗？”

老道姑合掌道：“请问施主是她的什么人哪？”

“我……”李学庆想了想，说道，“我是她的同学！”

老道姑只是捻动着念珠，不再吭声了。李学庆又问道：“她在这能住惯吗？身体还好吗？”

老道姑低声道：“出家人慈悲为怀，无所谓习惯与不习惯，只要真心修炼就行了！施主，没事的话就请走吧！”说完，转身走进山门。那扇窄窄的山门，咣当一声，被无情的北风给关上了。

李学庆只好转身向山下走去，他的心里似乎有种释然的感觉，但也深深地感到内疚。他知道，如果不是因为自己迈出了那一步，就不会有今天的妙静产生，自己是有罪呢还是该死呢？连他自己也不清楚。他只好安慰自己：人生的路大概早就注定了，是任何人也更改不了的，何必自寻烦恼呢？其实，自己此行的意义又何在呢？幸好王春燕不在，假如她在这里，我们见面又有什么可谈的呢？

他端起酒还要喝，一只白皙的手按住了他的手腕，他抬头一看是李香君，不知何时站在了他的身边。他醉眼朦胧地站起身，脸上堆满了笑，亲热地说道：“香……香君……你快坐呀！”

李香君甜蜜地笑着，并不答话，也不坐下，只是站在他面前盯着他看。李学庆向前迈了一步，想拉李香君的手，李香君扶住李学庆，柔声说道：“少喝点儿酒吧，量大伤身！”

她把李学庆扶坐在床上。

四十八

袁园最佩服的人就是系主任张冬青，自从学完《土壤肥料学》以后，她就完全被这门崭新的课程所吸引。她跑到张冬青的办公室，想找张冬青借更多的关于土肥方面的书籍或资料来看，张冬青边给她找书边问道：

“袁园，你真的喜欢这门学科？”

袁园笑着说道：“张老师，我不仅喜爱这门学科，还非常佩服你，我想，在我的一生中，能向您那样，在这门学科上有所建树，是我最大的幸福！”

看见十分动情的袁园，张冬青欣慰地笑了。她温和地盯着袁园，慈爱地说道：“袁园，难得你有这么高的志向，想搞科研，是越早介入越好。这样吧，我正在给农业部搞一个课题，是关于白浆土改良方面的，需要大量的测定工作要做，你有兴趣参加吗？”

袁园非常兴奋，连声回答：“我参加，我参加，我当然要参加了！”

“那好，你再找一个帮手，和土肥实验室的实验员小王来共同完成这些测定任务！”

“好，我现在就去找！”

“找谁呀？”

袁园想了想，抬起脸看着张冬青，试探着问道：“张老师，你看秦丰行不行？”

张冬青笑了笑说道：“他呀，挺好的！”

袁园听完后，说了声“我去找他”，便转身跑出了办公室。张冬青看着袁园的背影，满意地笑了笑。当袁园在图书馆里把秦丰找出来时，秦丰看见她那兴奋劲儿，一时摸不着头脑。袁园说道：“我告诉你一个好消息，你听了肯定会高兴的！”

秦丰的思绪还在他的小说王国里遨游呢，根本就没想过袁园会给他带来什么好消息，他心不在焉地问道："什么好消息？"

"张冬青主任让我找你帮助搞科研！"

听说是张主任让找的，秦丰只是淡淡地问道："哪方面的？"

于是袁园把从张冬青那里得到的消息全告诉了秦丰。就这样，他俩只要一有时间就往实验室里跑，反复地去做那些枯燥乏味的实验。袁园的积极性非常高，有时，嘴里边嚼着馒头边埋头做实验，遇到一些疑难问题，不是翻书找资料就是问张老师，直到问题搞清楚为止。她孜孜不倦地学习，终于取得了可喜的成绩，有时连张冬青都要表扬她。秦丰笑着给她起了个外号叫"土壤学家"，袁园听后嫣然一笑："但愿我将来不愧对这个名字！"她盯着秦丰，用不容置疑的口气坚定地说道，"我告诉你秦丰，我一定要做一名真正的土肥学家，我要为它付出我的一辈子，为祖国的土肥事业做贡献！"

秦丰赞许地笑着，点了点头算是肯定了袁园的愿望，他说道："祝愿你能够成功！"

袁园又低头忙乎起滴定来，她手中的烧杯在慢慢地、匀速地晃动着，随着滴管中溶液的滴入，烧杯中的溶液由天蓝色逐渐地变淡，然后渐渐地变成紫色，最后变成粉红色。袁园停止了滴定，读了下数据并记录在本子上。然后她抬头瞅了瞅正忙着用开氏法测氮的秦丰。只见秦丰正含笑地盯着自己，她的脸不觉一红，笑了笑问道："你这样看我干吗？"

秦丰也笑了，忙把目光移开，说道："怪不得很多同学都说你志向远大，今天我算真正领教了。我看着你忙碌的身影，突发奇想，想象我们未来的伟大的女土肥学家袁园先生，头戴草帽，身穿高档的裙子，漂亮的面庞被晒得黑黑的，站在田野里将是怎样的情景？假如我能画画的话，一定会画出一幅大油画，画的名字就叫《母亲》"。

袁园红着脸问道："为什么叫这个名？"

"因为只有土地才能提供给人类食物；如果没有了食物，人类还能存活吗？你说，这土地是不是人类的母亲？你是土肥学家，自然也是土地的母亲啦！"

"母亲"一词使袁园的脸微微一红，但她还是欣然接受了。她说道："你的想象力可真够丰富的，怪不得有的女生总说你有才，对你总是念念不忘！"

秦丰的脸也红了，他知道，袁园所说的那个女生一定是宗翠。他看了一眼袁园，尴尬地笑了笑，说道："你别拿我穷开心了，我这个人其貌不扬，个儿头不足一米七，基本上属于三等残废那伙儿的，还有谁能对我念念不忘呢？"

"秦丰，你知道女大学生们最喜欢什么样的人吗？"

秦丰摇摇头，说道："我又不是女大学生，我怎么知道呢？"

袁园撇了一下嘴，开玩笑似的说道："还想当作家呢，连这件事都不知道！"她神秘兮兮地说道，"我告诉你吧，女大学生最爱有才华的人！"

秦丰笑了笑，低声说道："这话我好像在什么地方听人说过！"

"谁呀？"袁园紧紧地追问了一句，眼睛紧紧地盯着他，秦丰摇摇头，说道："我忘了！"

袁园又忙着滴定了，她再也不瞅秦丰了。电炉子上烧瓶里的溶液已经沸腾了，袁园赶忙提醒秦丰道："小心别把烧瓶烧炸啦，溶液沸腾的时间不能过长，否则，速效氮会损失的！"

秦丰忙把电炉子的电源关掉，把烧瓶送到袁园的跟前，袁园又说道："我说秦丰，你搞文学有什么意思？坐在屋里冥思苦想，是不是都在闭门造车？"

"此言差矣！"秦丰说道，"文学的力量源于人的灵魂深处，源于社会激情。文学同土壤肥料学是一样的，也可以说是一门科学，只是所属的领域有所不同而已。但不管怎么说，生活中缺少了文学，就像夜空中缺少了星星，也好比你土壤中缺少了氮、磷、钾一样。我觉得你去钻研专业内容的精神十分令人敬佩，但读课外书就相应少了些。我建议你有时间的话不妨多读些文学、历史、地理、哲学、社会学等方面的书籍，这些书对于开拓一个人的视野和扩展思路是很有帮助的。要知道，农业科学属于边缘科学，它与其他学科都有密切的联系，更何况以后的时代属于知识爆炸的时代，我们每个人对知识的占有量将大大地决定他将来的发展！"

袁园听后，笑着打断了秦丰的话，问道："你将来的打算呢？"

"还没有想好，这不仅仅是我个人的选择，同时也是社会的选择，或许当个农业技术人员，或许搞科研，或许坐机关，或许……"秦丰打住了话头，看了看袁园，用不可置疑的口吻说道，"我的理想就是在有生之年，工农商学兵这五行都要尝试一下，一辈子写出五本书，退休后骑着自行车旅游全国！”

袁园笑了起来，她停住手里的工作，说道：“你的理想倒是蛮大的，你想写的五本书，肯定是文学方面的了？”

“那当然！”秦丰回答道：“我想大学四年的生活说什么也不能落下！”

“我能成为你书中的人物吗？”

“像你这样心高志远的姑娘，是我们这帮天之骄子的代表，在我将来的小说里，如果没有你的身影，那岂不是莫大的遗憾吗？”

“那你把我写成好人还是坏人呢？”袁园含笑问秦丰。

“好人和坏人的标准很难界定，这涉及伦理方面的问题，也涉及人文及道德方面。举个简单的例子吧，就拿撒谎骗人这件事来说，人人都是痛恨的。但对于一个得了癌症的病人来讲，有时候你就不能告诉他实情，这是为了减轻他的心理压力。你说这个撒谎的人该不该被痛恨呢？同样是一个人，站在不同的立场上，用不同的观点去观察问题，得出的结论自然就不一样！”

袁园笑着说：“快收起你的长篇大论吧。你快点儿干活吧，不然的话，今天晚上的时间又会白白地流逝过去，那多可惜呀！”

秦丰听后，只是笑了笑，没有说什么，又忙着在天平上称土样。

屋里只有烧瓶中的溶液的沸腾声和日光灯的嗞嗞声，窗外的寒风渐渐地平息了。透过挂着霜的玻璃，能眺望到裴德峰顶电视转播塔上的红灯，在夜幕下闪闪烁烁，仿佛窥破静夜的一枚亮眼，悄悄地掀开世界的心帘。

还有三个星期就该期末考试了，各门课程的教学基本上都已经结束了，进入了紧张的全面复习阶段。为了让袁园和秦丰有更多的时间来复习功课，张冬青把实验的时间压缩下来。在复习中，袁园对秦丰说她最大的愿望就是科科成绩都要在九十五分以上，夺得全班第一名。秦丰笑着对她说：“我也希望这样，但愿你能如意！”

考试结果一公布，袁园就傻了眼，她的党史只得了八十九分，而秦丰却得了九十五分。晚上在实验室里，袁园一脸的愁容，整整一个小时，她只是闷头做实验，都没有吭声。秦丰知道，她的心里肯定不舒服，就劝她道：“袁园，你除了党史外，其余各科的成绩全在九十五分以上，这在全班的平均成绩中，是名列前茅的，这已经很不容易了，你干吗要跟自己过意不去，苦苦折磨自己呢？”

袁园皱着眉头，眼中含着热泪，她很痛苦地说道："这跟我所立下的目标还差了一步。我恨自己当初太马虎了，如果多填对一个选项，我的成绩不也超过九十分了吗？唉！我真是……"说着说着，她的眼泪流了出来。

秦丰一看更加慌了手脚，说真的，他活了二十多岁，除了看见修洁哭过，还没见过任何一个大姑娘在自己面前毫不掩饰地伤心落泪。他不知该怎样去劝解袁园。沉了好一会儿，袁园才擦去泪水，脸红扑扑的，很害羞的样子低垂下头，低声说道："你不会笑话我吧，秦丰？"

秦丰轻轻地叹了一口气，说道："看见你伤心，我就更为你难过，袁园，你太认真了。如果这样活下去，你会很累很累的！"

"在你面前落泪，我真不好意思！"袁园站起身，又接着说道，"咱们开始工作吧！"

"心里惆怅，落泪也是一种缓冲的方法，哭过后，心就会好受些！"

袁园那张漂亮的脸上，挂满了羞红的笑意。

四十九

春天的温度在逐渐地升高，李学庆对宗翠的热情却越来越低了，甚至都有些反感了。这不得不让宗翠想起他们刚刚恋爱的时候。那时，李学庆几乎天天泡在女生宿舍里，有时，别的女生在寝室里时，他俩就把蚊帐一拉，坐在两个人的小世界里，尽管这个小天地实在是太窄小了还有些透明，但毕竟是一片温暖的港湾，它曾经给宗翠无数个遐想，也曾经有过无数次的消魂时刻。同寝室的女生们，一看到他们把蚊帐拉上了，便都很知趣地离开房间。尤其是袁园更是不屑一顾地撇撇嘴，然后迈着均匀的步子，昂首阔步，目空一切地从他们的眼前经过，并狠狠地把门摔上。有一次，任杰提醒宗翠，不能让一个大男人总往女生宿舍来，因为那让姑娘们有时感到很不方便。从此往后，李学庆和宗翠的行为才有所收敛。可现在开学已经有三个星期了，李学庆竟一次都没有到女生宿舍来找过她。宗翠的心里像翻倒了一个五味瓶，流淌着酸甜苦辣涩的滋味，连她自己也无法分辨出那些味道的好坏了。有时，她的心情很烦燥，总是想摔东西发泄一下自己的怒气；有时，她看谁都不顺眼，总想跟谁吵一架；有时，屋里没人时，她便躺在床上痛哭一场。她自己心里明白，李学庆对她冷淡的原因，是因为他又爱上了那个李香君，自己就像被穿破了的衣服一样，被随手丢在了地上，再被当做垃圾给踢到路边去。她在心里暗想：我不能被他抛弃，我必须把他死死抓住，不然的话，我的未来……想到未来，她的眼前就是一片黑暗，真的，她不敢想未来，她不知道在失去李学庆的日子里，她会变成什么样！她的未来竟是那么可怕，就像前面有一个万丈深渊，张着血盆大嘴等她往里跳。她不想往那个苦难的深渊里跳，她必须与命运抗争，努力去挽救这一切！想到这里，宗翠从床上起来了，对着那圆圆的小镜子，照了照自己显得十分憔悴的面孔。她放下镜子，揉了揉眼睛。她到洗漱室打开水，很仔细地梳洗着。她总觉得自己眼圈儿有热乎乎的东西在滚动，拿起镜子一照，她看见两颗晶莹的泪珠正挂在腮边。她重重地叹息一声，又向窗外望去。窗外的星星在春风中悄悄地注视着她，无声无息，也无忧无虑。她呆呆地看了看后，收回心，洗了一把脸，又擦了一些雪花膏，仔细地选择了件新衣服穿在身上。她在镜子前仔细地照了照自己，并极力做出很幸福的样子走出了一号楼，往二号楼走去。自从男生们搬离了一号楼，统一住到二号楼以后，她很少去李学庆的宿舍，如今往二号楼走，她感到这段路竟是那样的漫长，她的脚步又是那样的沉重。她甚至感觉自己即使走到生命的尽头，也不会缩短她和李学庆之间的距离。

推开李学庆宿舍的门，只见李学庆躺在床上吸着烟，眼望着天花板，也在静静地想着心事。看见宗翠走过来，他才把走远的思绪牵回来。他懒洋洋地坐起身，眉毛微微地一皱。这些，宗翠都看在眼里，她的心咯噔一下，好像让刀捅了一下似的疼痛起来，但她的脸上还是换了一副笑模样，款款地走到李学庆的跟前，温柔地问道：“你怎么了？不舒服吗？”

李学庆连头都没抬，只是用鼻子哼了一声。宗翠在他的腿边坐下，又亲切地问道：“是感冒了吗？”说完，伸手去摸李学庆的额头。

李学庆没好气儿地把宗翠还没摸到他额头的手拨拉开，不满地嘟囔了一句：“没事！”

宗翠的脸腾地红了，她的手僵在空中。

稍过了一会儿，她把手又慢慢地放在李学庆的膝盖上，两眼盯着愁眉不展的他，默默无语。时间就在他们的沉寂中慢慢地流逝过去，李学庆用生硬的口气说道：“去，给我倒杯水！”

宗翠像服从命令的士兵一样马上站起身，倒满一杯水，双手端过来，讨好似的递到李学庆的手里，李学庆看见她胖乎乎的脸上挂着近似于献媚的笑，心头多少有些不舒服。他轻轻地呷了一口水。又把杯子递到宗翠的手里。宗翠连忙把杯子放回原处，又坐到李学庆的身旁，关切地说道：“你不舒服的话，就躺下吧！”

李学庆看了一眼宗翠，仰面躺下了，并轻轻地叹了一口气，仿佛想把那压抑的心舒展一下。宗翠听到他的叹息，心情又沉重了许多，但她还是温柔地问道：“你有什么烦恼的事，是不是可以向我述说述说呢？咱们俩早已成为一体了，你中有我，我中有你，你的痛苦就是我的痛苦！你说出来，也许能好受些！”

说完，她抓住李学庆的双手，两眼含情脉脉地盯着他。

李学庆也眼瞅瞅宗翠，他心里暗想：我最大的苦恼就是你，你怎么还不解其中的滋味呢！他声音低沉地问了宗翠一句：“你还爱我吗？”

宗翠甜蜜地微微一笑，点点头说道：“如果我不爱你，能把一切都献给你吗？你要知道，我是冒着多大的风险和压力呀！”说到这里，她心中的委屈就像开了闸门的渠水一样，一下子奔涌而出，她眼圈儿红了，接着便掉起了泪水，她哭泣着说道：“人家不爱你，能这样做吗？学庆，你知道吗，我今生今世只属于你一个人的，你就是我的生命之火，你就是我生活的勇气呀，没有你，我不知道该怎样去活啊！”李学庆睁开双眼，瞅着哭哭啼啼的宗翠，伸手为她擦去泪水，宗翠又继续说道，“我都设计好了，等到我们一毕业，马上就组成一个温暖而又甜蜜的小家，你忙碌一天回来，我定好好地伺候你，真的，我觉得人这一生，不论事业上有多么成功，如果他家庭不幸福的话，我觉得他的一生也是虚度的。学庆，将来我定会让你快快乐乐，真的，我保证……”

这些话说得李学庆的心突然热乎起来，他伸手把宗翠揽在怀里，轻轻地抚摸着她的头发。宗翠伏在他的胸膛上轻轻地哭泣着，把李学庆的衣服弄湿了一大片。李学庆往里挪了挪身子，把哭泣的宗翠拥在自己的身边，嘴里喃喃地说道：“别哭了，快别哭了，再哭我就不理你了！”

宗翠果然停止了哭泣。她那挂着泪花的脸上，绽放出笑意，她还是温柔地诉着苦：“你对我越来越冷淡了，人家心里难受呀！开学都半个多月了，除了上课也见不着你身影，分别这么长时间了，不知道人家想你吗？可你……”李学庆眨着眼睛，他在沉思。过了一会儿，宗翠又悄悄地说道：“为了你，我什么都能牺牲！”

李学庆掏出烟点着，静静地抽着。他侧脸看了看宗翠，他的心里突然涌起一种莫明其妙的感觉。他的心情突然沉重下来，轻轻地在心里问自己：难道就跟她过一辈子吗？假如她到年老色衰时，她这张并不漂亮的面孔会变得多么难看哪……突然，他的眼前又出现了李香君那娇小玲珑的身姿，尤其是她那一笑就出现的两个迷人的小酒窝，更使他醉倒，也让他久久不能忘怀。和眼前的这位相比，简直是一个天上一个地下。

宗翠睁开眼睛，看见茫然的李学庆，轻声问道："你在想什么？"

李学庆收回心思，转过头来，看着宗翠。宗翠在他的腮上亲吻了一下，说道："有我在，你就别再胡思乱想了，你想想，这世界上还有对你好的女人吗？只有我，才能给你这么多的幸福！"李学庆把宗翠紧紧地揽在胸前，宗翠又用可怜巴巴的语气说道，"往后你多想想我啊！"

李学庆点点头，低声道："宗翠，你记着，以后我一定对你好！"

宗翠很受感动，她从衣袋里掏出一些钱递到李学庆的手里，轻轻地笑着说道："这是我妈让我带给你的！"

李学庆接过钱，亲吻了一下宗翠的额头。

五十

王新良在图书馆学习时，看见书架上最新摆放了一本八一农大内部资料《译丛》，打开一看，首篇文章就是潇潇翻译的一篇美国的关于土壤学方面的文章，他急不可待地站在那里一口气读完，看完之后，不知为什么，他的心竟然怦怦地狂跳起来，为这篇翻译得非常出色的文章而叫好，更为那位自强不息的姑娘而感到自豪。此时，他胸中突然涌起一股强烈的愿望，那就是一定要尽快地见到潇潇，并向她表示祝贺。

当他快步走到潇潇的新家时，只见明亮宽敞的房间里，潇潇正在温暖的阳光下，伏在桌上奋笔疾书。她那长长的黑黑的披肩秀发，有一大半已经埋没了桌子上的本子，但她并没有在意，还是写个不停，就连王新良进屋的脚步声都没有听见。王新良悄悄地走到她的身后，看见她正在写一篇散文。他站在她的轮椅后面，默默地注视着这位漂亮的姑娘。在灿烂的阳光中，她多么像一位纯洁的天使，她头上的那一圈圈阳光，能照亮她美好的一切吗？王新良突然有种想伸手摸一摸潇潇那浓密的长发的念头，而且这念头来得很凶猛，他几次都抬起手，想放在那诱人的黑发上面，他知道，那浓浓的黑发一定很柔软很光滑，就像春天刚刚发芽的青草一样，带着青春的气息。但在手就要挨到头发的刹那间，他又缩了回去，好像呈现在他眼前的是一团柔软的美妙的不可触摸的诗境，只要他一伸手，就会像在水中搅散天上那轮明月的倒影一样，于是他又不忍心了，只好在潇潇的身后伫立着。时间就这样推着他慢慢地向前走着，他的呼吸有些急促，就像故乡的老牛拉车一样喘着粗气，可潇潇还在写。写完最后一笔后，潇潇把笔往桌上一掷，头往轮椅背上一仰，长长地吁了一口气。王新良看见她的眼中饱含着热泪。就在潇潇往后一仰头的时候，她看见了背后站着一个人，忙扭头一看，发现是王新良，顿时吃了一惊，忙往后摇轮椅。王新良连忙伸出手，把轮椅推转过来，趁着这个机会，潇潇偷偷地抹了一下眼睛，顺势理了一下头发，笑着问道："王新良，你什么时候进的屋哇？"

"我……我……来……好……好一会儿……啦，看……看……你写……得太专……注了……没敢打……扰你！"

潇潇用手指指沙发，说道："你坐，王新良！"

王新良坐在沙发上，他有些激动，脸色有些绯红，看着潇潇。敏感的潇潇似乎读懂了王新良的心事，忙把目光移向别处。王新良强令自己恢复镇静，过了好一会儿，他开口说道："潇潇……我在……图书……馆……看见……你翻……译……的文章！"

潇潇笑了笑，随手从写字台上拿起王新良曾经看过的那份《译丛》，在王新良的面前晃了晃，问道："就是它吗？"

王新良点点头，说道："译……得真……好，你……真……了不起！"

潇潇的脸微微地红了，她说道："这算不了什么，这样的文章，我已经翻译不少了！"说完，她打开写字台的脚门，从里面拿出厚厚一摞刊物，向王新良递过来。王新良忙站起身，紧走几步，接过潇潇手里的刊物，站在她面前，一本一本地翻看。那些省级甚至国家级的刊物上，刊登着潇潇翻译的所有的文章，大约有十几篇。看了这些以后，他更加惊讶不止，眼前这个坐在轮椅上的漂亮女孩儿，刹那间在他的心目中高大起来，而自己与她相比，念了三年大学，活了二十三岁，一点儿成绩都没有，简直就是虚度。潇潇看见站在自己面前愣怔怔的王新良，突然笑了起来，她那银铃般的笑声回荡在苍穹之下。王新良像醒了酒一样缓过神儿来，脸腾地一下子红了。他往后退了几步坐在沙发上，用手搔着头发，喃喃地说道：

"潇潇……你太……令我佩……佩服……了，你……非常……伟大……你……是活着的……保尔……和你……相比……我几乎是……白活！"

"你太自谦了，王新良！"潇潇笑了笑说道："你们是大学生，是天之骄子，有多少人羡慕你们还来不及呢！我成天待在家里无所事事，只好看书写作，学英语搞翻译，除此之外，我还能干什么？我别的什么都干不了，看见妈妈劳累了一天，我想帮助她做饭都不成，为了这个，我背地里不知暗暗流过多少泪！我不如你们，还是你们，才是国家的栋梁、祖国的明天！"

"不……不……潇潇……你不要自卑……你……实践……证明……你

比……我们大……学生……还强……你是……生活中……的强者……我佩服你……要向你……学习！”

潇潇又微微一笑，那双漂亮的大眼睛里饱含着喜悦，她说道：“王新良，谢谢你的鼓励，其实，我更应该向你们学习才对！”

“刚……才……我看你……写……东西时……很激……动……你在……写什么？”

“我在写一篇散文，但还不成熟，不能给你看，等我修改好以后，再请你雅正！”

“能……先……先听……为快吗？”

潇潇轻轻地叹喟一声，声音低沉地说道：“我的腿因从小得了病而不能行走，我一生中最大的愿望就是能登上裴德峰，看看那山上的枫叶，向遥远的远方眺望，再感受一下山的雄伟、群山的浩瀚，领略一下风的吹抚，体会一下高处不胜寒的感觉，可我……从小就没了父亲，又没有哥哥、弟弟，没有一个男子汉可以把我背上山，我就领略不到那些体会，但我的内心是多么的向往高山哪。于是，我就闭门造车，以我的想象去描写站在高山上的感觉。写着写着，我不知不觉地激动了，还被你给偷偷地看见了，真不好意思！”

“我记……记得……一位……文学家……说过，要想……感动……别……人……要先感……感动……自己……你这也是……悲……从中来呀……肯定……写得……不错！”

“我感觉还行吧！”潇潇淡淡地说了一句。

“潇潇……你放……心……你想……登山……的愿望……一定……能实现！”

“怎么实现？”

“等天……暖和……我背……你爬……裴德峰……如果……你喜欢……以后我……可以经……常背你……上山……推你……去青年……水库！”

听完这句话，潇潇没有说话，她低下头摆弄着发梢，只是她的脸，粉红粉红的。沉了好一阵，她才轻声地说道：“那我就先谢谢你了，王新良，不管我们登不登山，你有这份心就弥足珍贵啦，我真的很感谢你！”

“不用……感……谢……我……应该……感谢……你自己才对！”

潇潇好像忽然想起了什么，转过身去，从抽屉里取出一张报纸，兴奋地说道：“你看，咱们俩光顾闲谈了，差点儿把正事给忘了。这是《农垦报》，上面有秦丰的一首诗，你看看！”

“真的，什么……时……间发表的？他……没……说过！”

“他根本就不知道，是我从他的那些诗里挑出两首寄了出去，没想到，还真给发了！”

王新良拿过报纸，找到了秦丰的那首诗，诗名叫《雕刻人生》。

刻一只洁白的小船，
在你广阔的心海上远航，
没有风，我以双手做桨，
你的笑容就是我的白帆，

刻一只漂亮的小鸟，
在你纯洁的蓝天下飞翔，
你的美丽就是我的翅膀，
乌云也无法将我遮挡。

刻一片温馨的绿叶，
在你一望无际的森林中成长，
直到我化作亭亭玉立的白杨，
也要陪同你把岁月共同守望！

王新良看完后，很是兴奋，他看着潇潇说道：“谢……谢你……潇潇……是你……帮助秦……丰迈……出了关键……的第……一步……我代表秦……丰谢谢……你！”

潇潇又笑了笑，说道：“这算不了什么，我这里还有份东西请你给秦丰捎回去！”

说完，她又递给王新良一份油印的小报，上面印满了新诗古诗，还有一些小评论。潇潇又说道：“我朋友他们搞了一个小小的文学社，这是他们印刷的小报，我看挺好的！”

“秦丰……看后……说不定……也会办……一份……这样的……小报呢！”

王新良和潇潇一直谈到张冬青下班回来，他觉得还没有谈够。当潇潇把他送到楼梯口时，在夕阳下，王新良回头再看，潇潇那美丽的脸庞绽放着甜美的笑容，那笑容，就像大理石雕塑一样，永远刻在王新良的脑海中。

这一夜，他想了许多许多，他似乎找到了人生的目标，找到了他要找的东西。

五十一

张建华坐在教室里看着《作物病理学》，这门课程是今年新开的，是八一农大最有名的一个教授的课，张建华学得格外的用心。看见坐在前面的袁园的背影，他的思绪从书本上移开了。这些天来，他心中的那件事，就像卡在嗓子里的一块骨头一样，不吐不快，他总觉得自己的情感已经瓜熟蒂落了，应该向袁园表露自己的心迹了。但怎么向袁园表达呢？对于像袁园这样心高志远的姑娘，采取的办法最好有些策略，否则的话，会前功尽弃的。他想了一会儿后，突然想到了秦丰：可以通过秦丰把自己的意思转达过去，如果袁园同意那是最好不过的，如果袁园不同意，自己也可以有个回旋的余地，同时，也不至于太伤面子造成同学之间的尴尬。让秦丰去当媒人还是比较可靠的，一是秦丰在家乡有对象，这是全班同学人所共知的，让他去找袁园比较可靠；二是秦丰和袁园在给张冬青搞实验，他俩天天在一起，也很方便。想到这里，张建华合起书本往教室外走去，经过袁园的身旁时，特意看了看她。袁园觉得有人从身旁走过，抬头看见是张建华，她礼貌地笑了笑。那笑容，就像这晚春的鲜花，绽放在张建华的心里。当张建华把秦丰从图书馆拉出来向裴德峰走去的时候，秦丰觉得很奇怪。

"张建华，你今天发什么神经，这个时候散什么步？"

张建华笑了笑，说道："耽误你的时间，实在对不起！"他看了看秦丰，低下了头，不好意思地低声说道，"我想求你帮个忙！"

秦丰笑了笑，说道："建华呀建华，咱们关系这么好，你又为我办了那多的事，我愿意为你做任何事情！"

张建华被秦丰的话打动了，他热情地说道："那我就先谢谢你！"

"什么事呀？"

"我……"还没等说话，张建华脸就先红了。略沉了沉，他又问道，"你说，袁园这人怎么样？”

“好哇，勤奋上进，有志向有报负，很难得的人哪！”说到这里，秦丰仿佛突然想起了什么，忙打住话头，盯着张建华看着，把张建华看得低下了头。秦丰突然想明白了，笑了笑说：“你是不是爱上她了？”

张建华没有说话，只是他的目光里荡漾着幸福和美好的憧憬，他点点头，沉浸在遐想和激动之中。

秦丰没有去打扰他，就让那些美好的东西，多在他脑海中荡漾一会儿吧！秦丰这样想着。

他们往前慢慢地走了一会儿，秦丰又问道：“建华，你感觉行吗？”

张建华充满自信地说道：“我感觉没问题！”

“为什么呢？”

“情感这东西只能意会，不可言传，她见到我的时候，我感觉和别人不一样！”

“只要你觉得可行性很大的话，我可以给你当媒人！”秦丰笑呵呵地说道。

晚上七点钟，图书馆才开门，秦丰早早地排到门前：因为图书馆坐位少不够用，所以必须早来排队。正当他在低头看书时，走廊里传来了脚步声，工夫不长，只见袁园走了过来。秦丰抬头看了看她，朝她笑了笑算是打过招呼了。袁园很习惯地在秦丰的身边站定。很长时间了，都是秦丰来图书馆排队，马上要开馆的时候，袁园才姗姗而来，自然地站在秦丰的前面，似乎已经形成了一种默契，袁园问道：“你看什么书呢？”

秦丰把书递给袁园，然后轻声说道：“等一会儿我找你有事，希望你能腾出点儿时间来！”

袁园忽闪着她那双漂亮的大眼睛，甜甜地一笑，问道：“有什么事现在说不行吗？”

秦丰摇了摇头，说道：“不是一两句话就能说清楚的，很麻烦！”

袁园听后没有吱声，她飞快地瞄了秦丰一眼，又把书还给秦丰，低下了头，翻开英语书。这时，来排队的人越来越多，走廊里嘈杂声顿起。袁园把书合上，双眼茫然地盯着窗外。天已经黑了，外面的一切都看不清楚。她暗想：秦丰找我能有什么事呢？

喧闹了一天的校园，此时在夏风中渐渐地归于沉寂，西天边还有一丝太阳的余晖，照得天地非常朦胧，在暮霭中，逐渐飘近人们的是那些蛙声共同编织的故事，装扮着这个迷人的夜晚。秦丰和袁园就是在这种氛围中走出图书馆，沿着那条窄窄的水泥路向东慢慢地走着。秦丰在沉思，他不知道该如何开口才能更恰如其分地表达。袁园的心头在呼呼地急跳着，在她内心深处萌动着某种渴望。他们并肩走了很远，都过了主楼的门口，秦丰还没有吭声。袁园借着从教室里射出的光，看着秦丰，轻声问道："秦丰，今天怎么不说话呢？"

"我……"秦丰沉吟了一下，又说道，"我不知道该跟你如何说！"

"很为难吗？"袁园停住了脚步，关切地问道。

秦丰轻轻地摇了摇头，沉了一会儿，他突然盯着袁园问道："袁园，你相不相信我？"

袁园一听这话就愣住了，她不知道秦丰问这话是什么意思，因为觉得不便于回答，反问道："你问我相不相信你？"

秦丰笑了笑说道："你不要把球给我踢回来，实事求是地回答我！"

袁园略沉思了一下，然后缓缓地说道："咱们在一起待了这么长时间，连这个你心里都没底，真是叫人太难过了！"

说完这句话，袁园的心头一酸，她忙低下头。

秦丰并没有感觉出来袁园情绪上的变化，他接着说道："你既然相信我，那么，我就要关心一下你的事情！"

袁园听后，觉得心里热乎乎的，她抬起红扑扑的脸，感激地看了秦丰一眼，悄声说道："你说吧，怎么关心我？"

说完这句话，她深深地勾下了头，不敢再看秦丰一眼。

"袁园，咱们班有一个男同学，人长得很精神，个头儿也较高，人品极佳，肯钻研爱学习，还有抱负，是我最最要好的朋友，相信我说出这个人的名字你定知道他是谁，他对你特别有好感，希望跟你相处。他跟我说袁园心高志远，是难得的人才，他让我跟你说一声，请你考虑考虑！"

"他真是你的朋友？"袁园停住脚步，盯着秦丰问道。

"真是！"秦丰也停住了脚步。

"你的那个朋友不是你本人吧？"袁园的眼里闪动着疑惑的目光。

“绝对不是我本人，真是我的朋友，咱们班非常拔尖的！”

“行了，秦丰！”袁园打断了秦丰的话，说道，“你不要再说了，咱们班的男生，除了一个人之外，我谁都没看上！”

秦丰沉默了，他们相对站着，仿佛在他俩之间，突然筑起一道无形的墙，把他俩完全隔离开来，甚至隔离到两个世界里，永远也不会再有沟通；就像两条铁轨，永远不会有交叉。袁园突然觉得很委屈，心里涌动着一股酸溜溜的东西。她冷冷地说道：“想不到哇，你还当起红娘来了！”语气中，充满了嘲讽，“又长了新本事！”

“为朋友两肋插刀，这个义气我还是要讲的！”

“哼！”袁园的脸转向裴德峰，那里高高的电视转换台闪烁着一盏灯，在黑暗中散发着不确定的微弱的光芒。

他们又陷入到尴尬之中去，袁园似乎在等待着什么。

过了好一会儿，秦丰又低声问道：“我能否知道咱们班是哪个男生这么幸运吗？我可以为幸福的他捎个口信吗？”

“对不起，我自己有嘴！”袁园似乎有些生气了，她说道，“连你都不知道那人是谁，他怎么能够知道？”说完，转身迈开大步向图书馆走去。

秦丰被扔在黑暗中，他的心情很乱，犹如在平静的大海上航行的一艘小船，突然遇上了狂风暴雨，小船失去航向一样。他很茫然，站在原地，任凭蚊虫叮咬，也没有动一动。等他回到图书馆时，看见袁园的座位已经空了，他的心就像那空的座位一样，顿时也空荡荡了。

五十二

从八一农大到密山县城，是不通公共汽车的，人们想去一趟密山是很不方便的，为了让教职员工及学生们去密山能方便一些，学校在每个星期天早晨都要派出一辆大客车，晚上再返校。这样，这辆车趟趟都是人满为患。有些学生为了方便，不想挨那份挤，就去教师或员工家借自行车，骑出二十多公里才能到县城，一个往返就达四十公里，这样的路程对于学生们来说是很遥远的。

夏天的太阳升起得较早，学生们一般都爱睡懒觉不愿意起床。每天起床最晚的李学庆，这天起床最早，别的同学们还在睡梦中时，他已经来到了汽车队，开大客车的那位师傅，正是去兴凯湖旅游的时候遇上坏车的那位，李学庆跟他很熟。李学庆走到正在擦车的司机身旁，递过一支烟，就唠起嗑来。工夫不长，车旁聚了一些人，那个师傅把车门打开，李学庆跳上车，找到最后一排座，并占了一个空位。

随着太阳的升高，天也越来越热了。当大客车开到三层楼的招待所门前时，等车的人们一拥而上。很快，车里挤满了人。一位娇小的穿着裙子的女孩儿随着人流挤上车，来到李学庆跟前，李学庆把她让到空座上，并伏在她耳边悄悄说道："你今天真漂亮！"

那个女生甜甜地一笑，轻声问道："真的漂亮吗？"

李学庆把她的手握在自己那双白白胖胖的手里，悄声说："我什么时候骗过你？"

客车慢慢地驶出了八一农大的校园，车里挤得连个落脚的地方都没有。李香君靠在李学庆的身旁向窗外眺望着。车窗外，闪过了大操场，又闪过农学楼，然后是兽医站、植物园。出了农大校园后，便是大片的田野，田地里，碧绿的庄稼长得格外的繁茂，农民们正在紧张地铲地、趟地，到处是一片忙碌的景象。大客车费力地爬上一道小小的山岗后，裴德公社便展现在眼前。到了裴德公社以后，客车便上了柏油路，车也不颠了，跑得也快了，人们坐在里面就更舒服一些。李香君只顾贪看窗外的风景，没有和李学庆说话。李学庆呆坐了一会儿，觉得挺无聊的，便悄悄地扯了李香君一下。李香君把贪婪的目光从车外收回来，看了李学庆一眼，笑了笑，说道："田野的风景多好看哪，总在校园里待着，冷不丁一到外面来，心情觉得特别的舒畅！"

"这有什么好看的，以后毕业了去农场，怕有一天你会看够的，还是唠唠嗑吧！"

"先别唠，有话留着，到密山后咱们再唠行不？让我好好看看大自然吧！"说完，她又把头扭向车外。

没办法，李学庆也把目光懒懒地投向车外，但在他的脑海中，却在想另外一件事。

客车在密山县的民族商店门口停下，李学庆和李香君走下车，融进大街上滚滚的人流中。

"小君，你饿吗？"李学庆非常关心地问道，"咱们先填饱肚子再逛街吧！"

"不，咱们边逛边买点儿零食吃，到中午你要好好请我呀！"说完，还朝李学庆调皮地眨了眨眼睛，嘿嘿地笑着。

"没问题，没问题，一切都听你的！"李学庆也笑了，拉住了李香君的手。

他们快快乐乐地从一家商店出来，再钻进另一家商店。李香君饶有兴趣地询问着各种商品的价格，尤其是在服装和一些小玩意儿这些商品前，更是流连难返。每当她看好一件衣服不忍离去时，李学庆看见她那恋恋不舍的可怜样儿，手就忍不住地从口袋里掏出钱来。每买完一件商品，李香君的脸就乐成一朵花。李学庆虽然有些心疼那些本来不属于他的钱，但看见李香君高兴了，他的心里也泛起一丝丝甜蜜。当他们怀抱着东西走出最后一家商店时，已经到了下午。此时此刻，李学庆已经累得有些走不动道了，他的肚子也咕噜噜地乱叫起来。李香君看看疲惫不堪的李学庆，甜甜地一笑，又让李学庆增添了不少的精神。

"让你受累了，真不好意思！"

“只要你高兴，我再累也心甘！”

“好吧，什么都不买了，咱们去吃饭吧，我也有些饿了！”

李学庆和李香君选择了一家门面瞅着比较好的饭店。因为已经过了午饭时间，饭店里的人比较少，他们挑了一个僻静的地方坐下后，李学庆到服务台要了几个菜，又问李香君喝点儿什么。李香君说来点儿啤酒也可以，于是李学庆便给她要了一瓶啤酒，自己要了半斤白酒。他给李香君的杯子倒满啤酒后，两个人举起杯子碰了一下，李学庆说道：“今天是我一生中最幸福的日子，我会永远记住它的。为了咱们的缘分，为了咱们的相识，为了咱们的今后，干杯！”

“干杯！”李香君大大方方地说完后，轻轻地呷了一口啤酒，看着李学庆说道，“感谢你的大方，我永远不会忘记你的！”

“不仅仅是不忘记的问题！”李学庆温柔地笑眯眯地盯着李香君说道，“我希望在我的一生中，你那双美丽的大眼睛永远像晴空一样闪现在我的面前，那样的话，即使你让我死去，我觉得自己也没白活一回！”

李香君的嘴角还是挂着那迷人的微笑，专注地看着李学庆，没有吭声。

李学庆边给李香君往碟里夹菜，边说道：“咱们已经接触半年多了，你对我的印象怎么样？”

李香君冲李学庆迷人地笑了笑，又端起酒杯，和李学庆碰了一下杯后，喝下大半杯啤酒，她的脸色泛起了红晕。放下杯子后，她说道：“印象很好啊！”她的脸上还是挂着迷人的笑容，“在大学生中，像你这样的人很少哇！”

听了这句话，李学庆感到很高兴，他反问了一句：“是吗？”

“我看得出，你对我很有好感，想和我交朋友是不是？”李香君仍是那样迷人地问着。

“当然当然，那当然！”

“你现在的女朋友怎么办？”

“我和她早就没有感情了，你想想小君，她长得那么难看，和我能般配吗？我早就想和她断了！”

“真的？”李香君还有些怀疑。

“我要是骗你的话，就是这么大个儿的！”李学庆说完，竖起了自己右手的小拇指。

李香君又倒满一杯啤酒，俩人碰了一下杯，又都喝了一大口。

当他们走在大街上时都有些醉醺醺的感觉了。在电影院门前，李香君拉着李学庆的胳膊站在宣传画廊前，那上面的海报写着正在上演的电影是《知音》。李学庆问李香君想不想看电影，李香君点点头。李学庆于是去买来两张电影票，俩人肩并肩地走进电影院，挑了一个角落坐下。电影还没开演，看电影的人还不少，电影院里嘈杂声四起，卖小食品的喊声时起时落。李学庆问道："小君，你喜欢张瑜演的电影吗？"

"还行吧！"李香君只顾摆弄自己的新衣服，淡淡地回答了李学庆的问话。

"你知道我为什么喜欢张瑜吗？"

"不知道！"口气还是淡淡的。

"因为你有些地方长得特像她！"

"是吗？"李香君停住了手，饶有兴趣地看着李学庆问道，"哪儿像？"

"眼睛和鼻子！"

李香君又笑了，问道："你是因为喜欢张瑜而喜欢上了我，还是因为喜欢我而喜欢张瑜？"

李学庆笑着说："两者兼而有之！"

李香君挥起小拳头，照李学庆的肩头轻轻地捶了一下，笑道："你真贪心！"

李学庆一把抓住她的小拳头，握在手里，柔声说道："我最喜欢《知音》里的那首主题歌《千古知音难觅》，我唱给你听听！"

李学庆刚唱到"千古知音最难觅"这句时，铃声突然响了起来，灯光全灭了，一道白光唰地射到宽大的荧幕上。李学庆只好停住嘴巴，俩人静静地看起电影。当电影演到张瑜扮演的小凤仙送走王志刚扮演的蔡锷时，那个主题歌又响了起来。李学庆很是激动，他把抓在自己手里的李香君的那只小手轻轻地吻了吻。当他回头去看李香君时，发现她已闭上眼睛，垂下了头，原来她睡着了。李学庆轻轻地把她扯醒，李香君不好意思地笑了笑，低声说道："我太累了！"

"别睡了，屋里阴冷，别感冒了！"

李香君仿佛受到了感动，往李学庆身边靠了靠，李学庆揽过她的肩头。在她的腮上重重地吻了一下，李香君便把头枕在李学庆的肩上。李学庆也歪过头，俩人的脑袋紧紧地靠拢在一起，只是李香君那长长的头发，撩得李学庆的耳朵有些痒酥酥的。

当他们看完电影来到民族商店的门口时，农大的那辆客车已经远远地开走了，急得李香君差点儿没哭出声来。李学庆安慰她说不着急，实在不行可以坐火车回去。今晚肯定能回到农大，不会耽误明天学习的。

黑暗中，当李学庆和李香君在裴德火车站下车时，已经是夜里十点多钟了。天气有些凉，李学庆只好把新衣服给李香君穿上。他们相拥着在洒满星光的路上往学校的方向走，那缓慢凌乱的脚步声，踩乱了那夜空的宁静。

五十三

在星期一的课堂上，宗翠在人群中没有找到李学庆的身影，她的心里不由得升起一种不祥的预感，这个预感令她吃惊，也叫她害怕。她坐在座位上，像一个木头人一样，满脑子想的都是李学庆昨天一整天到底干什么去了，为什么那么神秘？为什么今天又没来上课？他背地里又在搞什么阴谋诡计？她意识到李学庆所搞的一切，恐怕都与自己有关。她心里非常清楚，过不了多久，她恐怕也会成为第二个王春燕的。一想到自己即将被李学庆像垃圾一样扔掉，宗翠的心就在流血。她很害怕，不敢往前想。她根本就没有心思听课，下课铃刚响，她就告诉坐在身边的任杰，说自己的身体不舒服不想听课了，课结束时把她的书本捎回寝室。说完，她离开阶梯教室走出农学楼，沿着楼前那小小的砂石路向二号楼走去。

也许是雨季的缘故吧，这些天总是阴雨连绵，当她走出农学楼时，天空还是阴沉沉的，那厚厚的铅云，翻滚着向东方流窜着，很像一群溃逃的败兵。路边的小草叶上，挂着晶莹的水珠；泥泞的小路上，到处是亮晶晶的小水洼，她只好绕过这些水洼，有时，不得不踩路边的草过去，这样，不但弄湿了她的鞋子，而且把她的裤角也打湿了。当她走到二号楼楼门口时，发现自己的鞋子上早已沾满了令人讨厌的黑泥，她在楼门前的刮泥板上小心地刮干净鞋上的黑泥，然后上二楼来到李学庆的寝室前。她敲了敲门，屋里没有动静。停了一会儿，她又使劲地敲了敲门，屋里响起了李学庆那懒洋洋的声音。宗翠推门进屋，只见李学庆光着上身躺在床上，睡眼朦胧地看着她。宗翠皱了皱眉头，走到李学庆的床前，强压住心中逐渐升起的怒火，装出温柔的样子，亲切地问道："你怎么了，是不是病了？"

李学庆连瞅都没瞅她一眼，懒洋洋地晃了晃脑袋，没有说话。此时宗翠的心里只有悲伤和无奈。但一想到别人议论自己的样子，她还是把怒火压下，坐在床边，温柔地问道："你吃饭了吗？想吃啥我给你买去！"

沉了好一会儿，李学庆才缓缓地说道："没有胃口，我什么都不想吃！"

"你昨天干什么去了？我找你好几遍都没找着你！"

"去密山了！"

"有什么事吗？"

李学庆警惕地瞥了一眼宗翠，没有回答她。宗翠再也按捺不住火气了，不由得提高了嗓门，问道："你到底去干啥了？为啥不告诉我一声？"

李学庆忽地坐起身，阳光透过玻璃，照在他白胖的身上。他手指着宗翠，气愤地说道："我去密山，为什么必须告诉你？"李学庆瞪大眼珠，又提高了声音，"我一不是三岁五岁的小孩子，二不是你的仆人，三不是你的部下，我为什么要告诉你？"

宗翠听后，想了想，不再吭声说话了。过了一会儿，她又很温和地说道："你别生气，学庆，我不是那个意思。一天看不到你，人家着急嘛，你别把我的好心当成驴肝肺！"

李学庆又躺下身，俩人一时都没话了。过了好一阵，李学庆点着一支烟，若有所思地抽着。他眼望着那渐渐升高的烟圈儿，慢吞吞地对宗翠说道："宗翠，你不觉得咱们之间这样很乏味吗？"

"你说这话是啥意思？"宗翠的心一沉。

"我也没啥别的意思！"李学庆翻了一个身，面对着宗翠。他把抽完的烟狠狠地弹了出去，那个冒着烟的烟屁股，划了一道弧线，很优美地落在宗翠的脚前，它躺在地上还冒着袅袅的余烟。宗翠气愤地抬起脚，狠狠地把那个烟头碾碎，她对李学庆说道："李学庆，你有什么话直说好了，用不着这样转弯抹角的！"

"直说也好，不直说也好，你自己心里应该明白！"

"我不明白！"宗翠都快哭了。

李学庆仍然躺在床上，不动声色地说道："以你的聪明，不会不明白我的意思的！"

"你要抛弃我？"

"不要把话说得那么难听！"李学庆坐起身，接着说道："不是我想抛弃你，你看咱俩再这样处下去，还有意思吗？"

宗翠终于听到了她不想听的这句话，她的心一下子像掉进大海一样，泪水不知不觉地涌了出来，她双手捂脸，痛哭起来。李学庆仍然不动声色，躺在那里又点着一支烟，冷冷地看着宗翠。

哭了许久以后，宗翠说道："你把我玩弄够了，就不要我了，告诉你，难！"

李学庆皮笑肉不笑地说道："别把话说得那么难听，谁玩弄谁呀？这是一个问题的两个方面，男人在玩女人的同时，也被女人所玩弄。反之亦然。我们互相之间打了个平手，谁也不欠谁！"

"李学庆，你不能扔下我不管哪，你不要我，我可咋活呀！"

"没有我，你也许活得更好。你不是说过吗，没有感情的生活，如同在黑夜中行走一样。我们的感情已经没了，难道捆绑能成夫妻？"

"你应该对我负责任，我对你忠心耿耿，你不能这样无情无义呀！只要你不抛弃我，就是让我给你当牛做马我都心甘情愿！"

李学庆冷冷地看着宗翠，还是不吭声。

宗翠哭了好一会儿，又说道："李学庆，就算我求你了还不行吗？哪怕我给你跪下，你千万不要抛弃我呀！"

说完，她扑通一声跪了下去。

看见跪在自己面前双手掩面痛哭的宗翠，李学庆的心里似乎像翻倒了五味瓶子，说不出滋味来。他坐起身，轻声说道："你起来吧，别跪着了！"

"不，你不答应我，我就不起来！"

李学庆重重地叹了一口气，他想起了自己和宗翠刚刚相恋的那些个日日夜夜。在那些漫长而又空洞的日子里，如果没有宗翠陪伴在他身边，那单调的学习生活，该会多么难熬哇。就是因为有了宗翠，才使他的日子鲜活起来。李学庆啊李学庆，你为什么见到漂亮女人就放不下？把王春燕伤害了，如今又把宗翠坑害了。她把一切都献给了自己，将来她怎么嫁人？你不能不对她负责任！想到这里，李学庆那颗冷漠的心终于软化了，他的心里泛起一丝怜悯。他跳下床，扶起宗翠，把她搂在怀里，为她擦去泪水，哄道："行了行了，你别哭了，我是逗你玩的！"

宗翠在他怀里抬起泪光闪闪的脸，半信半疑地说道："有你这么逗着玩的吗？"她擦了一把泪，又说道，"你知道，这让我多么伤心啊！人家对你一片真情，你呢？总是吃着锅里还望着盆里的，不知道人家对你担心吗？”

“好啦好啦，我要穿衣服了！”李学庆不耐烦地把宗翠扶到床边坐下来。李学庆边穿衣服边回头看宗翠，看见她那苍白的，有些浮肿，满是泪花的脸，他的心里突然一阵恶心，他暗想道：天天看着这张脸走完我的一生，我该多么的不幸和闹心啊！不行，我还是要摆脱她。和那个天仙似的李香君在一起，我会其乐无穷的。

五十四

稀稀拉拉下了很长时间的雨，天终于放晴了。人们在阴天里的那种忧郁的心情，随着万丈阳光的到来一扫而光。期末考试日益临近，大学生们没有闲情逸致去欣赏大自然所赐给他们的那些美好的景致，他们不得不全身心地投入到紧张的复习中去，以便在考试时取得最好的成绩。

无论怎样忙碌，生活很有规律的张建华，每天必须坚持跑步这个生活习惯是不可缺少的。自从他拜托秦丰找袁园谈过那件事以后，很奇怪的是袁园再也不沿着那条风风雨雨跑了三年的路去跑步了。张建华想起那天早饭前，寝室里就剩下他们俩人时，秦丰冷静地把昨天晚上和袁园谈话的结果告诉给自己，他感到格外吃惊。他几乎不敢相信自己的耳朵，好像秦丰的声音是那样的陌生。他心乱如麻，坐在床上，连站起身的气力都没有了，在他的眼前，不断地晃动着袁园那张美丽的面孔。他努力使自己镇静下来，把纷乱的思绪理出一个头绪来。在他内心深处绝对地相信袁园是爱自己的，如今这样的情况只是由于秦丰没有说明白，或者是袁园不好意思对另外一个男人谈及自己的情感问题。他站起身，对秦丰说道："谢谢你，秦丰，我坚信她还是对我有好感的！"

"你不要太固执了，建华，她明确地跟我表示，她看好了咱们班的一个男生，但可不一定是你！"

"这不是固执不固执的问题，感情这个事，是只能意会，不可言传。除了当事人，别人是无法体会的！她也没说那个男生就不是我呀？"

秦丰笑了，不再与张建华争执了，他们向食堂走去。

回想起这些，正在跑步的张建华，不由得停住了脚步。他伸伸胳膊踢踢腿，慢悠悠地往农学楼方向走去。还没到农学楼前，远远地看见一个熟悉的身影从裴德公社那个方向向北跑来，他站住脚，定睛一看，那人不是别人，正是自己刚刚想到的袁园。张建华的心里一下明白了。袁园是为了躲避自己，才改变长跑方向的，由原来往北向裴德峰方向跑，改成现在向南往裴德公社方向跑。他不由得倒吸一口凉气。但张建华绝不是向命运低头的人，也不是一个轻易言败的人，他有一种坚韧不拔达不到目的绝不罢休的精神。于是，他便迎着袁园跑去。

当袁园看见从对面跑过来的是张建华时，她想起了秦丰那天晚上所提的事，自己这些天来极力想避开的还是没有避开。说真的，袁园在内心深处也感到张建华这个人值得信赖，也值得尊重，但在自己内心深处，对他却没有一丝一毫那种令人激动、令人向往的情感。当张建华离袁园还有十几米的时候，他停住了脚步。袁园看见后，心一沉，有些慌乱，不知道当张建华提出那个令人难堪的问题时，自己该怎样回答，但她知道，张建华肯定不会像李学庆那么无聊，死死地缠着自己不放。她跑到张建华的面前，张建华向她问好后说道："袁园，我有一件事要和你说，你能不能停下来一会儿？"

袁园只好停住脚步，她从口袋里掏出手绢，擦了擦额头上的汗水，她看着张建华，没有说话。

看见等待中的袁园，张建华犹豫了一下，说道："咱们往前走走好吗？"

袁园想想后，轻声答应了。二人便沿着那条公路向南缓缓走去。他们谈了谈复习上的问题和暑假的打算后，张建华把话题引到他要表达的主题上来。他红着脸，不敢瞅袁园一眼，缓缓地说道："袁园，从大二开始，在我的脑海里一直装着一个梦，而且，这个梦总是叫我寝食不安，令我激动不已。我想，这个美好的梦已经深深地刻在我灵魂深处，我的一生都要伴随着这个梦。如果没有了这个梦，我的生命的存在几乎就没有什么意义了，因此，我努力奋斗去追求的就是要实现这个梦！"

"看来，你这个梦一定是绚丽多彩的，她实现起来是不是很难哪？"袁园浅笑着说道。

"这个梦要变成现实，说难也难，说易也易，就看梦中的主角肯不肯让我实现这个梦了！"

说完，他看着袁园不吭声了，似乎在等待着什么。袁园不知不觉地停住了脚步，她微笑着说道："我不知道你梦的内容是什么，更不知道你梦的主角是谁！”

她轻轻地叹喟一声，又说道：“有许多东西，在梦中都是美好的，可一到现实中，就相差甚远了，所以，有时宁可活在梦中，也不愿再看现实一眼，我也有这类同感！”

“但人早晚是要走出梦境的，毕竟是要在现实中生活的，所以我们还是面对现实呀！”

袁园不再说话了，他们沉默地往前走着。隔了一会儿，张建华又说道：“袁园，我很佩服你，不论是人品方面，还是毅力方面和理想方面，你都令我感动！”

他看了看袁园那无动于衷的表情，在心里暗暗下着决心，他想：灯不点不亮，窗户纸不捅不漏，话不说不透。丑媳妇早晚也得见公婆。我心里话不跟她说，她能明白吗？成功与否在此一举，我必须跟她说明白。

袁园听了他的话，并没有任何反应，只是淡淡地说了句：“我没有你想象得那么好。其实，我这个人的毛病也很多！”

“不不，袁园，你就是我梦中的主角，你装饰了我的梦，你让我激动，也鼓励了我上进，我从内心深处感觉到，我已经把你当成我心中的偶像来崇拜啦！”

听了张建华的这番话，袁园站住了脚步，很冷静地看着脸色潮红的张建华。停了好长时间，她没有说什么。张建华的心怦怦地乱跳起来，就像等待着上帝宣判时的那种焦急的心情一样，他在等待着他心目中的上帝的判决。

过了好一会儿，袁园才以冷峻的口气说道：“张建华同学，在咱们班的男生中，你是我最尊重的人。我也知道，你重感情讲义气，有理想肯钻研，将来的前途肯定错不了，但从我内心来讲，对你只有尊重，而没有其他方面的情感。我想我还年轻，不宜过早考虑这方面问题，如果没有其他的事的话，我要回去了，快开饭了！”

说完，她转身就要走。

张建华冷静地听完袁园的这番话，他只觉得自己的脑袋在胀大，仿佛自己在两块大磨盘的夹压下，呼吸越来越困难。他看见袁园要走，忙喊了一声：“袁园，你等一等！”

袁园极不情愿地站住脚步，等待着从身后追过来的张建华。还没等张建华说话，他们班的两个男生从后面追了上来，看见他俩在散步，也停了下来，与他们一起往校园走去。张建华的心情懊丧到了极点，心里暗暗地咒骂着这两个男生没有眼力见儿，看不出人家在谈至关重要的事而来打扰。他低着头，慢慢地走着，心情很是沉重。袁园恰好相反，因为两名男生替她解了围，令她十分感激，也就有说有笑了。在一号楼门前，她与张建华他们道了别，心情好像轻松了许多。

回到二号楼的宿舍后，张建华坐在床上，把零乱的思绪整理了一下，秦丰喊他去吃早饭，他都没听见。秦丰走到他跟前，张建华抬起头。秦丰看见他迷茫的双眼，闪烁着茫然的目光，他心里明白了：这是和袁园没谈好，不然的话，张建华不会这样反常的。他一只手搭在张建华的肩上，悄声问道："她是怎么说的？"

张建华摇摇头，没有说话，只是心情沉重地长叹了一声。秦丰又说道："还用不用我帮忙了？"

张建华还是摇摇头，过了一会儿，他心情沉重地慢慢地说道："解铃还需系铃人，自己的梦还是自己圆吧！"

他看着秦丰，说道："你快去吃饭吧，我不想吃了！"

"好事多磨，你也别太伤心了，也许说不定哪一天奇迹会出现的。金诚所至，金石为开嘛，我把饭给你打回来，人是铁饭是钢，一顿不吃饿得慌！"

望着秦丰走出门外的背影，张建华的心里很不是滋味，他真想痛哭一场。但他还是在想：袁园应该是喜欢自己的，难道我的判断会有误吗？不，不，我凭直觉感到，袁园不会拒绝我的，这里面还是哪个环节出现了问题，不然的话，她应该答应才对呀。

五十五

临阵磨枪，不快也光。

马上就要考试了，这几天是最后的冲刺阶段。尽管七月中旬的天气格外的闷热，而且到了晚上，蚊子还特别的多，但同学们谁都顾不上这么多了。就连平时不太用功的学生，总是喊“六十分万岁”的人，这几天也忙碌起来，因此，教室、图书馆到处人满为患。为了取得更好的成绩，任杰下的苦功比其他同学都要多。这天晚上，她最后一个走出教室的时候，已经快到十一点了。当她走进一号楼时，走廊里没有灯光，伸手不见五指，刚刚走到一楼和二楼的拐弯处时，没想到她一脚踩空，一下子把脚踝崴了，痛得她“妈呀”一声坐在地上，把书本扔到一边双手揉脚。巨大的疼痛差点儿没使她昏过去，她的额头上沁出了豆粒大的汗珠，泪水不知不觉地滑落下来。揉了很长时间以后，她感觉到疼痛稍微减轻了，便在地上摸着书本，扶着墙，单脚着地，慢慢地蹦回到寝室。她打开灯看自己的脚，发现整个脚踝再加上脚面都肿了起来，她靠在门框上站定，喘了会儿气。挨在门边的那个床位就是她的，她勉强移过去坐下，轻声地叫醒上床的袁园，帮助她躺在床上。脚部的剧烈疼痛，使她彻夜难眠。第二天，袁园和宗翠再三劝说，她才同意让她俩扶她去卫生所看了看，拿回一些跌打损伤之类的药，只好坐在床上复习了。

当秦丰和张建华来到女生寝室看任杰的时候，正赶上陈新枝和袁园在屋里陪着任杰唠嗑。看见张建华进屋，袁园想起了那天早晨的情景，她的脸又红了。张建华看见后，心里咯噔一下，装做没看见的样子收回目光。张建华和秦丰问了问任杰的情况，说道：“陈老师，学生宿舍这灯的事真是个大问题，像我们二号楼里也没个灯，夜晚是真不方便。希望系里跟学校有关部门反映一下，别再让同学们摸瞎黑了！”

“这个问题我一定找学校有关部门，让他们尽快地给走廊都安装上电灯！”陈新枝笑着答应道。

“秦丰，你是属曹操的，我们刚说完你，你就进屋了！”袁园笑呵呵地说道。

“是不是背后说我坏话了？”秦丰也笑着问袁园。

袁园只是笑而不答，转眼去瞅任杰，只见任杰的脸早已绯红，对袁园直瞪眼睛，示意她不要再往下说。秦丰觉得奇怪，又看了看任杰，从她极不自然的表情中好像看出了什么，他不再追问了。张建华却没看出来，他微笑着对袁园说道：“袁园，你知道秦丰的性子急，就别跟他捉迷藏了，快把谜底告诉他吧！”

袁园笑了笑，说道：“你们还是问陈老师吧！”

陈新枝看见有些摸不着头脑的两位男同学，笑着说道：“是这么回事，刚才我们议论起放假回家的事。任杰的脚崴了，回家上下车和行走极为不便，我说放假时让她跟秦丰一起走，上下车时让秦丰背着她，他们是老乡，可以一路护送到家的！”

任杰把头深深地埋在胸前，脸红红地说道：“不能麻烦秦丰，实在不行我就不回家了！”

秦丰倒没太在意，大大咧咧地说道：“这有什么呀，不就是照顾一下老乡吗，没问题！我能背动她！”

“这就好了，我也可以放心啦！”陈新枝说道，“秦丰，这是系里给你的任务，一定要完成好！”

看见陈新枝那过于严肃的表情，秦丰笑了，说道：“陈老师，就凭老乡加同学，我也要把任杰安安全全地护送到家呀！”

“那就谢谢你啦！”

“这还用客气吗？”

当秦丰和张建华往图书馆走时，张建华逗秦丰道：“你背任杰回家，不成了猪八戒背媳妇了吗？”

望着张建华那狡黠的目光，秦丰照他的胸脯打了一拳，说道：“张建华，你什么时候学得这么无聊啊！”

张建华哈哈大笑起来。

考完试之后，大学生们都愉快地踏上了返乡之路。在上火车的时候，由于任杰的脚不敢吃力，秦丰只好背着她上车。活到二十二岁的秦丰，第一次背年轻的姑娘，累再加上紧张，脸憋得通红，直喘粗气。他的两只手不知该放在任杰身体的哪个部位才好。放在任杰的腰部觉得不合适，放在臀部觉得也不合适，而且他时时觉得后背上的任杰，也在喘着粗气。第一次挨男人这么近，仅仅隔了两层单薄的夏衣，男人身上特有的味道刺激着任杰的嗅觉。她既感到激动又感到有些害羞，脑袋飘忽忽的有腾云驾雾的感觉，胸脯有些起伏。当秦丰把她放在座位上后，她飘逸的思绪还没完全回归大脑，情绪仍然在激动之中。秦丰擦了把汗，长长地吁了一口气，心里暗想：幸亏这任杰比较瘦小，要是像宗翠那么胖，自己可就惨了。他看了一眼任杰，只见她脸色绯红，两眼有些发呆，他轻声问道："老乡，感觉怎么样？"

"啊……啊！"任杰从沉思中醒来，她没有听清秦丰问她什么话。慌忙地答道，"挺好的！"

听了任杰的答复，秦丰也露出了笑容。任杰镇静下来，感激地说道："让你受累了，秦丰！"

秦丰擦把汗，笑着说道："咱俩还用这么客气吗？你总客气就见外了，谁让咱们是老乡呢！"

一句话说得任杰的心热乎乎的，眼泪差点儿流出来。她忙把目光转向车窗外。列车徐徐开出密山火车站，车厢里，人们摩肩擦背，嘈杂声四起，汗臭味扑鼻而来。秦丰挨着任杰坐着，他头靠在车背上闭目养神。虽说任杰不算太重，但远道没轻载，再加上赶车又比较急，秦丰多少有些累了。任杰看着秦丰，她有些心疼了，一股特殊的柔情涌上她的心头，好像要把她淹进一片大海里一样。她拿过小桌板上的苹果，仔细地削了皮，轻轻地捅了捅身边的秦丰，秦丰睁开眼睛，摇摇头说道："还是你吃吧，你要多吃点儿多补充些营养，好让你的脚能快点儿好，省得开学返校时我再背你！"

任杰红着脸笑了，她柔声说道："我想不会再让你受累了，这一次都挺不好意思的。你吃吧，看你出了那么多的汗，一定渴了！"说完，就往秦丰的手里塞。

秦丰把苹果推了回去，说道："我口渴吃它不行，我还是去喝水吧！"

"不行，车上的水烧得不开，喝了不卫生！"任杰一把拉住想起身的秦丰，把苹果硬塞进他的手里。

秦丰笑着说："恭敬不如从命啦！"说完，他从任杰的手中接过苹果，说道，"你也吃一个吧！"

任杰并没有去动苹果，她怀着巨大的温柔看着秦丰咀嚼苹果，她感觉到比自己吃还香甜许多。还没等秦丰吃完，她又给秦丰削了一个，秦丰连连推辞，总算把那个苹果又塞给了任杰。

他们的谈话从考试开始，接着又谈了谈班里的人和事，从这些谈话中可以看出，任杰观察分析人和事还是比较细密、比较独特的，这令秦丰惊讶不已，因为以前他俩在一起从没有谈过这么多的话。秦丰从心里暗暗佩服起任杰来：看来，她曲折的人生经历，对她真是个历炼，比起同龄人来，她要比他们成熟得多。后来，他们又谈起小桌板上放着的一本《三国演义》，这是任杰临放假前从图书馆借来准备回家时细看的，任杰告诉秦丰，三国武将的排行榜是一吕二赵三典韦，四关五马六张飞，七黄八夏九姜维。他们又谈起了《红楼梦》，任杰告诉秦丰，她家有一本书叫《脂胭斋重评石头记》，等开学后一定给秦丰带来让秦丰好好开开眼界。他们从下午三点钟上车开始，一直谈到晚上十一点多钟，直到俩人都有些疲倦了，才停止了谈话。秦丰由于考试前的紧张复习再加上背任杰的劳累，他靠在座椅上就睡着了。任杰毫无睡意，她的大脑一直处于兴奋之中，可以说，她活到现在，还是第一次和一个青年男子说这么多的话，连她自己也感到莫明其妙。她的眼睛有些发涩，她闭上眼睛，想睡会儿觉休息休息，但她的脑海中，一会儿闪现出秦丰背自己时的情景，一会儿闪现出秦丰平时在学校的言行，一会儿又闪现出秦丰和她交谈时的神态，似乎秦丰的影子已经栽种在她的心中一样，怎么也赶不出去了。想到这里，她的心里泛起一种莫名的激动，于是她又睁开眼睛细细地打量起秦丰。她的思绪就在这咣当咣当的列车轮子撞击铁轨的单调声音里慢慢地飘逸着。眼看已经过了半夜十二点，她还是睡不着，车厢里的人少了许多，人们都有些困倦了，除了偶尔的几声谈话声以外，满车厢里只剩下咣当咣当的车轮撞击铁轨声。不知不觉，任杰也朦朦胧胧地入睡了。她突然做了一个梦，梦见在紫丁香盛开的五月，阳光明媚，天空像水洗过一样的碧蓝，全班同学拥着她和秦丰，正在步入婚姻的殿堂。同学们说着笑着、唱着闹着，那欢乐的场面感动得她掉下了眼泪。当人们都散去后，也许是太疲劳了吧，秦丰的头枕在她的肩膀上酣然入睡。她心疼地抚摸着秦丰那浓黑的头发，轻轻地为她唱起了摇篮曲，只觉得窗外的月亮是那么的圆、那么的亮、那么的大，并慢慢地向窗前移来，像个讨厌的孩子一样，紧紧地贴在玻璃外面向屋里窥视。她羞得脸通红，心也狂跳起来，而秦丰却越睡越香，枕在她肩上的头也越来越沉重，压得她肩膀发酸，半边身子发麻，仿佛要坍塌一样。她有些支撑不住了，轰隆一声，自己被压成粉末，随着五月的风飘向很远很远。秦丰在地上猛跑着，边追边喊着她的名字……任杰睁开眼睛，才知道乃是南柯一梦，但她真正感觉到右边的肩头比较沉重，轻轻扭头一看，原来秦丰的头正枕在自己的肩头上，还在呼呼大睡。她的脑袋忽地胀大了许多，感到一阵眩晕，仿佛天地都在旋转。她沉了沉，想把秦丰的头移走或叫醒他，但看到他那酣睡的样子，又不忍心，她只好直挺挺地坐着，尽量让秦丰睡得舒服一些。想起刚才的梦境和眼前的事实，任杰不仅心在狂跳，而且心中还涌动着一股激情和幸福。看见秦丰那孩子般的睡相，任杰毫无睡意，在心中暗暗地说道：这就是我多少年来梦寐以求的人吗？她禁不住细细地打量秦丰那棱角分明的脸。任杰从内心深处涌起一股冲动，她想去吻秦丰。她抬眼看看邻座的旅客们都沉沉大睡，遏制不住自己内心的冲动，悄悄地抓起秦丰的手，递到自己的唇边，轻轻地吻了一下，突然，她觉得好像全身的热血都涌到脸上来，既感到幸福又感到眩晕，只好慢慢地将秦丰的手放回。她睁大眼睛，盯着秦丰看着，心里暗暗地想：难道我真的就爱上他了？

也不知道过了多长时间，秦丰睡醒了。他睁开眼睛一看，见自己的头正枕在任杰的肩上，就不好意思起来，脸一下子红了。他看见任杰的眼睛已经闭上了，他的心跳减缓了不少，同时长长地吁了一口气，调整好身姿。任杰在秦丰睁眼的一刹那，忙闭上眼睛装作睡着了。她真的希望秦丰的头就这样永远枕在自己的肩膀上，一辈子也不离开，那样她才是一个真正幸福的人。

五十六

在同学们都愉快地回家的时候，王新良并没有走，因为在暑假的时候，轩辕昊宇教授要到南方去参加一个国际气象学术研讨会，需要十几天的时间。他的病老伴儿需要有人照顾，王新良知道这个消息后，就去找轩辕老师，主动要帮他的忙，好让轩辕老师尽可以放心地去参加他的研讨会，取得好的成绩回来。当王新良来到轩辕昊宇老师的家时，轩辕老师刚刚给他老伴儿洗完澡，并对他老伴儿说："我出差这十几天，就让小王照顾你！"

他老伴儿点点头，脸色比较凝重，沉了沉后，轻声叨咕道："轩辕，你说我这样真不如死了好，拖累着你啥都干不成！"

轩辕昊宇笑了笑，说道："你别胡思乱想了，这些年我也没耽误什么事，你还是安心地养病吧！"他转过头又对王新良交代了一番注意事项，便把所有的资料都装在一个旅行袋里，打算往外走。他老伴儿躺在床上，说道："轩辕哪，出去开会了，听说还有外国人，你把柜子里那两百元钱带上，到大城市买件好衣裳穿，别穿得土里土气的，让人一看就知道是山沟里的人。别穿得破破烂烂的，别让人家外人看不起咱们农大，别在外国人面前给咱们中国人丢脸！"

轩辕老师低头看了看自己的衣服，摇了摇头。王新良在一旁说道："轩辕……老……师，师母……说……得对……你……可是名……名……教授……要……穿……好些……才体面！"

轩辕老师又苦苦一笑，说道："那柜子里的两百元钱是留着给你买药用的，我买衣服了，下半个月的药钱从哪儿出哇？再说了，这出差本来就费钱！"

"我让你拿着你就拿着，这药吃多少都一个样儿，我干脆就少吃半个月吧！"

“不行不行，这绝对不行！”

正当他们争执的时候，门外响起了潇潇的喊声，王新良急忙走出去。只见潇潇正吃力地摇着轮椅往前移动着。王新良急忙过去推她，潇潇很认真地看了看他，脸先红了。王新良看见潇潇脸红了，就有些激动。他没有说话，只是推着潇潇慢慢地往前走。到了楼梯口的时候，轩辕老师出来了，他对潇潇说道：“你怎么来了？”

“我妈派我执行任务来了！”潇潇乐呵呵地说道，“我妈让我给你送点儿钱来，让你出去买套好衣服穿，起码你得有个学者的样，别像一个老农民似的，让人家看了感觉寒酸！”

“你进屋吗潇潇？”轩辕走过来想抱她。潇潇看了王新良一眼，问道：王新良，你走吗？”

王新良摇摇头，潇潇说道：“那我也待一会儿！”

王新良走过去，抢在轩辕老师的前面抱起潇潇。躺在王新良的怀里，潇潇的心被幸福所浸泡，她不错眼珠地盯着王新良看着。她那双闪忽不定的漂亮的大眼睛里，就像风平浪静时波动的湖水，是那样的温柔、那样的祥和、那样的恬静、那样的迷人，王新良真恨不得纵身跳进那温暖的湖水里，永远浸泡在里面。他把潇潇轻轻地放在椅子上，擦着脸上的汗，潇潇笑呵呵地问道：“累吗？”

王新良摇摇头，他在心里想：这汗水是幸福的，也是紧张的，更是激动的结果。

潇潇从口袋里取出钱，递给王新良，又指了指轩辕老师，王新良把钱交给他，轩辕老师忙说：“潇潇，你家也不宽裕！这……”

“妈妈说的，你必须给八一农大争光，穿旧衣服去肯定不行，这钱就算先借给你，等你有钱时再还也行！”

“轩辕，你看人家张主任想得是不是跟我一样？这回出去就买一身好衣服吧，留着出门穿。你也没啥好衣服，不能老母猪去赶集，家里外头一身皮呀！都怪我，把你给拖累了，我估摸着在全国的教授里，可能就你穿得最差。”

还没等轩辕老师说话，潇潇又说道：“轩辕伯伯，我看你最好买一套西服，现在可时兴啦！”

轩辕老师手里拿着钱，还有些拿不定主意，又看了看王新良。

王新良坚决地说道：“老师……少数……服从多……数……你买吧……别犹豫……！”

轩辕老师点点头，说道：“那好，我听你们的，买一套新衣服，别给咱们农大丢脸！”

当轩辕老师往外走时，潇潇高声说道：“祝你马到成功，一路顺风，拿回大奖！”

“谢谢你们！”

当王新良走到轩辕老师老伴儿的身边时，见她眼角流出了泪水，王新良心里一惊，看了看潇潇。潇潇给王新良使了一个眼色，亲切地说道：“王姨，你不用担心，有我和王新良在你身边，一切都会平安的！”

轩辕老师老伴儿愁苦地说道：“潇潇哇，要是没我拖累你伯伯，你说，他是不是能比现在强多了？”

潇潇亲切地笑了笑，又劝解道：“王姨，那也不见得，当年在他艰难的时候，你都没担心拖累，今天我伯伯绝不会有那种可怕的想法的！”

“那时是那时，这时是这时，不一样了！”说完后，她老泪纵横。

王新良没有听懂她俩的对话，他转脸问潇潇：“你们……在说……些……什么？”

“王姨，咱们娘仨待着也没啥事，你就给王新良讲讲你们的家史吧！”

轩辕老师老伴儿想了想，说道：“那好吧，我就把那些千年的谷子万年的糠再翻出来吧！”

在北京解放前夕，轩辕昊宇正在北京读大学，他出生于一个商人家庭，他对国民党的反动统治怀有刻骨仇恨，于是，在学校时，他一方面刻苦学习，另一方面积极参加地下党所领导的一切活动，并成为学生会里的主要负责人，还加入了中国共产党。中华人民共和国成立后的第二年，他有幸被国家选派到苏联去学习气象学。在苏联，他刻苦学习，终于提前一年毕业。于一九五六年回国，被分配到中央气象台工作。他和全中国人民一样，被祖国美好的前景所鼓舞，废寝忘食地工作，在很多领域取得了初步的成绩。就在他满怀信心勤奋工作时，一九五八年他被下放到北大荒的一个偏远的农场进行劳动改造。那一年，他才二十七岁。短短几个月的时间，轩辕昊宇从命运的高峰跌到人生的低谷，还不算十分成熟的他感到茫然，甚至有些绝望。在那个荒凉的小山村，白天他和农工们一起下地干农活儿，晚上在那间只属于他一个人的矮小狭窄的小屋里，他感到人生的无助。

摆在他面前的，仍然有无数的困难，他生长在城市，从没干过繁重的农活儿，因此就感到格外的不适应。人们不顾一切地大干苦干，他本来就很瘦弱的身体，如何能吃得消？每天铲地时，他都被人们落半截地。人们到地头后是要休息的，等他铲到地头时，人们又起来开始铲地了。他没时间休息，还要疲于奔命地跟着再干。有时，看见自己一个大男人被落得远远的，他在没人的时候不知哭过多少回。泪水加上汗水，弄得他脸上黑乎乎的。有时，他铲地太慢，收工回到自己那个小屋时，累得连腿都抬不起来，更不用说做饭吃了。就在他感到最孤立无助时，他住的小房的西院有一个十八九岁的姑娘小王勇敢地站出来拉了他一把。事情的开始也很简单，那天排垅时，轩辕挨着小王，别看小王年岁不大，但干起农活儿来可是一把好手，在老家山东时，她六七岁就跟父亲下地干活儿，练就了一手好庄稼活儿，后来，随父母来到北大荒，就在农场的生产连队当了一名农工。这个姑娘长得大个儿，胖胖乎乎的，脸膛有些黑红，为人爽快，笑声朗朗。轩辕昊宇来到生产队已经有半个多月了，小王从人们的闲谈中知道这个瘦弱的矮个年轻人原来是个吃过洋面包的大知识分子，由于自己没念过书，因此对念书人就格外地尊敬。当看见轩辕受的那份累时，她从内心深处替轩辕难受。今天，她正好和轩辕的豆垅挨着，看见越来越落后的轩辕，她心里很着急，便替他捎带铲半边垅，这样一来，轩辕就能够赶上了。当轩辕赶到小王的身边时，轩辕感激地说道：“谢谢你了，姑娘，你别受累了，还是让我自己铲吧！”

小王擦擦额头上的汗水，笑了笑说道：“轩辕老师，我看你太累了，也不是干这种粗活儿的人，往后再铲地拿垅时，你就挨着我吧，我有的是力气！”

轩辕的脸红了，一是听到有人叫他轩辕老师感到亲切而激动，二是因为一个女孩子主动提出来要帮助他而感到不好意思。他急忙说道：“不不不，我自己锻炼几天就能适应！”

小王笑了，说道：“你用不着客气，就听我的算了！”

轩辕没有说什么，只是内心感到热乎乎的。由于小王替他铲半条垅，俩人自然落在大队人马的后面，这给他俩创造了谈话的条件，俩人谈得很愉快。今天这一天，是轩辕来到北大荒后最为开心的一天。

铲地结束后该挂锄了，在麦收之前，生产队组织全队人员抢修从连队到总场的那段公路。那时，没有施工机械，几乎全是人挖肩扛。小王向队长喊道："我和轩辕老师一伙行不行？"队长点了点头。

轩辕感激地看着小王，他的泪水几乎要夺眶而出。小王怕被人们看见笑话他，忙拉了他一把，走到挖土的人们跟前。那一担土足有二百来斤，压在轩辕那娇嫩的肩上，就像整个泰山都压在他那羸弱的肩头上一样。小王看见他被压得直咬牙，每次在抬土时，都把那个装土的帆布兜子往自己这边多拉一大块，尽量让轩辕减轻一些负担，轩辕看在眼里，感激在心里。

就这样干了三四天后，轩辕觉得浑身像散了架一样难受，真有些坚持不住了。就在那天下午下了一场大雨，把人们个个都浇成了落汤鸡。干活儿的人们不得不提前收工。干活儿时累出一身臭汗，被凉雨突然一浇，轩辕感冒了，躺在炕上发高烧，烧得他直说胡话。小王回到家后，心里总是惦记着轩辕，于是她草草地洗了一把脸就跑了过来。还没等进屋就听见了轩辕的哼哼声，她走到轩辕的身边，伸手一摸，轩辕烧得浑身像火炭一样。她忙跑回家，找到赶大车的爸爸，套上马车把轩辕送到总场卫生队。轩辕住了几天院，一直是小王看护着他，直到他康复出院后，俩人的身影又出现在工地上。这时，生产队里出现了谣言，说轩辕在和小王谈恋爱，更有甚者，竟然能编出小王半夜三更从轩辕的房间里出来，他看得清清楚楚，说得有鼻子有眼儿，令人不得不相信。小王的父母听说后，禁止小王和轩辕来往。小王的犟劲儿来了，她对父亲说道："我脚正不怕鞋歪，轩辕老师可怜，我就要照顾他。轩辕老师是大知识分子，他本来就不应该来干这种粗活儿。他来咱们这疙瘩纯属白瞎，用不了多长时间，兴许国家还会用他呢，要是把他身体造垮了，到国家用他时他又干不了了，那国家不白培养他啦！"她生气地对父母说道，"别人说我跟他谈恋爱我就跟他谈，我没念过书，就喜欢有文化的人！"说完，她端起刚刚给轩辕做好的面条来到那间小破屋里。

夏天的农村，家家都不点灯，都敞开窗户，小王对她父母说的那番话，轩辕自然是听得清清楚楚，他为小王那颗金子般的心而感动，也为自己给姑娘带来的麻烦而深感不安。当小王端着那碗面条走到他身边时，他坐在黑暗中像老农民那样初次抽起老旱烟。小王还是那么热情地把碗放在炕沿儿上，又把窗户门关好，防止点灯蚊子进屋咬人。她把灯点着，看见轩辕正在抽烟，她的心咯噔一下。她伸手从轩辕的嘴上拿下烟杆扔在地上，说道："轩辕老师，你不该抽烟，你身体本来就不好，再这样糟蹋，赶明儿个还能干啥呀？你记住我的话，'留得青山在，不愁没柴烧'，听他们兔子叫唤，咱们还不种黄豆了呀！"说完，她端起碗递到轩辕的手上，双眼盯着轩辕，恳切地说道，"你别犯愁了啊！"

轩辕伸出颤抖的双手接过那碗面条，他在心里暗暗说道：我接过的不仅仅是一碗面条啊，而是姑娘那一颗纯洁的心啊！

窗外，皓月当空，夏风习习，蛙声悠扬，麦香阵阵；屋里，橘黄色的灯光，把俩人的身影投在东山墙上，随着灯火的跳动而漂摇。轩辕沉了好一会儿，才缓缓地低声道："小王，让你跟我受委屈了，以后你就别照顾我了！"

"不，轩辕老师，舌头长在他们嘴里，他们爱怎么嚼就怎么嚼，我不管！只要我能照顾好你就行，你不出啥事，我就最乐呵啦！"她继续说道，"自从见到你后，我就没再想找什么对象的事！"小王看了看轩辕，红着脸说，"天底下就是打着灯笼也找不到你这么有学问的人！"

小王的话语让轩辕颤抖，他不知道该如何回答站在眼前的这位热情似火的姑娘。

在那时，正是轩辕感到极为孤独和极度绝望，生活又极为困难的时候，能够有个姑娘向他献出赤热的心，不能不令他感动，同时对方的心意自己也很容易被接纳。他知道，自己如果和小王结合了，有这样一位吃苦耐劳又善于操持家务的人，即使自己在农村待上一辈子也无所谓了，于是他问道："你父母同意你的选择吗？"

小王闪着坚定的目光对轩辕说道："我想干的事，就是十头牛也拉不回来！"

就这样，就在一九五九年的年初，二十八岁的轩辕与十九岁的小王在那个很遥远的小山村举行了再简朴不过的婚礼，不同的人生经历和不同的命运，把他们结合在一起，走过二十多年的风风雨雨。

当一九五九年年底，八一农大的校长手捧着王震的亲笔信找到轩辕的时候，他的孩子已经呱呱坠地：他当爸爸了。于是，他把那个再简陋不过的家稍作收拾，便领着妻子和儿子远离了那既叫他充满痛苦又让他在人生的道路上有了转折的小山村，来到了刚刚草创不久的八一农大农学系当上了气象专业的教师。

“王……师……母……你是……怎么病的？”王新良在轩辕老师的老伴儿讲完时问道。

轩辕老师的老伴儿重重地叹了口气，说道：“这些年来，轩辕当上了教授，熬出了头，也争了气，我们的儿子一九八零年考上大学走了，这说明我当初没有看错人，轩辕他对我也一直不错。就怪我自己不争气，前几年为了多挣几个钱，让轩辕好安心地搞教学和科研，我就出去干临时工。有年秋天跟着拖拉机去拉柴火，拖车的豆秸垛码得老高老高的，我在上面坐着，一不小心滑落到地上，就给摔瘫痪了。唉，人就是命啊，这日子刚刚好起来，我又不能动弹了，拖累得轩辕哪，啥都干不成。唉，我自个儿都觉得活够了，太坠脚了。我盼着早点儿死，好让轩辕省点儿心，好多搞出点名儿堂来！”

“王姨，你不能这样悲观，你慢慢养病，会好起来的！”

轩辕老师的老伴儿笑了笑，说道：“傻孩子，姨的身体咋样，我自个儿心里有数！”

王新良看见墙角堆了许多的脏衣服，就去收拾起来，到卫生间去洗衣服，王师母忙说：“小王啊，你放在那里别动了，等轩辕回来再说吧！”

“不……不用……师母……我也没事……洗……完算了！”

“王新良，你把洗衣盆端到外面来洗吧！”

“这几年，多亏了王新良和秦丰他们照顾我们，唉，我这废人，不但拖累了轩辕，还拖累了几个孩子！”

“师母……你快……别这么说……我们……应该……做的！”王新良边往门外端洗衣盆边说着。

“小王这孩子心眼儿就是好，赶明儿个也错不了，你说呢，潇潇？”

潇潇看着王新良蹲在地上洗衣服，她的心在王新良身上，根本就没听清王师母的话，当她听见问话时，忙回答道：“是呀，王姨，你明天会好的！”

王师母笑了，轻声说道：“这孩子，还挺会打岔的！”

五十七

这些天来，潇潇觉得情绪特别的高涨，她在屋里轻轻地哼着歌曲《年轻的朋友来相会》。张冬青正在另一个房间里看书，听见女儿的歌声，她心里也有些喜滋滋的；是呀，自从女儿懂事后，她的情感就一直被压抑着，很少见到她笑，今天这么高兴，是因为什么呢？她轻轻地放下书本，眼望窗外蓝天上浮动的白云，陷入了沉思。她还记得潇潇五六岁时，看见别的小朋友都高高兴兴地在外面玩耍，她也叫喊着要出去。当张冬青把她抱出去放在地上时，潇潇做过种种艰苦的努力，可她始终都没能站起来。她趴在地上，悲伤地哭起来，一个劲儿地问妈妈："妈妈，我什么时候能走路啊？我还能不能走路啊？"那稚嫩的童声，好像要撕碎妈妈的心。她抱起女儿，边往屋里走边哭泣。潇潇看见妈妈掉眼泪了，她反而不哭泣了，替妈妈擦掉眼泪，在她耳边轻轻地说道："妈妈你别哭，你再哭就不是听话的孩子了，你看我都不哭了。"但张冬青分明看见，小潇潇的眼里，那些晶莹的泪水随时都会流出来。随着年龄的增大，想站起来走路的潇潇，是彻底绝望了。她趴在窗台上，脸紧紧地贴在玻璃窗上，看着从门前街道上走过的那些叽叽喳喳像春天的燕子的同龄孩子们，她的泪水就会慢慢地流下来。为了让孩子不致于待在家里太孤单太寂寞，张冬青便自己教潇潇念书识字，她很聪颖，学过的东西马上就能记住，很快就能看连环画了，接着又能读大部头儿的书了。她就像一个饿汉子一样，趴在面包堆上吃个不停。她孜孜不倦地读书，她的生活内容几乎就是读书。后来，她又动起了笔写了那么多优美的散文，让人读后，在优美中感觉到淡淡的忧伤和莫明的无奈。这就是可爱的潇潇，转眼已经二十岁了，她往后的路还很长，怎么才能走完她以后那段艰难的人生路呢？张冬青不敢去想，泪水沿着她已经有了很深的皱纹的面颊轻轻地滑落。她的心沉重下来，站起身，在屋里低着头慢慢地转着圈儿。她的耳边不断地传来女儿那动听的歌声，她在心里为女儿的将来设计种种方案，但每一种方案在她的脑海刚形成，就被她推翻了；于是她的脑海里又冒出另一种方案，接着又被推翻。这样一来，她有些心烦意乱。她轻轻地走进女儿的房间，只见潇潇正坐在窗前，长长的披肩发飘逸着，从侧面看，她女儿的美丽绝不亚于她年轻时甚至比她年轻时还要漂亮几分。她心里暗想：假如潇潇能走路的话，又赶上这么好的年代，她该是多么幸福的姑娘啊！

“年轻的朋友们今天来相会，荡起小船儿，暖风轻轻吹……花儿香鸟儿鸣，春光惹人醉……我们是八十年的新一辈……再过二十年我们重相会……为祖国为四化流过多少汗，回首往事心中可有愧……啊，亲爱的朋友们，愿我们自豪地举起杯，挺胸膛，笑扬眉……

张冬青轻轻地走到女儿身旁。潇潇唱完歌，扭头看见妈妈站在身边，关注的目光中饱含着忧伤。潇潇往后动了动轮椅，温柔地叫了一声“妈妈”。

张冬青苦涩地一笑，拉过一把椅子，坐在了写字台的旁边，她拿起女儿写的稿子看了看，又扭过头来注视着女儿。被潇潇看得有些脸红了，含笑问道：“妈妈，你干啥这样看我呀？”

“妈妈看你挺高兴的，妈也高兴，好像有很长时间没听见我们的小百灵鸟唱歌了！”

潇潇撒娇地笑了笑。张冬青又关心地问道：“有什么高兴事吗？”

“你猜呢，妈妈？”

看见女儿燃烧着热情，充满了渴望的双眼，妈妈的心里突然明白了一些，她还想再问问女儿，只听女儿说道：“妈，来人了，你快去给开门！”

张冬青抬头往院里一看，只见一个身影远远地走过来，细细一看原来是王新良。再细看潇潇那双眼睛，含情脉脉地盯着由远而近的王新良，是那样地充满柔情。张冬青看后，她完全明白了：原来这孩子在恋爱。她向门口走去，这时，王新良已经走到楼前，张冬青疑惑地给他打开门。王新良和她的问好声被潇潇听见了，她喊道：“王新良，我在这屋呢！”

王新良看了看张冬青，然后走进了潇潇的房间。张冬青看后，轻轻地摇了摇头，心情沉重地走进自己的房间。她坐在桌前，再也无心看书了，竖起耳朵，细细地倾听女儿和王新良的谈话，但他们的谈话声极小，她听不清楚，只有潇潇不时爆发出来的愉快的笑声，才能让她知道此时潇潇的心情是多么愉快！

王新良在张冬青刚刚坐过的椅子上坐着，潇潇坐在原地没动。她的手里摆弄着一支钢笔。灿烂的阳光洒在桌面上，潇潇感到有些闷热，她对王新良说道："你把窗户打开吧，屋里有些热！"

王新良听话地站起身，把窗户打开后又坐回到原座。潇潇又问道："这些天伺候王姨，累坏了吧？"

"我倒……没……没觉得……累……就是……有些不习惯……"

"王姨这一辈子也很苦，虽说轩辕伯伯对她不错，但毕竟文化程度相差太悬殊，俩人的共同语言较少，她心里也很难受的！"

"我……觉得……王师母……还是……很伟大……的……在轩辕……老师……最难……时伸出……手……不简单……！"

"患难见真情嘛！"

王新良点点头。潇潇停了好一会儿，忽然抬起头，看着王新良问道："我听秦丰说过，好像你家里有一个表妹？"她故意不再往下问了。

王新良一听，脸色绯红，忙低下头，轻声说道："我……刚入……学时……家里……给订……的婚……今年春节……回家时……退了……！"

"为什么呀？"潇潇似乎不大相信自己的耳朵，睁大了眼睛问道，"她长得不漂亮吗？"

王新良摇摇头，说道："不……是……她是……我姨家……的……女儿……这不……近亲……吗？"

"是呀，近亲结婚，后患无穷啊！"潇潇感慨地说完后，又埋下了头，只是用眼角的余光扫视着王新良。只见王新良的脸色更红了，一直红到耳朵根儿，潇潇又问道："都办清了吗？"

"她……已经……结婚……了……我……开始……就……不同意……我爸……强迫……我！"

听完王新良的话，潇潇的心好像一块石头落了地一样踏实了许多。他俩都不吭声了，时间就在他们的沉默中一分一秒地滑过。

张冬青在隔壁听不见他俩的说话声，心里总觉得好像有什么事似的。她站起身，想到潇潇屋里去看看他们，可又怕孩子们不满意自己。她暗想：

潇潇爱上了王新良，俩人相差可太悬殊了。要说王新良这个学生，一个农村孩子，他的品行很好，爱学习，对人也诚实，这些都没说的。但一个八十年代的大学生，被人们誉为天之骄子的年轻人，肯找一个身体有缺陷的姑娘做他的终身伴侣吗？假如他走到社会上，会有很多如花似玉的姑娘愿意和他结成秦晋之好的，人家都是健康的，而潇潇能行吗？他们是不是仅仅凭着一时的冲动而不计后果呢？不行，我不能让他们再这样发展下去了，潇潇本来就很不幸，病痛已经让她非常痛苦了，假如以后再失恋，那不成了雪上加霜了吗？她还能有勇气活下去吗？张冬青又注意听了听，只听见潇潇和王新良虫鸣般的说话声，她实在是听不清楚。她向窗外望了望，天色已近中午，她便起身走进潇潇的房间，含笑着对王新良说道："新良啊，这些天你照顾轩辕老师的家属也很辛苦，一会儿，我做点儿好吃的，你给轩辕老师的家属送去一些，你就不用再给她做饭了，你看行不行？"

"张……主任……不用……麻烦……了！"

"王新良，我妈让你在我家吃，你就别客气，你就在这儿吃吧！"潇潇用温柔的眼睛盯着王新良，那意思是让他答应下来。

王新良从潇潇的眼神里读懂了一切，他又看了看张冬青，张冬青说道："咱们就听潇潇的吧！"

潇潇银铃般的笑声又起，问道："王新良，你最爱吃什么，叫我妈去做！"

"随……便……吧！"王新良转脸说道，"张……主任……我……帮……你做……饭吧！"

"不用，你去轩辕家看看有没有什么事！"

王新良点了点头，又看了看潇潇；潇潇点了点头，他这才走出去。王新良的身影在潇潇的视线里消失以后，她的眼睛就盯着窗外，盼望着他早点儿回来。半个多小时的时间，她竟然觉得是那么的漫长，在这期间，张冬青喊她几次她都没听见。她的整个身心只有一个目标，那就是盼望着王新良马上就回来！

夜晚，看着难以入眠的女儿，张冬青的心里很不是滋味儿。她想提醒女儿一下，不要被眼前的欢乐所陶醉，无论做什么事，都必须考虑全面了。但看着潇潇那充满幸福的笑脸，到了嘴边的话她又咽了回去，她实在不忍心把女儿那个美丽的梦幻像吹肥皂泡一样，自己轻轻地吹一口气儿，它立刻就会化为虚无，一切都不复存在。她知道：活到二十岁的女儿，本来就没有什么欢乐可言，但这次的欢乐和幸福能长久吗？但愿她的心愿不是挂在天上的彩虹。她轻轻地叹了口气，借着明亮的月光，瞥了一眼笑得脸像一朵花的潇潇。

五十八

当秦丰返校后，在一号楼门前和任杰道别时，他看见任杰的目光似乎有很深的含义，他的心为之微微一动。他回到寝室时，张建华正和王新良谈着什么，看见秦丰进屋，俩人停住了谈话，张建华笑嘻嘻地开着秦丰的玩笑："怎么样，猪八戒，把媳妇背到家了？"

秦丰的脸红得跟胡萝卜似的，他从旅行袋里掏出两个熟鸡蛋，塞进张建华的手里，说道："快吃鸡蛋吧，堵住你那乌鸦嘴！"

他们笑呵呵地谈论起分别后各自的经历，张建华关心地问道："秦丰，修洁她咋样？"

秦丰从兴奋中沉静下来，不太情愿地淡淡地回答了一句："挺好的！"接着就没话了。

王新良看了一眼秦丰，对张建华说道："你这……人……哪壶……不开……提……哪壶……专往……人家伤……口上……撒盐！"他走到秦丰跟前，又说道，"有……没有……好诗……拿出……一首……拜读……"

秦丰从旅行袋里取出他写诗的本子，翻到一页递给王新良，王新良看了起来。

致……

你的眼睛是一潭清清的湖水
我的心便是一条窄窄的渔船
渔船犁起的碧波
激动了随风飘动的渔火
点燃起湖面皎洁的月光

那正是我希望的倩影
白云飘落湖面
捕捞出真情实意的浪花
没有船的湖水泛不起波澜
没有湖水的船只能搁浅

你的眼睛是一潭清清的湖水
我的心便是一条窄窄的渔船

致远方

你总算相信了月亮纯洁
你召集各色小花
编织玫瑰色花冠
我是花冠中一朵温馨小花
戴上花冠能上月球
那是没被污染的处女地
路很远很远
心很近很近

看完后，王新良思考了良久，把笔记本还给秦丰，赞扬了一句："你……的诗……写得……愈发……的好啦！"

秦丰把笔记本接过来，咧嘴一笑，说道："你还是多提点儿批评意见吧，别净唱赞美诗！"他停了停又问道，"噢，对了，潇潇她最近怎么样？又写出几篇散文了？"

提到潇潇，王新良的脸不由得红了一下，他回答道："挺……好的……她让我……告诉你……回来后……去她家……一趟！"

"有什么事吗？"

"好像和……写作……有关的事！"

"好吧，咱俩明天就去！"

“我……告诉……你们俩……一个好……消息！”

“什么消息让你这么高兴？”

“轩辕……老师……的科研……成果……拿了大奖！”

“他早就应该拿大奖了！”张建华说道，“咱们应该去祝贺一下才对！”

王新良和秦丰点头称是。

当王新良和秦丰走进潇潇家时，诺大的屋里显得有些空旷，潇潇正心烦意乱地翻着一本书，看见他俩来了，顿时心花怒放，笑容悄悄地爬满面颊。她忙把书扔到书桌上，摇起轮椅向门口迎去。秦丰和王新良走进屋，王新良又把潇潇推到书桌前。潇潇问起秦丰回家的情况，秦丰都一一回答了她。潇潇听后，长叹了一口气说道：“看你们多幸福，想到哪里去就到哪里去；我就不行了，想离开家一步都很困难！”说完，她低下头沉默不语了。

王新良连忙说道：“潇潇……秦丰……又写了……不少好……诗……你快看看。”

秦丰把笔记本从兜里取出，递给潇潇。潇潇看后大加赞赏。随后，她又从抽屉里取出几份油印小报，递给秦丰说道：“你看看，这是我朋友给我寄来的！”

秦丰浏览了一遍后说道：“上学期你就说过成立文学社和办报的事，因为那时学习一直很忙，没有时间，这学期我们的必修课少了，选修课多了，时间相对地宽松了许多。我看咱们可以搞了，你说呢，王新良？”

王新良点点头，说道：“潇潇……早就……想成……熟了……只等……你回来！”

“是吗？”秦丰看着眼前这位美丽的姑娘，又一次激发起他内心对潇潇的尊敬，他忙说，“潇潇，你快说说吧，我洗耳恭听！”

潇潇笑了笑，看了看王新良，说道：“文学这个东西，还是以多讨论、多写多看为主。为了激起咱们的创作欲望，咱们还是成立一个文学社为好，这样一来，写出的作品可以相互磋商，互相指指优缺点，以利于咱们写作水平的提高。我想好了，秦丰你可以联系一下农经系、牧医系的文学爱好者，咱们共同组成一个文学社，社名我都想好了，就叫乳燕文学社。你还记得冯梦龙《警世通言》里有一句诗吗，叫‘口角黄消乳燕飞’。咱们还可以搞一份文学小报，油印就行，名叫《乳燕报》，你们俩看看行不行？”

秦丰说道："我早就有此意，只是苦于没有时间和人员，现在潇潇提出倡议，我是坚决支持并带头参加。人员可以以咱们三个人为核心，办一份油印小报也可以，可以对外交流，以壮咱们的声威。只是组稿又刻又写，还得油印，谁有时间干呢？再说这油印机，刻板也不好弄啊！"

潇潇笑着说："你放心吧，秦丰，不会耽误你太多时间的，由我来干，你只管多写东西就行了。这油印机和刻板，咱们农学系不就有吗，让我妈给借回来不就行了吗？"

秦丰说道："只是你的身体……怕你太累了吃不消！"

"没事，有些事儿王新良能来帮我忙！"潇潇转头笑眯眯地看着王新良，问道，"你说是吧，王新良？"

王新良笑着点点头，对秦丰说道："你就放心……吧，一切……有我和……潇潇呢！"

"现在由我来分配任务，秦丰你必须准备一篇小说，大约在一千五百字左右，同时要准备两首诗。如果你同意的话，用方才那两首就可以！"她转脸笑着对王新良说，"发刊词由你来写，题名就叫'口角黄消乳燕飞'，要把咱们乳燕文学社结社的纲领、目的、标准和规定写得详细一些。散文由我来写，你们俩有什么意见吗？"

秦丰说道："我看咱们的小报未必都是文学作品，可以搞一点儿消息小评论、小采访等，像轩辕老师获大奖的事都可以登报，以激励同学们学习钻研的热情！"

"另外……还可以……搞……一些古诗……词……这些东……西……就更……丰富……了！"

"但古诗词谁能写呀？"秦丰问道。

潇潇想了想说道："这个任务就交给我吧，轩辕老师创作的古诗我读过，写得很不错，我找他要两首。咱们就这样分工，星期天到我家来，咱们开始刻板，行吗？"

秦丰和王新良点点头，他俩从内心深处佩服起潇潇来。在往校园走的路上，王新良犹豫了好久，问秦丰道："你看……潇潇……是不是很……厉害？"

听见王新良那赞美式的问话，秦丰点了点头，说道："看不出来，她很有才气，干什么事都干净利索，只可惜……不然的话，她肯定是个女中豪杰！”

“我……看潇潇……比咱们……班的女生……都强……她真……了不起。”

秦丰看了看兴奋溢于脸上的王新良，随口说道：“你这么钦佩她，对她总是赞不绝口，是不是爱上她了？”

王新良听后，脸刷地红了，低下头不再说话。秦丰见他不说话，又追问道：“是真的吗？”王新良郑重地点点头，秦丰又问道，“你和潇潇说了吗？”

“还……还……没有！”

“张主任知道吗？”

王新良摇摇头。

秦丰感慨地说：“要说潇潇配你，绝对有余，只不过她的毛病可是一个非常大的障碍，这会给你们将来的生活造成极大的困难，这你想过吗？”

“一切……我……都仔……仔细……地考虑……过……我觉得……她的……身体……不应成……为我们……爱情……的障碍……你还记得……英国的……白郎宁……和他的夫人……伊丽沙白·巴莱特……的故事吗？”

秦丰点点头说道：“你也希望奇迹能够发生，让潇潇重新站回到阳光下？你别忘了，王新良，伊丽沙白·巴莱特小时候可是个健康的孩子，是后来骑马摔伤的，而潇潇从她出生那天起就没站立过，想发生奇迹那是不可能的，她只能在轮椅上度过一生！”

“我不管她……能否……站立……我……也不指望……她站……立……我爱……她的人……和才……我的爱……不仅……能拯救……她的肉体……更能……拯救……她的灵魂！”

“王新良，你不觉得亏吗？”

王新良睁大了眼睛，盯着秦丰看了好一会儿，看得秦丰心里直发慌。王新良掉过头去，说道：“秦丰……你……怎么能……说出……此话？爱……是无……价的！”

秦丰不再吭声了。沉了好一阵，他才说道：“那我就祝福你们吧！”

五十九

开学回来没几天，李学庆就一反常态，没等宗翠去找他，他先来到了女生宿舍。宗翠见李学庆来了，不禁喜上眉梢，她的心情也轻松了许多。她笑着给李学庆拿出不少好吃的东西，但李学庆什么都没吃。屋里有两个女生看见李学庆来了，都知趣地离开了，屋里只剩下他们俩。宗翠走到李学庆的跟前，想去拥抱他，李学庆冷冷地把她推开，严肃地说道："你老实一会儿吧，坐到床上去，我有话跟你说！"

如一团熊熊燃烧的烈火突然遭到一大盆冷水一样，宗翠委屈地看着李学庆，退坐到床上，生气地说道："你是不是不想跟我处了？"

李学庆不慌不忙地从口袋里掏出烟，点着一支后，缓缓地说道："宗翠，说句心里话，在过去那些如烟的岁月里，是你的爱温暖了我，燃烧了我的青春之光，鼓励我勇敢地举起生命之旗。可是你的爱的使命已经结束，我会永远真心地感谢你的，但今天，我已经不爱你了，我自己也不知道这到底是为什么。说真的，有时我也感到羞愧，也扪心自问过，也很自责，但我的情感已经走远，我已经无力把它拉回，它已经是一匹脱了缰的野马，我再也控制不住它了。宗翠，放假这段时间里，我冷静地思考过，觉得咱们还是分手的好，宗翠，你就原谅我吧！"

宗翠一点儿都没想到，新学期所发生的第一件不幸的事就是她最害怕也最不希望出现的。她惨淡经营了多少个日日夜夜的情感，就像沙子筑成的堤坝一样，被突然涌来的海水只是那么轻轻地一触碰就全部坍塌了。这不能不令她痛苦、悲哀和伤心。她用泪水、情感甚至肉体都没有感化眼前这个衣冠禽兽，她的泪水因伤心而流落，她的怒火也因伤心而升起，她气愤地指着李学庆的鼻子说道："你不但玩弄了我的感情，还欺骗了我的感情！……"

“不不，宗翠，我也有过真诚的时候，但我现在无论如何也找不到当初那种感觉啦！”李学庆无奈地说道。

宗翠继续愤愤地说道：“李学庆，我反正什么都失去了。我什么都不在乎了，我宁为玉碎，也不为瓦全，我不能就这么轻易放过你。我告诉你李学庆，你要是抛弃我的话，我就跟你拼命！”宗翠的眼睛，仿佛喷射出怒火，差一点儿就能把李学庆燃烧掉。

“就算你跟我拼命，你又能捞着什么？宗翠，你还是识趣点儿吧，俗话说得好，强按牛头不吃草，就是把你的爱强加给我，我也不会接受的，那样的话，咱们在一起还能幸福吗？不幸福又有什么意思呢？那还不如死了痛快。宗翠，既然我们相爱过，你就不能为我做出一些牺牲吗？我会终生难忘的！”

“我为你做出的牺牲太多了，难道我还要为你再做出什么牺牲吗？”宗翠含着泪，气愤得嘴唇直哆嗦，她手指着李学庆的鼻子骂道，“上帝白白地让你披了一张人皮，你肯定也欺骗玩弄了王春燕，觉得玩腻了又来玩弄我。都怪我当初瞎了眼，没有认清你的庐山真面目，才上了如此的大当。你就像一条疯狂的公狗，每到发情期就要寻找一个新猎物。李学庆，你拍拍良心，你这样做，一辈子能得到安宁吗？”

宗翠高声叫骂着，气得李学庆脸红脖子粗的，额头上的青筋直跳，他气喘吁吁地嚷道：“宗翠，你嘴巴积点儿德不行吗？”

“我嘴巴不积德，总比你行为不积德要好！”宗翠说完，还是骂着李学庆。

李学庆的怒火直往脑门子上窜，他实在是气急眼了，几步窜到宗翠面前，瞪着通红的眼珠子指着宗翠的鼻子吼道：“你胆敢再骂我一句？”

几乎是丧失了理智的宗翠，恶狠狠地咒骂道：“你就是畜生！”

“啪！”一个响亮的耳光打在宗翠的脸上，她的嘴角流出了鲜血，一滴一滴地落在地上。她几乎是惊呆了，满含怒火的眼睛死死地盯着李学庆，让李学庆看了有些害怕。宗翠使出全身的力气，一头撞在李学庆的胸膛上，李学庆没防备，被宗翠撞了个四仰巴叉躺在地上，他的后脑勺磕在床角上。宗翠猛虎下山一样冲上去，骑在李学庆身上就打他的嘴巴。李学庆顾不得疼痛，一把抓住宗翠的双手，几乎是使尽平生的气力，把宗翠甩到一边，又狠狠地踢了她一脚，然后转身打开门，急急如漏网之鱼逃了出去。宗翠站起身来去追李学庆，打开门一看，他早已跑得无影无踪。她关上门，趴在床上痛哭起来。当她哭累了，爬起身，拿起那块圆圆的镜子，照照自己的脸，发现右边的半个脸都已经肿了起来，嘴角的血都已经凝固成紫黑色，头发乱蓬蓬的。照完镜子之后，她觉得特别的伤心。她的目光转移到手中的镜子上，那面漂亮的小镜子是在他们刚刚谈恋爱时李学庆送给她的定情物，如今，一看到它，再加上照出了自己那个悲惨的模样，她就恨起这面镜子。她使劲地把镜子摔到地上，镜子碎成了几瓣，她又趴在床上哭了起来。

不知过了多久，任杰走回到寝室。她一进屋，看见宗翠正趴在床上哭泣，便放好书本，走了过去。坐在宗翠的床头，她抚摸着宗翠的头发，很像大姐姐哄小妹妹一样，柔声细语道：

“宗翠，刚刚开学没几天，你这又是怎么了？”

宗翠一听是任杰的声音，就像离家很久后的孩子突然见到亲人一样，扑进任杰的怀里，喊了一声“大姐”就再也说不出话来。任杰为她擦去泪水，又问道：“是不是和李学庆吵嘴了？”

“他不是人！”宗翠气愤地喊道。

任杰笑了，语气柔和地说道：“你快别喊了，宗翠，让别的屋的人听见会笑话咱们的！”她笑着说道，“骂人没好嘴，打人没好手，你们俩人有矛盾，就不能坐下来好好地谈吗？非得吵吵闹闹吗？凡事都要想开些才对，你不记得电影《李双双》的那句台词了？‘天上下雨地上流，两口子打仗不记仇！’”

宗翠坐起身，擦干了眼泪，茫然地望着任杰，悲伤地说道，“他提出要跟我分手！”

任杰一愣，思忖了一会儿，缓缓地说道：“人生大事，怎么能说好就好、说散就散呢？”

“我也没办法，我也没办法！”宗翠的眼泪又不知不觉地滑出眼窝。

任杰弯腰拾起破碎的镜子，想把它拼凑起来。

宗翠说道：“破镜还能重圆吗？”

任杰拼凑了好一会儿也没能拼好，只好叹口气把它扔在门后当垃圾了。她暗暗地叹了一口气，想道：真是人人都有苦恼哇！

这天夜晚，宗翠无论如何也睡不着，那种被人遗弃的感觉，是既屈辱又愤懑。她冷静地思考后明白了：促使李学庆离她远去的原因就是那个李香君。我必须去找那个女孩儿谈一谈，或许能有希望！宗翠暗暗地下着决心。

第二天晚饭后，宗翠站在窗前远远地看见李香君从主楼向一号楼走来。当时正是夕阳西下的时候，夕阳的光晖把李香君的身影拉得很长很长，她穿着当时姑娘们还不太敢穿的淡紫色的带有绿色碎花的连衣裙，一头散开的披肩发，增添了她无限的魅力。宗翠急忙走出一号楼，迎她而去。宗翠的大脑在快速地旋转着，把她昨夜构思好的话又在脑中过了一遍。李香君无忧无虑地走来，轻轻地哼着一首流行歌曲。

“我从山中来，带着兰花草，种在小园中，希望花开早。一日看三回，看得花时过。兰花却依然，苞也无一个。眼见秋天到，移兰入暖房，朝朝频顾惜，夜夜不能忘。”

听到宗翠的喊声，她停止唱歌，站在那里。看见宗翠，她稍稍愣了一下，马上镇静下来，抬手梳理一下披肩发，又看了走得越来越近的宗翠一眼。宗翠看见眼前的这个女孩儿果然是天生丽质，比自己要美上十倍，无论是从身材上看还是从脸蛋上看，都是很惹人注意的。宗翠心里暗想：怪不得她能迷住李学庆，她果然比我漂亮得多！这样一来，她的自信心顿时就减少了许多。

李香君眨着美丽的大眼睛问：“你在喊我吗？”

宗翠没吭声，只是点点头。她走到李香君跟前，上下打量了她一下，说道：“你的歌唱得不错，你知道这首歌的作者吗？”

李香君摇摇头说：“歌好听好唱就行，我管他作者是谁干啥？你是谁呀，我并不认识你！”

“你会认识的！”宗翠想缓和一下气氛，她想用带着微笑的面孔去和李香君谈话，但却找不到挤出笑容的感觉，她只好咧咧嘴，又说道，“我想找你好好谈谈！”

“谈什么呢？”李香君天真地歪着头问道，“是学习还是人生，抑或是爱情？”

“走吧，咱们边走边谈！”宗翠用不容质疑的语调说着。

“但愿你别浪费我太多的时间！”李香君噘起了花骨朵似的小嘴，似乎有些生气的样子，嘟嘟了一句。

“你放心吧李香君，我跟你谈一件非常非常重要的事情，这件事甚至关系到你一辈子，你不能不听！”

李香君似乎不太相信宗翠的话，她轻声地笑了笑，说道：“有这么严重吗？”

宗翠以老大姐的身份严肃地问道：“你认识一位叫李学庆的人吗？”

“不仅仅是认识！”李香君笑盈盈地回答之后，突然意识到了什么问题，马上警惕起来，她脸上的笑容忽地不见了，问道，“你就是那个叫……宗翠的吧？”

宗翠点点头，看着眼前这位天真烂漫的女孩儿，一股悲凉的情感突然爬过心头，留下一道酸苦的弧线。宗翠轻轻地叹了口气，说道：“李香君，你不用害怕，我就是为了这件事才来找你的！”

“我知道……”李香君低下了头，心里多少有些慌乱。

“我先问问你，李香君，你了解李学庆这个人吗？”

“他像一潭深深的湖水，现在我只探到他表面一层，再往深处我也不太清楚！”

“今天你说实话，你觉得他这个人怎样？”

“怎么说呢？”李香君想了想，说道，“他挺热情的，也会关心人，还有社会经验……你找我到底想说什么？他跟我说你们俩已经没有关系了！”

“他真跟你这么说的？”

“是呀，我骗你干啥？”

宗翠刚刚消下去的气儿又涌了上来，她气得嘴唇都有些哆嗦。过了好一会儿她又对李香君说道：“不瞒你说，李香君，我看你岁数也小，还这么天真，我心里是真正地同情你！”宗翠看了看李香君的表情后又说道，“我和李学庆曾经恋爱过，因为你的插足，他已经跟我提出要分道扬镳了！”

李香君听见这话以后，轻轻地笑了笑，说道：“宗翠，这件事你也不能怪我，更不能全怪李学庆。爱情这东西，本来就是要发展的，世界上一切东西都在运动变化中，爱情也在其中。我没学过你们的《遗传学》，但我知道物竞天择、适者生存这个道理，今后的社会，一切都需要竞争，也包括爱情！”

"不管怎么说，我是不想看到另一个纯洁的少女在他的手里上演另一出悲剧！"

"你是不是因为失恋了就恨我也恨他呀！"

"不，不，李香君，不管你相信我也好，不相信我也好，我都要告诉你，他是一个地地道道的伪君子，他不会珍惜别人的感情的！"

"你这样恶毒地污蔑他，让我怎能相信你的话呀？"李香君摇摇头说，"我们接触很长时间了，我看他这个人的优点还是很多的，像老大哥一样关心我体贴我并深深地爱我……"

"当初他也是用这些手段来追求我的，他这是故伎重演。李香君你还小，世界上有许多的事你并不了解。人在谈恋爱时，都会把自己的缺点尽量隐藏起来，还会把优点放在显微镜上加以展现。这就像许多动物一样，为了吸引异性都要制造自己美丽的陷阱，一旦掉进去就无法脱身，那时就追悔莫及啦！"

"看样子你上过他的当？"李香君紧紧地盯着宗翠问道。

宗翠的脸突然红了起来，她本想把她和李学庆之间所发生的一切都告诉李香君，但出于羞耻心和自尊，她没有说出来，忙回答道："我倒是没上他的当，就是怕你上当！"

"谢谢你的关心，我岁数虽小但不傻，我有自卫能力。李学庆的好与坏，需要考察，我不想从第三者的嘴里听到关于他的坏话，我只相信自己的眼睛和感觉！"

"你想听听他的过去吗？"

"对不起，我听得已经够多了！"李香君有礼貌地说道，"我什么也不想听了，我要去学习了，谢谢你的关心。我要告诉你，宗翠，情到了时如人死，是无法挽救回来的！"她看了看宗翠，又说道，"丛林法则，同样适合爱情！"

说完，她款款地往回走去。

宗翠望着往回走的李香君的背影，突然觉得天气很闷热。她向远方的裴德峰望了一眼，那苍翠的绿色笼罩着一切。她突然觉得自己走过的路很远很远，自己也走得很累很累。她真想躺在脚下这块土地上，永远地安息，以拯救自己那疲惫的灵魂和肉体。她一屁股坐在地上，心情就像那暮霭一样，觉得自己苍老了许多。她伸手抚摸着一株乳白色的蒲公英的果实，又把它捏在手中，细细观看；之后又放在嘴边轻轻地吹着，伞翼似的蒲公英的种子随着微风向遥远的地方飞去，去寻找它新的立足之地，然后再扎根生长，接着会有新的绿色诞生。

宗翠突然想到：人生不就是一株蒲公英吗？彻底绝望的心情笼罩着她。

六十

这些天来，任杰总觉得心里有件事放不下，但她又拿不定主意，不知道这件事该不该办。她把箱子里的那两本《脂胭斋重评石头记》找了出来，在手里摆弄来摆弄去，一会儿望着书出神儿，一会儿望着窗外发呆。她心里乱糟糟的不得安宁。寝室里的人都出去学习了，屋里只有她一个人。想了一会儿后，她又在寝室里慢慢地踱着步，转着圈儿，细细地思忖起来。最后，她终于下定决心，拿起两本书，毫不犹豫地走出一号楼，奔二号楼而来。在秦丰他们宿舍房门前，她强抑制住自己的心跳，鼓起勇气，举起自己微微发颤的右手，稍稍犹豫了一下，轻轻地敲响了房门。当听到秦丰那悦耳的“请进”声后，她轻轻地推门走进了屋子，只见秦丰和王新良正伏在窗前的桌子上奋笔疾书。看见她进来，两个男生站起身。王新良简单地打过招呼，又坐下来重新写了起来。秦丰迎着她走了过来。看着面带微笑的秦丰渐渐地走近跟前，任杰甚至都能听到自己心脏怦怦狂跳的声音。她只顾盯着秦丰看了，一时忘了说话。秦丰走到她面前，含笑看着她。俩人静静地站着，谁都没有说话，直到王新良轻轻地咳嗽了一声，他们才从遥远的梦中走回来。任杰连忙递过书，柔声地说道：“给你送书来了！”

秦丰双手接过书，翻看了两页后放在床上，说道：“你坐吧！”

任杰坐在秦丰的床上，问道：“你们俩在写什么？”

“我在写一篇小说，他在写一篇发刊词，我们打算办一份油印小报！”

“都什么内容？”任杰很关心地问了一句。

“文学方面的！”

“哦！”任杰低声问道：“你们跟系里汇报过吗？”

秦丰笑了笑，说道：“仅仅是一张小小的文学习作类的油印小报，又不是什么大报，也不反党反社会主义，用不着惊动系里！”

“最好还是和系里打一声招呼！”

“我看没必要！”

任杰听见秦丰的话后，不再与他争辩，只是温柔地看着他。

秦丰又问道：“你的脚踝没事了吧？”

任杰脸一红，感激地瞅了瞅秦丰，低声说道：“多亏了你，现在没事了，一切恢复正常！”说完之后，她一扭头，看见秦丰的被褥很脏，又接着说道，“秦丰，看你这被褥脏的，星期天的时候，我过来给你拆洗拆洗！”

“别浪费时间了，再对付一年咱们就毕业了！”

“现在学习也不像以前那么累了，有工夫了，就这么定了！”她说完，站起了身，又说道，“你们忙着写吧，我要走了，祝你们成功！”说完，她深情似海地看了秦丰一眼。

王新良也站起来送任杰，送到门口后他又回屋了。秦丰陪着任杰走到楼下，任杰好像突然想起了什么，问道：“秦丰，你毕业论文选了哪个科目？”

“我想还是跟袁园一起把张主任的实验做完吧，论文自然也就跟张主任搞了，你呢？”

“我还没考虑成熟，我原想……”说到一半的时候，她又不说了。

“你想什么？”秦丰停下脚步，追问道。

任杰也站住了，她瞄了秦丰一眼，低着头说道：“我原想和你一起搞一个课题，既然你和袁园已经在一起了，那我就再找其他同学和指导老师吧！”

“真遗憾，我也不能半路改道呀！”

“没什么！”任杰带着遗憾的表情说道，“你快回去写吧，再见！”说完，她疾步向一号楼走去。

任杰回到寝室里，感到浑身乏力，她一头栽倒在床上，两眼无神地望着房顶。突然，那房顶里面映出了在火车上秦丰头枕自己肩膀的那一幕，令她心灵震颤不已。她陷入到那甜蜜的回忆中。想起秦丰背她上火车时的动人情景，她在心里自言自语道：“如果总是在那样的情景中生活，该有多好哇！”

她扪心自问：你是不是已经爱上秦丰了？难道你真的爱上他了吗？她想方设法要在心灵中排挤掉秦丰的影子，但一切都是徒劳，秦丰的影子就像一棵茁壮成长的大树一样，深深地扎根在她灵魂深处。当她确信自己真正地爱上秦丰后，随着幸福的浪潮的推动，她又陷入矛盾之中：秦丰是不是也爱自己？从秦丰对自己的言行中可以看出，秦丰是爱自己的，但秦丰在其家乡已有对象。我怎能拆散人家而只顾自己的幸福！把自己的幸福建立在另一个女性的痛苦之上，这道德吗？这符合党员的标准吗？这会在同学们当中引起多大的反响啊？这影响又会有多坏呀？但想让自己不爱秦丰，自己内心深处又不答应，我该怎么办？我该怎么办？她这样痛苦地问自己。巨大的矛盾在重重地压迫着任杰，她觉得有些筋疲力尽。她伤心地哭了，这是她多少年以来第一次流眼泪。不知不觉之中，她又朦朦胧胧地想起了当年的那个在小乡村里的小付。在她放假回家时，她陪着母亲去剧场看二人转，小付那熟悉的身影活跃于她的眼前，他那熟悉的唱腔响在她的耳畔，听旁边的观众说小付已经被县文化局调进剧团工作了，是全县乃至全省唱二人转的高手，也算是自学成才吧！但如今这位小付和秦丰比起来，相差甚远。她觉得小付变得遥远了，在乡下的那些日子变得朦胧了。在那一片雾一样的朦胧中，秦丰走来了，他的步伐是越来越坚实，而且越来越清晰。她在心里暗暗地说着：我的生活真的不能缺少他。

六十一

秦丰的小说写完了，诗也整理好了，王新良的发刊词《口角黄消乳燕飞》也写成了，他们二人怀着激动的心情来到潇潇家。看见二人面带笑容、春风得意的样子，潇潇就知道他们的任务完成得不错。于是，她把自己的散文拿了出来，又把轩辕老师的三首诗递给秦丰，说道："你是诗人，看看老前辈的文化积淀厚不厚？"

"我不太懂古诗呀！"秦丰谦逊地说。

"有什么懂不懂的，诗的道理大体相通。你还是看看吧。"潇潇含着笑，命令似的说着。

秦丰看了看她，笑着回答道："行行行，潇潇，你要是当上总统的话，肯定是个女专治者！"

一句话，说得潇潇那银铃般的笑声又响了起来。

潇潇还想说什么，王新良接上了话："好……好啦……你们……别逗……嘴了……快干……正事吧！"

他俩互相瞅了瞅，潇潇还做了个鬼脸，低声嘟囔道：

"惹老夫子生气啦！"说完，还忘不了咯咯地笑了笑。

王新良在钢板上一笔一画地刻着字，秦丰和潇潇看着稿子，然后互相议论几句，又找出个别吃不准的字词，查词典校对。干了一个多小时后，秦丰想接替王新良刻字。

王新良说道："你该……干啥……干啥去……一块板……还是一个人刻……好些！"

突然，潇潇问秦丰："我有一个问题，一直想问你，但不好开口。"

秦丰从手稿上收起目光，看着潇潇，说道："有什么问题，你尽管问！"

"你文学基础那么好，为什么不考文科？怎么来到八一农大了呢？"

秦丰把目光从潇潇的脸上转移到窗外，沉思了一下，他苦笑着说道：“一是农村孩子年少无知，二是受其他一些因素的影响。”秦丰无奈的说道，“这也许就是命运的安排吧！”

于是，他给潇潇和王新良讲起了他的故事。

秦丰的童年是在偏僻的东北小村度过的，在那个小村里，最初培养他文学素养的是所谓的“闲话儿”，类似于小故事。后来，他逐渐长大了，上小学以后，最爱看“小人书”（就是连环画）。到小学三年级的时候，他开始翻看各类书籍。那时候农村的书很少，他逮住什么就看什么，秦丰看的第一本书就是陶承的《我的一家》。那时候，书里面的不少字他还都不认识，也不会拼音，更不会查字典，况且没有字典可查，只能靠蒙和猜。后来，他看李六如写的回忆录《六十年的变迁》，对于一些繁体字，就更不认识了。等到他读到小学四年级的时候，就开始看《水浒传》，但仍然有很多的繁体字不认识。一直到上中学，只要见到书，他都要借来一读。那时候的农村，有书的人家很少，所以他一年也看不到什么书，听说谁有书，想方设法也要借到手，一读为快。

在秦丰高考的那一年，分文理班，按道理，秦丰应该报文科班，他非常喜欢语文和历史，但那时候年幼无知，在学生的心目中，流行着一种说法：“学好数理化，走遍天下都不怕。”所以在高考分班的时候，秦丰毫不犹豫地选择了理科。等到离高考还有一个月的时候，秦丰的班主任老师才告诉他：“如果你考文科，最低能上二流大学，幸运的话，能考上重点大学；而你考理科，只能考上三流大学。”

秦丰听后，后悔不已，但时间已经来不及了，他对班主任老师说道：“你为什么不早说呢？”

果然不出班主任老师所料，高考分数出来一看，秦丰分数最高的科是语文（75分），第二科是政治（60分），化学（60分），而物理是（48分），数学仅仅得了（32分）。

潇潇笑着说道：“你是文科里理科最好，理科里文科最好！”

秦丰咧嘴一笑，说道：“到八一农大后，才知道我真正想干的工作是搞文字！”

“你……你可能……是被耽误……耽误的文学……大师！”

“到现在为止，我也不知道自己到底是喜欢农业还是喜欢文学。”

到了晚饭的时候，潇潇非留他俩吃饭，王新良和秦丰不肯。他们回到校园吃过晚饭后，先在寝室里刻写，同学们都回来睡觉时，他们就把刻板带上，到班里去刻写，一直干到清晨四点多钟，东方现出了鱼肚白时，他俩才干完。俩人互相望一眼，抻一个懒腰，急忙收拾好，回寝室睡觉。

当他俩再次出现在潇潇的面前时，望着他俩布满血丝的双眼，潇潇有些心疼了。秦丰忙催促道：“咱们还愣着干什么，快干哪！”

王新良搬来了油印机，他们三个人调好油墨，铺好纸，印出了第一张小报。由于油墨太多，字迹模糊不清，他们只好再印下去，随着熟练程度的提高，他们印的小报一张比一张清晰，那带着油墨香的《乳燕报》终于面世了。他们三个人捧着读着，互相看了一眼，都会心地笑了。秦丰看完后，对王新良说道：“你的发刊词写得太好啦！”

“不……行……还需……努力！”

他们忘记了困倦与疲劳，很快就把几十份《乳燕报》全印完了。王新良和秦丰兴奋地捧着他们辛勤劳动的成果，乐呵呵地往校园走去。他们分别把《乳燕报》分发给各系各班，同学们都在传阅着。许多熟悉且认识秦丰和王新良的人都纷纷打听《乳燕报》的情况，还有几个文学爱好者提出要加入乳燕文学社。这份简单的小报，在同学中间引起了很大的反响，这是秦丰他们意想不到的，他们都觉得非常高兴。

就在他们还沉浸在兴奋之中时，陈新枝派人把秦丰和王新良找到农学系的办公室。他俩进屋一看，屋里除了陈新枝和张冬青外，还有学校学生工作部部长郑义。他正坐在桌后的椅子上，手夹着香烟，另一只手还在摆弄着那份报纸。屋里的空气很严肃，似乎有一种压抑感。看见秦丰和王新良进了屋，郑义没有吭声，张冬青拿起那份小报对王新良说道：“这份小报是你们弄的吗？”

王新良点点头。

秦丰忙问：“怎么，出什么事了？”

郑义看了看两位年轻人，又问道：“搞这份小报，除了你们俩外，还有什么人？”

秦丰和王新良看了看表情严肃的郑义，说道："就我们俩，还有张主任家的潇潇也帮了一些忙！"

"这些文章都是谁写的？"郑义又问。

"诗和小说是我写的，散文是潇潇写的，发刊词是王新良写的，消息和小评论也是潇潇的手笔！"

郑义没有再问下去。他看了看张冬青。

张冬青恍然大悟，说道："我才知道，你们在我家忙忙乎乎的，是为了搞这份小报，我说潇潇这些天怎么那么兴奋呢！"

"这些……都是……我的主意……与潇潇无……关！"王新良有些急了，他害怕因为这件事会给张主任带来什么不好的影响。

郑义看了看张冬青，又对秦丰、王新良两个人说道："你们办这张小报，想活跃学生们的业余文化生活这是好的，可有人把你们的情况反映到校领导那里去了。他们对此事非常重视，让我来处理这件事。你们是学生，还是应该把主要精力都放在学习上。虽说你们这期办得内容都没什么问题，可谁能保证以后就不会出现问题？针对你们的小报的处理意见有两条，一是不许再办下去，停刊；二是和校学生会合作，在他们的监督下，你们可以办下去。就这两条意见，你们回去商量吧！"

"郑书记，我们办这份小报纯属业余爱好，绝对都是文学作品，没有反党反社会主义或不健康的东西……"

郑义不耐烦地打断了秦丰的话，又说道："这些问题我不与你们争论，你们现在要做的，除了学好本专业以外，就是在我这两条意见中选择一条，别的什么都不用说！"

秦丰还想说话，陈新枝怕秦丰和郑义顶牛，便说道："秦丰啊，你先回去吧，和王新良商量商量。你们都是大学生了，办事要考虑后果，你们先回去吧！"

张冬青也对王新良说道："王新良，你和秦丰先回去。晚上去我家！"听那口气，有一种必须服从的味道。

王新良给秦丰使了个眼色，秦丰倔哄哄地走了。走在路上，秦丰不断地发着牢骚，王新良一声不吭。回到寝室后，秦丰一头栽倒在床上，气呼呼地喘着粗气。

快要吃晚饭的时候，陈新枝来到秦丰他们的宿舍，看见秦丰正在气头儿上，便笑了笑，她边往张建华的床上坐边问道："秦丰，还在生气呀？"

"没什么！"秦丰淡淡地说了一句。

接着，陈新枝讲了一些劝解的话，看她那真挚的态度，秦丰的气儿消了一大半。最后，陈新枝问道："秦丰、王新良，郑书记给你们的两个选择，你们打算怎么办？"

秦丰看看王新良，说道："等我们和潇潇研究研究再告诉你吧！"

当秦丰和王新良来到张冬青家时，看见潇潇的脸色是冷落的，眼角还有泪痕，王新良心里清楚，这母女之间一定是经过了一番激烈的争吵。他俩刚刚坐定，张冬青走进屋来，对他俩点了点头。王新良看见潇潇不高兴，自己心里也很难过。他对张冬青说道："张……主任……这事……跟……潇潇……无关……是我……先提……出来的！"

"王新良，你别把过错都揽在自己身上！"潇潇生气地说道，"是我先提出来的，王新良和秦丰听了我的话后才跟我一起干的。我一个社会青年，有什么可怕的？就是因为喜欢写作而搞这么一份小报还备受关注，这是什么事呀？"

说完，她委屈地落下了眼泪。

看见女儿哭了，张冬青很心疼：是呀，在潇潇走过的二十年的坎坷之路上，她所能享受的欢乐又能有多少呢？仅仅这么一点欢乐又被剥夺了，她很为女儿伤心。她柔和地对潇潇说道："潇潇，你的心情妈妈理解，但你思考问题一定不要脱离现实，要办报，有国家那些报社，也用不着你们哪！你就好好地写作，搞好翻译，这才是正路啊。

张冬青停了一会儿，又对王新良和秦丰说道："你们俩是学农的，就要学农爱农钻农，不要站在这山望那山高，眼看就要毕业了，赶快选一个课题项目，早立项早准备早动手，更容易有成就，还搞什么小报！你们喜欢文学我不反对，但不能冲击主业。学好本专业，像袁园那样力争考上研究生，这才是正路！"

王新良点点头，说道："张……主任……你放……心，我们……不搞了。"

张冬青看了看秦丰，又说道："你们告诉陈新枝，就说什么也不写了，要把全部精力投入到毕业论文上。我这是关心你们！"张冬青的目光在三个年轻人的脸上巡视一周。

王新良和秦丰看看张冬青严肃的样子，都点了点头。王新良看看潇潇，发现她有些气愤，于是便给了她一个眼色，不让她说话。张冬青又接着说道：“我和潇潇还是欢迎你们俩常来的！你们聊吧，我还有事呢！”说完，她走了出去。

三个人你看看我，我看看你，好久都没有作声，个个都很沮丧。沉了好一阵儿，潇潇才说道：“这个小乳燕，刚刚诞生，还没等真正飞进暴风雨中就夭折了！唉，真可惜呀，一江春水向东流了。”

“潇潇……你别……着急……这无……所谓……！”

“潇潇，小报咱们不搞了，但咱们的乳燕文学社还能继续呀，咱们可以拿出更多的时间来写来研究来读书，咱们也可以把写好的作品往报刊社投哇，说不定还能有更大的收获呢！”

“你和王新良还能常来吗？”潇潇用有些苍凉的声调低声地问道，她的目光却盯着王新良的眼睛。

“你……放……心……心……我们……肯定……常来……看你……和你……讨……论……问题！”

听了王新良的话，潇潇的脸上绽放出笑容。她把刚才的苦恼又都忘了，叽叽喳喳地说道：“这几天你们也很辛苦，来，我给你们唱支歌吧！”

《军港之夜》的歌声飞出房间，飞向静谧的夜空，飞向遥远的远方！

六十二

星期天刚刚吃过早饭，任杰便来到二号楼秦丰他们的寝室，帮秦丰做被子。秦丰也惦记着这件事，于前一天就把被子拆洗干净了。同学们陆续都走了出去，屋里只剩下秦丰和任杰，任杰低着头干活儿，思想不时地溜号。秦丰在一旁笨手笨脚地帮着忙。俩人一时都找不出适当的话来说，只好陷入沉默。过了好一会儿任杰才说道："秦丰，往后你有什么活儿，尽管喊我就行，不要客气，别的男生有活儿我也可以帮忙！"

秦丰听后，夸奖道："老乡，不是我当面奉承你，咱们班的许多男生常在背后议论你，人人都说你这个人心眼儿好，人品也好，处处有老大姐样儿！"

听了秦丰的几句话，任杰的脸微微地红了，她的心里甜滋滋的，但她却说道："都是同学，互相帮助，没啥了不起的，再说，做针线活儿本身就是我们女生的特长啊！"她红着脸看了看秦丰，接着说道，"你人也不错啊，又肯学又有才还上进，女生们背后也不少议论你！"

"你可别表扬我啦！"秦丰红着脸说，"你为同学们做好事，可是要牺牲不少时间的！"

"时间对于我来说是很重要，但我也不能忘记为人民服务啊！"

秦丰微微一笑，说道："你真不愧是党员，处处为群众着想，咱们班很多人都对你佩服得五体投地。当然也包括我在内。王新良经常在我面前称赞你，说你的心是一朵永不凋谢的花朵，永远弥漫着醉人的芳香！"

任杰听后，脸红得像天边的那片晚霞，她耳后的青筋都隐隐发跳，她急忙用手拢了拢刘海，嗔怪地说道："秦丰，别听他瞎说，我哪儿有那么好哇！"她飞速地瞟了秦丰一眼，又继续说道，"你办报的事在全班全系甚至全校都很有影响，我当初就提醒过你，你没有信我的话。秦丰，眼看要毕业了，你自己一定要注意，争取给系里留下一个好印象，毕业分配时好去一个理想的单位，别乱来！”她看了看秦丰又说道，“这话我也只能背后跟你说说，你要多留个心眼儿，你没看见许多同学都在积极地活动吗？”

秦丰从来就没想过毕业分配的事，今天听任杰这么一说，他感到很吃惊。吃惊的原因是自己从没想过有很多人这么早就动手准备毕业分配的事了。而自己还沉迷在象牙塔里不亦乐乎呢；另外让他感到吃惊的是任杰能对他说出这样关心的话来，让他感到温暖，同时也感到意外。还没等秦丰说话，任杰又开口说道：“秦丰啊，毕业后被分到什么单位，对于一个人的一生很关键，一定要把握好哇！”

秦丰定定地盯着任杰，轻声问道：“你都做了些什么工作？”

任杰看看秦丰，说道：“我倒没做什么工作，只是多留些心，把自己的学习和工作搞好，我相信组织到时候会考虑的！”她把缝到头的一根线掐断，又扯出一根长线，纫着针，然后她又劝道，“你办报，学校、系里都不满意，你知道吗，你行为出众以后，人家就会另眼看你，那样的话，你毕业分配时，人家即使不给你穿小鞋，也会给你紧鞋带，你想干一番大事业，如果没有好的基础作保障，将来想成功，那会很难的！”秦丰信服地点点头，任杰接着又说道，“你看了很多的书，要琢磨一下，就像《红楼梦》，里面有许多东西我们都可以借鉴。实际上，社会就是一本打开的书，我们每一个人都必须去读，但每个人读书的心得都会不一样！”

秦丰第一次感到惊讶，他没想到，看似平常的任杰，对人生对社会能有这么深的悟性，着实让他佩服，也让他心动。

他站在一边沉默了。

没听见秦丰说话，任杰停住手里的针线活儿，看了看愣愣怔怔的秦丰，轻声问道：“你怎么不说话呀，秦丰？”

秦丰从愣神儿中缓过神儿来，连忙说道：“我正在听你说嘛！”

说完后，他又陷入了沉思。

任杰的思绪也跑出了很远，一不小心，针扎在她的手指上，疼得她“哎呀”一声。秦丰吓了一跳，抬头看见任杰正在揉着手指头，鲜血流了出来，他一着急，抓过任杰的手指放在嘴唇上吮血。任杰的心突然怦怦地狂跳起来，一股从来都没有过的热情突然涌遍全身，她只觉得热血在燃烧，生命放射着灿烂的光芒，一阵阵的昏眩袭击着她。她迷迷糊糊地感觉到，如果再不抽回手，她就会失去控制，就会伏在秦丰的肩上痛哭。她急忙把手抽回，结结巴巴地说道："没……没事……没事……"

秦丰的脸也红了，他为自己刚才的鲁莽行为而有些害羞。是呀，刚才任杰那"哎呀"的一声叫，就像一把尖刀扎在他心上一样叫他心疼。他喃喃地说道："为我干活儿，把你弄伤了，多不好意思！"

任杰没有再说什么，她极力地控制着自己的心跳，费了九牛二虎之力，才使自己的情绪镇静下来，但她还是不敢去看秦丰，她非常害怕自己再瞅一眼秦丰，就再也控制不住感情的闸门，致使洪水泛滥，淹没自己的理智。她始终低着头，脑袋里乱哄哄的。

秦丰瞅着她那异常的样子，悄声地问道："怎么了，任杰？"

任杰没有抬头，连忙说道："没……没什么！"

她在心里却说道：秦丰啊秦丰，你怎么就没看出来呢，你在我这平静的湖面投下一块巨石，荡漾起那阵阵涟漪，难道你还用问吗？……任杰马上意识到，总这样沉默很危险，必须得有个话题谈谈。她想了想后问道："最近又写新诗了吗？"

"写了一些，不太好！"

"我能听听吗？"

"我的诗不愿意给女生听，也不愿意给女生看，只有你才例外，我最愿意给你看！"

赢得秦丰的相信与尊敬，任杰觉得很满足，同时也感到很幸福。她盯着正在找诗的秦丰的背影，轻轻地叹喟了一声，温柔地说道："反正你也帮不上我什么忙，你就给我读你的诗吧，我也学习学习！"

秦丰取过笔记本，站在任杰的旁边，翻开一页，念道：

童年的梦

在你走过的路上，
我，
按照你的形象，
堆起一个又一个，

洁白的雪人。

我，
天天都打扮这些雪人，
希望它们和你一样美丽，
那些谁也听不懂的话，
在他们的耳边
说了一遍又一遍。

不知谁家的坏孩子，
在一个漆黑的夜晚，
把我那迷人的雪人，
都悄悄地背跑了，
听说送给了太阳。

我对着冬天的太阳，
哭红了眼睛，
听了妈妈的劝告，
再堆的雪人都变了样，
雪人啊雪人
你们能回家吗？

读到最后一句时，任杰抬头一看，发现秦丰的眼里似乎有泪光在闪烁。听到秦丰读得那样深沉，那么富有情感，不知不觉的，任杰也受了感动，为那些漂亮的雪人，为那个小男孩而悲伤。望着读完诗而不说话的秦丰，她陷入到很深的伤感中。

秦丰突然说道：“这是我最喜欢的一首诗！”

“写得真好！”

“你再听听这首，题目叫《我们的年轮》”

小时的世界，
有雾的时候很多，
你让我观看蓝天，
我说朦胧遥远，
但我经常能听到，
你怦怦的心跳。

在村头的岔路口，
你走向森林，
我走向原野，
今天的你我，
谁也不讲当年的童话，
我们共同的太阳，
却从不同的角度照射。

我总想偷来故乡的明月，
充当我们童年没照过的合影，
放在影集的首页，
那棵高高的大树，
就是我们故乡的家。

我真的不知道，
你今天的血液，
是否像秋天一样，
逐渐降温，
甚至最后到冬天
一样的冰凉

还没等任杰说话，秦丰又满怀激情地说道：“你再听听这首，诗名叫《苍茫的时刻》”

黄昏不知害怕什么，
太阳急忙忙地滚落，
此时你的笑容里，
总有雪花飞溅，
朦胧了我们的情感，
湿润了你我的岁月，
洗涤着我不变的思念，
从我心灵中踏出的小路，
该是你永久的归宿。

凝望远山，
总有苍凉的情感，
一棵歪脖老树，
守候着一对花喜鹊，
在我远离的时候，
总忘不了把祝福留在你心里。
此时我最担心，
浩瀚的银河边，
有没有能渡你的船。

任杰突然想起刚入学时，在裴德峰上，秦丰曾对着远方呼唤一个女孩儿的名字。这些诗看来都像爱情诗，是不是秦丰写给那个女孩儿的？女生们闲谈时，偶尔也听说秦丰家中有个女朋友，如果她和秦丰十分相爱的话，这些诗又为什么写得那么低沉和苍凉呢？那么，秦丰是不是另有隐情和苦衷呢？任杰抬起头，盯着正在读诗的秦丰，从他脸上那种复杂的表情中，似乎读懂了一些东西，她悄声地说道："秦丰，你这些诗都很好，就是调子太灰暗了些！"

"这是我心灵的一种写照！"

"冒昧地问一句，刚入学时，你在山上喊过一个人的名字，好像是一个女孩儿……"

回想起那件事，秦丰像自己的脸被人家抹了红色儿一样低下了头，一股酸楚掠过他的心头，他重重地叹了口气，悲伤地说道："该过去的都已经过去了，一切都不会复返，只有我心如故！"

秦丰慢慢地合上了笔记本，低头不语，完全沉浸在对往事的回忆中。任杰飞针走线，想尽快结束这种局面，她突然问道："秦丰，你在家乡有女朋友吗？"

秦丰只是点点头，没有说什么。

任杰看着忧伤的秦丰，她轻轻地长舒一口气，似乎是在自言自语："你为什么那么早哇？"

秦丰笑了笑，低头叹气道："每个人都有自己难念的经啊！"

任杰突然后悔起来，觉得自己这样唐突地问秦丰很不合适。但说出的话又无法收回，她突然感到自己的心事好像被人窥探到了，就像那厚厚的窗帘突然被人掀起一个角，有许多日光照射进来一样，她的脸一下子红到脖子根儿，忙低下头干活儿。她又问道："有没有新写的诗？"

"有哇！"秦丰的情绪又被提了起来，高兴地说道："这首诗是写给你的！"

任杰瞪大了眼睛，问道："什么，写给我的？"那种表情是难以置信的样子。

秦丰郑重地点点头，看着任杰，觉得她今天特别美丽，他开口念道：

过去的岁月
在秋天的黎明前，
我认识了纷纷飘落的秋叶。
哪片是我的梦幻？
哪片是我的爱恋？
哪片是我的追求？
哪片是我的思念？

淘气的秋风
从我的书包里

偷走了金黄的秋叶
把她藏到哪儿了？
我问彩虹
我问蜜蜂
我问蓝天

过去了十年
我寻找了十年

秦丰读完诗后，目光定定地看着任杰。任杰慢慢地抬起头，红着脸，望了望秦丰一眼，低声道："我不懂！"

"你再听听这首诗。"秦丰说完，又开始读起他的另一首诗来。

心港

心灵的港湾
停泊着一艘船
早也不来晚也不来
偏偏在黎明

秦丰读完，停了下来，望着任杰。任杰还在做着针线活儿，挺长时间没有听到秦丰读诗，她突然抬起头，看见秦丰正傻乎乎地看着自己。她心里一阵慌乱，忙问道："你的诗好像没有写完？"

秦丰傻傻地笑了笑，低声说道："有一位大诗人说过，诗是由作者和读者共同完成的！"

任杰听后，咧嘴一笑，低声道："还是你自己完成吧！"

秦丰又找出一首诗，说道："你再听听这首诗。"

思念

当我想你的时候
总爱看窗外的月亮
风儿吹乱了她的头发
云儿还在她身边飘荡

当我想你的时候
跌进我梦中的
是一颗星
她的手真凉
总想伸进我的怀里取暖

当我想你的时候
总爱装作没事的样儿
吹吹口哨
看看路边的花草
就是夜里爱做
关于你的梦

秦丰念完了诗，他看见任杰怔怔地站在那里，忘记了干活儿。秦丰看着她，缓缓地向她走过来，呢喃道："你听见了吗，任杰……写给你的！……"

任杰的泪水慢慢地涌了出来，她似乎陷入了痴迷状态，轻轻地说道："我听见了……是写给我的吗？"

秦丰点点头，问道："你为什么哭啊？"

"我哭了吗？"任杰忙去擦泪水。

就在这时，门开了，张建华走了进来，任杰赶忙转过脸去，赶紧擦掉泪水。张建华哦了一声，他并没有注意到两个人的表情。

任杰的情绪稳定下来，她突然觉得手腕儿有些发酸，她暗想：这简直就像在打一场战争。她加快速度，缝好最后一针，把被子递到秦丰的眼前，说道："缝补好啦，你晚上就不会受冻了！"

秦丰感激地说道："谢谢你，老乡！"

说完，深情地瞅了她一眼。

"说这些话干啥，为你干点儿活儿，我心里挺高兴的！"

她突然觉得自己说走了嘴，忙改正道："谁让咱们是老乡呀！"说完，还对秦丰笑了笑。

整个下午，任杰的注意力都无法集中起来，打开书本，好像又看见秦丰那泪光闪闪的双眼；背着英语单词，耳边又响起了秦丰的诗句。她实在坐不下去了，就合上书本，走出农学楼。

秋天已经来临了。

下午的天气有些凉，经凉风一吹，任杰那发热发胀的大脑终于冷静下来，她对自己的表现十分的不满：不该打听秦丰的私事，而听他读那首写给自己的诗，竟不能自持，可见，自己是真的爱上了秦丰，但秦丰在家乡有女朋友，这又该怎么办？任杰陷入幸福的矛盾里面，她不知道该如何解自己眼前这个二元一次方程。她很苦恼，在没人的地方整整转了一下午。

六十三

金秋十月，天高云淡，裴德峰顶上的枫叶正是盛开的时候，那一团团一簇簇的枫叶，色彩斑斓，叫人非常喜爱。

潇潇对王新良说：“我从懂事那天起，就想登上裴德峰去看那些枫叶，这个愿望一直到现在也没能实现！”

王新良听后，笑着说道：“潇潇……星期天……我约……秦丰……咱们……去爬……山……让你……实现……愿望。”

“你俩能爬上去，我怎么爬山呀？”潇潇有些犯愁。

“这……还不简单……我……背……你！”

潇潇的脸红了，她笑了笑说：“你背我上山，还不得把你累坏了，我该心疼了！”

听了潇潇的这句话，王新良甜甜地一笑，说道：“你……不比……一袋……水泥……重多少吧？”

潇潇想了想说道：“那就劳你大驾，让未来的科学家背我上山。”潇潇说完，缓了一口气，又温柔地说道，“就咱俩去不行吗？干吗非邀秦丰呢！”

“你……说……咋办……就咋办！”

星期天是个难得的好天气，王新良推着潇潇走在去裴德峰的马路上，潇潇是第一次离开家门走这么远的路，看什么都新鲜，因此显得特别兴奋，叽叽喳喳地说个不停。王新良看见潇潇难得有这么好的心情，也显得特别的高兴。他们来到裴德峰山脚下，找了一个既安全又隐蔽的地方藏好轮椅，王新良走到潇潇的面前蹲下身就要背她，潇潇轻轻地拍了拍他的肩膀头说道：“咱们在这儿多待一会儿，你好好休息休息，我也好好欣赏欣赏这里的景色！”

王新良背上潇潇，慢慢地往山上走去。开始时，山路不算陡，走得还很轻松，随着坡度增大，越往上爬越是费力气。王新良刚爬山时和潇潇还有说有笑，爬到半山腰时，他已经累得气喘吁吁，没有心思说话了。潇潇趴在王新良的背上，紧紧地搂着王新良的肩膀，她隐隐地感到了王新良的体温正在向自己体内渗透，她被周围的景致，也被王新良，所陶醉。此时此刻，她感觉到自己是真正幸福的。她伸出手，轻轻地给王新良擦了擦额头上的汗水，附在他的耳边柔情地说道："如果累了，咱们休息休息吧！"

王新良找了一块石板轻轻地放下潇潇，潇潇拉了他一把说道："来，我给你擦擦汗！"

她拉过王新良，掏出自己带有香味的手帕轻轻地把他脸上的汗水全擦净，王新良坐到她的身边。潇潇突然哭泣起来，王新良一下子愣住了，忙用双手捧着潇潇那满是泪花的脸，吃惊地问道："怎么……哭了？"

潇潇没有回答他，只是又伏在他的肩膀上，双手紧紧地搂住他，哭得更加厉害了。

"你……为什么……哭，快告诉……我！"

看着王新良那焦急的样子，潇潇慢慢地停止了哭泣，但她还是抬着泪眼，死死地盯着王新良看着。王新良的心里突然乱七八糟起来，他又低声问道："潇潇……你……不舒服？"

潇潇摇摇头，隔了一会儿，她哽咽地说道："新良，我真的害怕失去你，现在，你就是我生存的希望，假如我失去你，我真不知道今后的日子我还能不能有勇气走完？"

"你……这是……从何……谈起？"王新良满脸的诧异。

"我知道，从我们接触的第一天起，你就爱上我了，我也深深地被你打动，这是我做梦都没想到的事。我在夜里睡不着觉的时候，常常觉得这是奇迹！本来，在我生命的旅程中，是不敢奢望爱情的。但你向我走来了，是上帝把你赐给了我，但我还是犹豫，我们之间的距离相去甚远，因此，我失望过许多次，在家里没人的时候，我哭过无数次！"

"你……放心……潇潇……你永远……也不会……失去我！我会……伴你……走完人生……旅途的！"

潇潇摇摇头，悲哀地说道："不不，我不能拖累你，那样的话，我就太自私了！现在有了你的爱，我是死而无憾哪！"说完，她那双美丽的大眼睛泪光闪闪地望着王新良，那目光里充满了期待和渴望，不能不令王新良心动，他把潇潇搂在怀里，动情地说道："我们……不要……再讨论……这个……问题了……今天回家……咱们……就跟……跟你妈……谈咱……们的婚……事……我保证……一辈子……深深……爱你……呵护你……裴德峰……作证！"

说完，他把潇潇又一次紧紧地搂在怀里。

潇潇又嘤嘤地哭泣起来，她浑身战栗，喃喃地问道："这是真的吗？"

王新良又背起潇潇，继续往裴德峰山顶登去。

在山头上，他们坐在一块高大的岩石上，潇潇极目远眺，看见星星点点的村庄，在阳光下，就像画布上的小黑点儿一样；看见田野里一片金黄；看见苍苍茫茫的远山，也披上了五颜六色。潇潇贪婪地看着眼前的这一切，沉浸在无比的激动中。忽然，她遥指西南方一处烟雾较大的地方问道："那就是密山县城吗？"

王新良点点头，潇潇不无遗憾地说道："我还没去过密山呢，我要是能去逛逛大街那该多好哇！"

"你……放心……我会……领你……去的！"

潇潇看着王新良笑了，她又指了指农大校园里的主楼说道："你看咱们学校的主楼，跟火柴盒似的，真有趣！"说完，又银铃般地笑起来。

"你能……不能找……到你……家的楼？"

潇潇找了好一阵，没有找到，她摇摇头，说道："你找找看！"

"别……忘了……我是近……视眼！"

潇潇转过脸，向远处连绵不断的山峰望去，她用手指着一个又一个山峰说道："喂，那些山峰怎么都比裴德峰高哇？"

"这……你就……不知……道了吧……这叫站……在这山……望那……山高！"

潇潇笑了起来，愉快地说道："在家时我看裴德峰就挺高大的，真没想到，站在它上面再往远方望时，那些山竟然都比它高，这真是山外有山哪！"王新良随手摘下两片金黄色的枫叶，递到潇潇的手里，潇潇说道，"爬一次山，摘两片枫叶，回家夹在书里，做个纪念，让它当个见证人，来证明咱俩的爱情！"

王新良笑着点点头，在潇潇的额头上吻了一下。

当王新良把潇潇推回家时，张冬青不知道潇潇跑到何处去了，正在着急，看见他俩进屋，才长长地出了一口气，埋怨道："你这个死丫头，出门也不告诉我一声，急死我了，你们到什么地方去了？"

潇潇调皮地瞅着妈妈，银铃般地咯咯笑个不停，王新良只好回答道："我们……爬……裴德……峰去了！"

张冬青露出吃惊的表情，问道："你们怎么爬上去的？"

"他背我呀！"

"潇潇，你怎么这么不懂事，你那么沉，还不把王新良累坏了！"

王新良笑着说："比一袋……水泥……沉不了……多少！"

说完后他就看着潇潇笑。

潇潇娇嗔地瞪了王新良一眼，笑呵呵地给妈妈讲起了她登山的感受，那欢快的情绪，不知不觉地感染了张冬青。她细看俩人的表情，心里完全明白了。

潇潇说完了之后，又对王新良说道："你快把事情跟妈妈说说吧！"

王新良还没开口，脸先红了，他看了看张冬青，又看了看潇潇，低下头，红着脸说道："张主任……我想……想……想……和……潇潇……订婚！"

还没等话说完，他的额头上沁满了汗珠。

潇潇不再笑嘻嘻了，而是严肃地望着妈妈。那眼神中，充满了企盼。

张冬青并没有吃惊也没有慌张，她略想了想后，对王新良说道："王新良，婚姻可是一辈子的大事，你们俩的条件相去甚远，你可要考虑好。可以肯定地说，潇潇会拖累你一辈子的！"

"张主……任……这一切……我都……考虑……过了……我是……认真的……不会……动摇……我会……好好照……顾潇潇……一辈子的！"

"你父母同意吗？"

"如今……我已经……二十六岁……是独立……的……不必和……他们商量……再说……他们也……不懂……张主任……你放心……我绝对……能对……潇潇好……我深深……爱着她！"

张冬青没有回答，又转过头看着潇潇。潇潇很是激动，她的面庞红润，眼里闪着泪花，目不转睛地盯着妈妈。张冬青又看见王新良那一张诚挚的脸，她心头一热，泪水毫不掩饰地流了下来，哽咽着说道："新良，我先谢谢你，你是一个好孩子，这我知道，但爱情也不能生活在真空中，也有许多条件限制。作为潇潇的母亲，我还是要先感谢你给了潇潇欢乐，也给了她生活下去的勇气，但你一定要考虑成熟再做决定，别到时后悔！"

王新良坚决地说道："张主任……你放心……我一切……都考虑……成熟了……不用……再想什么了……一辈子……也不会后悔！"他转脸问潇潇，"你……说……对吧？"

潇潇也点点头，幸福地说道："妈妈你放心，新良绝对不是那种轻浮的人，他说了，等到你老的时候，他还要伺候你呢！"

张冬青听完这句话，心里热乎乎的，她含着泪水，幸福地笑了。她怕自己在孩子们面前控制不住自己的情绪，淡淡地说了一句"你们谈吧"，就转身回到自己的房间。她躺在床上，孩子似的哭了起来。她回想起自己带着一个身体有缺陷的孩子，过着那种颠沛流离的苦日子，她的泪水流出得就更多了。她在心里暗暗地说道："刘得权呀刘得权，你生前没对得起我和潇潇，我含辛茹苦地把潇潇拉扯大，今天孩子总算有了归宿，我也算对得起你了！"

张冬青的思绪又回到了从前……

就在刘得权死后一年多的时间，黑龙江垦区被撤消，成立了中国人民解放军沈阳军区黑龙江生产建设兵团，学校也划归了生产建设兵团，这时，学校的校名是中国人民解放军沈阳军区黑龙江生产建设兵团农垦大学。到了一九六九年二月，传来小道消息，说是兵团有撤销农大的意图，并让一部分学生提前毕业。这消息一传出，搞得人心惶惶，人们再也无心干本职工作了。这样耗了一年多，在一九七一年元月时，上级正式下文，农大被彻底撤销。张冬青和轩辕昊宇被分到兵团四师的一个偏远农场的科研站。在他们离开学校的那天早晨，张冬青背着小小的潇潇，胳膊上挽着一个大大的包袱，简单的炊具都是轩辕和他老伴儿挑着，路过主楼的前面，望着这座经历过风雨霜冻的教学大楼，回想起他们热爱的教学事业，想起了他们辛辛苦苦搞科研，刚刚进行了一半就不得不被迫中断，本来那些课题是有望拿大奖或是在生产实践中解决实际问题的，回忆起他们最初的光荣与梦想，他们几多欢乐，几多幸福甚至是苦恼……而今这一切，都将彻底地成为记忆的一部分。想到这里，他们禁不住停住脚步，恋恋不舍地望着那栋气势恢宏的大楼，悄悄地流下了泪水。轩辕催促她道："走吧，张老师，车还在前面等着呢！"她一步三回头地离开了让她充满希望的学校，踏上了另一条风雨莫测的人生之路。

在那个农场的小小科研站里，基本上没有什么科研项目，有的只是繁重的体力劳动，和农工们天天在地里摸爬滚打。在生产中，张冬青真正了解到生产方式的落后，农场基层生产单位缺少技术骨干而造成的生产技术不能应用的后果令人婉惜。她和轩辕在劳动之余，经常讨论这些问题。他们越来越认识到，八一农大被撤销是错误的，根据农场人才极度匮乏这个情况来看，应该继续开办八一农大。

即使条件再艰苦，她和轩辕老师也没忘记自己心爱的科研。轩辕老师继续搞他的《观云识天气》的研究和写作；而她，看见农场的三料化肥都是面状的，播种时排肥不均匀，有时还堵排肥轮，便设计了几种简单的机械，把面状的三料做成颗粒状，解决了生产中的难题。为此，她受到了农场的表彰。就在他们十分兴奋的时候，一件不幸的事又落在轩辕的头上，因为他们写了建议书，兵团有关部门来追查此事，不知轩辕被他们带到什么地方去了。

就这样，两个仅仅靠女人支撑的家庭，艰难地存在于那个小小的山村。白天大人出去干活儿时，两家的孩子放在轩辕家，由那个比潇潇大两岁的轩辕向东看管着不会走路的潇潇，他们在家玩儿泥巴，玩儿木块。有时收工回来，看见两个浑身脏兮兮的孩子睡在地上，两个女人都流下了辛酸的泪。这些困难都可以克服，最让人担心的还是轩辕，不知道他在何方、情况怎样。张冬青心里着急，但在轩辕家属面前还得劝解她。回到家后，她只能悄悄地流泪。这样的日子一直过到一九七三年四月的一天，当张冬青正随着农工们在麦地里播种时，来了一辆汽车，说是来给她和轩辕搬家的，仔细一问才知道，农大又恢复了，学校原来的教师都要尽快搬回学校，力争早日开学。听到这个消息后，张冬青仰天笑了起来，扔下手中的活儿就往家里跑。跑进家门一看，轩辕也回来了，他们像是患难后久别的夫妻一样抱头痛哭起来。随着汽车喇叭的一声清脆的鸣笛，在人们的送行声中，他们两家结束了那段恶梦般的日子又回到了在他们梦中出现了无数次的八一农垦大学校园，他们又可以拿起教鞭，站在三尺讲台前，把自己的知识传授给学生们，并通过他们把这些知识应用到农业生产实践中，并收获丰硕的成果。

潇潇的喊声打断了张冬青的回忆，她忙站起身，擦干眼睛走到女儿的房间，潇潇亲昵地说道：“妈妈，快做饭吧，人家都快饿死了！”

这时，张冬青才发现太阳早已偏西，看看墙上的挂钟，已是下午三点多了，她忙说道：“是该做饭了，今天是个大喜的日子，妈妈高兴，潇潇高兴，新良也高兴，咱们应该庆祝一下才对！”

潇潇嘻嘻地笑了，说道：“把轩辕伯伯也叫过来，让他也高兴高兴！”

看见张冬青点头后，王新良说道：“我……去……叫他！”

王新良走出门外，张冬青点了点女儿的脑门儿笑道：“看把你美的！”说完笑了起来。

潇潇笑着说：“妈妈你不高兴吗？”

六十四

李学庆破门而入，屋里的女生们吓了一跳，看见他怒气冲冲的脸，姑娘们都明白发生了什么事，急忙走出了屋。宗翠冷静地面对着李学庆，一言不发。李学庆狠狠地盯着宗翠，咬牙切齿道：“宗翠，真没想到，你什么事都能做出来！”

“我只是不忍心看到另一个无辜的少女再次成为你的牺牲品！”

“你要知道，我现在深深地爱着她，她已成为我生命的全部，没有她，就没有我！”

“呸呸！”宗翠狠狠地骂道，“我最初也听过你的这些骗人的甜言蜜语！”

“你……你……！”李学庆气得几乎说不出话来，沉了沉气后，他才恶狠狠地说道：“如果我们俩关系破裂，你必须负全部责任！”

“责任？”宗翠冷笑道，“在你的魔鬼词典里，还有‘责任’一词吗？你对王春燕负过什么责任？对我又负过什么责任？我们都只不过是一件又一件的替代品而已。假如你有责任的话，我还会有今天吗？”

宗翠呜呜地痛哭起来。

“我真恨不得狠狠地抽你几个耳光！”李学庆凶狠地说着。

“给你给你，你打死我还好说，也好听些，不然的话，我这样人不人鬼不鬼地活着又有啥意思？”

说完，宗翠向李学庆走了过去。

眼瞅着宗翠就要撞过来，李学庆步步后退，一直退到门前，宗翠还往前紧逼不舍。李学庆不知不觉地攥起了拳头。宗翠在他面前站定，怒吼道：“你给我滚！”

李学庆气愤地看了宗翠一眼，转身摔门而去。

宗翠躺倒在床上，她知道这一切都无可挽回了。她失败了，她是生活中的弱者！

十月的天空有些阴冷，胆怯的小星星们一会儿在云缝里露出脸，一会儿又隐藏起来。一弯下弦月，轻轻地把冷风呼唤来。干燥的路面上，脚踢起的石子哗啦哗啦地响着，震颤着这个宁静的夜晚。树木在秋天的夜晚偷偷地喘着长气，把身上的叶子抖光，好像它们也疲劳了，也想休息了。那条李学庆和宗翠相依相偎走过无数次的静静小路上，又走来了他们两个，只是距离已十分的遥远。他们许久都没有说话，偶尔能听到宗翠那几声沉重的叹息声。他们之间已经有了一层无法捅开的隔膜，使他们的情感更加朦胧遥远甚至陌生。宗翠还在回忆那些醉人的日日夜夜，而今天她所拾起的都是酸楚和痛苦。李学庆也在回忆前几天一个漆黑的夜晚，他和李香君在这条小路上散步时，他对李香君说："你是我黑暗中的手电、饥饿时的窝头、寒冷时的大皮袄"时，李香君咯咯地笑着说："看来我只能是你的工具和食物了"。

"咱俩真的就这样分手了？"宗翠满含忧伤地问道。

李学庆轻轻地嗯了一声，没再说什么。宗翠又说道："过去的一切仿佛都在梦中，当恶梦醒来的时候，我才发现黎明的曙光刚刚到来。但曙光来得太迟太迟了，我什么都失去了。如果知道有今天，当初你为什么还爱我？"

"时过境迁，这事情也不是一两句话就能说清楚的。我们的路已经走到尽头。时至今日，我只好以深深的歉意说一声，宗翠我对不起你，我永远是你的罪人！"

"一句对不起就打发我了？"宗翠冷笑一声道，"也许，我一辈子的幸福都毁在你的手里，你让我今后怎么嫁人？"宗翠哽咽了，如今，她已经没有眼泪了。

李学庆也深深地受了感动，他悲伤地说道："开弓没有回头箭，我们已经情断了，再回首寻觅也只能拾些痛苦，我祝你今后一生平安，永远都平安！"

"我能平安得了吗？"宗翠擦把泪水说道，"这几天我反复思考了一下，捆绑不成夫妻，既然咱俩缘份已尽，我也没有什么可说的了。既然咱俩相识得那般美好，为什么就不能画上一个圆满的句号呢？"

李学庆显然也受了感动，他柔声地说道："宗翠，你能谅解我我很高兴，在咱们这片蓝天下，我和你之间是无法圆满的，在这一点上，我只能表示十分的遗憾！”

“李学庆，我最后告诉你一句话：猎色者必被色猎，你是要付出代价的！在我的一生中，你是我一段灰暗的历史，就像雨天一样，时时都会淋湿我的心！”

说完，她头也不回，转身向一号楼跑去。

李学庆一个人站在黑暗中玩味着宗翠的那几句话，他苦笑了一下。望着四周黑漆漆的，他突然感到害怕了。他悄声地问自己：难道就这样地结束了吗？当他确信自己又迈出了艰难的一步时，他的心突然像悬在半空中一样，呼呼地狂跳不止。黑夜吞没了他的身影，他感到黑夜的压力太大。从此以后，他非常害怕黑夜，仿佛这黑暗就像逐渐收缩的铜墙铁壁，最后把他夹成肉饼。他害怕似的拍拍脑门，叹口气道：“完了，一切都完了，真的，一切都完了！”

夜里十点多了，秦丰他们寝室的人都准备睡觉了，突然响起了敲门声，秦丰开门一看，是任杰。任杰忙扯住他的手，把他拉到走廊里，秦丰随手关好门。任杰焦急地低声说道：“宗翠不见了，你快帮我去找找她吧！”

看见任杰心急如焚的样子，秦丰毫不犹豫地说道：“走，我跟你们去找！”

任杰叹了口气，说道：“昨天晚上就不知她到哪儿去了，半夜一点多才回来。我们屋的人满校园找也没找到，我真为她担心，万一有个好歹可怎么办哪？”任杰急得说话都有些哆嗦，满眼是泪光，她带着哭音说道，“宗翠也太可怜了，短短的几天，她就跟换了一个人似的。唉，这个李学庆，也真是太不像话了！”

秦丰突然警觉起来，他急忙说道：“任杰，此事不可马虎大意，我们必须以防万一。宗翠这样失魂落魄，说明她和李学庆可能已走进禁区，跨越雷池了，不然的话，谈恋爱分手也算不了什么大事，干吗宗翠要承受这么大的痛苦呢？”

“你是说……”

任杰满眼疑惑地望着秦丰，一时找不出恰当的词表达她的意思。但红晕早已悄悄爬上她的脸，她急忙低下了头。

漆黑的夜幕下，人们在急切地寻找着宗翠，但谁都不敢呼喊一声宗翠的名字。时间逐渐滑向后半夜，一号楼窗户里的灯光基本上都熄灭了，只有一排路灯还在不经意地描绘着秋天的图画，点燃着人们心头的希望。天有些凉了，同时也刮起了秋风，一阵又一阵唰啦啦的树枝响声打破了夜的寂静，还有几片枯叶在枝头上被风吹落，随风飘荡着。宗翠在通往青年水库的路上漫无目的地走着，她的脑海里乱糟糟的，什么念头都往里面钻。看见了那片实验地，她突然想起自己和李学庆捉弄秦丰时的情景。这个景象在脑海中一闪而过。她望着新月下的青年水库发亮的水面，她觉得那片明亮的地方正是自己的好去处，一个理想的归宿。她慢慢地走着，此时，她已经没有眼泪可流了，脑海中只有绝望和悲伤。远远地听见身后响起了脚步声，回头看时，只见两个黑影迅速向她跑来，她站住脚。秦丰和任杰跑得气喘吁吁，来到她面前。宗翠再也控制不住自己的情感，伏在任杰的肩头失声痛哭起来，她呢喃地说道："大姐……我真后悔……我为啥那么傻……为啥那么相信他……他骗了我……你再晚来一步……也许会到另一个世界去找我啦！"

宗翠病倒了，一连几天都不能去上课，任杰只好留在宿舍里陪伴着她，她俩的笔记只好由袁园代劳了。看见宗翠那痛不欲生的样子，袁园终于放下她的那颗高傲的心，一心一意地帮助宗翠。秦丰提着一些水果和罐头来看宗翠，她忙坐起身，但眼前一黑，差点儿没摔倒。任杰让秦丰坐下，秦丰说道："宗翠，张建华和王新良他们知道你病了，特意买了些东西，让我代表他们来看看你。大家衷心希望你能早日康复，再站到我们那片蓝天下。"

宗翠抬头感激地瞅瞅秦丰，她的内心深处有一股复杂的情感油然而升。她极力想控制住自己，但还是流出了泪水。她双手捂着脸，一句话也说不出来，只是嘤嘤地哭泣着。弄得秦丰很不自在。任杰忙劝道："宗翠，听大姐的话，别哭了。靠眼泪是哭不回来失去的一切的，还是应该坚强地面对现实才对！"

看见宗翠那副伤心的样子，秦丰从心里泛起了同情，他劝道："宗翠，任杰说的对，不珍贵的东西失去了，比得到它还要好十倍。你要放眼长远才对。依我之见，这件事未必就是坏事。塞翁失马，焉知非福呀，在今后的漫长的岁月里，属于我们的机遇还有很多很多呀！"

"我失去的……太多了！"

“但你得到的更多，从今往后你会更加成熟，更加坚强！”

任杰也劝道：“宗翠，身体是革命的本钱，你要当心！”

秦丰不好再说什么，只好默默地坐着，过了好一阵，宗翠的情绪平稳下来，瞅着秦丰低声说道：“谢谢你，秦丰！”

秦丰看了看眼圈儿黑黑，目光散乱，憔悴得不成样子的宗翠，关切地说道：“你还是要多保重，躺下休息休息吧！”

任杰扶着宗翠躺好，叹了口气，说道：“连续四五天了，宗翠都没好好睡个完整觉，有时惊叫着吓醒，唉！”

“咱们别总谈这个话题了！”秦丰说道，“宗翠，我送给你一首普希金的诗，诗名叫《假如生活欺骗了你》！”

秦丰抑扬顿挫地背诵道：

假如生活欺骗了你
不要悲伤
不要心急
忧郁的日子里须要镇静
相信吧
快乐的日子将会来临
心儿永远向往着未来
现在却常是忧郁
一切都是瞬息
一切都将会过去
而那过去了的
就会成为亲切的怀恋

宗翠似乎没有听进去多少，但她脸上的表情多少有了变化，任杰趁机说道：“秦丰，念别人的诗干什么，你不也写诗吗，给我们念一首你写的诗，行不行，宗翠？”

宗翠茫然地点点头。

秦丰想了想，说道：“我给你念《心路》吧！”

在太阳离去的时候
留下的是黑暗
萧瑟的秋风
如泣如诉抽打着我如梦的思念
像一团洁白的云雾
笼罩着你的天空
在天热的时候
为你降下蒙蒙的细雨
在黑暗的时候
为你增添一丝光亮
在你找不到家的时候
为你确定正确的路。

宗翠凄然一笑，说道：“还是多念几首吧！”

秦丰笑着说：“我再给你念一首《无题》吧！”

太阳呢
听说去了远方
谁说的
我还能见到她吗?

我的心走进阴沉的夜空
望不见星星和月亮
只有阵阵夹雨的秋风
把我零乱的思绪冻僵
儿时妈妈曾告诉我
太阳还会升起
但要在黑夜之后
妈妈的声音让今夜的风偷去

寻找太阳
我想哭诉
我想呐喊
我想挥手
撕开黑夜的脸庞
让星光医治我的创伤

宗翠的注意力被秦丰的诗句所吸引，任杰说道：“宗翠，你看我老乡写的诗多好，尤其是那句‘太阳还会升起，但要在黑夜之后’，不把一切都说明白了吗？”她转脸对秦丰说道，“老乡，你还有什么好诗，快给宗翠念念，别忘了，她也是文学爱好者呀！”

秦丰微笑着点点头，又念道：

雪霰

如果想同大树并存空中
我绝不学你
依附别人的躯体
来显示自己的耀眼洁白

如果想同大树并存空中
我绝不学你
欢迎寒冷害怕太阳的温暖

如果想同大树并存空中
我绝不学你
哪怕化作一株常春藤
在我成熟的秋天开花结果

秦丰念完诗之后，充满激情地对宗翠说道：“宗翠，我们刚刚步入人生的春天，我们还企盼着成熟的秋天，我们还要开花结果，还要去打扮明天的太阳，还有什么痛苦是不可以战胜的？”

宗翠受到了感染，她望着激动的秦丰，阴郁的心情开始有阳光照射进来。

任杰又说道：“老乡，你把这些诗都给宗翠写下来，让她常看看！”她盯着秦丰说道，“你这些诗，我听后都很受感动，真的，写得太好了！我们在前进的路上，不管遇到多大的困难，我们的脚步都要不停地走向明天！”

秦丰瞅着任杰笑了。任杰由于过于激动，脸色都有些绯红。她看见秦丰的笑容，不好意思地把脸扭向一边，心又跳了起来。

秦丰接着说道：“宗翠，咱们只要看明天看未来，就会把眼前的一切苦恼和忧愁全都抛到九霄云外。记得我在一首诗里这样写道：‘累倒的岁月，染白的黑发，痛苦的泪水，太阳都会把它们省略。’你总沉缅于过去，对你的现在和将来又能起到什么作用？如果我是你的话，我会更勇敢地挺起胸、昂起头，忘记过去，重新塑造一个自我，迎接一切挑战，这才是积极的人生。我相信，你会笑对一切，也会藐视一切的！”

宗翠感激地点着头，她眼里滚动着泪花，轻声说道：“秦丰，你放心，我会好的，会的！”

六十五

漫长的冬季伴着漆黑的夜晚，悄然滑落在人们中间。就像女生们头发上漂亮的纱巾，被冷风一吹，悄无声息地滑落在地上一样。在这无边的黑夜中，秦丰躺在床上正忍受着痛苦的煎熬。这是他第二次面临感情危机，第一次是修洁和他分手，着实令他痛苦了许久。而今天，自己已经平息了的心海，被任杰那双眼睛又荡起了碧波，而且，碧波变成巨浪，猛然地冲击着他理智的闸门。他就是下不了抛弃女朋友而和任杰相处的决心。这就使他十分的痛苦。他的脑海翻腾着，却找不出一丝一毫的解决办法。当东方现出鱼肚白时，他才入睡，在入睡前，他暗暗地下了决心：明天一定要找任杰好好谈谈，他自己深信，任杰是深爱他的。

月亮悄悄地爬上了树梢，农大校园里一片静谧。秦丰怀着忐忑不安的心情走进一号楼，敲开任杰她们宿舍的门。屋里的几个女生正叽叽喳喳地说笑，看见秦丰进了屋，都停止了说笑。秦丰对任杰说道："任杰，你出来一下，我有事！"

任杰的目光中掠过一丝惊慌，但马上就镇静下来，沉着地戴好头巾。俩人无声无息地走到那条公路上，尽管他们都很激动，但谁都不知此时此刻该说些什么好。他们又默默地往前走了一会儿。任杰始终和秦丰保持着一定的距离，秦丰终于沉不住气了，他语调低沉地说道："任杰，我有一件事在心里思考了许久，也不知是否成熟，但我必须跟你说，如果不对你说，恐怕我无法心安！"

任杰听后，没有说话，只是在月光下，神色很凝重地看着秦丰。借着淡淡的月光，看着眼前质朴、平凡的任杰，秦丰的心里涌动着一股潮流，席卷着他的灵魂。他们无声地缓缓往前走着，相互间虽然不说话，但那彼此的心跳，似乎对方都能听清；心中的甜蜜，就像那盈盈的月光，飘动在两人之间，秦丰又说道："任杰，你在听我说话吗？"

任杰还是在融融的月光中注视着秦丰，还是不吭声，只是慢慢地往前走着。

寒风吹打在他们的身上，他们忘记了寒冷，也忘记了时间，甚至忘记了他们自己。脚下的路在缓缓地延伸、延伸……他们静静地走过植物园，走到了小桥边。已经走了半个多小时，任杰还是没有说话，秦丰最后一次刚要说话，任杰手捂着嘴，嘘了一声，接着又慢慢向前走去。不知过了多久，任杰好像刚刚睡醒一样，柔声说道："秦丰，你听……"

秦丰注意地倾听着，耳边除了风声什么也听不到，他迷惑不解地望着任杰。任杰说道："有一种声音你没有听到吗？"

秦丰悄悄地摇摇头。任杰轻声长吁了一口气，失望地低下了头。秦丰又说道："任杰，我必须向你说……"

任杰打断了秦丰的话，柔情似水地说道："秦丰，你什么都不要说，我知道你要说些什么。假如我不知道你心里想什么，就对不起我的心意！"

说完，她停止了脚步，缓缓地抬起头，深情地望着秦丰。

融融的月光下，任杰的眼中溢出颗颗珍珠般的泪珠，她也不去擦，任凭它们像珍珠一样滑落。她的目光，一往情深地盯着秦丰，毫不犹豫，也不躲闪，更无害羞。

秦丰问道："你为什么不让我说？"

"秦丰，你怎么就不懂我的心呢？"

说这话的时候，任杰是略带着哭音的。

"我知道，我知道你深深地爱我！"

"你知道这些足矣！"任杰在月光下凄然一笑，说道，"我知道你知我心，在这个世界上，除了你，还有谁能知我心？这就足够了，秦丰！"

"那么，我们应该永远在一起才对呀！"

"不不！"任杰轻轻地摇摇头，继续说道，"秦丰，你应该明白，爱，不一定是得到，而应该是给予，是支持！"

"这些我都懂，但这么长的时间里，我越来越感到离不开你！"

"秦丰，我知道，我又何尝不是如此呢！"任杰轻轻地说道，"只是我不能把自己的幸福建立在另一个人的痛苦之上，秦丰，你应该想到这些，我也必须考虑这些，如果没障碍，我们……”

“我可以和我的女朋友谈这件事！”

“秦丰，我不想让宗翠的悲剧重演，我想，你也不应该学李学庆，那会被人唾骂的，我想在我一生的词典里不应该有‘愧对’这个词的！”

“难道你真的不答应吗？”

任杰坚决地点点头，秦丰低下了头，他感到一阵冷风袭来。过了一会儿，他才说道：“你真善良！”

“不，这不仅仅是善良，而且是道德、良心！我不能一辈子总生活在自我遣责之中，我宁可让所有人都对不起我，但我不想对不起任何人！”

“任杰，我就看好了你的善良、纯真、质朴！”

任杰苦苦一笑，低声说道：“刚才，我不让你说话，我就想静静地体会那种幸福和甜蜜，直觉告诉我，这样美好的心境、美好的时刻，在我一生之中不会再来，真的不会再来啦！”

说完，她双手捂着脸痛哭起来。

顿时，任杰的形象在秦丰的心目中高大起来。秦丰热泪盈眶，他抓过任杰的双手，颤声说道：“任杰，我永远尊重你，我永远在内心深处祝福你！”

“谢谢你，秦丰，谢谢你给了我初恋，我会终生难忘的，谢谢你！”

她把秦丰的双手拿到自己的脸上，轻轻地摩擦着面颊。

秦丰要去吻任杰，任杰忙用手捂住秦丰的嘴，温柔地说道：“我们彼此情深似海，还在乎这点儿小小的形式吗？留下它吧，这醉心的一吻，让我盼望它一生吧！”

秦丰站在朗朗月光中，又说道：“任杰，我给你写了许多诗！”

“我喜欢你的诗，真的，秦丰，我愿意你永远在我身边，像那天那样，给我轻轻地读着诗，那样，我的生命就会延缓，你快给我朗读一首吧！”

“好，你听《梦回春风》。”

黎明的曙光
无情地揉碎了
打扮得又香又甜的美梦
时光老人颤巍巍地走出

把它挂在记忆的篱笆上
唱着骄阳流浪的曲子
风化成千年不变的化石
在孤独走近的夜晚
端起陈年老酒
一杯杯浇灌着干渴的心田
沉醉的我
作过一次次心灵之旅
欢乐是四季的笑脸
痛苦是雨天的企盼
只有春风在梦中重复涌现
才充实了人生的平淡

沿着你用夙愿铺就的陌生小路
打着你用目光编织的雨伞
我不敢问路
默默向前
走过许多年的雨季

秦丰念完，看着沉浸在幸福中的任杰，又说道：“有一首叫《同旅》的诗，你听听！”

同旅

如果说邂逅相遇是一种美丽
我们栽培了许多话题
那么分别就是一首长歌
在我们的心田长满了记忆
秋风轻轻刮过
霜来的日子越来越近

我们收获的记忆
就像天上的星星
是我们的黑白照片
永远置于阳光这个金黄相册里
流淌着那些逝去的心境
犹如收割后寂静的田野

茫茫的破晓天
在弯弯的雨季而来
我牵着季节的手
走过多年坎坷
只是脚下的路
还那么朦胧漫长
渐渐地化成远山一线
与南归的雁阵共舞

同旅的日子
即使是阴天
也那么美丽

秦丰读完后，说道："这首诗我是专门写给你的！"

"多美呀，同旅的日子，即使是阴天，也那么美丽，太感动我了，秦丰，把你写的所有的诗，都抄给我一份，每当我读起它们时，就像又看见了你一样！"

"我一定给你！"

昭昭明月，映在天庭。他们的身影消失在校园之中，俩人默默地分手了。任杰有一句话涌到舌尖，但她还是把它咽进了肚子里。她茫然地走回寝室，一头扎在床上，把脸埋在被子里，伤心地哭了起来。

六十六

最后一个学期的学习很轻松，开学不到半个月，秦丰他们便下到各个农场进行实习。返校时正好是五月底，离毕业时间仅仅还有五十多天。在这五十多天的时间里，眼看要毕业的大学生们除了准备毕业论文外，还要选修一两门新课，基本上可以放松自己了。

一天下午看完电影后，大学生们从俱乐部走出，有的往宿舍走去，有的向教室走去。宗翠远远地看见秦丰和张建华在水泥路上缓缓地边走边谈论着。她加快脚步，追上他俩，笑着问道：“二位在议论什么呢，这么尽兴？”

秦丰停住了议论，转脸去看宗翠。半年多来，她已经从那阴影中走了出来，又恢复了本来的她。看见她正笑眯眯地盯着自己，秦丰忙回答道：

“议论电影呢，瞎争论而已！”

宗翠听后笑了笑，大大方方地对秦丰说道：“晚饭后我在主楼门前等你，有话跟你说！”

说话时是那么的直率，毫不害羞，坦荡荡就像万里晴空。

说完，也不等秦丰回答，她加快脚步，走了。

张建华瞅瞅秦丰，笑了笑，没说什么。

秦丰看了看张建华，又望了望宗翠远去的背影，自言自语道：“她又要干什么呢？”

晚霞挂在天空，就像被画家们不经意地画了一笔，夸张地展示着自己的绚丽。蛙声把暮霭牵来，有些蜻蜓还在飞舞，忙完它们一天的劳作，也要找个可靠的地方休息了。秦丰吃完饭，急忙走到主楼门口。一抹夕阳的余晖中，宗翠婷婷地站在紫丁香前，若有所思地张望着，看见秦丰走过来，她赶忙迎过去，秦丰问道：“你吃饭了吗？”

宗翠轻轻地摇摇头，说道：“我吃不下去！”

秦丰停住脚步，满脸狐疑地问道：“怎么，又有什么难事吗？”

“走吧，眼看就要毕业了，我有许多的话跟你谈！”

说完，她率先往前走去。

秦丰只好跟在她的后面。

这是一条窄窄的小路，夹在图书馆和主楼中间，是通往修配厂的土路，过了修配厂，便是一片荒芜的草地，草地的外面是一条深沟，沟帮上栽满了碧绿的柳树。他俩走过壕沟后，便有一条小道，沿着沟的方向向前延伸。秦丰开玩笑道：“这么黑的路，前面不会有陷阱吧？”

宗翠笑着回答道：“你放心吧，今晚的一切道路都是坦途！”

“坦途？”秦丰也笑着说道，“古人云，太行之路能摧车，若比人心是坦途，巫峡之水能覆舟，若比人心是安流！”

宗翠一下子沉默了，好像一下子掉进万丈深渊里一样，很久没有吭声。秦丰看了看忧郁的宗翠，才意识到自己说走了嘴，忙说道：“对不起，宗翠，我无意使你痛苦，是开玩笑，你别往心里去！”

宗翠幽幽一笑，说道：“没什么，秦丰，你的一句话让我想起了许多许多呀！真的，秦丰，就算是浪迹到天涯海角，我都要深深地感谢你。在我最痛苦无助时，是你鼓励了我，让我有了生活下去的勇气。如果当时没有你，也可能不会有今天的谈话！”

“宗翠，过去的事就让它永远过去吧，咱们不要总揭过去的伤疤啦，如果那样的话，我们的灵魂就很难得到安息！”

宗翠重重地叹了口气，说道：“想忘记过去，是多么的艰难哪，这包括好的和坏的。大学四年的生活，发生在我身上的哪一件事，提起来不都是血淋淋的，叫人痛苦！”

“好了好了，咱们别诉苦了，你知道李学庆的消息吗？”秦丰停顿了一会儿又说道，“他被李香君给甩了，他在一个农场实习时，又在那里处了一个对象，听说他毕业时就要去那个农场工作！”

“活该！”宗翠恨恨地说道，“他早就应该有今天，当初我就告诉他，猎色者必被色猎，以后他还会摔更多的跤！”

“好了，咱们不谈他了，自己走自己的路，别人无法评说！”秦丰停住脚步，问道，“你找我有什么事？”

“眼看就要毕业了，咱们一分别，不知还有多少年才能见面，弄不好的话，分别可能就成为永别，就是没有什么事，还不能找你出来散散步吗？”宗翠笑着对秦丰说。

“是呀，四年的时间，一晃就过去了，过去所发生的一切，还都历历在目，仿佛就在昨天！”

宗翠站住了脚步，她望着秦丰，深情地说道：“秦丰，有些话我必须告诉你，我不想它们烂在肚子里带到坟墓里去。我要说的就是我深深地爱着你，从入学不久开始，即使我和李学庆相处时，我思念的还是你。我想控制自己，让我的情感和思想远离你，但只要你一出现，我的视线就会被你吸引过去，就不想离开你。我最恨你的一件事就是你回家找了一个对象，才促使我下决心和李学庆相处，当时，我并不知道你是因为经济问题，如果我知道的话，我可以让我父母多给我寄些钱来，供咱俩上学，那样的话，我也不会走到今天这个地步。真的，秦丰，当时我为什么那么傻？为什么那么胆怯？竟然不敢向你直接提出这个问题！”

宗翠说着说着，突然哭了起来。

秦丰说道：“宗翠，你别流泪好不好，你一哭我心里就没底，你最好别哭，这样咱们俩可以好好谈谈，行吗？”

宗翠含泪点点头，接着她又说道：“秦丰，你从我心灵中踩出的路，我可能要走一辈子，也许一辈子都不会走完。我不知道在我今后的人生之路上，还能否找到自己真正的归宿，我很害怕！在这四周漆黑的夜晚，我感到孤独和害怕。秦丰，我真的希望能得到你真诚的帮助，安慰我受伤的心灵，但我找不到，我找不到啊！我就像一头迷途的羔羊，误入歧途，没有力量再返回来了。假如人生的一切都能重新开始的话，秦丰，我一定还会选择你；假如有来世的话，我就会学乖，我会很好地把握住自己，一定选择你！只可惜……今天，我什么都失去了，什么都失去了，我还会选择吗？我还能选择吗？秦丰，你快说，我该怎么办才好？”

望着泪眼婆娑的宗翠，秦丰的心也有些乱了。他自己也知道，拒绝了宗翠的爱，是对她最大的伤害，但令他没想到的是，事过三年之久，宗翠在内心深处一直在暗恋着自己，而自己并没有对她负责任，给她更多帮助，因而自己感到羞愧．他温柔地对宗翠说道：“宗翠，我觉得咱们之间的关系是比同学的关系要浓一些，比恋人的关系要淡一些，还是能谈得拢的！”

“我知道，我不是你心灵天空的那颗星，我是一颗暗淡无光的流星，即使划破了你心空的夜幕，也只会一闪而逝，不会留下什么记忆和留恋！”

“宗翠，咱们还是不谈这些了，好吗？”

“不，我要谈，我问你秦丰，你爱不爱我？”

秦丰望着泪光闪闪的宗翠，他的内心很矛盾：怎么回答宗翠呢？他很犯难。

宗翠看见秦丰不说话，她问道：“你不爱我？”

秦丰摇摇头。

宗翠乐了，又问道：“你爱我？”

秦丰还是摇摇头。

宗翠有些生气了，说道：“你就说不爱我也无所谓，我也不会非把你夺过来，何必这样虚伪呢！”

“不，宗翠，我刚才已经说过了，咱俩的关系，比同学要浓一些，比恋人要淡一些，这就是我的心理！”

宗翠垂下头，失望地说道：“那好吧，我明白了！”

秦丰觉得有些对不住宗翠，他心里很难过。突然，他说道：“宗翠，既然咱们不能成为恋人，成为兄妹总还可以吧。如果你高兴的话，我可以认你做妹妹，你看可以吗？”

“真的？”宗翠高兴了，孩子似的笑了。

秦丰郑重地点点头。宗翠乐呵呵地说道：“我赞成，我百分之二百地赞成！”她想了想，说道，“不过，这空口无凭不好吧，咱们怎么也要举行个什么仪式才好呢，也有个见证，你说对吧，秦丰？”

秦丰想了想，说道：“好吧，就由你！”

宗翠歪着脖子想了想，欢快地说道：“这样吧，古人有撮土为堆、折草为香的习俗，咱们不妨也模仿古人，互相拜一拜，也算有个正式的程序，你看行吧！”

“好，就由你！”

宗翠乐呵呵地在地上搂了一小堆土，又折了根草棍，折成三截，插在土堆上，拉过秦丰，说道：“来吧，咱俩拜吧！”

“怎么拜呀？”

“来，咱俩并排跪下，磕三个头，心里默念一遍，然后我给你施礼，再叫你哥，你叫我妹就行了！”

秦丰觉得好笑，说道：“我们都是大学生，还在乎形式吗？”

“你白学哲学了，形式和内容要统一，这才是马克思主义辩证法！”

“好好好，听你的！”

于是，他俩跪在土堆前，宗翠虔诚地磕了三个头，又双手合十，默默祈告。她在心中暗想：假如这是我们拜天地，那该多么幸福啊！

俩人从地上站起，互相之间弯腰施礼。宗翠笑声中带有苦涩，喊了一声“哥”，秦丰答应一声后，也喊了一声“妹”。宗翠愉快地答应了一声，仪式就算结束了。

秦丰说道：“从今往后，你就是我的妹妹了，凡事要听我的！”

“那当然！”宗翠笑呵呵地说道，“那你得关心我，爱护我才行！”

“这自然没说的！”

停了一会儿，宗翠突然问道：“哥，你今后会对我嫂子好吗？”

秦丰不知道她问这话是什么意思，不好直接回答，于是反问道：“你说呢？”

“我问你呢！”

“我应该对她好！”

“那就对了！”宗翠酸溜溜地说了一句。

他们又陷入了沉默之中，过了一会儿，宗翠突然说道：“哥，我提一个要求，你应该拥抱我一下，吻我一回，才算我真正的哥！”

秦丰犹豫了一下，宗翠问道，“不喜欢吗？”

“好好好，来吧，这个多事的小妹妹！”

秦丰说完，张开双臂把宗翠揽在怀里。

宗翠第一次感到激动和幸福，她抬起脸望着秦丰，似乎在等待着什么。秦丰低下头，在宗翠的额头上吻了一下。宗翠连连喊道：“这不算数，这不算数！”

“那吻哪儿呀？”秦丰问道。

“你自己想吧！”宗翠闭上了眼睛。

秦丰又在宗翠的面颊上吻了一下。宗翠喊道："不行不行，重来！"

"你到底让我吻哪儿呀？"

"你这个傻哥哥！"宗翠说完，递上自己热乎乎的嘴唇，并紧紧地搂抱住秦丰。

四周的蛙声垧起，一阵清风悄悄刮过，天在下露水，有些湿漉漉的。

六十七

还有几天就要毕业了，毕业生们都显得格外的忙碌，有的忙着合影留念，有的忙着跑毕业分配的事，尽量争取分到好地方去。

毕业典礼大会在学校礼堂隆重举行，三百多名毕业生坐在礼堂中听老校长讲话。他首先祝贺同学们光荣毕业并学业有成，接着他高度赞扬了同学们在校四年时间里的刻苦学习精神，希望同学们毕业后，不忘母校的培养教育，努力工作，多出成绩，为八一农大争光。他说道："同学们，今天你们手捧着毕业证书和学位证，这只代表了你们的过去，不能说明现在，更不能说明将来；你们的明天，需要你们自己去创造！"

"咱们八一农大建校二十五年来，共培养出本科生四千多人，专科生二百多人，他们在各自的岗位上为祖国争光，也为农大争了光。这二十五年来，咱们八一农大从无到有，从小到大，从条件艰苦到今天条件不断改善，凝结着农大的领导干部、教职员工多少心血啊，没有他们的共同努力，就没有我们八一农大的今天。建校二十五年的时间里，我们八一农大有过辉煌的成绩，也遇到过令人心痛的挫折，还有过令人遗憾的被撤销期，但不论在哪一个时期，我们八一农大人都用铮铮誓言和果敢的行动捍卫八一农大的荣誉，才使我们这所年轻的学校能够在边陲之地、艰苦之时，步履艰难地走过二十五年！同学们，我坚信，咱们八一农大的明天，会更加辉煌灿烂！……"

同学们报以雷鸣般的掌声，并且这掌声经久不息。在座的领导和教师也都深受感动，他们也使劲地鼓掌，有些人甚至流下了泪水。老校长接着说道："同学们，我坚信，你们迈出八一农大校门后，也绝对会创造出更加令人骄傲的成绩，因为你们是八一农大人，是八一农大优良的校风把你们薰陶出来的，你们绝不会让我们失望的。同学们，你们能让我们失望吗？"

台下的同学们齐声高呼：“不——能！”

老校长继续讲道：“二十五年来，我们学校各项事业有了巨大的发展和进步。建校时我们只有二十几名教师，到今天，我们学校已有教授二十二名、讲师一百零四名、教师三百多名，是我们建校时的十倍之多。建校时，我们的科研成果和专著出版是一无所有，到今天，二十五年的时间里，我校获奖和通过鉴定的科研成果有四十三项，还有很多科研项目正在研究之中。这些科研成果中，有不少是在国际和国内处于领先水平的。这二十五年的时间里，我校共出版和参编的教材有二十五部。我坚信，在今后的岁月中，我们教授、讲师的队伍会不断地扩大，科研成果和著作出版会越来越多，我们农大的明天，一定会更加美好！”

照毕业合影的时候，郑义、张冬青、陈新枝、轩辕昊宇和其他部分老师都参加了，他们分别讲了话，对同学们进行了一番热情洋溢的鼓励。

宣布毕业分配名单时，只有秦丰和任杰比较特殊，因为当时有要求要在大学毕业生中培养第三梯队接班人，每个毕业班里要选两名品学兼优的学生为培养对象，一名去部队院校深造，毕业后培养部队师团以上的干部。秦丰被系里选送到大连陆军学院速成一年，然后到部队锻炼。任杰则被选为地方干部培养对象，被选送到省委党校进行学习，然后到党政机关任职。张建华看见袁园留校之后，自己也主动要求留校，因为他觉得自己和袁园之间只要还有一线希望，就要尽百分之百的努力。他是一个绝不言输也绝不轻易放弃的人。王新良留在学校的科研所了，搞育种。李学庆被分配到边境的一个农场去工作，因为他在那里又找到了新的归宿。宗翠则孤身一人回到她的家乡去了。

明天毕业生们就要离开亲爱的八一农大各奔前程了，同学们都想极力挽留这最后的一夜，他们互相交谈着，赠照片赠留言赠纪念品。他们都相互鼓励，共祝明天更美好。

张建华给秦丰的留言是：

对待事业、前途要自信，对自己“要一月一省吾身”！此曲何必天上有，人间亦曾几度闻。人生，自然中有多少美，愿更多的美属于你！

王新良给秦丰的留言是：

人生的钟摆

总在两极摆动

成功时

不要忘记失败

失败了

一定要想到成功

愿更多成功属于你！

李学庆的留言是：

东风既过，小楼依旧，往事不堪回首。忘记过去，就是新的开始！

任杰的留言是：

莫愁前路无知己，天下谁人不识君，愿你为祖国母亲做出更大的贡献！

袁园的留言是：

天生我材必有用，莫使金樽空对月，我翘首等待着你人生三大目标的实现！

宗翠的留言是：

我们……

潇潇的留言是：

口角黄消乳燕飞，你别忘裴德峰，以及山下的那水、那人和那阳光……

秦丰他们小组是最后一次聚会了，大家的情绪还是很自然、热情、友好的，连宗翠也和李学庆说了几句话，仿佛面临着分别，会改变人们的一切似的。大家一致要求秦丰最后给大家朗读一首诗。秦丰愉快地接受了大家的要求，朗读了一首《沉重的前途》：

端起黎明这只高脚杯
我们悄悄地品尝着离别
天空飘下沉闷的叹息
不知是雾还是雪霰
湿漉漉的沉甸甸的
是我们共同走过的日子
阳光静静地躺着
晚风卷走了一片片难忘的岁月
当太阳跌落山坡
我从地平线上走过
没有注意身后会刮暴风雪
我不敢判断
明天的路上会刮几级大风

第二天早晨，人们聚集在招待所门前，为去条件艰苦的建三江农管局工作的同学们送行。在锣鼓喧天之中，同学们抱头痛哭，祝福声、再见声、哭喊声久久地回荡在分离的人们的耳畔。大客车徐徐地开走了，还有人跑着为同学们送去最后的祝福……

当张建华、王新良、袁园和潇潇来送秦丰和任杰时，他们抱在一起痛哭流涕，久久不忍分离，在声声祝福里，他们紧紧握手……

再回头看一眼八一农大吧，亲爱的母校……

再回头看一眼同学们吧，亲爱的朋友……

祝福你，八一农大；祝福你，同学们！

愿明天的八一农大和我们都会更美好！